rororo

Nora Luttmer, geboren 1973 in Köln, lebt in Hamburg und arbeitet als Autorin und freie Journalistin. Sie hat Südostasienkunde in Passau, Hanoi und Paris studiert. Ihr Roman «Schwarze Schiffe» wurde für den Friedrich-Glauser-Preis in der Sparte Debüt nominiert.
Nach «Hinterland» folgt nun mit «Tiefergrund» der nächste Band der Spannungsserie mit der eigenwilligen Ermittlerin Bette Hansen aus Hamburg-Ochsenwerder. Mehr Informationen zur Autorin unter: www.noraluttmer.de

ro ro ro

Stimmen zu Band 1:

«Ich lese gerade ganz begeistert ‹Hinterland› von Nora Luttmer! Die ehemalige Kriminalkommissarin Bette Hansen ist eine spannende neue Figur, der Fall baut schnell Spannung auf, und das Setting in Hamburg-Ochsenwerder, malerisch an der Elbe gelegen, passt einfach perfekt!» *Romy Fölck*

«Nora Luttmer (...) beweist erneut, wie fein sie beobachten und beschreiben kann.» *Brigitte* (Die besten Bücher des Jahres)

«Ein wirklich spannender Fall (...). Ein eiskalter Großstadtkiller, der mit der Ruhe und Beständigkeit des Ländlichen zur Strecke gebracht wird.» *NDR Radio*

«Schlafsucht, die wach hält. Nora Luttmers Krimi ‹Hinterland› verbindet dank narkoleptischer Ermittlerin in den Vier- und Marschlanden Grauen und Idyll.» *taz*

NORA LUTTMER

TIEFER GRUND

KRIMINALROMAN

ROWOHLT TASCHENBUCH VERLAG

Originalausgabe
Veröffentlicht im Rowohlt Taschenbuch Verlag, Hamburg, April 2022

Redaktion Carla Felgentreff
Covergestaltung Hafen Werbeagentur, Hamburg
Coverabbildung Hafen Werbeagentur; Shutterstock
Satz aus der Karmina
bei Pinkuin Satz und Datentechnik, Berlin
Druck und Bindung GGP Media GmbH, Pößneck, Germany
ISBN 978-3-499-00711-8

Für meinen Vater

NOVEMBER 1986

Böen peitschten die Elbe auf, und Wetterleuchten erhellte den ansonsten dunklen Himmel. Bette stand an Deck des Streifenbootes, das schnell stromaufwärts fuhr, und hielt sich mit beiden Händen an der Reling fest, während der Rumpf hart auf die Wellen schlug. Ihre Zunge klebte trocken an ihrem Gaumen, und sie zitterte. *Anna, wo bist du?*

Wann würden sie sie endlich finden? Viel Zeit blieb ihnen nicht – nicht, wenn Anna wirklich hier draußen in einem Regenauslass gefangen gehalten wurde. Mitten im Tidegebiet. Wie konnten die Entführer nur so brutal sein? Der Wind fegte so heftig von Norden ins Land, dass bei Ebbe kaum Wasser hatte abfließen können. Für die nächsten Stunden war eine Sturmflut angekündigt. Dann würde der Fluss in das Rohr drücken.

In Höhe des Oberhafenkanals hatte der Einsatzleiter Bette – die Auszubildende, von der er nicht wusste, dass sie das Opfer persönlich kannte – in einen der Regenauslässe geschickt. Ein Rohr von kaum einem Meter Durchmesser, das von außen nicht ausreichend ausgeleuchtet werden konnte.

Zentimeter um Zentimeter war Bette vorwärtsgerobbt. Den Kopf eingezogen, den Bauch im Wasser, Modder und Müll unter den Händen, den Gestank von Nässe, Kot und Verwesung in der Nase.

Sie hatte wieder und wieder Annas Namen gerufen, ohne Antwort, und war immer weitergerobbt. Vielleicht reagierte Anna nicht, weil sie geknebelt war, oder ohnmächtig. Oder aber sie war tot. Bette hatte versucht, sich auf ihren Atem zu konzentrieren, um die Panik, die in ihr aufstieg, zu unterdrücken. *Bitte, nicht tot.*

Sie hatte gedacht, die Ausbildung bei der Polizei wäre genau das Richtige für sie. Dass sie, Bette Hansen, tough genug wäre, es mit dieser Welt aufzunehmen. Aber das war ein Irrtum gewesen.

Heulend hatten die Kollegen sie aus dem Rohr gezerrt. Mit dem Handrücken wischte Bette sich über die nassen Augen, verdammt, sie heulte immer noch.

Sie hatten jetzt die Elbbrücken hinter sich gelassen, fuhren an Rothenburgsort vorbei und waren fast am Sperrwerk. Gischt spritzte, als sie beidrehten, und Wellen schlugen seitlich gegen den Rumpf. Ein Blitz zuckte nah über ihnen, Donner grollte. Gleich würde der Regen einsetzen. Sie legten an. Der Suchscheinwerfer glitt über das Ufer, und Bette sah das Rohr, das zwischen Bruchsteinen aus dem Boden ragte.

Anna, bist du da drinnen? Bitte, bitte, bitte, sei da drinnen!

Diesmal würde ein Kollege hineinkriechen und nach Anna suchen. Für Bette war der Einsatz vorbei. Sie war nur noch an Bord, weil es Zeitverschwendung wäre, sie abzusetzen. Der Kollege sprang an Land, kniete sich vor dem Rohr hin, leuchtete mit seiner Taschenlampe durch das Gitter, mit dem es nach außen gesichert war, brach das Vorhängeschloss auf, zog das Gitter beiseite …

Bette hielt diese Unsicherheit nicht mehr aus. Den Rücken an die Bootswand gepresst, rutschte sie auf den Boden, zog die Beine an die Brust, legte den Kopf auf die Knie, schloss die Augen. Jetzt kamen die Tränen erst recht. Und die Angst um Anna mischte sich mit Selbstmitleid. Was passierte hier nur gerade?

Vor zwei Monaten war sie zu Hause ausgezogen, in ein WG-Zimmer nahe der Reeperbahn, direkt auf dem Kiez. Die ersten Nächte hatte die abwechselnd rot, grün und blau flackernde Leuchtreklame der gegenüberliegenden Bar sie ganz kirre gemacht. Was für ein Gegensatz zu dem tief hängenden Reetdach vor ihrem Zimmerfenster zu Hause. Aber Bette hatte dennoch das Gefühl gehabt, sie sei am Ziel. Sie hatte immer irgendwohin gewollt, wo sie aus der Haustür treten und im anonymen Gewusel untertauchen konnte. Der Enge entfliehen, weg aus Ochsenwerder, das zwar offiziell zu Hamburg gehörte, aber in Wirklichkeit ein 2000-Seelen-Kaff in der Marsch war. 15 Kilometer und eine ganze Welt von der Innenstadt entfernt. *Der liebe Gott weiß alles, die Nachbarn wissen mehr.* Wenn es einen Spruch gab, der auf ihren Heimatort zutraf, dann dieser.

Und jetzt hatte der erste große Einsatz, bei dem sie mitdurfte, sie auf direktem Weg zurück nach Ochsenwerder katapultiert. Denn auch Anna kam von dort.

Als der Einsatzleiter gestern Abend dem Suchtrupp, dem sie zugeteilt war, seine Einweisung gegeben hatte, wusste Bette längst, was passiert war. Ihr Vater hatte sie angerufen.

Anna Lehmkuhl und Daniel Tjaben waren entführt worden. Die beiden waren in der Schule eine Klasse unter Bette gewesen, aber sie war oft mit ihrer Clique losgezogen. Eine ungleiche Truppe. Die zarte, schüchterne Anna, die Klassenbeste gewesen war, der große, schlaksige Daniel mit den wuscheligen dunklen Haaren, der alles reparieren konnte, dann der cholerische Erik, der gerade seinen Wehrdienst in Kiel ableistete, und Helen.

Helen war in der Nacht der Entführung mit Anna und Daniel unterwegs gewesen. Mit ihr wurde es niemals langweilig. Sie war wild und etwas verrückt. Sympathisch verrückt. Sie ließ keine Möglichkeit aus, Regeln zu überschreiten, nur um danach mit ihrem einnehmenden Lächeln ihre Umwelt wieder zu besänftigen. Dabei meinte sie es nie böse, und sicher hatte sie die anderen auch in dieser Nacht nicht überredet, in die Lagerhalle im Pinkertweg einzubrechen, um etwas zu klauen, sondern einfach, weil es aufregend war und ein guter Ort, um ein Bier zu trinken. Nachts war das Industriegebiet ziemlich verlassen. Ein paar parkende LKW, in denen manchmal die Fahrer schliefen, auch mal Prostituierte, die

die Laster abliefen, aber niemand, der sich für Jugendliche interessierte, die ein bisschen Spaß haben wollten. Doch dann hatten zwei Männer mit einem Transporter direkt vor der Lagerhalle gehalten, und die drei waren losgerannt. Helen war entkommen, Anna und Daniel nicht. Und anstatt irgendjemandem Bescheid zu geben, war Helen mit ihrem Moped nach Hause gefahren und hatte sich in ihr warmes Bett gekuschelt. *Hatte nichts getan.*

Wieso hatte sie nicht sofort die Polizei gerufen? Hatte sie wirklich gedacht, die beiden Männer seien vom Sicherheitsdienst, würden nur etwas Ärger machen und Anna und Daniel dann schon wieder laufen lassen? Und hatte sie das auch noch am nächsten Tag gedacht, als die beiden immer noch nicht zurück waren? Hatte sie sich gar keine Sorgen gemacht?

Dass die Männer im Transporter nicht vom Sicherheitsdienst waren, wurde zwei Tage später klar. Als Daniel wiederauftauchte. Die Männer hatten ihn freigelassen, damit er die Lösegeldforderung für Anna überbrachte.

Doch die Geldübergabe war schiefgegangen. Der eine Entführer war erschossen worden, der andere war flüchtig. Es gab niemanden, der ihnen noch verraten konnte, wo Anna war.

Daniel konnte nur sagen, dass die Männer sie beide in einen Regenauslass gesperrt hatten.

Bette zog den Rotz hoch, presste die Handballen gegen die Stirn. Das passte doch alles nicht. Man entführte doch nicht mal eben Jugendliche, die man zufällig in einer Lagerhalle antraf. Eine Entführung war keine spontane Tat, nicht wie vielleicht ein Raubüberfall oder eine Vergewaltigung. So was plante man doch, oder nicht? Aber das war jetzt nicht wichtig. Sie mussten Anna finden, das war alles, was zählte.

Daniel hatte, als er im Rohr eingesperrt gewesen war, schwerfällig tuckernde Motorengeräusche von Schubern gehört und das unverkennbare metallische Quietschen der Züge, wenn sie über die Elbbrücken fuhren. Das gab ihnen den einzigen Anhaltspunkt, wo sie suchen sollten: östlich des Hafens, zwischen den Deichtorhallen, der Peute und Rothenburgsort. Ein Gebiet, das geprägt war von Industrie, den Ausläufern des Hafens mit Anlegern und Schrottplätzen – und der Elbe und ihren Zuflüssen. Über einhundert Regenauslässe waren für diesen Bereich verzeichnet. Und sicher gab es weitere, die nicht verzeichnet waren.

Bette zermarterte sich den Kopf. Wo gab es noch Rohre, die zu den Geräuschen passten? Sie kannte die Gegend doch. Sie waren als Kinder oft hier herumgestromert. Bis Ochsenwerder war es über den Deich nicht weit. Aber ihr fiel nichts ein, ihr Hirn war wie leer gefegt.

Das Schiffshorn dröhnte, der Kollege sprang zurück an Bord. Sie musste nicht fragen, ob er Anna gefunden hatte. Das hatte er eindeutig nicht. Sie legten ab, fuhren sofort weiter.

Bette rappelte sich auf, zog sich an der Reling hoch. Regen schlug ihr frontal ins Gesicht. Und als sie jetzt den Fluss sah, der noch weiter angeschwollen war und mit fast meterhohen Wellen gegen die Bootswand klatschte, wusste sie, dass sie Anna nicht lebend finden würden.

NOVEMBER 2019

1. DANIEL

Daniel Tjaben lief auf der Wasserseite des Deichs, die Schultern hochgezogen, den Rücken gegen den Wind gebeugt, der von der Elbe her aufs Land drückte. Die alten Weiden an der Uferböschung zeichneten sich dunkel gegen den mondhellen Himmel ab, und drüben auf der anderen Flussseite leuchteten die gelblichen Lichter der Industrieanlagen. Abgebrochene und von der Flut aufgespülte Schilfhalme lagen wie eine weiche Decke auf dem Boden. Nur wenige Meter vom Ufer entfernt trieb ein kleines führerloses Boot. Nicht mehr als ein schwankender Schemen in der Nacht.

Es war Freitag und Daniel platt von der Arbeitswoche. Die letzten Tage hatte er damit zugebracht, ein Teakholz-Deck auf einer Segelyacht zu verlegen, und heute eigentlich nicht mehr losgewollt. Doch sobald er still saß, überfielen ihn die Bilder, zuckten durch sein Hirn wie winzige komprimierte Albträume. Dann musste er raus, den Wind im Gesicht spüren und die Kälte in den Knochen.

Sein Schritt war zügig, fast gehetzt, als könnte er Schlimmes verhindern, wenn er nur schnell genug ging. Er nahm immer andere Routen, aber jede führte am Wasser entlang. Mal lief er von der Dove-Elbe, wo sein Hausboot lag, rauf ins Industriegebiet mit all seinen Kanälen, dann wieder Richtung Innenstadt, an den Flussläufen und alten Hafenbecken entlang.

Er trank einen Schluck von dem Kornbrand, den er sich eben an einer Tanke gekauft hatte, und fragte sich, ob er langsam zum Alkoholiker wurde. Nicht, weil er zu viel trank, denn das tat er eigentlich gar nicht, sondern weil er es immer heimlich tat. Von anderen wurde er als ein Mann wahrgenommen, der sein Leben im Griff hatte, und so sollte es auch bleiben. Er war 52 Jahre alt, verheiratet, Vater einer Tochter, und er hatte einen festen Job als Bootsbauer. Niemand sprach mehr von ihm als dem Jungen, der entführt worden war, oder als dem Jungen, der überlebt hatte, während seine Freundin starb. Vermutlich dachten die wenigsten überhaupt je noch daran.

Außer ihm.

Er trank noch einen Schluck, schraubte die Flasche wieder zu, schob sie zurück in seine Jackentasche. Jetzt lief er direkt auf den Tiefergrund zu. Auch nach all den Jahren noch brach ihm der Schweiß aus, wenn er sich diesem Uferabschnitt unterhalb der Autobahnbrücke näherte, wo die A1 von Norden kommend über den Hauptdeich auf der Elbinsel Kaltehofe und weiter über die Elbe führte.

Im Tiefergrund war Anna gestorben. Und dort war auch er zwei Tage lang eingesperrt gewesen. In diesem stillgelegten Regenauslass, der auf keiner Karte zu finden war. So eng, dass er die Beine bis zum Kinn hatte anziehen müssen und nicht mehr hatte stehen können, als seine Entführer ihn aus dem Rohr zogen, um ihn mit ihrer Lösegeldforderung für Anna loszuschicken.

Und dann war die Sturmflut gekommen.

Der Suchtrupp hatte Anna erst gefunden, als das Hochwasser wieder abgeflossen war. Die Gitterstäbe, mit denen das Rohr zum Fluss hin versperrt gewesen war, warfen Schatten auf Annas Körper, der so klein und leicht aussah wie der einer Puppe. Einer Puppe, die in einem zu nassen Sandkasten lag.

Anna war nicht ertrunken. Sie war erstickt. Am Elbschlick.

Daniel hatte die Fotos gesehen, und bis heute fragte er sich, warum die Polizisten sie ihm gezeigt hatten. Um ihm ein schlechtes Gewissen zu machen? Um ihn zu quälen?

Daniel atmete durch, machte den letzten Schritt.

Da war er.

Unter der Autobahntrasse, die so niedrig hing, dass sie fast auf dem Deich auflag, war es nass und kalt und dunkel. Nicht einmal im Sommer drang Sonnenlicht bis hier unten durch. Dicht über Daniel rasten die Autos hinweg. Es war wie eine rauschende Glocke, die sich über ihn stülpte. Motoren, die sich näherten, lauter wurden, verschwanden, nur um von den nächsten Motoren abgelöst zu werden.

Wäre die Autobahnbrücke damals nicht wegen einer Reparatur gesperrt gewesen, er hätte gewusst, wo die Männer sie gefangen hielten. Dieses Geräusch hätte er auf jeden Fall wiedererkannt. Er war vor der Entführung oft genug hier gewesen. Als Kind und auch als Jugendlicher noch. War doch der Tiefergrund der Ort der Mutproben. Es hieß, der Nachtwächter des angrenzenden Betriebsgebäudes, ein Mann mit knautschigem Gesicht, steifem Bein und der mehrmals gebrochenen Nase eines Boxers, würde sich in ein kinderfressendes Ungeheuer verwandeln, sobald es dämmerte.

In der Dunkelheit unter der Brücke sah Daniel nicht, wo er hintrat. Aber er wusste auch so genau, wo sich das Rohr befand: zwei Schritte rechts des Brückenpfeilers und gut versteckt hinter Brombeergestrüpp ragte es aus dem Boden. Exakt an der Stelle, wo es am schlimmsten nach Fäulnis roch. Wie ein Haufen toter Ratten.

Wasser schwappte über Daniels Füße, Bugwellen eines Schiffes, das durch die Dunkelheit fuhr. Egal, wo entlang er auf seinen nächtlichen Spaziergängen lief, dies war der Punkt, wo sich alles kreuzte, zu dem er immer wieder zurückkehrte. Dieser verfluchte Regenauslass im Tiefergrund.

Er kniete sich hin, schob die Brombeerranken beiseite. Dornen kratzten über seine Hände. Sein Atem ging schnell und flach. Er nahm seine Taschenlampe, leuchtete damit in den Auslass. Nur leere Schwärze. «Hey! Hallo?», rief er. Nichts. Er fasste das Gitter, rüttelte daran, vergewisserte sich, dass es festsaß.

Es war nicht nur dieser Regenauslass, den er überprüfte, es war jeder verfluchte Regenauslass, an dem er vorbeikam. Einmal hineinschauen, das Gitter checken. Rufen. Nur um sicherzugehen. Er konnte nicht anders. Es war ein Zwang, ein elender Zwang.

Er wusste bis heute nicht, wie die Männer hießen, die Anna und ihn entführt hatten. Bei sich nannte er sie den Dicken und den Eismann. Der Dicke war so fett gewesen, dass sein Bauch über den Hosenbund hing. Fett und mit schütterem blonden Haar. Ihn hatte die Polizei erschossen. Der Eismann hatte Augen kalt und blassblau wie gefrorenes Wasser. Er war der Anführer gewesen. Er war entkommen. Er, von dem alles ausgegangen war. Daniel drückte seine Handballen auf seine Augen, versuchte, die Bilder zu vertreiben. Die Bilder dieser ersten nicht enden wollenden Nacht ihrer Entführung.

Im Morgengrauen hatten der Eismann und der Dicke sie beide in den Regenauslass geschafft, die Augen verbunden, damit sie nicht sahen, wo sie waren. Ein Detail, das Daniel nicht verstand. Denn er war sich sicher, sie hatten sie in das Rohr gesperrt, um sie umzubringen. Auf ihre ganz eigene perfide Art.

Das mit der Lösegelderpressung hatten sie da noch gar nicht geplant gehabt, das war nicht ihr eigentliches Motiv gewesen. Das war nur die Gier on top.

Wahrscheinlich hatte er selbst diese Idee erst in sie eingepflanzt, durch sein erbärmliches Flehen, sie gehen zu lassen, und sein Versprechen, dass Annas Eltern, die Geld hatten, ihnen dafür alles geben würden. Ihn hatte es gerettet, er war freigekommen. Anna nicht. Er hatte sie im Stich gelassen.

Einmal noch rüttelte Daniel am Gitter, rief, dann stand er auf.

Wieso tat er sich das nur immer wieder an? Manchmal dachte er, es wäre die Angst, dass jemand in dem Rohr eingesperrt sein könnte, die Vorstellung, dass sich alles wiederholte, dann wieder hoffte er, er könnte endlich mit allem abschließen, wenn er sich diesem Ort oft genug aussetzte. Nur um immer wieder festzustellen, dass es die Normalität, nach der er sich sehnte, für ihn nicht gab.

Der Eismann beherrschte seine Gedanken. Und das würde er tun, solange er da draußen war. Unerkannt. Brutal. Vielleicht sperrte er immer noch Mädchen ein, und Jungen wie ihn, die seinen Misshandlungen zusahen.

Als sie Anna damals fanden – tot, erstickt, Schlick in der Lunge –, hätte er weinen sollen, schreien, brüllen. Aber er hatte nichts dergleichen getan. Er war wie leer gewesen, hatte keinen Schmerz gefühlt und keine Trauer. Da war nur Wut gewesen. Und sie ging und ging nicht weg. Bis heute nicht. Daniel ballte die Hände, biss die Zähne so fest aufeinander, dass seine Kiefer schmerzten. Er durfte diese Wut nicht zulassen, diesen Zorn, diese hämmernde Kraft. Sonst würde sie ihn zerreißen.

2. YASMIN

Es war Samstagnachmittag. Ein intensiver Geruch von Koriander, Pfeffer und Kümmel hing in der Wohnung. Tante Mouna hatte den ganzen Vormittag in der Küche gestanden und mal wieder total übertrieben. Der große Esstisch war gedeckt mit Dutzenden Schalen, Schüsseln und Tellern. Es gab Hummus, Minzjoghurt, gefüllte Weinblätter, Tabouleh, Kibbeh und Maqali – frittiertes Gemüse –, außerdem gebratene Auberginen mit Hackfleisch und Lamm mit Cashews auf Safranreis und selbst gebackenes Fladenbrot.

Yasmin setzte sich zwischen ihren Vater Amar und Johanna, ihre zehnjährige Schwester. Ihr gegenüber ließ sich Tarek auf den Stuhl fallen. Ihr Cousin war neunzehn, genauso alt wie sie selbst, erwachsen also, und trotzdem tauchte er immer mit seiner Mutter hier bei ihnen auf. Als hätte er keine eigenen Freunde, kein eigenes Leben. Fast täglich waren die beiden hier. Echt anstrengend. Genervt funkelte Yasmin Tarek an. Er erwiderte ihren Blick reglos, ohne eine Miene zu verziehen. Dass er sie immer so anstarrte, war noch so eine Sache, die sie überhaupt nicht an ihm mochte.

«Na, sieht das nicht köstlich aus?», sagte Helen auf Arabisch, was sie immer sprachen, wenn sie alle zusammenkamen. Das Arabisch von Yasmins Mutter war zwar etwas brüchig, aber auf jeden Fall besser als Tante Mounas Deutsch. Dabei war sie schon seit gut zwei Jahren in Hamburg. Nach Kriegsausbruch in Syrien hatte Yasmins Vater seine verwitwete Schwester und ihren Sohn aus Aleppo nach Deutschland geholt.

«Bedient euch», sagte Tante Mouna, ließ es sich aber nicht nehmen, selbst jedem etwas auf die Teller zu füllen. Sie tat immer so, als sei das hier ihr Zuhause. Ihre Wohnung. Ihre Küche. Sie mochte ja auf ihre Art lieb und herzlich sein, aber vor allem war sie furchtbar vereinnahmend. «Die Kibbeh hat übrigens Helen gemacht.»

«Hm, die sind wirklich gut», sagte Yasmins Vater, der sofort eine der gut gewürzten Hackfleisch-Bulgur-Kugeln probierte.

«Langsam lernt Helen noch das Kochen.» Tante Mouna strich ihrer Schwägerin über den Arm. Helen rang sich ein Lächeln ab. Yasmin verdrehte die Augen. Das war jetzt wirklich überflüssig gewesen. Auch wenn es stimmte, dass ihre Mutter keine großartige Köchin war und sie mittags oft einfach losschickte, um Döner oder Asianudeln für alle zu holen, aber trotzdem. Es war ja wohl nicht an Tante Mouna, das ständig hervorzuheben.

«Amar, hast du schon etwas wegen einer anderen Wohnung gehört?», fragte Mouna ihren Bruder.

Yasmin entging nicht, wie ihre Eltern Blicke austauschten.

«Ihr habt doch jetzt eine schöne Wohnung», sagte Helen. Die ersten Monate hatten Tante Mouna und Tarek in der Flüchtlingsunterkunft in der Hafencity wohnen müssen, dann aber mithilfe von Yasmins Vater etwas Eigenes gefunden.

Tante Mouna seufzte theatralisch, wobei sie sich eine Hand aufs Herz legte. «Aber die ist so weit weg von euch.»

Yasmin runzelte die Stirn. «Sie ist in Rothenburgsort. Das sind nicht mal zwanzig Minuten mit dem 3er-Bus.»

«Eine Familie muss im selben Haus wohnen», wandte Tante Mouna ein.

So weit kommt es noch, dachte Yasmin und musste sich zusammenreißen, es nicht laut auszusprechen.

«Hier in der Neustadt eine Wohnung zu finden, ist unmöglich», sagte Helen ausweichend. Sie wohnten extrem zentral, mit Blick auf den Michel.

«Amar. Du hast doch Beziehungen.» So wie Tante Mouna das sagte, klang es vorwurfsvoll.

«Nein, so läuft das hier nicht», murmelte ihr Vater.

«Ich mag das nicht», maulte Johanna und stocherte mit der Gabel in einem frittierten Blumenkohl herum.

«Dann hol dir ein Eis, mein Herzchen.» Tante Mouna tätschelte Johannas Wange und sagte an Yasmin gewandt: «Wenn du uns später nach Hause fährst, müssen wir noch kurz bei Ikea vorbei. Die haben doch samstags lange auf, oder?»

«Ich kann heute nicht. Ich muss arbeiten», sagte Yasmin schnell. Sollten sie doch den Bus nehmen.

Tante Mouna schnalzte missbilligend mit der Zunge. «Wieder in dieser Bar?»

«Nachtbar», korrigierte Tarek.

«Nachtbar, du tickst ja wohl nicht richtig.» Am liebsten hätte sie Tarek gegen das Schienbein getreten. Dachte er wirklich, die *Zoebar* war irgendeine zwielichtige Nachtbar? Das war ein voll chilliger Laden mit gemütlichen Sofas. Ein paarmal war Tarek schon während ihrer Schicht dort aufgetaucht, hatte am Tresen abgehangen und gewartet, dass sie fertig war, und dann darauf bestanden, sie nach Hause zu bringen. Als ob sie einen Beschützer bräuchte. Wo waren sie denn hier? Vielleicht meinte er es nur nett, aber sie wurde das Gefühl nicht los, dass es etwas anderes war. Und dass er sich eher als Überwacher denn als Beschützer aufzuspielen versuchte.

«Amar!» Tante Mouna sah ihren Bruder mit hochgezogenen Brauen an. «Du bist Arzt. Du hast es doch nicht nötig, deine Tochter arbeiten zu schicken.»

«Oh bitte.» Schwer atmend fuhr ihr Vater sich mit der Hand über das Gesicht. Plötzlich fiel Yasmin auf, wie erschöpft er aussah, mit grauen Schatten unter den Augen.

«Papa schickt mich nicht arbeiten!» Yasmin schnaubte und warf ihre zerknüllte Serviette auf den Tisch. «Schon mal auf die Idee gekommen, dass ich arbeiten *will*?»

«Yasmin, lass gut sein.» Ihr Vater legte ihr eine Hand auf den Arm, was sie nicht beruhigte, sondern noch wütender machte. Ihre Verwandtschaft nervte sie, aber am schlimmsten fand sie, dass ihr Vater sich das gefallen ließ. Es machte sie traurig, und es frustrierte sie. Er hatte sich verändert, seit seine Schwester da war. Er war unaufmerksamer geworden, irgendwie fahrig. Gleichzeitig sprang er immer sofort, wenn Tante Mouna etwas von ihm wollte. Und das tat sie andauernd. Er widersprach nie. Nicht richtig zumindest. Aber bevor Yasmin jetzt noch etwas sagen konnte, vibrierte ihr Smartphone, das neben ihr auf dem Tisch lag. Es war Lara. Die Rettung, genau im richtigen Moment. Sie riss das Smartphone an sich, sprang auf und eilte in ihr Zimmer, wo sie die Tür hinter sich zuschlug. Schnell fuhr sie sich noch mal durch ihre zerzausten Locken und öffnete den Videochat. «Hey», sagte sie mit einem Lächeln.

«Hey.» Laras Bild erschien auf dem Display. Ihr schmales Gesicht mit den kinnlangen rotbraunen Haaren, den Sommersprossen, der feinen Narbe unter dem rechten Auge. Ein warmes, wohliges Gefühl breitete sich in Yasmin aus. Seit zwei Monaten waren sie zusammen. Manchmal kam es ihr viel länger vor, so vertraut war Lara ihr. Dann wieder war es, als wäre es erst seit gestern – immer noch fühlte sich alles so neu an. Bis sie Lara getroffen hatte, wäre Yasmin nicht einmal auf die Idee gekommen, dass sie sich in eine Frau verlieben könnte.

Ende August, am letzten heißen Wochenende des Jahres, hatten sie sich auf der Badewiese an der Dove-Elbe, einem ruhigen Seitenarm der Elbe, kennengelernt. Lara wohnte in der Gegend, ihre Familie besaß eine Bootswerft. Und Yasmin war im Sommer oft mit dem Rad zum Baden rausgefahren, von der Neustadt aus war es nicht weit, über den Deich kaum eine halbe Stunde. Außerdem war man nie alleine, immer hing da irgendwer ab, den man kannte. Ein echter Hotspot unter ihren Freunden. Und das Wasser war herrlich zum Schwimmen. Viel besser als ein Freibad.

Lara war mit einem Jungen aus Yasmins Schule dagewesen, deshalb hatten sie in derselben Ecke gesessen, unten beim Steg. Sie hatten sich angesehen und PENG. Es klang kitschig, aber so war es gewesen. Noch am selben Tag hatte Yasmin mit Emil Schluss gemacht. Er war nett, sie mochte ihn. Aber das mit Lara war etwas ganz anderes.

«Du fehlst mir», sagte Yasmin.

«Ja?» In Laras Stimme schwang Unsicherheit mit, als zweifelte sie immer noch an Yasmins Gefühlen ihr gegenüber. Daran hatte Yasmin sich gewöhnt, Lara fehlte es einfach etwas an Selbstsicherheit. Aber das würde sie ihr schon noch beibringen. Wenn sie erst mal in Amsterdam waren, Zeit für sich hatten, nicht mehr ständig darauf hoffen mussten, dass Laras Vater sie mal von der Werft wegließ. Lara machte eine Ausbildung zur Bootsbauerin bei ihm, und er ließ sie ackern bis zum

Umkippen. Auch abends und am Wochenende. Mal eben in die Stadt fahren, war für Lara unmöglich. Deshalb fuhr meist Yasmin zu ihr raus.

«Ja, absolut! Ich vermisse dich», versicherte sie ihrer Freundin.

«Ich dich auch.»

«Was machst du grade?», fragte Yasmin, obwohl sie natürlich sah, dass Lara in ihrem Zimmer war.

«Ich bin eben reingekommen. Musste meinem Vater noch helfen, einen Mast zu streichen.»

Laras Tonfall war anzuhören, dass es anstrengend gewesen sein musste. Vermutlich mehr wegen ihrem Vater als wegen der Arbeit. «Und du?»

«Ich telefoniere mit dir.»

«Schon klar. Und sonst?»

«Meine Großfamilie ist da», sagte Yasmin.

«Wie immer.»

«Ja, leider.» Yasmin presste die Lippen zusammen, nickte vielsagend.

«Dann ist auch dein komischer Cousin wieder da?», fragte Lara.

«Tarek, ja, der auch. Wie der mich immer anschaut, echt spooky.»

«Der Kerl mit dem starren Blick», sagte Lara. «Das wäre doch ein Titel für einen Thriller.»

Sie mussten beide lachen, obwohl Yasmin es eigentlich gar nicht lustig fand, und ernst schob sie hinterher: «Manchmal ist er mir fast ein bisschen unheimlich.»

«Er ist einfach nur ein Idiot», sagte Lara.

«Aber er nervt.»

«Der ist verknallt in dich.» Lara grinste.

«Quatsch. Er ist mein Cousin!»

«Na und?»

Yasmin verzog das Gesicht.

«Übrigens», sagte Lara jetzt ganz aufgeregt. «Gute Neuigkeiten! Ich war vorhin am *Brackhus* und hab mit dem Busfahrer gesprochen! Er nimmt uns mit!»

Im *Brackhus*, einer Pension am Deich, übernachteten viele Fernbusfahrer, da es dort einen großen Parkplatz gab. In der Innenstadt um den Busbahnhof herum war es kaum möglich, die Busse über Nacht abzustellen.

«Das ist super!», sagte Yasmin. Wenn sie direkt am *Brackhus* einstiegen und nicht am Busbahnhof, würde niemand nach ihren Ausweisen fragen. Lara war ja noch nicht volljährig, und eine Erlaubnis ihrer Eltern, nach Amsterdam zu fahren, hatte sie nicht. Und würde sie auch niemals bekommen. Aber wenn sie erst mal im Bus saßen, war alles easy. An der Grenze kontrollierte niemand mehr. Das hatte Yasmin sich zumindest sagen lassen.

«Perfekt», sagte sie. «Und wann?»

«Montag früh», sagte Lara.

«Übermorgen schon?» Kurz schluckte Yasmin und ließ ihren Blick durchs Zimmer gleiten, betrachtete die Dinge, die sie zurücklassen würde. Ein Poster von Deichkind, eine große Zeichnung des Hamburger Hafens, der abgegriffene Teddy, den sie schon als Baby gehabt hatte ...

«Ist das ein Problem?» Lara klang besorgt.

«Nein, nein. Alles gut.» Yasmin überlegte, was sie noch erledigen musste. Nichts mehr eigentlich, nur Paul Bescheid geben, dass sie kamen. Bei ihm würden sie erst mal unterkommen. Er war ein alter Grundschulfreund und studierte in Amsterdam.

«Abfahrt ist Punkt vier Uhr. Morgens», sagte Lara.

«Das ist ja mitten in der Nacht.» Yasmin hasste es, früh aufzustehen.

«Ist doch egal. Wir treffen uns vorher im Pfahlhaus. Oder?»

«Ja, sicher.» Das Pfahlhaus war ihr geheimer Treffpunkt. Es war eigentlich nur ein Sommerhaus in der Nähe der Werft und lag außerhalb des Deichs, weshalb es auf gut drei Meter hohen Pfählen stand, damit es bei Sturmflut nicht absoff. Es gehörte einer alten Frau, um die Lara sich früher ein bisschen gekümmert und in ihrem Auftrag auch nach dem Haus gesehen hatte. Die Frau war die steilen Stiegen nicht mehr hochgekommen. Mittlerweile lebte sie im Altersheim, aber Lara hatte immer noch den Schlüssel. Vom Pfahlhaus aus konnten sie zu Fuß zum Fährhaus rüberlaufen.

«Lara. Hilfst du mir bei Mathe?», hörte Yasmin jetzt Laras Bruder fragen. Kurz erschien er hinter Lara im Display. Strubbelige blonde Haare, ein bleiches unscheinbares Gesicht, Sommersprossen. Leo war elf, ein Jahr älter als Yasmins Schwester, aber auf Yasmin wirkte er jünger als Johanna, fast etwas zurückgeblieben. Yasmin fand ihn anstrengend, er klammerte immer so an Lara. Da war sie mit Johanna wirklich besser dran, die war ziemlich selbstständig.

«Leo», sagte Lara zu ihrem Bruder. «Wenn Papa dich hier drinnen erwischt. Du solltest doch den Hof fegen.»

«Hab ich schon.»

«Okay. Dann helf ich dir gleich bei den Hausaufgaben. Ich telefonier nur noch kurz.»

Yasmin konnte nicht sehen, ob Leo den Raum verließ, aber

vermutlich nicht, denn jetzt flüsterte Lara: «Also, wir sehen uns Sonntagnacht. In der Hütte.»

«Ich fahr so um zehn oder elf los.»

«So früh schaff ich es wahrscheinlich nicht.» Lara konnte sich immer erst zu Hause wegschleichen, wenn ihre Eltern schliefen. Mit dem Argument, sie sei siebzehn und könnte ja wohl abends mal losziehen, kam sie bei ihrem Vater nicht durch.

Nachdem sie das Gespräch beendet hatten, ließ Yasmin sich rücklings auf das Bett fallen, schloss die Augen, lauschte dem gleichmäßigen Rauschen des Regens. Aus dem Wohnzimmer drangen leise Stimmen zu ihr herüber. Auf das Familienessen hatte sie jetzt erst recht keine Lust mehr. Sie legte die Hände auf ihre Brust und spürte das Heben und Senken des Brustkorbs und den Rhythmus ihres Atems, stellte sich Laras sanften Atem auf ihrer Haut vor. «Amsterdam», flüsterte sie und döste mit einem Lächeln auf den Lippen ein.

3. BETTE

In den Marschlanden traf der Himmel in gerader Linie auf den Boden. Platt bis zum Horizont. Frühnebel hing über den Wiesen. Bette nahm ihre Mütze ab, und der kühle Wind fuhr ihr durch die kurzen Haare. Herrlich. Obwohl Sonntag war, war weit und breit nicht ein Spaziergänger zu sehen. Anton, dem Bette nicht schnell genug war, sprintete vor ihr her, nur um immer wieder zurückzukommen. Er war ein schwarz-weißer Border Collie und hatte ihrer Tante gehört, die ihn nicht mit ins Altersheim hatte nehmen können. Und Bette wiederum hatte es nicht über sich gebracht, ihn ins Tierheim zu bringen. Oder besser gesagt, sie war sogar mit ihm hingefahren, dann aber beim Anblick der Zwinger sofort umgekehrt. Sie und ein Hund. Das hätte sie sich auch nie träumen lassen. Wie genau genommen so vieles nicht, was innerhalb des letzten Jahres passiert war.

Die Narkolepsie, die kurz vor Weihnachten bei ihr diagnostiziert worden war, hatte ihr Leben grundlegend auf den Kopf gestellt. Der Teil ihres Gehirns, der für Schlaf und Wachsein verantwortlich war, funktionierte nicht mehr richtig. Nachts schlief sie schlecht, tagsüber litt sie unter Einschlafattacken. Die plötzlichen Müdigkeitsanfälle waren wie ein Sog in die Tiefe. Sie schlief einfach ein, in den unmöglichsten Situationen. Beim Essen, beim Einkaufen, auf der Straße. Manchmal merkte sie, wie der Schlaf sich anschlich, manchmal auch nicht. Dann konnte es sein, dass sie einfach umkippte. Sie hatte versucht, sich einen Rhythmus aufzubauen, um ihre

Schlafschübe besser kontrollieren zu können: dreieinhalb Stunden wach, eine halbe Stunde Schlaf. Das klappte nicht immer, funktionierte aber meistens schon ganz gut.

Ihr großes Glück war, dass sie nicht wie viele andere Narkoleptiker an chronischer Müdigkeit litt. Zwischen ihren Schlafschüben war sie fit. Dennoch hatte die Krankheit es ihr unmöglich gemacht, weiter als aktive Ermittlerin in der Mordkommission zu arbeiten, und einen Schreibtischjob im Innendienst hatte sie abgelehnt. Das Rumsitzen vor dem Rechner wäre ihr unerträglich gewesen.

Kurz nach ihrem Ausscheiden bei der Polizei war sie dann zurück in ihr leer stehendes Elternhaus gezogen, eine alte Reetkate in Ochsenwerder, mitten in den Vier- und Marschlanden. Was sie hier früher als so beklemmend empfunden hatte, die Tatsache, dass jeder jeden kannte, kam ihr jetzt zugute. Die Leute wussten, was mit ihr los war. In der Stadt war es immer wieder vorgekommen, dass sie als betrunken beschimpft wurde, wenn sie zusammenbrach. Oder der Notarzt kam, was ihr auch unangenehm war. Das passierte ihr hier nicht.

Dennoch hatte sie sich extrem schwer damit getan, mit ihren 53 Jahren nun wieder da zu sein, wo ihr Leben begonnen hatte. Und noch schwerer war ihr das Nichtstun gefallen. Die Arbeit war ihr Leben gewesen. Vor lauter Frust hatte sie erst mal mehrere Pfund zugelegt. Dank Anton allerdings, der sie zwang, mit einer Regelmäßigkeit spazieren zu gehen, zu der sie sich sonst niemals aufraffen könnte, passten mittlerweile ihre alten Hosen wieder. Wo war Anton überhaupt? Sie pfiff nach ihm, ohne dass er reagierte. Stattdessen hörte sie aufgeregtes Geschnatter, und in einiger Entfernung flatterten zwei Enten mit hektischen Flügelschlägen aus einem Wassergraben auf. Kurz darauf kam Anton völlig vermatscht zu ihr zurückgerannt. *Na warte, dich spritz ich gleich erst mal mit dem Gartenschlauch ab.* Und danach musste sie sich endlich an die Gartenarbeit machen. Das hatte sie sich für heute fest vorgenommen.

Es war Anfang November, und ihr Garten war der letzte weit und breit, der noch nicht winterfest gemacht war. Sie mochte es verstrüppt und verwildert, mit alten Obstbäumen, die wuchsen, wie es ihnen gefiel, und hielt nicht viel von ständiger Gärtnerei, aber wenn die Blätter auf dem Gras verrotteten, wäre es im nächsten Jahr nichts mit ihrer schönen Wildwiese.

Als Bette sich kurz darauf ihrem Haus näherte, sah sie, dass Tyler schon angefangen hatte zu harken. Der Junge wohnte seit ein paar Wochen bei ihr. Noch so eine Sache, die sie niemals für möglich gehalten hätte. Seit ihren frühen WG-Zeiten hatte sie immer alleine gelebt. Und nun hatte sie plötzlich nicht nur einen Hund, sondern auch einen Mitbewohner.

Tyler war zwanzig, ein sportlicher Typ mit schwarzen Haaren und fast genauso dunklen Augen. Umgänglich, hilfsbereit und humorvoll. Als Bette nach Ochsenwerder gezogen war, hatte er die Einkäufe für sie erledigt. Sie selbst setzte sich wegen ihrer Narkolepsie nicht mehr hinters Steuer. Und einen Supermarkt, den sie zu Fuß erreichen konnte, gab es nicht. Das einzige Geschäft im Ortskern war die Bäckerei, die zwar auch als Krämerladen fungierte, wo man aber nur das Allernötigste bekam. Und dann hatte Erik, Tylers Vater, den Bette noch aus ihrer Schulzeit kannte, seinen Sohn vor die Tür gesetzt. Er meinte, Tyler müsse in den familiären Getränkegroßhandel einsteigen, und wollte nicht, dass er studierte. Vermutlich hatte er wirklich geglaubt, Tyler würde seine Pläne aufgeben, wenn nur das Geld knapp würde. Damit, dass Bette Tyler bei sich aufnahm, hatte Erik wohl nicht gerechnet, der alte Stiesel.

Anton rannte mit großen Sprüngen auf Tyler zu und sprang, dreckig wie er war, an ihm hoch. Aber Tyler war da hart im Nehmen. Er lachte und klopfte Anton übers Fell.

«Moin! Du hast ja schon einiges geschafft», rief Bette mit Blick auf die Laubhaufen.

«Na klar, Chefin! Das war doch die Ansage, oder?»

«Nenn mich nicht immer Chefin.»

«Aye, aye, Boss.» Tyler lächelte verschmitzt, und in seinen Wangen bildeten sich Grübchen.

«Ich setz dich vor die Tür, wenn du so weitermachst.» Bette bemühte sich um einen strengen Blick, was ihr nicht ganz gelang. Sie mochte Tylers unbeschwerte flapsige Art.

«Stopp! Anton. Nein!» Tyler brüllte jetzt. Er ließ seine Harke fallen, jagte hinter dem Hund her, der durch das zusammengeklaubte Laub sprang, und packte ihn am Halsband.

«Wie wär's, du bringst ihn ins Haus», schlug Bette vor. «Aber *bitte* spritz ihn vorher richtig gut ab. Ich mach dann hier schon mal weiter.»

Sie holte die Schubkarre, schaufelte Laub hinein und schob sie zum Kompost. Da stand ihnen noch einiges an Arbeit bevor. Ihr Garten war so groß wie ein halbes Fußballfeld, und die Reetkate nahm kaum mehr als achtzig Quadratmeter der Grundfläche ein. Der Verschlag für die Hühner war so klein, dass er kaum zählte, und das Treibhaus, das etwas versetzt hinter dem Wohnhaus stand, so kaputt, dass man sogar darin

Laub fegen könnte. Die meisten Scheiben fehlten, Brombeerranken wucherten um das Metallgerüst, und eine junge Eiche war durch das Dach gebrochen.

«Kaffee!», rief Tyler, als er ohne Anton, aber dafür mit zwei dampfenden Tassen wieder aus dem Haus kam.

«Du bist ein Schatz.»

«Danke, weiß ich doch», sagte er mit einem Lächeln.

Bette wischte zwei Stühle trocken, die unter dem Walnussbaum ganz hinten im Garten standen. Von hier aus hatte man einen freien Blick über die Äcker, und zu dieser Jahreszeit konnte man durch die fast kahlen Baumwipfel des kleinen Wäldchens, das seitlich an ihr Grundstück grenzte, sogar den Turm der St. Pankratiuskirche im Ortskern sehen.

Über den Rand ihrer Tasse hinweg schaute Bette Tyler an. Das Verschmitzte war aus seinem Gesicht gewichen. «Alles in Ordnung?»

«Hm», machte Tyler knapp.

«Was ist los?», bohrte sie weiter. Sie hatte das Gefühl, dass er gefragt werden wollte.

«Das Studium», rückte er dann auch raus. «Ich glaub, das war doch keine so gute Idee.»

«Was soll das denn heißen?», fragte Bette ehrlich überrascht. Er hatte doch unbedingt in diesen Studienzweig für Umwelttechnik kommen wollen, im Sommer hatte er von nichts anderem geredet. Oder war der Wunsch zu studieren nur eine Protesthaltung seinem Vater gegenüber gewesen?

«Das ist alles so theoretisch», sagte Tyler.

«Das ist ein Studium. Was hast du erwartet?»

Er zuckte mit den Schultern. «Dass es irgendwie praxisbezogen ist. Angewandter.»

«Das kommt noch. Du hast grade erst angefangen», versuchte Bette, ihn zu beruhigen.

«Ich weiß nicht.»

Bette bezweifelte insgeheim auch, dass an einer Uni je etwas wirklich praxisbezogen war. Aber das sagte sie nicht. Tyler sollte nicht so schnell aufgeben, denn sie glaubte schon, dass Umwelttechnik im Grunde zu ihm passte. Er war technisch interessiert und gleichzeitig kreativ. Solche Leute brauchte man doch gerade in diesem Bereich. Nur, wie sollte sie ihn überzeugen? «Du hast dich wegen des Studiums mit deinem Vater zerstritten», nutzte sie schließlich Erik als Argument. Das zog bei ihm immer am besten. «Und jetzt willst du nach ein paar Wochen alles hinwerfen? Komm schon!»

Tyler sah sie hilflos an. «Ich muss irgendwas machen, womit ich Geld verdienen kann», sagte er.

«Also, wenn etwas Zukunftsperspektiven hat, dann Umwelttechnik.»

«Ich meine, womit ich *jetzt* Geld verdiene», verdeutlichte er.

«Du jobbst doch schon.»

Tyler seufzte. «Das ist ... das reicht nicht.»

«Falls es das ist: Du kannst hier wohnen bleiben, solange du willst. Mietfrei.» Als sie Tyler das Zimmer angeboten hatte, sollte es vorübergehend sein, bis er ein bezahlbares Zimmer in der Stadt gefunden hatte, auch wenn ihr klar gewesen war, dass das ohne Unterstützung von zu Hause und nur mit einem Studentenjob schwer zu finanzieren wäre. «Ich würde mich sogar freuen, wenn du bleibst», schob sie hinterher. «Wirklich, das meine ich ernst.» Die Zeiten, in denen sie am liebsten alleine war, waren passé.

«Danke, aber das Studium ist trotzdem einfach nicht das Richtige für mich.»

«Aha. Und was wäre deiner Meinung nach das Richtige für dich?»

«Wenn ich das wüsste.»

Bette trank von ihrem Kaffee und überlegte, was sie darauf antworten sollte. «Ich glaube, du darfst dir da nicht so einen Kopp drum machen. Im Grunde kann man alles. Oder fast alles. Man muss sich nur darauf einlassen.»

«Du hast gut reden. Du hast – mit was, achtzehn? – bei der Polizei angefangen. Du wusstest doch immer, was du machen willst.»

Bette lachte auf. «Was meinst du, wie oft ich am Anfang verzweifelt bin? Wie oft ich alles hinschmeißen wollte?»

«Aber das hast du nicht.»

«Nein. Aber vermutlich nur, weil ich keine Idee hatte, was ich sonst machen sollte. Und irgendwann war es der richtige Job für mich. Aber das hat gedauert. Das kannst du mir glauben.»

Tyler sah sie skeptisch an.

«Gib deinem Studium noch etwas Zeit. Wenn du jetzt aufgibst, denkt dein Vater nur wieder, dass er recht hatte.»

4. YASMIN

Sonntagabend. Es war so weit. Leise ging Yasmin in das Zimmer ihrer kleinen Schwester. Johanna schlief tief und fest. Yasmin setzte sich neben sie, streichelte über ihren Arm, dann über die weiche rote Bettdecke mit den grünen Äffchen. Sie hatte früher einmal ihr gehört, und sie hatte sie geliebt.

In den letzten Tagen hatte sie es nicht abwarten können, endlich aufzubrechen, jetzt wollte sie sich am liebsten einfach nur zu Johanna ins Bett kuscheln und bleiben. Auf immer im Kinderzimmer. Aber einen Rückzieher machen, das konnte sie nicht. Lara wartete auf sie. Schweren Herzens drückte sie Johanna einen Kuss auf die Stirn, ganz sacht, damit sie nicht aufwachte. Dann schlich sie sich aus dem Zimmer.

Sie nahm nur ihren kleinen roten Rucksackbeutel mit, den sie immer bei sich trug. Alles andere, was sie in den nächsten Wochen brauchen würde, hatte sie schon im Pfahlhaus deponiert. Im Flur zog sie sich ihre Boots und die Daunenjacke an und streckte den Kopf durch die Wohnzimmertür. Ihre Mutter war vor dem Fernseher eingeschlafen. Ihr Vater schaute irgendeine Doku über Eisberge.

«Papa», sagte sie leise. «Ich bin noch mal weg.»

«So spät noch? Es ist schon elf.»

«Ich bin mit ein paar Freunden in der Schanze verabredet.»

Ihr Vater stand auf und kam zu ihr in den Flur. «Mit wem denn?»

«Mit ein paar Leuten aus meinem Abi-Jahrgang», log sie. Im Sommer war sie mit der Schule fertig geworden. Eigentlich hatte sie immer Medizin studieren wollen wie ihr Vater, aber jetzt war sie sich nicht mehr so sicher. Sie wollte sich erst mal ausprobieren, jobben, reisen und das Leben genießen. Und mit Lara nach Amsterdam. Was sie dann machte, würde sich schon irgendwann finden.

Ihr Vater sah sie an und strich ihr mit der Hand über die Wange. «Na dann. Viel Spaß, mein Schatz.»

«Danke, Papa.» Sie zwang sich zu einem Lächeln und versuchte, nicht zu weinen. Alles in ihr zog sich zusammen. Sie wusste, sie sollte ihm das nicht antun. Ihrem Vater nicht und auch ihrer Mutter nicht. Sie hatten ihr immer vertraut, und jetzt haute sie einfach ab, ohne ein Wort. Aber so hatte sie es mit Lara abgemacht. Wenn Laras Vater irgendwie Wind davon bekam, war alles vorbei ... dann würden sie hier niemals wegkommen. Zumindest nicht, bis Lara achtzehn war. Und auch wenn das nur noch ein halbes Jahr hin war, kam es ihnen wie eine Ewigkeit vor. Sie wollten *jetzt* zusammen sein.

«Alles in Ordnung?», fragte ihr Vater.

Er merkte aber auch immer, wenn ihr etwas auf der Seele lag. Sie würde ihn und Mama morgen aus Amsterdam anrufen, ihnen alles erklären. Ihnen von Lara erzählen. Oder sollte sie es jetzt tun?

Sie haderte mit sich. «Ja, schon. Ich ...»

«Was ist es?», fragte er vorsichtig nach, ohne ihr zu nahe zu treten.

Sie würde es ihm sagen, sie konnte nicht einfach so verschwinden. Er würde schon nicht Laras Vater anrufen. Nicht, wenn sie ihn darum bat. «Ich muss dir ...» Bevor sie die richtigen Worte fand, klingelte sein Smartphone. Er zog es aus der Hosentasche, sah auf das Display und seufzte. «Mouna.»

Nicht jetzt, dachte Yasmin und fragte sich plötzlich zum ersten Mal, was passierte, wenn Tante Mouna erfuhr, dass sie nach Amsterdam wollte – mit einer Frau. Würde sie das akzeptieren? Yasmin konnte sich das kaum vorstellen. Sicher würde sie versuchen, ihren Vater zu beeinflussen. Und was würde er dann machen? Für sie einstehen oder nicht?

«Da muss ich rangehen», sagte er.

«Papa. Sie lässt dich nicht mal nachts in Ruhe. Du musst ihr mal sagen, dass das nicht okay ist.»

Er zuckte entschuldigend mit den Schultern. «Sie ist meine Schwester, und du weißt doch, wie sie ist.»

Yasmin presste die Lippen zusammen und hoffte, dass ihr Vater die Tränen nicht sah, die ihr in die Augen stiegen, aber er hatte sich schon abgewandt.

«Ja, sicher, Schwesterherz, ... ich kümmere mich drum ... nein, morgen ...» Er nickte unentwegt, während Tante Mouna auf ihn einredete.

Kurz stand Yasmin noch in der Tür, bevor sie sie leise hinter sich zuzog, die Treppe runterging und ihr Rad aus dem Keller holte. Es war ein schwarzes Hollandrad. Wie passend.

Ihren Rucksackbeutel warf sie vorne in den Fahrradkorb, das Smartphone schob sie in die Hosentasche, nur für den Fall, dass Lara sich meldete. Beim Radfahren würde sie das Klingeln sonst nicht mitbekommen.

Sie fuhr los, über das holprige Kopfsteinpflaster des Großneumarktes, unter den alten Bäumen hindurch. Wie sie den Platz vermissen würde! Sie überquerte die breite Ludwig-Erhard-Straße, ließ den Michel links liegen und war nach wenigen hundert Metern an der Elbe. Ab hier führte der Radweg bis zu Lara raus immer am Wasser entlang. Von der Badewiese an der Dove-Elbe würde sie noch einmal quer durch Ochsenwerder müssen, um zur Pfahlhütte zu gelangen, aber wenn kein Gegenwind war und sie etwas in die Pedale trat, schaffte sie das in einer Dreiviertelstunde. An der Speicherstadt war sie schnell vorbei, und hinter der Oberhafenbrücke mit ihren genieteten Stahlträgern bog sie auf den Stadtdeich. Obwohl es kalt war, schwitze sie in ihrer dicken Jacke und hielt kurz an, um den Reißverschluss zu öffnen. Sie mochte die Gegend hier: die alten Lagerschuppen, den brachliegenden Löschplatz mit dem längst stillgelegten kleinen Hafenkran, die Kaimauern aus Holz und dunkelroten Backsteinen. Sie sog den Geruch des schlickigen Wassers ein. Ob es in Amsterdam auch so roch? *Bye-bye, Hamburg*. Sie streckte den Arm aus, winkte, erst zaghaft, dann immer wilder und kam sich dabei so albern vor, dass sie lachen musste. Jetzt freute sie sich doch wieder auf ihr Abenteuer.

Hinter den Elbbrücken nahm sie den Umweg durch Rothenburgsort. Im Entenwerder Park war es ihr nachts zu düster und zu verlassen, allerdings war die Wohnsiedlung, durch die sie fuhr, auch nicht gerade belebt. An dem Hochbunker mit dem Basketballplatz davor war sie gerade rechts Richtung Sperrwerk abgebogen, über das man auf die Elbinsel Kaltehofe und weiter in die Vier- und Marschlande kam, als sie mehrere dunkel gekleidete Gestalten am Straßenrand stehen sah. Den Silhouetten nach zu urteilen – breitschultrig und mit lässig schlackernden Armen – waren es junge Männer. Ihre Gesichter konnte sie im fahlen Licht der Straßenlaterne nicht erkennen. Einer von ihnen hatte einen Hund dabei, der an der Leine zog und kläffte. Bestimmt so ein blöder Kampfhund. Genau wegen solcher Typen war sie eben nicht durch den Park gefahren. Jetzt bloß keine Angst zeigen. Sie streckte ihren Rücken durch, hielt den Kopf erhoben. Der Hund zerrte in ihre Richtung, und dann trat einer der Männer plötzlich direkt vor ihrem Rad auf die Straße.

Sie riss den Lenker herum und bremste. «Scheiße. Was soll das?», fauchte sie, plötzlich nur noch wütend.

«Was machst du hier?», fragte eine vertraute Stimme auf Arabisch.

Jetzt erst erkannte sie ihn. Es war Tarek, ihr Cousin.

«Dasselbe könnte ich dich fragen», konterte sie, auch auf Arabisch.

«Ich wohne hier.» Wie um sie daran zu erinnern, zeigte er auf das weiße Hochhaus, das man über die Bäume hinweg sah.

«Ja, klar, hätt ich fast vergessen. Ich dachte, ihr wohnt bei uns. Ihr seid ja ständig da.» Den Kommentar konnte sie sich nicht verkneifen.

«Weiß der Onkel, dass du alleine hier rumfährst?»

Yasmin kniff die Augen zusammen. «Hör mal zu. Ich kann rumfahren, wo ich will.»

Der Hund war jetzt nur noch Zentimeter von ihrem Bein entfernt. Er fletschte die Zähne. Sie hätte ihn am liebsten weggetreten, wagte es aber nicht.

«Hey, Tarek», sagte der Hundebesitzer auf Deutsch. «Willst du uns nicht deiner süßen Freundin vorstellen?»

«Halt die Klappe», fuhr Tarek ihn ebenfalls auf Deutsch an. «Sie ist meine Cousine.»

Yasmin war überrascht, wie akzentfrei er sprach, sie hatte ihn bislang immer nur Arabisch reden hören.

Der Hundebesitzer hob eine Hand. «Okay, sorry, Mann. Wollte dir nicht zu nahe treten.»

«Wo willst du hin?», fragte Tarek, wieder an Yasmin gewandt.

«Das geht dich gar nichts an», sagte sie.

«Ich bring dich.»

«Du hast ja nicht mal ein Rad. Vergiss es.» Sie wollte weiterfahren, aber er packte sie am Arm, hielt sie fest.

«Lass mich los!», schrie sie.

«Ich bring dich», wiederholte er.

«Du kannst mich mal!» Sie fuhr los, rutschte dabei aus den Ärmeln. Ließ Tarek mit ihrer Jacke stehen. Auf die konnte sie auch verzichten, wenn ihr bescheuerter Cousin sie nur nicht länger an der Weiterfahrt hinderte. Sie hatte wirklich andere Pläne, als sich hier von ihm bevormunden zu lassen. Und im Pfahlhaus hatte sie noch eine Fleecejacke deponiert. Die würde es auch tun. Bis dahin musste sie eben etwas frieren oder einfach schneller fahren.

«Hey, deine Jacke», rief Tarek. Der Hund bellte wieder, und dann hörte sie, wie Tarek hinter ihr herrannte. Zumindest ging sie davon aus, dass er es war. Sie wagte nicht, sich umzudrehen, fuhr stattdessen nur noch schneller.

«Stopp!», brüllte er. Seine Schritte hallten auf dem Asphalt, und sie meinte seinen Blick in ihrem Nacken zu spüren, er brannte regelrecht auf ihrer Haut. Und mit einem Mal ging ihr auf, dass sie ihren Cousin nicht nur nervig fand und auch nicht nur ein bisschen unheimlich. Er machte ihr Angst.

5. YVONNE

Es war zwei Uhr morgens. Yvonne konnte nicht schlafen, wie so oft, wenn Daniel nachts unterwegs war. Sie wusste, sie sollte sich keine Sorgen machen, dafür gab es gar keinen Grund, dennoch wälzte sie sich unruhig hin und her. Schließlich stand sie auf, nahm ihre Zigaretten und die dicke Wolljacke und ging noch mal an Deck der Yoda. Es war still, und das Mondlicht spiegelte sich auf dem glatten dunklen Wasser. Sie zog ihre Jacke eng um ihre Brust, atmete die nasskalte Luft tief ein und langsam wieder aus.

Yvonne mochte das Hausboot, aber manchmal wünschte sie sich doch eine ganz normale Wohnung, wo ihr nicht ständig die Feuchtigkeit in die Knochen kroch. Irgendwann bekam sie sicherlich Rheuma oder die Gicht. Doch Daniel würde niemals hier wegziehen. Er hing an dem Hausboot und an der Einsamkeit, die es ihm bot. Er hatte die alte Arbeitsschute kurz nach Lenis Geburt vor sieben Jahren ausgebaut. Ein gemütliches Zuhause für die Kleinfamilie. Fußboden aus Eichendielen, Holzofen, bodentiefe Fenster. Wohnküche, Schlafzimmer und das kleine Kojenzimmer, in dem Leni schlief. Ein Badezimmer mit Wanne – ihr größter Luxus. Und vom Achterdeck aus kam man über eine Leiter auf die Dachterrasse, die Daniel auf den Decksaufbau gezimmert hatte.

Die Yoda lag an der Dove-Elbe, die durch Abdeichung vom Hauptstrom und der Tide getrennt war und hier mehr wie ein See aussah als wie ein Fluss, breit und mit kleinen bewaldeten Inseln in der Mitte.

Wegen der geringen Strömung war sie ideal zum Baden, und im Sommer herrschte hier reger Bootsverkehr. Jetzt allerdings waren die Hobby-Yachten alle am Ufer aufgebockt. Von Planen verdeckte Ungetüme. Nur die Yoda dümpelte fest verankert an ihrem Steg.

Mit den Augen suchte Yvonne den Weg ab, der über die Landzunge zum Steg führte. Kein Daniel, immer noch nicht. Es kam oft vor, dass er, sobald Leni im Bett war, noch mal losging. Er nannte es Spazierengehen, sie würde diese nächtlichen Ausflüge eher als rastloses Umherstreifen bezeichnen, ohne dass sie wirklich wusste, wohin er ging, und warum.

Sie zog an ihrer Zigarette, schloss die Augen und lauschte dem Wind, wie er durch die letzten noch hängenden Blätter der alten Silberweiden fuhr. Ein leises unaufhörliches Rascheln, in so feinen Nuancen, dass es wie ein Flüstern klang.

Sie hatte immer von der großen Liebe geträumt, und das ein oder andere Mal hatte sie auch wirklich geglaubt, sie gefunden zu haben. Das hatte sich dann jedoch jedes Mal als Trugschluss herausgestellt. Als sie Daniel getroffen hatte, war sie bereits 42 Jahre alt gewesen und hatte nicht mehr gezögert. Sie wollte eine Familie, und Daniel war nett, sah gut aus: groß, muskulös, mit dichten dunklen Haaren. Und er war kein Schwätzer, was ihr besonders wichtig war, sondern jemand, der die Dinge anpackte. Kaum ein Jahr, nachdem sie sich kennengelernt hatten, wurde Leni geboren.

Daniel war vielleicht nicht die große Liebe, die sie im Kopf gehabt hatte, aber er war ein guter Vater, und sie funktionierten zusammen, auch wenn es finanziell immer etwas eng war. Daniel verdiente auf der Paulsenwerft kaum mehr als sie als ambulante Pflegerin. Ein Witz eigentlich. Aber sie kamen über die Runden, nicht zuletzt, weil sie mit dem Hausboot nur geringe Wohnkosten hatten. Und wenn es etwas zu reparieren gab, machte Daniel das selbst.

Allerdings war da etwas, das zunehmend an ihr nagte: Er redete fast nie über sich, und schon gar nicht über damals. Über die Entführung. Eine Weile hatte Yvonne geglaubt, sie müsste ihm einfach Zeit geben, dann würde er ihr schon davon erzählen. Aber das tat er nicht. Und die paar Male, die sie ihn darauf angesprochen hatte, war er ihr ausgewichen, hatte gesagt, es sei so lange her und nicht mehr wichtig, gleichzeitig aber verlor sich dann sein Blick an Orte, die sie nicht sehen konnte und von denen er nicht wollte, dass sie sie sah.

Alles, was sie wusste, wusste sie von anderen. Und das waren kaum mehr als Gerüchte. Sie hatte schon überlegt, Helen Hallak zu bitten, ihr mehr zu erzählen. Sie war in der Nacht der Entführung dabei gewesen. Aber es wäre ihr wie ein Betrug an Daniel vorgekommen, hinter seinem Rücken herumzufragen. Mal abgesehen davon, dass sie sich nicht traute. Es war ja nicht so, dass sie mit Helen befreundet war. Sie kannten sich von der Arbeit.

Helen war mit Amar Hallak verheiratet, einem Allgemeinarzt, und arbeitete in seiner Praxis mit. Sie kümmerte sich um alles Bürokratische und machte die Termine. Die Praxis befand sich zufälligerweise am Großneumarkt, in dessen direkter Umgebung die meisten der älteren Menschen wohnten, die Yvonne als ambulante Pflegerin betreute und oft auch zu Arztbesuchen begleitete, unter anderem eben zu Amar Hallak.

Dass Helen aus Ochsenwerder kam, hatte Yvonne nur zufällig mitbekommen und sich dann zusammengereimt, dass sie *die* Helen war. Einmal hat Yvonne ihr gegenüber fallen lassen, dass sie mit Daniel verheiratet war, der ja wohl ein alter Freund von ihr sei. Helen hatte genickt und höflich gelächelt, ohne weiter darauf einzugehen, aber Yvonne war nicht entgangen, wie sie bei der Erwähnung von Daniel erbleicht war.

In Ochsenwerder ließ Helen sich, soweit Yvonne wusste, nie blicken. Wenn sie es richtig interpretierte, hatte sie da – anders als Daniel – einen klaren Bruch vollzogen. Vielleicht wäre alles einfacher, hätte er das auch getan. Hier, wo alle davon wussten, hingen die Geschehnisse von damals wie ein Schatten über ihm. Da konnte er noch so sehr tun, als würde es ihn nicht mehr beschäftigen. Manchmal überkam sie das dringende Bedürfnis, ihm zu helfen, dann wieder hasste sie ihn dafür, dass er sich ihr nicht anvertraute. Es verletzte sie. Und sie hatte das Gefühl, dass sie ihn gar nicht kannte. Aber vielleicht war das einfach so. Vielleicht war es in allen Beziehungen so. Wer kannte einen anderen Menschen schon wirklich? Sie kannte sich ja selbst manchmal kaum. Sie verstand beispielsweise nicht, wieso sie jetzt hier draußen stand und sich Sorgen machte, anstatt zu schlafen. Morgen hatte sie Frühschicht.

Sie hatte gerade ihre Zigarette ausgedrückt, um reinzugehen, als Daniel auf dem schmalen Weg zwischen den Bäumen auftauchte. Er ging gebeugt. Sein sonst so fester Schritt schien regelrecht zu wanken. Nicht so, als ob er getrunken hätte, er trank sowieso nie mehr als ein oder zwei Bier, eher so, als sei sämtliche Kraft aus ihm gewichen.

«Daniel?», rief Yvonne erschrocken, sprang auf den Steg und eilte ihm entgegen, aber er drehte sich nur weg und ging wortlos an ihr vorbei. Sie schaute ihm vom Steg aus hinterher, wie er unter Deck verschwand. Sie selbst blieb für eine weitere Zigarette draußen, versuchte, die Abweisung, die sie gerade erfahren hatte, runterzuschlucken, dann folgte sie ihm.

In der Wohnküche, in die man durch die Deckstür trat, brannte kein Licht. Sie knipste es an und hätte fast aufgeschrien. Daniel stand an der Spüle und ließ Wasser über seine Hände laufen. Der Ärmel seines hellgrauen Sweatshirts war zerrissen und dunkel verfärbt. «Mein Gott, du blutest ja.»

«Sieht schlimmer aus, als es ist.» Seine Stimme war gepresst. Er hatte eindeutig Schmerzen.

«Du musst ins Krankenhaus.»

Daniel schüttelte den Kopf, stöhnte aber auf, als er das Sweatshirt auszog. Yvonne starrte auf die Wunde in seiner Hand. Sie zog sich bis in den Unterarm. Auch sein Hals war blutig.

Leni, schoss es ihr durch den Kopf. Sie durfte ihren Vater auf keinen Fall so sehen. Eilig zog Yvonne die Tür zum Kajütenzimmer zu, das von der Wohnküche abging. Sie hatte sie vorhin offen gelassen, damit Leni keine Angst bekam.

«Was ist passiert?»

«Passiert?», fragte Daniel. Er wirkte ganz durcheinander.

«Die Wunde!»

Daniel starrte auf seine Hand, als sähe er die Wunde selbst erst jetzt. «Jemand hat mich ... hat versucht, mich zu überfallen ...»

«Was?»

«So ein Typ, er ist mit dem Messer auf mich los.»

«Wie, auf dich los?»

«Er hat mich angegriffen. Ich weiß nicht. Es ging alles so schnell.» Daniels Stimme zitterte.

«Du musst die Polizei rufen.»

«Nein, die denken doch, ich bin irre.»

«Warum sollten sie das denken?», fragte Yvonne.

«Ich ... als ich das Messer gespürt habe. Es hat mich so wütend gemacht ... da habe ich zugeschlagen ...»

«Aber doch aus Notwehr. Du musstest dich verteidigen. Wieso sollte die Polizei da ...»

«Yvonne.» Er klang verzweifelt. «Ich habe auf ihn eingeschlagen ... ihn auf den Boden gedrückt, seinen Kopf auf den Boden geknallt.»

«Du hast was?» Sie hatte Daniel nie brutal erlebt. Er war groß, kräftig, aber niemals aggressiv. Es passte nicht zu ihm. Oder doch? Hatte sie nicht gerade selbst noch gedacht, dass sie ihn nicht richtig kannte?

Mit einem Geschirrhandtuch wischte er über seinen Unterarm, verschmierte das Blut nur noch mehr.

«Lass das, das muss desinfiziert werden.» Yvonne holte das Erste-Hilfe-Set aus dem Schrank über der Tür, froh, etwas zu tun zu haben. Daniel setzte sich auf das Sofa, das in der Ecke neben dem Holzofen stand. Sie wünschte, sie hätte ihn vorhin noch angefacht. Es war kalt im Raum. Aber das würde jetzt zu lange dauern. Sie setzte sich neben Daniel auf die Lehne, tränkte ein Tuch mit Isopropylalkohol, tupfte die Wunde ab. Daniel sog die Luft durch die Zähne. Es musste wehtun. Aber das war jetzt nicht zu ändern.

«Was ist mit dem Mann? Braucht er einen Krankenwagen? Du musst einen Krankenwagen rufen», sagte sie. «Und die Polizei.»

«Nein! Die werden mich einsperren.»

«Die werden dich nicht einsperren.» Yvonne versuchte, beruhigend zu klingen. Daniel fürchtete sich vor geschlossenen Räumen. Oder, besser gesagt, vor Situationen, in denen er nicht einfach aufstehen und gehen konnte. «Sie werden nur deine Aussage aufnehmen.»

Daniel räusperte sich, hustete. «Yvonne, vielleicht habe ich ... ich weiß nicht, er hat sich nicht mehr gerührt. Vielleicht ist er tot.»

Tot. Das Wort drang nur dumpf zu ihr durch. Unwirklich. Das konnte nicht sein, was er da erzählte. Das durfte nicht sein. Ihr wurde übel, und für den Bruchteil einer Sekunde sah sie etwas in Daniels Blick, das sie zurückfahren ließ: Genugtuung. Nein, Blödsinn, das bildete sie sich nur ein.

«Ich rufe jetzt den Notarzt. Wo genau ist es passiert?»

«Die können den Anruf zurückverfolgen.»

«Und wenn schon. Wir können den Mann da doch nicht einfach sterben lassen.»

«Er ist tot, Yvonne!»

Sie schluckte. Sie musste ruhig bleiben, einen klaren Kopf behalten. Sie konnte Daniel jetzt nicht mit Vorwürfen kommen, es ging ihm schon schlecht genug. Und er hatte sich doch nur verteidigt. Mit belegter Stimme sagte sie: «Er hat dich angegriffen, du hattest keine Wahl.»

Daniel schüttelte den Kopf.

«Doch! Er ist selbst schuld. Er wollte dich ausrauben, da muss er damit rechnen, dass du dich wehrst.» Yvonne sagte das nicht nur, um Daniel zu beruhigen, sondern vor allem, um sich selbst zu beruhigen. Sie tränkte ein frisches Tuch mit Alkohol, tupfte nochmals über die Wunde. Ganz vorsichtig.

Daniel zuckte weg.

«Stillhalten», befahl sie.

«Das sticht.»

Yvonne trat mit dem Fuß auf den Schalter der Stehlampe und drehte sie so, dass sie auf die Wunde schien. Wieso hatte sie das eigentlich nicht eben schon gemacht? «Da sind Glassplitter drin.»

«Glas?» Daniel runzelte die Stirn. «Ach so, ja. Der Kerl ist mit einer zerbrochenen Flasche auf mich los.»

«Hast du nicht eben gesagt, es war ein Messer?»

«Auch. Ich meine. Ich weiß nicht. Ich hab ihm das Messer aus der Hand geschlagen, aber als ich ihn auf den Boden gedrückt habe, da hatte er plötzlich die Flasche in der Hand ...» Daniel brach mitten im Satz ab, legte den Kopf zurück, schloss die Augen.

Yvonne fragte nicht weiter nach, entfernte vorsichtig die Splitter. Vor ihrem geistigen Auge spielte sich die Szene ab: Wie der Kerl Daniel mit einem Messer bedroht, Daniel es ihm aus der Hand schlägt. Wie beide zu Boden gehen, dieser Kerl plötzlich eine Flasche hält und damit Daniels Hand aufreißt und seinen Unterarm und wie das Blut den Pulli verfärbt. Aber wie kann der Mann die Flasche halten, ihn damit verletzen, wo doch Daniel seinen Kopf auf den Asphalt schlägt? Nein, das passte nicht. Sicher hatte Daniel das in seinem Schock durcheinandergebracht. Und vielleicht war der Mann auch gar nicht tot. Das hatte Daniel auch durcheinandergebracht.

Die Wunde in Daniels Hand war nicht so tief, wie sie zuerst gedacht hatte, aber sie hörte nicht auf zu bluten, und Yvonne musste einen Druckverband anlegen. Berufsbedingt war sie als Ersthelferin ausgebildet. Als sie fertig war, säuberte sie den

Hals, fand aber keine Verletzung. Er war einfach nur blutverschmiert gewesen.

Daniel atmete jetzt so ruhig, dass Yvonne schon dachte, er wäre eingeschlafen. Doch dann sagte er etwas, so leise, dass sie ihn fast nicht gehört hätte. «Für einen Moment dachte ich, es ist einer der Kerle von damals. Er hat genauso gerochen. Nach Zigarettenrauch und Eukalyptus.»

Sie ließ ihre Hand mit dem Wattebausch sinken. Hatte er das wirklich gerade gesagt?

«Du hast mir nie erzählt, wie er gerochen hat», sagte sie leise, bereute es aber sofort. Das klang jetzt doch wie ein Vorwurf. Sie nahm seine Hände. Sie waren schwielig und rau von der Arbeit auf der Werft.

Wenn der Mann wirklich tot war, würde die Polizei nach dem Täter suchen. War das dann wie Fahrerflucht bei einem Autounfall? Machte man sich schuldig, wenn man wegrannte, auch wenn es nur aus Angst war? Auch wenn eigentlich der andere der Schuldige war? Und war es überhaupt noch Notwehr gewesen? Wo der andere doch schon längst am Boden gelegen hatte. War es nicht schon Mord, was Daniel getan hatte?

«Hat dich jemand gesehen?», fragte sie.

«Ich glaube nicht.»

«Bist du sicher?»

«Ich weiß nicht. Ich hatte Panik. Ich bin weggerannt.»

«Wo genau ist es passiert?», wiederholte sie ihre Frage von eben.

«Auf einem Parkplatz. Oben im Industriegebiet. Im Pinkertweg.»

Sie sprach nicht aus, was sie dachte: In der Gegend war

Daniel entführt worden. Lief er deshalb nachts da oben rum? «Du bist verletzt noch so weit gelaufen?», fragte sie stattdessen. Er musste mindestens eine Stunde bis zur Yoda gebraucht haben.

Er zuckte mit den Schultern, sah sie hilflos an.

«Wo sind das Messer und die Flasche?», fragte sie weiter.

«Im Kanal. Ich habe sie in den Kanal geworfen. Ich wusste nicht, wohin ... Ich wollte einfach nur noch nach Hause.»

Yvonne streichelte seine Hand. Und jetzt? Sie musste ganz genau nachdenken. Wie sollten sie vorgehen? Was war zu tun?

Die Polizei würde die umliegenden Kanäle absuchen. Sicher fanden sie DNA-Spuren, und wenn nicht an den Tatwaffen, dann am Tatort. Daniels Blut musste Spuren hinterlassen haben. Aber sie würden nicht wissen, dass es sein Blut war. Und wenn sie es doch herausfanden? Vielleicht hatten sie seine DNA noch von der Entführung in ihrem System. Oder war das zu lange her? Gab es damals überhaupt schon DNA?

Entschlossen sagte sie schließlich: «Du musst duschen. Wir müssen deine Sachen entsorgen.»

Daniel nickte matt, rührte sich aber nicht.

Yvonne stellte sich vor, der Mann mit dem Messer hätte ihn umgebracht. Dass es Daniel erwischt hätte und nicht den anderen. Sie rutschte neben ihn aufs Sofa, umarmte ihn.

Daniel ließ es zu. Und dann bahnte sich ein heiseres Schluchzen den Weg aus seiner Brust. Sein ganzer Körper bebte. Daniel weinte. Yvonne drückte ihn fester an sich, hielt ihn. Es war völlig widersinnig, Daniel hatte vielleicht gerade einen Menschen getötet. Aber Yvonne war glücklich. Er hatte sich ihr anvertraut. Und sie, das wusste sie jetzt ganz sicher, würde für ihn da sein, würde ihn nicht im Stich lassen. Egal, was er getan hatte. Endlich konnte sie ihm helfen. Endlich war sie ihm nah.

6. LARA

Die Gardinen vor den Fenstern des reetgedeckten *Brackhus* waren zugezogen, und nur in einem der Erdgeschosszimmer brannte Licht. Lara stand in der Kieseinfahrt zu dem großen Parkplatz, auf dem die Fernbusse standen, und drückte sich ihr Smartphone ans Ohr. «Geh ran, bitte. Melde dich!», murmelte sie flehentlich. Aber Yasmin nahm nicht ab, und der Kloß in Laras Magen dehnte sich immer weiter aus. Es war kurz vor vier. Sicher saß der Busfahrer schon da hinter dem beleuchteten Fenster und trank nur noch schnell einen Kaffee.

Lara war fest davon ausgegangen, dass Yasmin vor ihr im Pfahlhaus sein würde. Sie hatte doch um zehn oder spätestens elf zu Hause losgewollt. Sie hatte es versprochen! Aber als Lara es gegen Viertel vor eins endlich zum Pfahlhaus geschafft hatte, war Yasmin nicht da gewesen. Und auch um eins nicht, und um zwei nicht, und um drei nicht. Wieder und wieder hatte sie sie angerufen. Alles vergeblich.

Schließlich hatte Lara die Rucksäcke in eine Schubkarre geladen und sie den Kilometer zum *Brackhus* geschoben. Ihren und Yasmins. Sie hätte sie nicht beide tragen können. Vielleicht tauchte Yasmin ja in letzter Sekunde noch auf. *Bitte, bitte! Komm!* Lara sah die dunkle Straße hinunter. Sie lag verlassen da. Das konnte sie trotz der Tränen, die ihr in den Augen hingen, ganz sicher erkennen. *Du kannst mich doch jetzt nicht hängen lassen.*

Das Schlagen einer Tür ließ sie zusammenfahren. Sie drehte sich nicht um. Dann war es kurz wieder still, bis sich

Schritte hinter ihr näherten. Kies knirschte. Die Hand des Mannes legte sich schwer auf ihre Schulter. Bleischwer.

«Mädchen», sagte der Busfahrer mit seinem niederländischen Akzent. «Amsterdam rennt nicht weg. In zwei Wochen habe ich wieder eine Tour.»

Lara nickte, ohne ihn anzusehen.

Der Fahrer klopfte ihr kurz auf den Rücken, als könnte er ihr so Mut machen, dann ließ er sie stehen. Alleine mit ihrer Schubkarre und den gepackten Rucksäcken. Ein dumpfes Brummen erklang. Er hatte den Motor angelassen, und kurz darauf fuhr er auch schon mit seinem Bus an ihr vorbei und bog nach rechts auf den Deich ab.

Sie sah den roten Rücklichtern hinterher, wie sie in der Dunkelheit verschwanden. Die Einsamkeit war immer ein Teil von ihr gewesen, aber jetzt drückte sie so heftig von innen gegen ihre Brust, dass sie schreien wollte, brüllen, so laut sie konnte. Doch sie stand einfach nur wie betäubt da. Ihre Zweifel der letzten Wochen hatten sich bewahrheitet. Es konnte gar nicht sein, dass jemand wie Yasmin sie liebte. Dass überhaupt jemand sie liebte. Wie hatte sie nur so naiv sein können? Sie schlang die Arme um ihren Bauch und krümmte sich, damit der Schmerz sie nicht zerriss.

Am nächsten Morgen um kurz vor sieben stand Lara wieder zu Hause in der schäbigen Küche mit den zerrissenen Fliegengittern vor den Fenstern, als sei nie etwas gewesen.

«Leo. Du musst los», drängelte sie ihren kleinen Bruder.

Leo schien sie gar nicht zu hören. Er klatschte einen großen Löffel Erdbeermarmelade auf sein Toast und klappte es zusammen, sodass es an den Seiten rot herausquoll. Vielleicht wollte er sie auch nicht hören. Er war elf und würde noch diesen Winter zwölf werden. Was das Handwerkliche anging, war er ziemlich fit – bei ihrem Vater hatte er auch gar keine andere Wahl, auch er musste mitarbeiten –, aber ansonsten benahm er sich manchmal wie ein Baby. Ständig musste sie ihn antreiben. «Komm schon, Leo. Mach zu.»

Er war jetzt in der fünften Klasse und musste morgens einmal quer durch die Stadt zur Schule, seine Noten waren miserabel, und Freunde hatte er auch noch keine gefunden. Zweimal war er mit blauen Flecken nach Hause gekommen, hatte aber beide Male behauptet, er sei nur gestürzt. Wenn Lara früher jemand in der Schule zu doof gekommen war, hatte sie auch mal zurückgeschlagen, um sich Respekt zu verschaffen. Aber so war Leo nicht. Er war keiner, der sich wehrte.

Lara packte Trinkflasche und Brotdose in seine Schultasche und sah auf ihrem Smartphone nach, ob Yasmin nicht doch noch eine Nachricht geschickt hatte. Nichts. *Melde dich, verdammt!*

Yasmin musste ihr doch zumindest erklären, warum sie nichts mehr von ihr wissen wollte.

Auf dem Boden entdeckte Lara Leos Deutschheft, das sie in die Tasche stopfte, während er weiter ohne jede Hektik aß. «Ab jetzt! Der Bus wartet nicht.»

«Kannst du mich nicht krankmelden?»

«Nein, kann ich nicht!» Sie sagte das ziemlich grob, und es tat ihr sofort leid. Es war nicht fair, ihre Wut und ihre Enttäuschung an ihrem Bruder auszulassen. Er konnte ja nichts dafür. Sie ging um den Tisch herum und umarmte ihn fest, klebrig, wie er war. Scheiß auf seinen Marmeladenmund. Sie konnte seine Rippen unter ihren Händen spüren und musste an den mageren Spatz denken, den sie im Sommer mit gebrochenem Flügel gefunden hatte.

«Nun komm endlich.» Sie wuschelte ihm durch die ungekämmten Haare. «Ich bring dich auch zum Bus.» Das war ihr sowieso lieber. Die Bushaltestelle lag nur 300 Meter den Warwischer Hauptdeich hinunter, aber um diese Uhrzeit rasten die Autos, als wären sie auf der Schnellstraße.

Leo stand auf, und sie gab ihm einen Stups Richtung Flur, wo er sich seine abgetragene Jacke anzog, die für diese Jahreszeit eigentlich viel zu dünn war und zudem verdreckt. Lara müsste mal schauen, ob sie ihm nicht was anderes organisieren konnte. Von ihren Eltern würde da frühestens Weihnachten was kommen, wenn überhaupt. Nicht dass sie arm waren, aber ihr Vater fand es überflüssig, Geld für seine Kinder *aus dem Fenster zu werfen*. Seine Worte.

Lara schlüpfte in ihren nach Lösungsmitteln und Harz riechenden Arbeitsoverall. Sie nahm Leos Hand, und gemeinsam verließen sie das Haus.

Das erste Morgenlicht schimmerte durch die graue Wolkendecke, und Nebel hing über dem Boden. Den alten Hebekran mit der abblätternden roten Farbe und die Masten der Boote unten am Elbanleger konnte sie nur als Schemen ausmachen. Sie wohnten auf dem Gelände der Paulsenwerft, die seit drei Generationen ihrer Familie gehörte und auf die Restaurierung und Reparatur von Holzbooten spezialisiert war.

Leo hob den Kopf – das Gesicht im Wind, als nehme er eine Witterung auf. Aus der hinteren Bootshalle drang leises Hämmern zu ihnen herüber. Ihr Vater hatte schon mit der Arbeit begonnen. Bei jedem Schlag zuckte Leo leicht zusammen. Ein schlechtes Gewissen kroch in Lara hoch. Weil sie wirklich vorgehabt hatte, Leo alleinezulassen. Dabei war sie doch diejenige, die ihn beschützte und umsorgte. Ihre Mutter kam morgens ja nicht mal an die Tür, um ihm Tschüss zu sagen, geschweige denn, ihn in den Arm zu nehmen.

Lara drückte Leos Hand fester. Liebevoll, und dann plötzlich wütend. Sie war verdammt noch mal nicht seine Mutter! Sie war nur seine Schwester, sie wollte auch mal an sich denken! Leo musste endlich lernen, alleine klarzukommen, das war sie ja schließlich auch immer.

«Autsch.» Leo zog seine Hand weg.

«'tschuldigung», murmelte Lara, ohne ihn anzusehen.

Sie hatte wirklich geglaubt, sie würde all das hier ein für alle Mal hinter sich lassen. Warum tat Yasmin ihr das an? Sie einfach so stehen zu lassen. Ohne ein Wort, ohne eine Nachricht. Ohne ihre Anrufe anzunehmen. Zumindest sollte sie doch den Mut haben, es ihr ins Gesicht zu sagen: *Ich will dich nicht.*

Lara ballte ihre freie Hand zur Faust. Nein, so leicht würde sie es ihr nicht machen. Sie würde sie auf dem Festnetz anrufen, und Yasmin würde abnehmen, nichtsahnend, wer da anrief. Sie würde Yasmin zur Rede stellen! Aber das war leichter gesagt als getan. Sie hatte Angst vor dem, was Yasmin sagen würde, sie hatte Angst vor einer endgültigen Abfuhr. Mit Yasmin hatte sie sich das erste Mal in ihrem Leben einfach nur gut gefühlt. Und wenn sie ehrlich zu sich war, hatte Lara noch den klitzekleinen Hoffnungsschimmer, dass es nicht so schlimm war. Dass Yasmin sie immer noch wollte. Vielleicht war im letzten Moment einfach nur alles aufgeflogen. Yasmins Eltern hatten herausgefunden, dass sie gemeinsam wegwollten, und hatten ihr Smartphone beschlagnahmt. Das wäre doch ein Grund, sich nicht zu melden. Doch wenn dem wirklich so war, würde ein Anruf bei Yasmin zu Hause alles nur noch schlimmer für sie machen. Lara kannte Yasmins Eltern nicht persönlich, sie hatte keine Ahnung, wie sie wirklich drauf waren. In Yasmins Erzählungen hatten sie eigentlich immer ganz nett geklungen. Aber zu was sie in so einer Situation imstande waren, hatte Yasmin vielleicht selbst nicht gewusst.

7. BETTE

Dienstagfrüh gegen acht saß Bette auf der Bank am Küchenfenster und trank Kaffee. Gerne hätte sie jetzt auch eine geraucht, aber seit Tyler bei ihr wohnte, tat sie das nicht mehr im Haus. Den Gestank wollte sie ihm nicht zumuten. Und draußen regnete es. Die doppelten Fensterscheiben waren beschlagen und von den Spuren herunterperlender Tropfen durchzogen. Da sie bei dem Wetter wenig Lust hatte rauszugehen, hatte sie Anton erst mal allein in den Garten gelassen. In den alten Rohren, die unverputzt an der Wand entlang durch die Küche verliefen, fiepte es, was ihr verriet, dass oben im Bad das Wasser lief. Tyler war also mittlerweile auch wach.

Bette stand auf und hatte sich gerade einen zweiten Kaffee eingeschenkt, als es klingelte. Fast im selben Moment hörte sie Tyler die Treppe herunterspringen und die Tür öffnen.

«Hallo, ich würde gerne zu Bette», sagte eine weibliche Stimme.

«Kommen Sie rein», antwortete Tyler und kam mit einer Frau in die Küche.

Bette erkannte sie sofort. Das schmale Gesicht mit den hohen Wangenknochen und den hellen blaugrünen Augen, die immer noch wirren blonden Locken. «Helen», stieß sie hervor. Durch Bettes Kopf wirbelten Bilder, die sie all die Jahre versucht hatte zu verdrängen, und die Kaffeetasse rutschte ihr aus der Hand. Auch das war ein Symptom ihrer Krankheit. Bei starken Emotionen erschlafften ihre Handmuskeln. Das konnte passieren, wenn sie lachte, erschrak oder wie jetzt einer wirren Flut von Gefühlen ausgesetzt war. Sie hatte Helen seit über dreißig Jahren nicht gesehen, genau genommen zuletzt auf Annas Beerdigung.

«Hallo, Bette», sagte Helen, wobei sie das Kinn leicht nach oben reckte, so wie sie das als Jugendliche schon getan hatte. Um ihren Mund lag ein Lächeln, allerdings nicht das gewinnbringende von damals, sondern ein unsicheres. «Entschuldige. Ich wollte dich nicht überrumpeln.»

«Nein nein, das ist nur ... das mit der Hand, das passiert mir öfter», wiegelte sie ab. Dieser plötzliche Verlust der Muskelkraft, Kataplexie genannt, dauerte bei ihr meist nur wenige Sekunden an und war auch nur auf ihre Hände beschränkt. Dennoch nervte es sie ungemein. Das war neben ihren Schlafschüben ein weiterer Grund gewesen, weshalb sie für die aktive Ermittlungsarbeit unbrauchbar geworden war. Sie konnte keine Waffe tragen. Zu leicht könnte sie ihr im falschen Moment aus der Hand fallen und gegen sie gerichtet werden.

«Alles in Ordnung?», fragte Tyler, der zwischen Bette und Helen hin und her sah, wobei er die Tasse aufhob und ein Handtuch über die Kaffeelache auf dem Boden warf.

«Ja, alles gut», sagte Bette, und als sie Tyler zunickte, um das noch einmal zu bestätigen, griff er sich den Schlüssel für den Peugeot, den Bette sich nach seinem Einzug gekauft hatte. Ohne Auto war man hier draußen aufgeschmissen. Der Lieferwagen seines Vaters, den Tyler bis zu seinem Rausschmiss genutzt und mit dem er auch Bette oft gefahren hatte, stand ihm jetzt ja nicht mehr zur Verfügung.

«Na, dann bin ich mal los», sagte er. «Hab gleich Seminar.» Sie hatten gestern noch einmal gesprochen, mit dem Ergebnis, dass er erst mal mit dem Studium weitermachen würde.

Schon alleine, um seinem Vater nicht den Gefallen zu tun aufzugeben.

«Gut. Und ich koch einen frischen Kaffee», sagte Bette zu Helen und versuchte, möglichst beherzt zu klingen, was ihr jedoch nicht ganz gelang. Weshalb war Helen hier? Das war doch kein Höflichkeitsbesuch.

«Mach dir wegen mir keine Umstände», sagte Helen.

«Mach ich nicht. Ich brauch auch noch einen», erwiderte sie und deutete auf das Handtuch am Boden.

«Na dann, gerne.» Helen ließ ihren Blick durch die Küche schweifen. «Hier hat sich gar nichts verändert.»

«Ich bin erst dieses Frühjahr zurückgezogen. Und habe mit dem Renovieren oben in den Schlafzimmern angefangen», sagte Bette. «Das andere kommt dann nach und nach.»

«Ich kann fast noch den leckeren Käsekuchen deiner Mutter riechen.»

«Nicht den Pfeifentabak von meinem Vater?»

Helen lachte leise. «Den auch.»

«Setz dich doch.» Bette wies auf den Korbstuhl, auf dem Tyler sonst immer saß. Sie selbst rutschte auf die Bank. Dort war ihr Platz, immer schon gewesen. Durch das Fenster sah sie, dass ein feuerroter Mini vor dem Haus parkte, sicherlich Helens Wagen. Er passte irgendwie zu ihr. Schick, aber nicht aufdringlich.

«Ich weiß noch, wie unsere Väter manchmal stundenlang hier zusammengehockt und Karten gespielt haben», sagte Helen.

Hatten sie das? An durchzechte Nächte, in denen Karten gespielt wurde, konnte Bette sich erinnern, nicht aber, wer alles dabei gewesen war.

«Leben deine Eltern noch?», fragte Helen.

«Nein.»

«Und dein Sohn, wie alt ist er?»

«Mein Sohn?», fragte Bette irritiert. «Ach, du meinst Tyler. Nein, er ist nicht mein Sohn. Er wohnt nur hier.» Bette sah Helen aufmerksam an. «Du hast keine Ahnung, wer er ist, oder?»

«Sollte ich?»

«Er ist Eriks Sohn.»

Helen verschluckte sich fast und hustete. «Sprechen wir von demselben Erik?»

«Ich denke schon.»

Es war nicht zu übersehen, dass Helen versuchte, Tyler und Erik irgendwie zusammenzubekommen. «Dafür ist der Junge aber sehr charmant. Und gut aussehend.»

«Ja, das stimmt wohl.»

Jetzt mussten sie beide lachen, und die Anspannung, die zwischen ihnen gelegen hatte, fiel von ihnen ab. Bette hatte schon oft gedacht, was für ein Glück Tyler hatte, dass er nach seiner Mutter kam, einer Französin mit marokkanischen Wurzeln, und nicht nach Erik. Denn der war ein plumper bulliger Mann, mittlerweile auch noch mit Hängebacken und angegrauten weißblonden Haaren, die sich unvorteilhaft gegen sein immer feuerrotes Gesicht absetzten.

«Ich hätte gedacht, dass ihr noch Kontakt habt», sagte Bette. «So eng, wie ihr früher wart.»

«Ich habe Erik noch ein paarmal getroffen. Nach der Entführung, meine ich. Aber zu zweit konnten wir nichts miteinander anfangen. In der Gruppe war das anders, aber so alleine ... Wir hatten uns nichts zu sagen. Vielleicht war es aber auch, weil er in der Nacht nicht dabei gewesen ist. Er hatte keine Ahnung, wie ich mich fühlte.»

«Und Daniel?» Bette hatte gehört, dass er auf einem Hausboot auf der anderen Seite der Dove-Elbe wohnte, hatte ihn aber nie irgendwo gesehen.

Helen deutete ein Kopfschütteln an. «Ich kenne seine Frau, Yvonne. Von der Arbeit. Aber auch nur vage. Daniel habe ich nie wieder getroffen. Ich konnte ihn damals, nach dem, was passiert ist, nicht einmal mehr ansehen. So sehr habe ich mich geschämt.» Helen senkte den Blick und fing an, mit dem Finger an einem dunklen Fleck auf dem Tisch herumzuwischen, der sich längst tief in das Holz eingefressen hatte. Bette erinnerte sich, dass es bei ihr sogar früher, in ihren wilden Zeiten, immer auch diese Momente des Innehaltens gegeben hatte. Egal wie verrückt ihre Ideen manchmal gewesen waren, sie hatte immer den Eindruck erweckt, alles sorgfältig abzuwägen.

Nach einer Weile sprach Helen weiter. «Kurz nach Annas Beerdigung bin ich weg. Ich habe es hier nicht mehr ausgehalten. Wenn die Leute mich gesehen haben, spiegelte sich in ihren Blicken Feindseligkeit. Und Verurteilung. Sie gaben mir die Schuld an allem, zumindest dachte ich das. Aber was hätte ich denn tun sollen? Ich wusste doch nicht, dass das keine Sicherheitsleute waren.» Sie schluckte. «Jedenfalls, von einem Tag auf den anderen war ich ausgestoßen. Dass es meine eigenen Schuldgefühle waren, die ich da in ihren Augen sah, habe ich erst später verstanden. Es hat lange gedauert, bis mir klar wurde, dass ich vor mir selbst wegrenne.»

Bette sah Helen an. Eine müde Verlorenheit überschattete ihre Züge. Diese verrückte Fröhlichkeit, die sie als junge Frau ausgestrahlt hatte, war verschwunden. Oder zumindest kam sie gerade nicht durch. Es musste mehr sein als die Vergangenheit, die sie bedrückte.

«Helen, warum bist du hier?»

«Ich ...» Sie stockte, strich jetzt fast hektisch über den Fleck auf der Tischplatte, dann hob sie den Blick, sah Bette an. «Meine Tochter ist verschwunden.»

Bette beugte sich vor und legte über den Tisch hinweg eine Hand auf Helens. «Das tut mir leid zu hören.»

«Ich brauche deine Hilfe.»

«So was ist Sache der Polizei», sagte Bette. «Du musst eine Vermisstenmeldung aufgegeben.»

«Das habe ich doch längst. Aber die machen nichts.»

«Wie alt ist deine Tochter?»

«Yasmin ist neunzehn. Gerade neunzehn geworden.»

Wenn sie volljährig war, durfte die Polizei, rein rechtlich gesehen, gar nicht nach ihr suchen. Außer es gab ein Anzeichen für ein Verbrechen. «Helen, so schwer es dir auch fällt, das zu akzeptieren: Sie ist erwachsen, da darf sie gehen, wohin sie will, und muss niemandem Bescheid sagen – auch nicht ihren Eltern.»

«Sonst hat sie immer eine SMS geschickt, wenn sie woanders geschlafen hat. Oder sie hat vorher Bescheid gesagt. Aber jetzt: nichts. Und auf Anrufe und Nachrichten reagiert sie auch nicht.»

«Ich weiß nicht, wie ich dir da helfen kann. Ich arbeite nicht mehr bei der Polizei.»

«Zu wem soll ich denn sonst gehen? Du ermittelst doch immer noch. Ich habe gehört, was im Sommer passiert ist mit diesem Fall an der Dove-Elbe.»

Natürlich, die Sache im Sommer hatte ja in allen Zeitungen gestanden. Bette rieb sich über die Schläfen.

«Bette», sagte Helen flehentlich, ihre Augen glitzerten feucht, und ihre Hand, die immer noch unter Bettes lag, verkrampfte sich. «Auf der Wache haben sie mir auch gesagt, ich soll abwarten. Aber das halte ich nicht aus. Ich habe schon einmal abgewartet, damals nach dem Bier in der Lagerhalle, und dann war es zu spät.»

8. YVONNE

In der Nacht war Yvonne mit so starken Kopfschmerzen aufgewacht, dass sie eine 600er Ibuprofen und eine Schlaftablette genommen hatte. Als sie das nächste Mal zu sich kam, fiel diesig graues Licht ins Zimmer, und der Geruch von übergekochter Milch hing in der Luft. Sie sah auf den Wecker: Dienstag, halb zehn.

So spät schon, so lange hatte sie ewig nicht geschlafen, aber sie hatte es allem Anschien nach dringend nötig gehabt. Kein Wunder, nachdem sie die Nacht zuvor fast gar nicht geschlafen hatte und morgens trotzdem pünktlich zur Frühschicht gegangen war.

Aus der Küche hörte sie Lenis helles Kichern und Daniels ruhige Stimme, ohne dass sie durch die geschlossene Tür verstehen konnte, was er sagte. Er hatte sich heute freigenommen, um sich um Leni zu kümmern. Wegen einer Lehrerfortbildung fiel bei ihr die Schule aus. Yvonne musste noch arbeiten, aber zum Glück erst mittags, und auch nur eine halbe Schicht.

Während sie noch auf die heimeligen Geräusche aus der Küche lauschte, griff sie nach dem Smartphone auf ihrem Nachttisch, öffnete den Browser und überflog alle einschlägigen Nachrichtenseiten: NDR, Mopo, Abendblatt ... Nirgends stand etwas über einen Toten im Industriegebiet.

Er hätte doch längst gefunden werden müssen.

Yvonne rechnete im Kopf nach. Daniel war in der Nacht auf Montag gegen 2.20 Uhr nach Hause gekommen, von diesem Parkplatz im Pinkertweg bis zur Yoda muss er etwa eine Stunde gebraucht haben. Das hieß, er musste den Mann spätestens um 1.20 Uhr niedergeschlagen haben. Ja, so in etwa kam das hin. Aber eigentlich war es gleichgültig. Wieso rechnete sie das überhaupt aus? Es war auf jeden Fall mehr als ein voller Tag vergangen. Und Daniel hatte doch gesagt, er habe den Mann in seiner Panik auf dem Parkplatz liegen gelassen. Die Polizei musste ihn also gefunden haben. Warum stand dann nichts darüber in der Zeitung? Warum gaben sie die Information über die Leiche nicht frei? Das machten sie doch nur, wenn sie die Ermittlungen nicht gefährden wollten. Waren sie Daniel schon auf der Spur?

Der Müllsack! Oh Gott, der Müllsack mit Daniels Kleidung lag immer noch im Kofferraum ihres Fiats, der oben an der Straße parkte. Sie musste ihn endlich entsorgen, jetzt gleich. Sie wollte aufspringen, ließ sich dann aber erschöpft wieder in die Kissen fallen. Ihr fehlte mit einem Mal jegliche Kraft. Sie sah wieder all das Blut vor sich, wie es sich in den Abfluss gedreht hatte. Mehr und immer noch mehr. So viel Blut.

Sie hatte die Sachen in der Badewanne gewaschen. Wieder und wieder hatte sie frisches Wasser nachlaufen lassen und sich gefragt, wie nur so viel Blut in Daniels Kleidung hatte kommen können. Das Blut war nicht nur in Daniels Pullover, wie sie anfangs gedacht hatte, sondern auch in seiner Hose, dem T-Shirt und sogar in den Socken gewesen. Dabei hatte Daniel gar keine Verletzung am Fuß gehabt. Sie hätte sich fast übergeben bei dem Gedanken, dass das Blut in den Socken von dem anderen Mann stammte. Es musste dahin gelangt sein, als Daniel sich auf ihn gestürzt hatte, als der Mann schon am Boden lag.

Nach dem Auswaschen hatte Yvonne die Sachen zusätzlich

eingeweicht, in einem Eimer mit Deckel, damit Leni sie bloß nicht entdeckte. Wirklich sauber waren sie trotzdem nicht geworden. Und die Polizei mit ihren modernen Methoden, die konnten Blut doch sogar nachweisen, wenn man es mit dem bloßen Auge längst nicht mehr wahrnahm.

Sie drückte die Finger gegen die Schläfen und schüttelte hektisch den Kopf. Ihre eigene hilflose Beschwörungsformel, um die Bilder zu vertreiben. Und die Angst, die mit ihnen einherging.

Sie musste sich zwingen aufzustehen. Sie fühlte sich so schlapp wie nach einer gerade erst ausgestandenen Grippe. In ihren flauschigen Bademantel gewickelt, tappte sie barfuß in die Küche.

«Mama, wir gehen angeln», rief Leni und hüpfte aufgeregt über das Sofa. «Mit dem Boot!»

Achtern lag ein kleines Boot mit Außenbordmotor.

«Es regnet», sagte Yvonne.

«Es nieselt nur noch», widersprach Leni, ohne auch nur einen Moment im Hüpfen innezuhalten. «Da beißen sie besonders gut!»

«Dann gibt's heute Abend Fischpfanne», schlug Yvonne vor.

«Die mach ich!», jubelte Leni.

«Na ja, mal sehen, was wir rausziehen», wiegelte Daniel ab.

«Wie geht's deiner Hand?», fragte Yvonne. Gestern, nachdem Daniel den ganzen Tag gearbeitet hatte, als sei nichts passiert, waren die Hand und auch der Unterarm ziemlich geschwollen gewesen, aber er hatte sich partout nicht krankmelden wollen. Immerhin war es seine linke Hand, nicht die rechte.

«Ist okay», sagte Daniel.

Das glaubte sie nicht. Sein Gesicht verriet ihr, dass er noch immer Schmerzen hatte, und sie war froh, dass er heute nicht auf die Werft musste.

«Gibt es noch einen Tee?», wechselte sie das Thema.

Daniel nahm die Kanne vom Stövchen und schenkte ihr eine Tasse ein. An Leni gewandt, sagte er: «Los jetzt, zieh dich an. Sonst machen die Fische Mittagsschlaf, bis wir draußen sind.»

«Ich beeil mich.» Leni flitzte in ihr Zimmer und knallte die Tür hinter sich zu. Panik ergriff Yvonne. Würde ihre Tochter miterleben müssen, wie ihr Vater in Handschellen abgeführt wurde? Nein, nein! Das würde sie nicht zulassen! Der Mann hatte Daniel angegriffen, er war selbst schuld.

«Es steht immer noch nichts in der Zeitung», sagte Yvonne.

«Worüber?»

«*Worüber?*» Yvonnes Stimme wurde schrill. «Fragst du das jetzt wirklich?»

«Ach so, das. Natürlich.»

Yvonne sah Daniel fassungslos an. Wie konnte er auch nur einen Moment nicht daran denken. War sie hier die Einzige, die sich sorgte? Der Gedanke machte sie wütend. Wieso interessierte es Daniel nicht, was mit dem Mann war? Und vor allem, ob die Polizei von dem Vorfall wusste. Hatte er keine Angst, dass sie ihn abholten?

«Vielleicht ist es noch zu früh», sagte er.

«Wie, zu früh? Heute ist schon Dienstag. Wenn der Mann wirklich tot ist, hätte ihn längst jemand finden müssen.»

«Vielleicht habe ich mich geirrt. Vielleicht habe ich in meiner Panik einfach überreagiert.»

«Du meinst, er lebt vielleicht noch?» Für einen Moment keimte Hoffnung in Yvonne auf, nur um sofort wieder in sich zusammenzufallen. Wenn der Mann überlebt hatte, musste er schwer verletzt sein, jedenfalls wenn Daniel wirklich so auf ihn eingeprügelt hatte, wie er sagte. «Was, wenn er dich anzeigt?»

«Warum sollte er mich anzeigen?

«Wegen Körperverletzung. Du hast ihn zusammengeschlagen. Wäre es nicht besser, du würdest doch Anzeige erstatten? Ihm zuvorkommen?» Wieder und wieder waren sie gestern durchgegangen, was sie tun sollten: die Kleidung entsorgen, so tun, als sei alles normal. Dann würde niemand Verdacht schöpfen. Aber wenn der Mann doch noch lebte? Er hatte Daniel gesehen. Er würde ihn beschreiben können.

«Er hat *mich* angegriffen», sagte Daniel. «Da geht er ja wohl kaum zur Polizei.»

Ja, das stimmte auch wieder. Das würde er nicht tun.

«Yvonne, mach dir nicht solche Sorgen. Lass uns Ruhe bewahren.» Daniel legte seine Arme um sie, wobei ihr nicht entging, dass er vor Schmerz die Luft durch die Zähne zog, aber sie sagte nichts. Sie wollte sich jetzt einfach nur von ihm festhalten lassen. Der Gedanke, dass sie Daniel vielleicht verloren hätte, ließ sie zum wiederholten Male ganz zittrig werden. Daniel drückte sie fest an sich, und sie vergrub ihr Gesicht an seiner Brust. Sie würde ohne ihn nicht klarkommen, nicht auf der Yoda, nicht alleine mit Leni. Sie brauchte ihn.

«Fertig», rief Leni. Dick eingepackt, mit Regenhose, Winterjacke und ihren gefütterten Stiefeln stapfte sie aus ihrem Zimmer. Yvonne löste sich aus Daniels Umarmung und sah kurz auf seinen Verband, stellte sich schon wieder vor, wie sie ihn in Handschellen abführten, und hatte das groteske Bild vor Augen, dass sich die Handschellen dann in seine Wunde graben würden.

«Lass mich deine Hand noch mal schnell neu verbinden», sagte sie.

«Nein, geht schon.» Daniel nahm Lenis Mütze von der Garderobe und setzte sie ihr so auf, dass sie bis zur Nase reichte.

«Papa! Doch nicht so!» Leni lachte und riss sich die Mütze vom Kopf.

Daniel legte seine Hände auf ihren Rücken und schob sie nach draußen.

Yvonne folgte ihnen. Es nieselte wirklich nur leicht. Sie kniete sich zu Leni runter und gab ihr einen Kuss. «Viel Glück, mein Mäuschen.»

Daniel war schon mit der Anglertasche ins Boot gesprungen und hob Leni zu sich herunter, dann startete er den Motor, der nur leise surrte, und ließ Leni ans Steuer. Sie fuhren langsam, die Rotorblätter der Schraube wirbelten das Wasser dicht unter der Oberfläche zu weißem Schaum auf und hinterließen eine seichte Spur.

Sie hatten überlegt, den Müllsack mit der Kleidung in der Dove-Elbe zu versenken, aber das war ihnen dann doch nicht sicher genug erschienen. Aus dem Wasser tauchte immer irgendwann alles wieder auf. Auch von ihrer Idee, die Kleidung zu verbrennen, waren sie abgekommen, unsicher, ob man nicht in den Ascheresten im Kamin nachher DNA nachweisen konnte. Yvonne hatte das gegoogelt, war daraus aber auch nicht wirklich schlau geworden. Sie würde den Sack auf dem Weg in die Stadt in einen Müllcontainer werfen. Am besten in einer der anonymen Wohnsiedlungen drüben in Rothenburgsort, mit der weder Daniel noch sie in Verbindung gebracht werden konnten. Sie müsste sich nur vergewissern, dass nirgends Überwachungskameras hingen.

Obwohl Yvonne in ihrem Bademantel fror und langsam doch nass wurde, blieb sie an Deck stehen und sah dem Boot hinterher, bis es hinter der ersten kleinen Insel verschwunden war. In diesem Moment kam sie sich wie der einsamste Mensch der Welt vor.

9. BETTE

Bette wartete mit ihrem Spaziergang, bis Tyler gegen ein Uhr von der Uni nach Hause kam, und bat ihn, sie zu begleiten. Sie hatte es nicht über sich gebracht, Helen einfach so wieder wegzuschicken, und ihr versprochen, nach Yasmin zu suchen. Und dafür brauchte sie Tylers Hilfe.

Sie liefen den schmalen Weg hinter der St. Pankratiuskirche vorbei. Links lag der Friedhof mit den mächtigen alten Linden, rechts offenes Feld. Es regnete nicht, aber der Himmel war grau, und obwohl es erst Mittag war, hatte Bette das Gefühl, es wurde schon wieder dunkel, ohne dass es heute überhaupt mal richtig hell geworden war. Vielleicht war das aber auch nur ihre Stimmung. Nach Annas Tod hatte sie jeden Gedanken an die alte Freundin so tief wie nur möglich in sich vergraben. Zumindest war das in den ersten Jahren so gewesen, später waren die Erinnerungen dann wohl einfach im Arbeitsalltag verblasst. Und immer, wenn sie kurz einmal aufgetaucht waren, hatte Bette es geschafft, sie ganz schnell wieder wegzudrücken. Doch jetzt, nach Helens Besuch, gelang ihr das nicht. Jetzt schmerzte es wieder.

Alle hatten ihr damals ständig gesagt, dass sie nichts für Anna hätte tun können. Allen vorweg die Polizeipsychologin, die Bette betreut hatte. Sie sei nur Auszubildende und erst seit wenigen Wochen bei der Polizei. Aber Bette hatte gewusst, dass das so nicht stimmte. Sie hätte nur mal ihren Grips anstrengen müssen. Der Regenauslass im Tiefergrund, in dem Anna gestorben war, war zwar in der Karte, die sie damals gehabt hatten, nicht verzeichnet gewesen. Aber sie hatte ihn gekannt. Sie hatte als Kind sogar einmal selbst das Gitterschloss aufgebrochen und sich in dem Rohr versteckt, um sich vor ihren Freunden zu beweisen.

«Also, was gibt es?», unterbrach Tyler ihre Gedanken und warf Antons zerbissenen Ast weit von sich. Mit großen Sprüngen rannte der Hund hinterher. Obwohl er nicht mehr der Jüngste war, war er immer noch extrem verspielt.

«Wir müssen jemanden finden», sagte sie.

Tyler riss den Kopf herum. «*Wir* müssen jemanden finden? Hast du grade wirklich *Wir* gesagt? Ich meine, im Sommer durfte ich nicht mal deinen Fahrer spielen, wenn du zu deinen Verhören bist. Und jetzt soll ich ermitteln?»

«Du sollst nicht ermitteln. Du sollst dich nur mal umhören.»

«Aha. Klar. Nur mal umhören.»

«Das Mädchen ist neunzehn. Fast in deinem Alter also. 1,72 Meter, schlank, dunkle Locken. Sie wurde zuletzt Sonntagnacht gegen halb zwölf, vielleicht auch etwas später, drüben in Rothenburgsort gesehen, wo sie mit dem Rad über das Sperrwerk gefahren ist.» Helen hatte ihr erzählt, Yasmins Cousin, der in Rothenburgsort wohnte, habe sie zufällig dort draußen getroffen. Das Sperrwerk war ein massiges in auffälligem Orangerot gestrichenes Bauwerk mit Stahltoren, die bei Sturmflut geschlossen werden konnten, um zu verhindern, dass der Fluss ins Stadtgebiet drückte, und das gleichzeitig als Brücke auf die Elbinsel Kaltehofe diente, über die ein Radweg direkt zu ihnen raus in die Vier- und Marschlande führte. Und auch nur hierher.

«Ach so, verstehe», sagte Tyler. «Du denkst, ich kenn hier jeden und frag mal rum.»

«Genau.»

«Irgendeine Idee, wo sie hin sein könnte? Weißt du von irgendwelchen Freunden von ihr hier draußen?», fragte er.

Bette verneinte. Ob Yasmin irgendjemanden in den Vier- und Marschlanden kannte, hatte Helen nicht gewusst. Yasmin sei sehr selbstständig gewesen, Helen habe ihr vertraut und nie so genau nachgefragt, was sie tat. Und mit wem. Sie habe gedacht, Yasmin würde es ihr schon erzählen, wenn es wichtig wäre. Das stimmte sicher, dachte Bette, aber es war nicht alles. Ochsenwerder, das ahnte sie, war für Helen so etwas wie ein Tabuthema, und das wusste sicher auch Yasmin. Vielleicht hatte sie deshalb über eventuelle Ausflüge in diese Gegend lieber geschwiegen.

«Hm ...» Tyler nahm Anton, der schwanzwedelnd zu ihm zurückgekommen war, den Stock aus dem Maul und kraulte ihn hinter den Ohren. «Hat sie auch einen Namen? Das Mädchen.»

«Yasmin Hallak»

«Arabisch?» Tyler holte aus und warf den Stock für Anton.

«Ihr Vater ist Syrer», sagte Bette. Helen hatte erzählt, dass ihr Mann als Medizinstudent nach Deutschland gekommen war. Dabei hatte sie betont, dass er nicht religiös sei und sehr liberal. Die Vehemenz, mit der sie das hervorhob, hatte Bette aufhorchen lassen. Tat sie das, weil sie ständig mit Vorurteilen hinsichtlich ihres arabischen Mannes konfrontiert wurde, oder steckte etwas anderes dahinter?

«Vielleicht ist sie einfach abgehauen», schlug Tyler vor.

«Möglich», sagte Bette. Yasmin hatte ihrem Vater gesagt, sie wolle noch mit Freunden in die Schanze, kurz darauf hatte ihr Cousin sie alleine mit dem Rad in einer ganz anderen

Ecke von Hamburg getroffen. Merkwürdig war das auf jeden Fall.

Ob Klamotten oder dergleichen fehlten, hatte Helen nicht sagen können. Bei einem Mädchen in Yasmins Alter, meinte sie, habe eine Mutter keinen Überblick mehr über den Kleiderschrank, was natürlich sein mochte.

«Schon mal auf die Idee gekommen, dass Yasmin gar nicht gefunden werden will?» So wie Tyler es sagte, klang es, als wollte er Yasmin in Schutz nehmen.

«Ihre Mutter möchte nur wissen, ob es ihr gut geht», versicherte Bette ihm. «Das ist alles.»

«Die Mutter, das war die Dame von heute Morgen. Richtig?»

«Ja. Helen.»

«Wer ist sie?», wollte Tyler wissen.

«Was meinst du damit?»

«Du weißt genau, was ich meine. Du hattest eine Kataplexie. Dir ist vor Schreck die Kaffeetasse aus der Hand gefallen.» Er sah sie fragend von der Seite an.

«Das war kein Schreck.»

«Sondern?»

Bette zog die Schultern hoch und atmete tief ein. «Tja. Das weiß ich selbst nicht so genau. Wusstest du, dass Helen mal eng mit deinem Vater befreundet war?»

Tyler verzog sein Gesicht. «Ich wusste nicht mal, dass mein Vater überhaupt je Freunde hatte.» Die Worte klangen bitter aus Tylers Mund, wie immer, wenn es um seinen Vater ging. Ein wunder Punkt.

«Ich glaube, du weißt so einiges nicht über ihn», sagte Bette.

«Wie auch, er spricht ja nie mit mir, außer er hat was zu meckern.»

Bette hob beschwichtigend die Hände. Dieses Thema würde sie ein anderes Mal angehen. «Sie waren eine Vierergang, hingen immer zusammen. Erik, Helen, Daniel und Anna.»

«Ich habe nie einen von ihnen getroffen. Mal abgesehen von dieser Helen eben.»

«Ihre Freundschaft ist zerbrochen.»

«Wegen meinem Vater?»

«Nein, weil Anna ermordet wurde.»

«Ermordet?», fragte Tyler erschrocken nach.

«Am 10. November 1986. Ich war als angehende Polizistin bei der Suche dabei. Sie ist entführt worden, und dann wurde sie im Tiefergrund gefunden. Das ist drüben auf Kaltehofe, unter der Autobahnbrücke.»

«Ich weiß, wo der Tiefergrund ist. Ist sie etwa die Tote aus dem Regenauslass?»

Bette nickte.

Tyler atmete laut aus. «Und ich dachte immer, das sei nur eine Schauergeschichte, um uns von da fernzuhalten. Damit wir da nicht spielen.»

«Nein. Ist es nicht», sagte Bette.

Tyler senkte den Blick und schüttelte gedankenverloren den Kopf. «Ich bin in das Rohr sogar mal reingekrochen, als Kind meine ich. Und ...»

Ich auch, dachte Bette und merkte plötzlich, dass sie eigentlich nicht mit Tyler über Anna sprechen wollte. Sie fand, das sollte Erik tun.

«Ist sie wirklich in dem Rohr ertrunken?», fragte Tyler mit belegter Stimme.

«Erstickt, um genau zu sein. Am Schlick», sagte Bette kurz angebunden, um das Thema abzuschließen.

Tyler schluckte hörbar. «Wieso hat mein Vater mir nie erzählt, dass eine Freundin von ihm ermordet worden ist?»

«Ich weiß es nicht», sagte Bette ganz ehrlich.

Sie waren ein Stück querfeldein gelaufen, seitlich an einem frisch gepflügten Acker entlang, der schwer nach Erde roch, und kamen jetzt am Küsterbrack raus, das eine große Sturmflut vor mehreren hundert Jahren hinterlassen hatte.

Bette zog das Foto aus der Tasche, das Helen ihr gegeben hatte. «Das ist Yasmin.» Sie sah ihrer Mutter wirklich ausgesprochen ähnlich, dasselbe schmale Gesicht mit den hohen Wangenknochen und dieselben wilden Locken, nur dass ihre Augen dunkel waren und die Haare schwarz.

Tyler nahm Bette das Foto aus der Hand und betrachtete es nachdenklich. «Ziemlich hübsch», sagte er.

«Als sie am Sonntag das Haus verließ, hatte sie Jeans und eine dunkelblaue Daunenjacke an. Und sie hatte einen roten Rucksackbeutel dabei.»

«Ich glaube fast, ich habe sie schon mal gesehen», sagte Tyler nachdenklich. «Ganz sicher bin ich mir nicht. Aber doch, das könnte sie sein. Sie war im Sommer manchmal an der Dove-Elbe. Am Steg. Da ist sie immer ganz mit hoch auf diesen Turm, von dem wir immer springen. Das sind locker acht Meter, und man muss sich außen hochhangeln. Das schaffen die Mädchen sonst nicht. Aber sie schon. Echt cool.»

Ja, dachte Bette, das hörte sich sehr nach Helens Tochter an.

10. YVONNE

Gertrude Mertens wohnte im Pilatuspool, eine Straße, die geprägt war von backsteinernen Wohnhäusern aus dem ausgehenden 19. Jahrhundert, nur eine Querstraße von Planten un Blomen entfernt und in Sichtweite des Michels. Sie war eine kleine schmale Frau, die ihre Haare, deren Tönung ins Lilafarbene ging, für gewöhnlich zu einem hohen Dutt aufsteckte. Dazu trug sie immer ein perfekt gebügeltes Kleid und eine Perlenkette, was ihr etwas Herrschaftliches verlieh und sie in ihrer winzigen Wohnung mit den vergilbten Tapeten und der abgegriffenen Plastikdecke auf dem Küchentisch fast ein bisschen deplatziert wirken ließ. Für ihre 89 Jahre war sie noch ausgesprochen rüstig, dennoch hatte ihre Enkelin den ambulanten Pflegedienst gebucht, um bei ihr nach dem Rechten zu schauen. Wie meistens, wenn Yvonne kam, saß Frau Mertens in dem großen Ohrensessel am Küchenfenster. Sie ging nur noch selten aus dem Haus, aber da sie im Erdgeschoss wohnte, hatte sie immer einen guten Blick nach draußen. Das Fenster war ihr Tor zur Welt. «Spannender als Fernsehen», pflegte sie zu sagen, und wenn sie das Fenster aufmachte, fand sie auch immer jemanden zum Plaudern.

Yvonne öffnete den Kühlschrank, und der penetrant süßsäuerliche Geruch vergammelter Kartoffeln schlug ihr entgegen.

«Puh. Das stinkt aber.» Sie warf die Kartoffeln in den Mülleimer, zusammen mit einem Stück Brie, das auch nicht mehr gut aussah.

«Ach je, wieder alles verdorben?», fragte Frau Mertens.

«Haben Sie das gar nicht gerochen?»

«Sie wissen doch, meine Nase macht nicht mehr so mit. Sie könnten mir Apfelsaft als Bier verkaufen.» Sie sagte das mit dem für sie so typischen rauen Lachen in der Stimme.

Gertrude Mertens gehörte nicht zu denen, die ständig jammerten, sondern blickte immer noch mit Humor und auch Neugier aufs Leben. Wenn möglich, legte Yvonne die Besuche bei ihr ans Schichtende, da sie gerne länger mit ihr plauderte.

Sie zog den Plastiksack aus dem Eimer und knotete ihn zu. Während der letzten Stunden hatte die Arbeit sie einigermaßen abgelenkt, aber beim Anblick des Müllsacks dachte sie wieder an Daniels Klamotten, die immer noch in ihrem Kofferraum lagen. Sie hatte vorhin auf die Schnelle keinen passenden Müllcontainer gefunden. Es waren ihr überall zu viele Menschen unterwegs gewesen, sodass sie beschlossen hatte, es auf dem Rückweg noch mal zu versuchen.

«Na, was liegt Ihnen auf dem Herzen?», fragte Gertrude Mertens.

«Nichts. Gar nichts.» Yvonne versuchte, neutral zu klingen.

«Ärger mit dem Mann?»

Yvonne seufzte. «Er ist manchmal nicht einfach.»

«Das haben die Männer so an sich.»

«Mag sein, aber ... er ist speziell.»

Von draußen drang Kindergeschrei zu ihnen herein, gefolgt von aufgeregten Mütterrufen. Grundschule und Kita waren gleich gegenüber.

«Männer sind alle speziell», sagte Frau Mertens. «Das ist nicht zu ändern. Wichtig ist nur, dass man sich nicht abhängig macht. Dass man ein eigenständiger Mensch bleibt und sich nicht um die Launen und Wünsche irgendwelcher Kerle schert. Verstanden?»

«Das sagen Sie so einfach.» Yvonne lächelte matt. Frau Mertens hatte ja keine Ahnung. Daniel hatte vielleicht gerade jemanden umgebracht oder schwer verletzt. Und sie half ihm, die Tat zu vertuschen. Ob der Mann nun tot war oder nicht. Es war eine Straftat, die Daniel da begangen hatte. Er hatte auf einen Mann eingeschlagen, der längst am Boden gelegen hatte.

«Wie wär es mit einer heißen Schokolade?», schlug Frau Mertens vor. «Trostzucker. Ein Wundermittel.»

«Danke, aber heute nicht.» Sie musste die Klamotten aus ihrem Wagen schaffen. Außerdem hatte sie Leni versprochen, sich zu beeilen. Sie hatte vorhin angerufen, um ihr stolz zu erzählen, was sie alles gefangen hatte. Drei Barsche und einen riesigen Zander, was auch immer *riesig* bei Leni bedeutete. «Meine Tochter macht eine Fischpfanne. Selbst gefangen.»

«Na, da dürfen Sie sie nicht warten lassen.»

«Nein, das darf ich nicht.»

«Bringen Sie sie doch mal mit.»

«Mal sehen», sagte Yvonne ausweichend. Sosehr sie Frau Mertens mochte, ihren Beruf und ihr Privatleben hielt sie gerne getrennt.

Um kurz nach vier verabschiedete Yvonne sich. Sie ging an der Grundschule vorbei und bog nach rechts in die Straße Kohlhöfen ein. Vor dem *Neustadtkiosk*, der fast so etwas wie ein Stadtteiltreff war, standen mehrere Personen zusammen und plauderten. Die Neustadt war ein angenehm durchmischtes Wohnviertel, und manchmal kam es Yvonne so vor, als würden sich hier alle kennen. Es hatte etwas richtiggehend

Dörfliches, was vielleicht daran lag, dass die Neustadt abgetrennt war von den umliegenden Stadtvierteln. Wie eine Insel lag sie zwischen Planten un Blomen, der breiten Ludwig-Erhard-Straße und der Innenstadt mit ihren Einkaufsstraßen, in denen niemand wohnte.

Auf dem Weg zu ihrem Wagen kam Yvonne an der Stelle vorbei, wo vor einigen Wochen ein Polizist einen Sechzehnjährigen mit der Faust ins Gesicht geschlagen hatte. Anwohner hatten einen Einbruch in einem Ladengeschäft beobachtet. Als die Polizei eintraf, wollten sie den Jugendlichen kontrollieren, der sich jedoch weigerte, seinen Namen zu nennen, und die Situation eskalierte. Ein Anwohner hatte die Szene gefilmt und online gestellt. Das Video hatte ziemliches Aufsehen erregt. Yvonne wusste nicht, ob der Junge den Einbruch begangen hatte oder warum er seinen Namen nicht hatte nennen wollen. Aber darum ging es auch gar nicht. Es ging darum, dass der Polizist zugeschlagen hatte.

Yvonne war sich nicht sicher, warum sie gerade jetzt daran denken musste. Vielleicht weil sie die ganze Zeit überlegt hatte, wie sie Daniel doch noch dazu bekommen konnte, zur Polizei zu gehen. Aber jetzt wurde ihr mit einem Mal klar, dass er das nicht durfte. Nein! Auf keinen Fall! Wer wusste schon, an wen er da geriet. Dieser Vorfall mit dem Jungen hatte ja gezeigt, wie die drauf sein konnten.

Sie glaubte Daniel, dass er sich hatte wehren müssen, trotzdem war das mit dem Messer und der Flasche irgendwie verworren und nicht ganz plausibel. Und wenn für sie schon offensichtlich war, dass etwas nicht stimmte, dann merkten geschulte Kriminalbeamte das doch sofort. Die würden Daniel und seine Geschichte auseinandernehmen. Sie würden ihn fertigmachen. Mit diesem Gedanken stieg Yvonne in ihren Wagen.

Als sie kurz vor den Elbbrücken nach Rothenburgsort abbog, dämmerte es noch nicht einmal. Sie hatte gehofft, dass es schon dunkler wäre, damit sie den Müllsack unbemerkt entsorgen konnte. Aber vielleicht ging es ja auch so. Sie fuhr seitlich in eine der Wohnsiedlungen ein und hielt Ausschau nach einem passenden Container. Ihr Herz schlug heftig, und das Atmen fiel ihr plötzlich schwer. Ihr Leben lang hatte sie sich an jede noch so dämliche Regel gehalten, sogar an der verlassensten Landstraße blieb sie für gewöhnlich bei Rot stehen, und jetzt war sie im Begriff, Beweise für eine Straftat zu entsorgen.

Was, wenn die Polizei eine Spur zu Daniel fand? Dann würden sie bei ihnen auf der Matte stehen. Ihn befragen. Und Daniel würde auf stur stellen, wie er es immer tat. Das würde ihn noch verdächtiger machen, und sie hing dann mit drin. Für Verschleierung einer Straftat oder so was in der Art. Dann würden die Polizisten auch sie befragen, und sie würde lügen müssen, um sich zu retten. Um Daniel zu retten. Aber die Polizisten würden rausfinden, dass sie log. Sie war noch nie eine gute Lügnerin gewesen. Und was würde dann mit Leni werden?

Sie schlug mit der Hand so heftig auf das Lenkrad, dass es schmerzte. Nein, verdammt. Ganz so blind würde sie nicht in ihr Verderben rennen. Schon Leni zuliebe nicht. Sie würde Daniel beistehen. Aber wenn sie ihm half, wollte sie auch wissen, was wirklich geschehen war. Sie musste sich ein Bild machen und dann noch mal neu abwägen. Sie drehte mitten auf der Fahrbahn, gab Gas, fuhr zur Hauptstraße zurück und hinter dem Kraftwerk Tiefstack ins Industriegebiet. Sie würde sich jetzt den Tatort anschauen.

Daniel hatte gesagt, der Parkplatz, auf dem es passiert war, liege im Pinkertweg. Genau genommen war das kein Weg, sondern eine mehrspurige Straße, gesäumt von Bürogebäuden irgendwelcher Logistikunternehmen, Lagerhallen und Depotgeländen. Zum wiederholten Male fragte sie sich, was zum Henker Daniel hier oben gemacht hatte. Es war nicht gerade die Gegend für einen netten Spaziergang. Aber natürlich wusste sie auch, dass es keine netten Spaziergänge waren, die Daniel nachts unternahm. Dass da etwas anderes war, das ihn nach draußen zog, vor allem jetzt, im Herbst, sobald die ersten Sturmwinde über Hamburg hinwegzogen. Aber wieso hier? War es, weil er in der Gegend entführt worden war? Wenn er doch nur mal reden würde – und damit meinte sie nicht nur Andeutungen wie Sonntagnacht über den Geruch seines Entführers. Es konnte doch nicht funktionieren, dass er immer versuchte, alles mit sich selbst auszumachen. Nicht für ihn, und auch für sie nicht.

Was sollte sie nur machen? Sie konnte ihm nicht helfen, wenn er nicht mit ihr sprach. Sie wusste nicht einmal, wo genau die Entführer ihn geschnappt hatten. Sie wusste nichts.

Zweimal fuhr sie den Pinkertweg auf und ab und fand nur einen einzigen Parkplatz, der nicht auf einem abgezäunten Werksgelände lag. Das musste er sein. Er war klein, hatte Platz für fünf, höchstens sechs PKW. Jetzt stand da nur ein abgekoppelter Anhänger, über den eine ranzige gelbe Plane gezogen war.

In ihrem Kopf hatte sie sich ein Bild von diesem Ort zurechtgelegt. Sie hatte erwartet, dass er abgesperrt war oder dass Polizisten Wache schoben, aber nichts, rein gar nichts deutete darauf hin, dass hier möglicherweise innerhalb der letzten – wie viel? – 39 Stunden ein Toter gefunden worden war. Mein Gott, jetzt zählte sie schon die Stunden. Und wieso immer *mein Gott*, das benutzte sie doch sonst nie. Sie hatte doch mit Gott gar nichts am Hut. Langsam fuhr sie am Parkplatz vorbei, schaute dabei in den Rückspiegel, um sicherzugehen, dass da wirklich niemand war, dessen Aufmerksamkeit sie auf sich zog, dann setzte sie zurück und stieg aus.

Den Blick auf den Boden gerichtet, lief sie den Parkplatz ab. Er war mit ungleichmäßigen Kopfsteinen gepflastert, zwischen denen Unkraut wucherte.

Blut konnte Yvonne keines entdecken.

Vermutlich war das mit bloßem Auge auch gar nicht möglich. Nicht auf dem Untergrund.

Mit der Schuhspitze drehte sie ein Papier um, auf dem einmal etwas geschrieben gewesen war. Die Buchstaben waren jedoch zur Unleserlichkeit verwaschen. Neben einem Mülleimer lagen Pappbecher einer Fast-Food-Kette, um den Stamm einer schief gewachsenen Eiche benutzte Kondome. An mehr als einer Stelle sah sie Glassplitter auf dem Boden. Vielleicht die Reste der Flasche, mit der der Mann Daniel verletzt hatte. Yvonne bückte sich, versuchte, Blutspuren an den Glassplittern zu entdeckten, ohne sie jedoch anzufassen. Nichts. Aber es hatte ja auch ganz schön geregnet seit Sonntagnacht.

Sie richtete sich wieder auf. Lastwagen donnerten vorbei, ein Fahrer hupte. Hielten die sie für eine Prostituierte? Gut möglich. Selbst auf die Distanz war ihr das unangenehm.

Sie drehte sich weg. Wenn der Mann wirklich tot war, hätte ihn inzwischen doch jemand gefunden. Und dann hätte die

Polizei das hier als Tatort deklariert. Die Spurensicherung wäre gekommen. Aber die hatten hier niemals alles haarklein untersucht. Die hätten doch den ganzen Dreck und Müll mitgenommen. Das hieß: Der Mann hatte überlebt! Er musste sich schwer verletzt weggeschleppt haben.

Aber war das jetzt gut oder schlecht? Eher schlecht, dachte sie und erschrak über sich selbst. Wie konnte sie es für schlecht halten, dass ein Mann *nicht* tot war? Nur was, wenn er nun doch zur Polizei ging und Daniel anzeigte? Oder wenn ein Arzt, zu dem er mit seinen Verletzungen sicherlich hatte gehen müssen, die Polizei informierte?

Sie hob den Kopf, sah sich noch einmal um. Straßen, LKW, Zäune, Hallen. Alles grau in grau. Und menschenleer. Was für eine trostlose Gegend. Die Chance, dass hier nachts jemand zu Fuß vorbeikam, über den man herfallen konnte, ging ziemlich gegen null. Das konnte sich nicht lohnen. Wenn man jemanden ausrauben wollte, würde man doch nicht an diesem verlassenen Ort warten. Nein, etwas stimmte nicht. Ein einfacher Überfall wegen Geld konnte das nicht gewesen sein. Was also war wirklich passiert? Warum log Daniel sie an?

11. BETTE

Ihr Spaziergang mit Tyler war länger ausgefallen, als Bette geplant hatte. Sie hatte es gerade noch aufs Sofa geschafft und war sofort eingeschlafen. Als sie aufwachte, was es still im Haus. Das dämmrige Licht, das ins Wohnzimmer fiel, verriet ihr, dass es bereits später Nachmittag war und sie mal wieder viel zu lange geschlafen hatte. So wurde das nie etwas mit ihrem Rhythmus. Aber sich den Wecker zu stellen, hatte sie vorhin nicht mehr geschafft, und Tyler hatte auch nicht daran gedacht.

Sie schob die Wolldecke beiseite und stand auf. Ihre Glieder waren ganz steif. Im Flur rief sie die Treppe hoch nach Tyler, bekam aber keine Antwort. Er war also unterwegs. Wenn Yasmin sich hier in der Gegend aufhielt oder aufgehalten hatte, würde er es herausfinden. Da war Bette sich ziemlich sicher. Und sie selbst würde jetzt noch mal versuchen, Nesrin zu erreichen. Vor ihrem Spaziergang hatte sie schon mehrmals bei ihr angerufen, allerdings war da immer besetzt gewesen.

Nesrin war die gute Seele der Mordkommission, ihr offizieller Titel war *Sekretärin im Kriminaldienst*. Sie nahm Telefonate an, machte Termine, recherchierte, tippte handgeschriebene Berichte ab, digitalisierte sie und lud sie in den Archivprogrammen hoch. Wenn es jemanden gab, der unauffällig an irgendwelche polizeiinternen Informationen kam, dann war sie es. Und vielleicht hatte es ja in den letzten Tagen einen aktenkundigen Vorfall gegeben, in den Yasmin oder ein

Mädchen, auf das ihre Beschreibung zutraf, verwickelt gewesen war. Irgendetwas, das über ihr Verschwinden Auskunft gab.

«Polizeipräsidium Hamburg, Fachkommissariat Tötungsdelikte und Todesermittlungen. Dies ist der Apparat von Nesrin Krüger-Nafisi. Bitte hinterlassen Sie eine ...» Bette legte auf. Auf den AB wollte sie nicht sprechen, den hörte auch schon mal jemand anderes ab, und es musste schließlich niemand mitbekommen, dass sie Nesrin mal wieder unter der Hand um einen Gefallen bat.

Sie versuchte es mobil, und diesmal nahm Nesrin ab, allerdings hallte der Ton unangenehm. Im Hintergrund dudelte Musik, und Nesrins sonst so helle offene Stimme klang gedämpft und leicht gestresst.

«Nesrin? Störe ich?»

«Ich steh an der Supermarktkasse.»

«Ich kann später noch mal anrufen», bot Bette an.

«Nein, nein. Besser jetzt. Gleich muss ich zu meiner Mutter. Da hab ich *hier* ja noch mehr Ruhe.»

Nesrin hatte Bette gegenüber schon öfter erwähnt, dass bei ihrer Mutter immer die halbe aus dem Iran stammende Großfamilie zu Besuch war. Nichts gegen Familie, aber manchmal sei es einfach zu viel.

«Also, was gibt's?», fragte Nesrin.

Bette wusste, bei Nesrin musste sie nicht lange drum herumreden, deshalb fragte sie geradeheraus: «Könntest du mal nachsehen, ob du irgendetwas zu einer Yasmin Hallak findest? Das Mädchen ist seit Sonntagnacht verschwunden.»

«Bette!», sagte Nesrin leicht vorwurfsvoll. «Du ermittelst doch nicht schon wieder auf eigene Faust?»

«Ach was. Ihre Mutter ist eine alte Freundin von mir, und ich habe versprochen, mich umzuhören.»

«Sie soll eine Vermisstenmeldung aufgeben.»

«Hat sie ja. Aber Yasmin ist volljährig. Da kann die Polizei nicht viel machen, weißt du doch. Bitte, nur einen Blick in den Computer.»

«Du klingst wirklich besorgt. Meinst du, dem Mädchen ist etwas zugestoßen?»

«Ich weiß es nicht. Ich kenne sie nicht persönlich. Aber ich habe versprochen zu helfen.»

«Okay», willigte Nesrin dann doch ein.

Bette gab ihr die Informationen, die sie hatte: Yasmins Alter, ihr Aussehen, seit wann sie weg war.

Plötzlich wurde es am anderen Ende der Leitung laut. Metall klirrte, Männer schrien aggressiv.

«Was ist denn bei dir los?», wollte Bette wissen.

«Ach, nur zwei Drängler. Ihre Einkaufswagen haben sich verkeilt.»

Bette lachte auf. Sie konnte sich die Szene lebhaft vorstellen, und sie meinte auch fast Nesrins halb entnervtes, halb amüsiertes Kopfschütteln vor sich sehen. Dann war sie aber sogleich wieder bei Yasmin. «Am einfachsten wäre es, das Handy zu orten», sprach sie ihren Gedanken laut aus. Fänden sie es, würden sie wissen, wo Yasmin war. Welche Jugendliche entfernte sich schon von ihrem Smartphone? «Aber die ITler stecken das nur sofort dem Chef.»

«Da hast du wohl leider recht», sagte Nesrin. «Keine gute Idee.»

Für eine Ortung brauchte es eine richterliche Anordnung oder die eines Staatsanwalts. Und um die zu bekommen, musste schon ein triftiger Grund vorliegen, nicht nur die nette Anfrage einer ehemaligen Kollegin aus dem Morddezernat.

«Aber wenn es so wichtig ist», fügte Nesrin jetzt so leise an, als befürchtete sie, irgendwer im Supermarkt könnte ihr Gespräch mithören, «dann spreche ich mit Chrischen. Der kriegt das technisch auch hin. Ohne dass es jemand mitbekommt.»

Bette zögerte, schlug das Angebot aber nicht aus. «Das wäre toll. Danke», sagte sie.

«Dafür nich!»

Bette war nicht ganz wohl bei der Sache – was, wenn das doch rauskam? Andererseits war es der direkteste Weg zu dem verschwundenen Mädchen. Sie hatte es Helen nun mal versprochen. Und auf ihren ehemaligen Kollegen Chrischen war Verlass, auch wenn Bette das erst nach ihrem Ausscheiden festgestellt hatte. Als sie noch leitende Ermittlerin gewesen war, hatten sie beide sich angefeindet wie nichts. Chrischen hatte Bette provoziert, wo es nur ging, und war ihr dabei wie ein gekränkter Gockel vorgekommen, der es nicht verkraftete, dass eine Frau seine Vorgesetzte war. Im Nachhinein musste Bette sich jedoch eingestehen, dass sie sich auch wie eine blöde Kuh benommen hatte.

12. LARA

Heute hatte Leo später Schule, und Lara hatte ihn erst zum 9.20-Uhr-Bus gebracht. Danach war sie noch mal schnell ins Haus und hatte bei Yasmin auf dem Festnetz angerufen. So, wie sie es sich vorgenommen hatte. Sie hatte sich ausgerechnet, dass ihre Eltern um diese Uhrzeit in der Praxis waren und ihre kleine Schwester in der Schule. Sie wollte direkt Yasmin am Apparat haben. Aber es war Yasmins Vater gewesen, der abgenommen hatte. Doktor Hallak. Lara hatte sofort aufgelegt.

Als sie jetzt über den Hof zum Wasser runterging, sah sie, dass ihr Vater sich abmühte, einen Anhänger zur Bootsrampe zu ziehen. Er war rostig, und die Räder hakten immer. Lara ging zu ihm hinüber und schob, ohne weiter zu fragen, den Anhänger von hinten mit an.

«Wo warst du so lange?», fragte er. «Sag nicht, du hast Leo schon wieder zum Bus gebracht.»

«Doch», sagte Lara leise, wobei sie seinem Blick auswich.

«Kein Wunder, dass er so eine Memme ist, wenn du ihn so verhätschelst.» Ihr Vater sprach ganz ruhig, aber es lag eine eisige Kälte in seinen Worten. Das konnte er, einem mit einem einzigen Satz unter die Haut fahren. Er konnte auch schreien, rumbrüllen, andere mit der Kraft seiner Stimme fertigmachen, aber das war nicht halb so schlimm wie diese Kälte.

«Einer muss sich ja um ihn kümmern», murmelte Lara.

«Was?»

«Nichts», sagte sie eilig. «Nur dass ich gleich am Lotsenschoner weiterarbeiten wollte.»

«Sieh lieber zu, dass du die Ruderpinne für den Jollenkreuzer fertig bekommst. Der Eigner hat sich für morgen angekündigt.»

«Okay», sagte sie. Sie arbeitete sowieso lieber in der Holzwerkstatt als am Anleger, wo der alte Lotsenschoner festgemacht war und wo gleich auch ihr Vater arbeiten würde. In der Werkstatt hätte sie zumindest ihre Ruhe.

Sie stellten den Anhänger quer, damit er nicht ins Wasser rollte, und Lara sammelte die Seile ein, die aus irgendeinem unerfindlichen Grund auf der Rampe lagen, und wickelte sie auf. Dann ging sie hoch zur Werkstatt, die sich in einem Holzgebäude am Rand des Werftplatzes mit den aufgebockten Booten und dem dahinterliegenden Wohnhaus befand.

In der Werkstatt herrschte wie immer ein wüstes Durcheinander. Hier ließ jeder alles stehen und liegen. Aber Lara mochte den Geruch von Holz, Ölen und Leim. Sie räumte die Werkbank frei und richtete sich den Arbeitsplatz her, dann machte sie sich daran, die Schraubzwingen von dem verklebten, extra zugeschnittenen Holz für die Ruderpinne zu lösen.

Hin und wieder sah sie auf, hoffte, Yasmin würde einfach auf den Hof spazieren.

Sie nahm den Pinnenrohling. Er musste mit verschiedenen Hobeln, Säge und Schleifpapier in Form gebracht werden. Zwar war sie erst im zweiten Ausbildungsjahr zur Bootsbauerin, aber sie wusste genau, was sie tat. Schließlich schuftete sie hier mit, seit sie denken konnte. Sie hätte in Holland sicher schnell einen Job gefunden, auf irgendeiner kleinen Werft oder in einer Tischlerei. Aber das war's dann ja wohl mit Amsterdam. Tränen traten ihr in die Augen, und die Wut brodelte jetzt, wo sie alleine war, ungebremst in ihr auf. Sie versuchte gar nicht erst, sie zu unterdrücken. Das würde es nur noch schlimmer machen. Sie packte den Hobel, der vor ihr lag, und pfefferte ihn mit aller Kraft in eine an der Wand lehnende Holzplatte. Das Holz splitterte. Ihr Vater würde toben. Aber das war ihr so was von scheißegal! Sollte er doch. Schwer atmend stand sie da, vergrub ihr Gesicht in den Händen. Weinte. Aus Wut, Traurigkeit und Verzweiflung. Sie wusste nicht, was sie als Erstes fühlte, es war all das gleichzeitig.

Sie biss sich so fest auf die Unterlippe, bis sie Blut schmeckte. Schmerz gegen Schmerz. Es half nichts.

Erst als sie von draußen Stimmen hörte, hob sie den Kopf.

Durch das offene Werkstatttor sah sie eine ältere Frau und einen jungen Mann zwischen den aufgebockten Booten herumirren. Den Typen, der zwei oder drei Jahre älter war als sie, kannte sie vom Sehen. Er wohnte hier in der Gegend. Mit seinem südländischen Aussehen – vor allem dem dunklen Teint – war er nicht gerade unauffällig, und wenn sie Jungs mögen würde, wäre er einer, der ihr gefiele. Die Frau kam Lara nicht bekannt vor. Sie war stämmig mit kurzen braunen Haaren. Sicherlich älter als ihre Eltern, bestimmt über fünfzig. Lara entging nicht, wie die Frau ihren Blick neugierig über das Gelände schweifen ließ. Nicht so, als suche sie jemanden, sondern als würde sie sich den Ort einprägen wollen.

Lara wischte sich mit dem Ärmel ihres Overalls über die Augen und trat in das offene Tor. «Kann ich Ihnen helfen?»

Die beiden drehten sich zu ihr um.

«Hey. Bist du Lara?», fragte der Junge und kam mit ausgestreckter Hand auf sie zu.

«Ja», sagte sie irritiert. Woher wusste er, wie sie hieß?

«Ich bin Tyler.»

Lara rubbelte ihre Hand am Overall ab, bevor sie sie ihm reichte. «Sorry. Ziemlich ölig.» Sein Händedruck war fest und warm.

Die Frau, die jetzt auch zu ihnen rüberkam, stellte sich als Bette Hansen vor.

«Mirko hat uns hergeschickt», sagte Tyler.

Mirko? Er wohnte im Ort, nur ein Stück die Straße runter, und wenn es jemanden gab, mit dem Lara so etwas wie eine Freundschaft pflegte, dann war es wohl er. Über ihn hatte sie auch Yasmin kennengelernt. Die beiden waren auf dasselbe Gymnasium am Berliner Tor gegangen. Und an diesem Tag, an dem Yasmin und Lara sich da am Wasser das erste Mal begegnet waren, war sie überhaupt nur auf Mirkos Drängen hin mit rüber zur Badewiese gefahren.

«Mirko meint, du bist eng mit Yasmin befreundet.»

Lara runzelte die Stirn. Eng? Spielte er auf ihre Beziehung an? Nein, das konnte unmöglich sein, niemand wusste davon. Auch Mirko nicht.

«Yasmin Hallak», schob Tyler hinterher, als sei ihr nicht klar, wen er meinte.

«Ja, und?» Lara zuckte mit den Schultern, bemüht, gleichgültig zu wirken.

«Weißt du, wo wir sie finden können?», fragte Tyler.

«Hier nicht.»

«Hm.» Tyler schien enttäuscht. «Wann hast du sie denn zuletzt gesehen?»

«Weiß nicht, letzte Woche irgendwann.» Was ging es die beiden an, wann sie sich zuletzt gesehen hatten?

«Und wann habt ihr zuletzt gesprochen?»

«Ist auch schon was her.»

«Und du hast wirklich keine Idee, wo sie sein könnte?», mischte sich jetzt Bette Hansen ein. Ihre Stimme hatte etwas Forderndes, und Lara dachte, dass sie jemand war, die erwartete zu bekommen, was sie wollte.

Instinktiv verschränkte sie die Arme vor der Brust. «Wieso wollen Sie das wissen?!» Hatten Yasmins Eltern die beiden geschickt? Aber wieso? Um Ärger zu machen?

«Ich bin eine alte Freundin ihrer Mutter», sagte die Frau. «Und sie hat mich gebeten ...»

«Moin», unterbrach Laras Vater sie, der über den Hof auf sie zukam. Auch das noch.

«Wollen Sie zu mir?», fragte er in einem tiefen weichen Tonfall. Fremden gegenüber konnte er richtig freundlich sein, und alle Welt ließ sich nur allzu leicht von ihm blenden. Von seinem strahlenden Lächeln, das seine weißen Zähne zeigte. Reißzähne. Lara schloss die Augen, versuchte, sich zu sammeln.

Als sie die Augen wieder öffnete, sah sie, wie Bette Hansen das Lächeln ihres Vaters erwiderte. Dämliche Kuh.

«Wir möchten nur kurz mit Lara sprechen», sagte Tyler und fragte an sie gewandt: «Hat Yasmin einen Freund, bei dem sie sein könnte?»

Lara zuckte wieder nur mit den Schultern, wobei die Frage ihr einen Stich versetzte. Gab es einen Freund, von dem sie nichts wusste? War Yasmin etwa deshalb nicht gekommen? Sie war vor ihr mit Jungs zusammen gewesen, das hatte sie ihr erzählt.

«Komm schon», sagte Tyler. «Mirko meint, ihr seid total dicke, da musst du doch wissen, ob sie einen Freund hat.»

«Nicht dass ich wüsste.» Lara hörte selbst, wie trotzig das klang, und spürte, wie Bette Hansen sie musterte. Als wenn sie herausfinden wollte, ob sie sie anlog. Aber sie log nicht, sie sagte einfach nur nichts.

«Yasmin, das ist doch die, die hier ab und an mal ausgeholfen hat», sagte ihr Vater jetzt.

Ja, aber auch nur, weil sie mit mir zusammen sein wollte und ich hier ja nie wegdarf!

«Hilfsbereites Mädchen. Was wollen Sie von ihr?», fragte er weiter.

Lara biss die Zähne zusammen, dachte daran, wie ihr Vater immer auf Yasmins Po gegafft hatte. Yasmin hatte darüber nur gelacht, Lara hatte es gar nicht lustig gefunden.

«Sie ist verschwunden», sagte Bette Hansen. «Sie wurde zuletzt Sonntagnacht gesehen. Drüben in Rothenburgsort. Wir gehen davon aus, dass sie den Radweg über Kaltehofe hier raus genommen hat.»

Die Worte drangen wie durch eine Wattewand zu Lara durch. *Verschwunden. Sonntagnacht.* Ein jähes Gefühl von Panik ergriff sie. Wo war Yasmin? War ihr etwas zugestoßen? War sie doch bei einem Freund? War sie mit jemand anderem abgehauen? Nein, nein, das war sie nicht! Sie war auf dem Weg zu ihr gewesen. Aber sie war nicht angekommen.

Lara hatte das Gefühl, keine Luft mehr zu bekommen. Sie sah Yasmins Augen vor sich, ihr Lächeln, und sie meinte fast, sie neben sich zu spüren.

«Du weißt wirklich nicht, wo sie sein könnte?», fragte Tyler noch einmal. Lara schüttelte den Kopf. Sie brachte keinen Ton mehr heraus.

«Falls du was von ihr hörst, meldest du dich bei mir?» Bette

Hansen hatte einen Block aus der Tasche gezogen und kritzelte etwas darauf, dann riss sie das Blatt heraus und hielt es ihr hin. Aber bevor Lara es an sich nehmen konnte, hatte ihr Vater schon danach gegriffen.

13. BETTE

Die Wolkendecke brach auf, und es sah fast so aus, als würden sie heute noch einen blauen Himmel bekommen.

«Was ist denn in die gefahren? Echt *weird*. Die hat ja nicht mal Tschüss gesagt.» Tyler sah in Richtung Fluss, wo Lara zwischen den aufgebockten Booten verschwunden war. Jemand hatte vom Wasser aus nach ihr gerufen, und Lara war sofort losgerannt. Ohne sich zu verabschieden oder sich noch einmal umzudrehen. Wie ein aufgeschrecktes Huhn. Was für ein seltsames Mädchen, fand auch Bette. Wie sie in ihrem viel zu großen Arbeitsoverall fast zu verschwinden schien. Zottelige rotbraune Haare, große grüne Augen, die ungewöhnlich weit auseinanderstanden und unter denen dunkle Ringe hingen. Ihre Traurigkeit hatte Bette förmlich angeschrien, da hatte Lara noch so sehr versuchen können, sie hinter Trotz zu verbergen.

«Die weiß sicher, wo Yasmin ist», sagte Tyler.

«Das glaub ich nicht, im Gegenteil.»

«Hä?» Tyler sah sie verdutzt an. «Wieso das denn?»

«Ganz einfach. Ihre Reaktion, als sie gehört hat, dass Yasmin verschwunden ist», sagte Bette, die – was ihr Beobachtungsvermögen anging – da aus langer Erfahrung schöpfte.

«Was bitte für eine Reaktion?», konterte Tyler. «Sie hat doch gar nichts gesagt.»

«Genau», bestätigte Bette. «Und sie hat nichts gesagt, weil sie sich erschrocken hat. Und zwar furchtbar.»

Tyler knibbelte nachdenklich auf seiner Lippe herum.

«Aber Mirko meint, wenn Yasmin irgendwo hier draußen ist, dann ganz sicher bei Lara. Die beiden würden ständig zusammenhängen.»

Ja, das war wirklich sonderbar. «Ich frage mich, wieso Yasmin ihrem Vater gesagt hat, dass sie in der Schanze verabredet sei, und ihr Cousin sie dann ganz woanders getroffen hat», sagte Bette. Hatte Yasmin, wie sie ja schon vermutet hatte, ihrer Mutter einfach verschweigen wollen, dass sie in die Vier- und Marschlande fuhr, weil sie wusste, dass es ihr nicht recht wäre? Oder hatte sie etwas anderes verbergen wollen?

«Meinst du, sie hat etwas vorgehabt, wovon niemand wissen sollte?», fragte Tyler.

«Gut möglich», sagte Bette. «Aber wenn sie zu Lara gewollt hätte, aus welchem Grund hätte sie das nicht erzählen sollen?» Und wenn die beiden so eng befreundet waren, wieso wusste Helen nicht von Lara? Den Namen einer so engen Freundin ließ man doch zumindest mal fallen. Yasmin hätte ja nicht gleich erwähnen müssen, wo Lara wohnte.

Tyler sah auf die Uhr. «Sollen wir warten, bis Lara da unten fertig ist, und sie noch ein bisschen ausfragen? Eine Stunde hab ich noch, bevor ich zur Uni muss.»

«Lassen wir sie erst mal in Ruhe.»

«Wieso das denn?» Tyler sah Bette verständnislos an.

«Weil es nichts bringt, sie zu drängen.» Bette glaubte auch, dass Lara mehr zu erzählen hatte als das, was sie eben preisgegeben hatte. Aber so, wie sie weggestürmt war, stand für Bette auch fest, dass sie nicht reden würde. Zumindest nicht jetzt sofort. Und vermutlich auch nicht, solange ihr Vater in der Nähe war. Bette war die Spannung zwischen den beiden nicht entgangen.

«Aha, ist das so ein Polizisten-Instinkt?», fragte Tyler leicht genervt.

«Das ist gesunder Menschenverstand.»

Tyler verdrehte die Augen, und sie gingen zurück zum Auto. Vom Fluss her drang jetzt das Klackern eines Seilspanners zu ihnen herüber. Bette hatte sich vorhin die Lage der Paulsenwerft auf der Karte genau angeschaut. Sie befand sich am Warwischer Hauptdeich, nur wenige hundert Meter hinter dem Oortkatener See und etwas außerhalb von Ochsenwerder. Die Werft war größer, als es von außen den Anschein hatte, und lag an einem künstlich angelegten Werftkanal, sodass sie von der Hauptströmung der Elbe relativ gut geschützt war. Vermutlich war es eines der wenigen Grundstücke der Gegend, das sie nicht einmal als Kind betreten hatte. Und auch an Laras Vater konnte sie sich von früher nicht erinnern, allerdings musste er auch einige Jahre jünger sein als sie.

Sie zündete sich eine Zigarette an, und ihr Blick fiel auf einen grünen Volvo. Der Kotflügel war verbeult, und die Stoßstange hing schief. Sie hatte auch mal so einen Wagen gehabt, ein wahrer Panzer, und sich nur schweren Herzens von ihm getrennt, als sie ihn trotz zahlloser Reparaturen nicht mehr durch den TÜV bekommen hatte. Etwas wehmütig stieg sie in ihr eigenes benzinsparendes Kleinstmodel.

«Und jetzt?», wollte Tyler wissen.

«Fährst du mich nach Hause.»

«Wie? Das war's? Lara schweigt, und du gibst auf?»

«Nein, aber wenn du in einer Stunde an der Uni sein musst, schaffen wir vorher sowieso nichts mehr. Und später kannst du noch mal mit diesem Mirko reden. Vielleicht kann er dir noch ein bisschen mehr über Lara erzählen.»

Damit gab Tyler sich zufrieden. Er wendete, fuhr vom Werftgelände und nach links auf den Elbdeich. Bis zu Bette waren es von hier keine zehn Minuten. Zu Hause würde sie eine halbe Stunde schlafen und sich dann ein Taxi nehmen und Yasmins Cousin einen Besuch abstatten. Sie musste da ansetzen, wo sich Yasmins Spur verlor. In Rothenburgsort und bei diesem Cousin. Und Tyler wollte sie nicht dabeihaben. Sie hielt es für okay, wenn er sich in Ochsenwerder und Umgebung umhörte, aber abgesehen davon würde sie ihn nicht weiter in die Sache reinziehen. Das war schon einmal schiefgegangen. Da durfte sie kein Risiko eingehen. Denn dass hier tatsächlich etwas nicht stimmte, das sagte ihr ihr Gefühl. Und das täuschte sie leider nur selten.

Bette wachte davon auf, dass Tyler sie am Arm rüttelte. Sie rieb sich über die Augen und drehte ihren Nacken, den sie sich total verlegen hatte. In monotonen Situationen, und dazu gehörte das Beifahrerdasein eindeutig, schlief sie meist schnell ein, selbst wenn sie sich vorher nicht besonders müde gefühlt hatte. Zu ihrer Überraschung sah sie, dass sie nicht in Ochsenwerder waren, sondern in der Hafencity, unschwer zu erkennen an den vielen Kränen und den Elbbrücken, die durch die unfertigen Büroneubauten hindurch zu sehen waren.

«Du solltest mich doch nach Hause fahren», sagte sie unwirsch.

«Wollte ich auch, aber dann hat ...»

Bevor Tyler weitersprechen konnte, wurde Bettes Beifahrertür aufgerissen, und der Wind pfiff ihr ungnädig ins Gesicht. Draußen stand Chrischen.

«Moin, Bette. Fliegender Wechsel», sagte er. Ihr ehemaliger

Kollege war lange Kampfsportler gewesen und auch mit seinen 61 Jahren noch schlank und muskulös. Dafür waren seine einst roten Haare grau und schütter und sein Gesicht reichlich verlebt.

«Kann mir mal jemand sagen, was hier los ist?» Sie hasste es, wenn andere über ihren Kopf hinweg über sie entschieden, und genau das war gerade eindeutig passiert.

«'tschuldigung», murmelte Tyler. «Ich bin nur an dein Telefon gegangen, weil ich gesehen hab, dass es Chrischen ist. Und da ... also, Anton ist auf jeden Fall versorgt. Ich hab Mats angerufen, er holt ihn rüber.»

Mats war Bettes Nachbar.

«Sag mal, ohne mich zu fragen?», fuhr Bette Tyler an.

«Hey, Bette, stopp.» Chrischen hob beschwichtigend die Hände. «Hör auf, Tyler fertigzumachen.»

Bette verstummte und bekam sofort ein schlechtes Gewissen. Sie sollte sich endlich abgewöhnen, immer gleich loszumeckern. Eine Angewohnheit, die sie selbst störte. Chrischen musste etwas rausgefunden haben. Deshalb war sie hier, und Tyler hatte sie hergefahren und es nur gut gemeint, sie nicht zu wecken.

«Ich habe das Smartphone des Mädchens geortet», sagte Chrischen.

«Was? Wo?»

«Drüben beim Peutehafen. Auf der Veddel.»

«Auf der anderen Elbseite?» Bette hätte das Telefon sonst wo vermutet, aber nicht in diesem abgelegenen Hafenbecken. Das war nicht gut. Gar nicht gut.

Bette stieg zu Chrischen in den Wagen, und Tyler fuhr mit ihrem Auto weiter zur Uni.

Chrischen schlängelte sich durch die Baustellen hindurch die Versmannstraße hinunter, und es kam Bette wie eine Ewigkeit vor, bis sie die Hafencity hinter sich ließen. Alle paar Meter mussten sie warten, dass ein Laster aus dem Weg fuhr. Sie nahmen die alte Freihafenelbbrücke über die Norderelbe, die sich etwa zehn Kilometer östlich in Höhe von Ochsenwerder von der Süderelbe getrennt hatte, um sich erst im Gebiet des Haupthafens wieder mit ihr zu einem einzigen breiten Strom vereinen.

Auch auf der anderen Flussseite waren überall Baustellen. Als sie an der *Veddeler Fischgaststätte*, einem kleinen weißen, hinter Bauabsperrungen versteckten Häuschen vorbeifuhren, schlug Chrischen vor, auf dem Rückweg dort zu Mittag zu essen. Da gäbe es die besten Backfischteller der Stadt.

Bette zuckte nur geistesabwesend mit den Schultern. Sie konnte sich jetzt beim besten Willen keine Gedanken über Mittagessen machen. Und wenn es hier den besten Fisch der Welt gäbe.

«Sicher ist das Mädchen nur mit Freunden unterwegs», sagte Chrischen, der ihre Unruhe bemerkt haben musste.

«Doch nicht im Peutehafen.»

«Ich kenn die Gegend, da hängen öfter Jugendliche ab», schob er hinterher.

«Unsinn. Yasmin ist seit Sonntagnacht weg, bald drei Tage, da ist sie doch nicht im Peutehafen, weil ihr gerade nichts Spannenderes einfällt.»

Chrischen hupte, als der Wagen vor ihm plötzlich unerwartet bremste und er fast auffuhr. Er war auch unkonzentriert.

«Wie genau konntest du das Handy orten?», fragte Bette.

«Auf etwa 40 Meter, da drüben stehen aus irgendeinem Grund irre viele Signalmasten.»

Immerhin etwas. In Ochsenwerder, das wusste Bette zufällig, käme man höchstes auf eine Genauigkeit von 800 Metern. Sie griff nach dem GPS-Gerät, das vorne im Armaturenbrett lag und mit dem Chrischen die Ortung gestartet hatte, und konnte sehen, dass sich das Signal nicht bewegte und auch seit der ersten Ortung nicht bewegt hatte. Ein Handy, das sich statisch an einem Punkt befand, bedeutete aus Sicht einer Mordermittlerin selten etwas Gutes. Bette konnte nur hoffen, dass Yasmin das Telefon einfach nur verloren hatte.

«Hat Nesrin sonst noch irgendwas zu Yasmin gefunden?»

«Nein, nichts», sagte Chrischen.

Hinter einer Unterführung ging es rechts in ein Wohngebiet, eine der für das Arbeiterviertel so typischen roten Klinkerbausiedlungen. Chrischen jedoch fuhr weiter geradeaus, vorbei an einem Rundbunker aus dem Zweiten Weltkrieg und hinein ins Industriegebiet der Veddel. Elbe und Deich lagen jetzt links von ihnen. Sie überquerten noch zwei Kanalbrücken, dann kam endlich der Peutehafen in Sicht. Zur Straße hin, die hier schnurgerade verlief, war der Hafen mit in den Boden gerammten stählernen Spundwänden abgetrennt. Zwei, vielleicht drei Meter hoch, schätzte Bette.

Chrischen zeigte auf eine unscheinbare Treppe, die an einer Stelle über die Spundwand führte. «Lass uns da rübergehen, dann ersparen wir uns lange Diskussionen mit dem Wächter hinten am Tor.»

Wenn Yasmin im Hafen war, dann war sie bestimmt auch über diese Treppe hineingelangt, um dem Wächter aus dem Weg zu gehen.

Da die Straße mit Lastwagen zugeparkt war, hielt Chrischen im Parkverbot. Er schob sein Polizeidienstschild gut sichtbar in die Windschutzscheibe, und sie stiegen aus. Möwen schrien, Generatoren brummten, und das hohe Surren von Windkrafträdern hing in der Luft. Es roch unangenehm nach ranzigen Brühwürfeln, und Bette versuchte, möglichst nicht durch die Nase zu atmen.

Oben auf der Treppe blieb Bette kurz stehen, um sich einen Eindruck vom Peutehafen zu verschaffen. Er hatte nichts mit den hoch automatisierten Terminals zu tun, wie sie in Hamburg mittlerweile fast Standard waren. Dies war noch ein Hafenbecken, wie es auch vor fünfzig Jahren kaum anders ausgesehen haben konnte. Von Automatisierung keine Spur. Zudem war es für Hamburger Verhältnisse klein, etwa 500 mal 150 Meter.

Über die Treppe hatte man Zugang zu einem Anleger, an dem zwar ein Schild kundgab: *Kein Zutritt für Unbefugte*, aber es gab kein Tor oder Ähnliches, was sie am Weitergehen gehindert hätte. Weit und breit war niemand zu sehen. Am Anleger waren drei Schuten festgemacht, rechteckige Stahlrümpfe, die, da sie keinen eigenen Antrieb hatten, mit Schubbooten über den Fluss geschoben wurden. Bette sah solche Schubverbände oft, wenn sie mit Anton an der Elbe unterwegs war.

Auf zwei der Schuten standen Autos, und obwohl Bette hier nirgends einen Containerkran sah, war eine der Schuten mit mehreren 20-Fuß-Stahlkisten beladen. Sofort hatte sie die drei toten Frauen vor Augen, die sie vor ein paar Jahren in einem Container gefunden hatten. Diese Bilder würde sie niemals vergessen. Schweiß trat ihr auf die Stirn. Dieser Hafen war kein Ort, an dem sich ein junges Mädchen freiwillig aufhielt. Bette merkte, wie ihre alten Automatismen, die sie sich als Polizistin angewöhnt hatte, einsetzten. *Ruhig bleiben, Abstand wahren, die Ermittlung hat nichts mit dir persönlich zu tun.* Aber in diesem Fall wollte diese Distanzierung nicht funktionieren. Es *hatte* mit ihr persönlich zu tun. Yasmin war Helens Tochter, und Helen war eine Freundin, da mochten sie sich noch so lange nicht gesehen haben.

«Jugendliche sind hier jedenfalls nicht», sagte Bette mit belegter Stimme.

Chrischen sah auf sein GPS-Gerät. «Wir müssen weiter da rüber.» Er zeigte nach links zu der Landzunge, die das Hafenbecken zur Elbe hin abgrenzte und nur eine schmale Ausfahrt zum Fluss hin offen ließ. Sie war mit hohem Schilf und vom Wind klein gehaltenen Weiden bewachsen.

Also nicht zu den Containern, dachte Bette erleichtert.

Sie gingen über den Anleger und eine Treppe zum Wasser runter. Einen Weg entlang des Hafenbeckens gab es nicht, aber sie konnten seitlich am Ufersaum laufen.

Bette kam sich vor, als wate sie durch Watt. Bei jedem Schritt quatschte es unter ihren Schuhen.

Im Nachhinein war sie froh, dass Tyler sie vorhin hatte schlafen lassen. Dadurch hatte sie Zeit gewonnen. Wachzeit. Solange sie in Bewegung blieb, würde sie erst mal durchhalten. Sie folgte Chrischen, der immer wieder auf sein GPS-Gerät schaute, am Hafenbecken entlang bis vor zur Spitze der Landzunge, von wo aus sie freien Blick über die Norderelbe hatten. Das Sperrwerk, an dem Yasmin zuletzt von ihrem Cousin gesehen wurde, lag auf der anderen Seite fast direkt gegenüber. Und auch der Tiefergrund befand sich da drüben.

Sie musste nur den Kopf etwas nach rechts drehen, dann war da die Autobahnbrücke.

«Irgendwo hier muss das Smartphone sein», sagte Chrischen, bevor die Erinnerungen wieder hochkamen.

«Du bist gut», sagte sie. «Wie sollen wir es hier finden?» Es konnte überall sein. Im Schlick, zwischen den Bruchsteinen, die zur Flussseite hin aufgeschüttet waren, im Schilf.

Chrischen wählte Yasmins Nummer an. Sie lauschten. Nichts.

Systematisch suchten sie die Landzunge von ihrer Spitze her ab, Meter für Meter, und mit jedem Schritt nahm Bettes Unruhe zu. Was sollte Yasmin hier gewollt haben?

Zwischen den Ästen einer umgekippten Weide entdeckte sie einen leckgeschlagenen Holzkahn, der halb voll Wasser stand.

Konnte es sein, dass das Mädchen damit von der anderen Elbseite übergesetzt hatte? Wenn das Smartphone in dem gefluteten Kahn lag, dann würde es kaum klingeln. So viel Nass überlebte kein Lautsprecher. Allerdings wäre es dann auch ein Wunder, dass es noch ein Signal abgegeben hatte. Obwohl die Teile heutzutage oft ja schon einiges an Wasser abkonnten, und die Akkus hielten teils auch tagelang.

Chrischens Telefon klingelte. «Das ist Nesrin», sagte er, entfernte sich ein paar Schritte und nahm das Gespräch an.

Vorsichtig, um nicht auszurutschen, ging Bette die letzten zwei Meter zum Boot hinunter. Es war nicht groß, ausgelegt für eine, maximal zwei Personen. Der Außenborder war aus der Halterung gebrochen, die Schraube fehlte. Bette stützte sich mit einer Hand an der Bootswand ab und musste sich überwinden, die andere in das trübe Wasser zu stecken. Sie tastete den splittrigen Bootskörper ab, zog das Ankerseil aus dem Wasser. Es war noch im Bug festgemacht, aber der Anker fehlte. Sie legte das Seil über die Bootswand, streckte erneut die Hand ins Wasser, spürte etwas Glattes unter ihren Fingern.

«Ich hab's», rief sie, richtete sich auf und drehte sich mit dem nassen Telefon in der Hand zu Chrischen um. Er hatte sein Gespräch beendet und sah sie an. In Bette zog sich alles zusammen. Sie wusste, was kommen würde. Sie kannte diesen Blick.

Yasmin war gefunden worden.

Tot.

Bette wurde von dem merkwürdigen Gedanken überfallen, dass sie zum ersten Mal seit ihrem Ausscheiden froh war, nicht mehr bei der Polizei zu sein. So musste zumindest nicht sie Helen die Nachricht überbringen.

«Sie haben sie im Oberhafenkanal gefunden», sagte Chrischen. «Am alten Löschplatz. Sie ist aber noch nicht sicher identifiziert. Es muss erst noch ...»

Bette drehte den Kopf zum Fluss, und der Wind trug Chrischens Worte weg von ihr. Der Oberhafenkanal ging auf der anderen Flussseite von der Elbe ab, nur ein paar hundert Meter stromabwärts Richtung Innenstadt, und führte weiter in die Speicherstadt. Sie konnte ihn von hier aus sogar sehen, den seit Jahren ungenutzten Löschplatz mit dem kleinen blauen Kran.

14. DANIEL

Als sie am Nachmittag den Mast des Seglers hochzogen, versuchte Daniel, sich seine Schmerzen nicht anmerken zu lassen. Seine Hand pochte heftig und fühlte sich heiß an. Er hoffte nur, es würde keine Blutvergiftung werden. Er hätte sich krankschreiben lassen sollen, aber er wollte nicht zum Arzt. Der würde nur neugierige Fragen stellen, und Daniel brauchte niemanden, der misstrauisch wurde. Auf der Werft hatte er allen erzählt, dass er sich die Wunde beim Holzhacken zugezogen hatte. Sogar sein Chef Eike Paulsen hatte die Erklärung ohne Weiteres geschluckt, allerdings nur, wie Daniel vermutete, weil es Eike, solange die Arbeit erledigt wurde, schlichtweg egal war.

Früher hatte Daniel immer mal wieder mit dem Gedanken gespielt, sich eine andere Arbeitsstelle zu suchen. Er war ein guter Handwerker, das wusste er, aber er tat sich schwer mit Neuerungen. Alles in ihm sträubte sich dagegen, irgendwo anzufangen, wo er nicht wusste, was auf ihn zukam. Also hatte er es gar nicht erst versucht. Dabei zahlte Eike ihn ausgesprochen schlecht, und menschlich war er ein Arsch, nicht speziell ihm gegenüber, sondern ganz grundsätzlich. Anfangs mochte man ihn für einen netten Kerl halten, aber nicht, wenn man ihn besser kannte. Er war jemand, der immer recht haben musste, dem niemand widersprechen durfte. Allerdings lag ihm seine Werft am Herzen – vermutlich mehr als die Menschen um ihn herum –, und die Boote, die bei ihm rundum erneuert zu Wasser gelassen wurden, waren kleine Meisterwerke der Handwerkskunst. Anders konnte man es nicht ausdrücken, und das war etwas, das Daniel an seiner Arbeit schätzte. Wenn ein alter Holzsegler verrottet zu ihnen kam und dann einige Wochen später mit gehissten Segeln wieder im Wind lag, war das ein gutes Gefühl.

Aber Vor- und Nachteile seines Jobs hin oder her: Heute war Daniel einfach nur froh, als er um kurz nach vier endlich Schluss machen konnte. Zuallererst fuhr er rüber zur Apotheke in Fünfhausen, nur ein paar Minuten von der Werft entfernt, und holte sich die stärksten Schmerztabletten, die er rezeptfrei bekam. Im Wagen schluckte er gleich drei auf einmal, legte den Kopf in den Nacken und schloss die Augen.

Als das Pochen nachließ, fuhr er weiter, um Leni von der Schule abzuholen. Sie war meist bis halb fünf, manchmal auch länger, in der Nachmittagsbetreuung. Anfangs hatte Daniel ein schlechtes Gewissen gehabt, sie so lange wegzugeben, aber er hatte schnell gemerkt, dass sie es nicht schlimm fand. Ganz im Gegenteil. Sie war gerne in der Schule. Etwas, das ihm ein Rätsel war. Er hatte früher nie schnell genug aus dem Schulgebäude rauskommen können.

Er hielt am Straßenrand vor dem lang gestreckten Hauptgebäude und entdeckte Leni, die mit einer Freundin Hand in Hand über den Pausenhof rannte. Ihr viel zu großer Ranzen hüpfte auf ihren schmalen Schultern. Ein Boot mit solch einer Fehlbelastung würde sofort sinken, und Daniel war erleichtert, als sie das schwere Ding in den Sandkasten fallen ließ. Sie sprang auf eine Schaukel, ihre Freundin setzte sich auf ihren Schoß, und gemeinsam versuchten sie, Anschwung zu nehmen, was nicht recht klappen wollte. Aber sie hatten augenscheinlich Spaß.

Daniel genoss es, seiner Tochter beim Spielen zuzuschauen. Zu sehen, wie arglos und unschuldig sie noch war. Gleichzeitig beunruhigte ihn die Vorstellung, dass er hier im Wagen sitzen und sie unbemerkt beobachten konnte. Was, wenn jemand anderes das tat? Was, wenn ihr jemand etwas Böses wollte? Sofort sah er wieder Anna vor sich und hätte fast laut aufgebrüllt. Er wollte sie nicht mehr sehen! Er ertrug die Bilder nicht mehr! Denn mit ihnen kam diese unbändige Wut. Diese Wut, die alles kaputt machte.

Misstrauisch ließ er den Blick über die Straße gleiten. Auch andere Eltern saßen in ihren Autos, warteten. Zwei Mütter erkannte er. Einen Mann in einem BMW hatte er noch nie gesehen. Er prägte sich das Kennzeichen ein. Nur für den Fall. Dann stieg er aus und winkte Leni.

«Papa!» Sie winkte aufgeregt zurück, kam zu ihm gerannt und schlang die Arme um seinen Bauch. Für einen Moment war alles gut.

Als sie nach Hause kamen, dämmerte es schon. In der Wohnküche brannte Licht, Yvonne war also auch schon da. Daniel öffnete die Deckstür, und eine angenehme Wärme hüllte ihn ein. Im Kamin knisterte das Feuer. Yvonne kam barfuß und mit vom Duschen nassen Haaren aus dem Bad. Sie hatte die Haare zu einem losen Pferdeschwanz gebunden und nur ein Handtuch um den Körper gewickelt. Er fand sie wunderschön so.

Yvonne war vielleicht nicht der Typ, nach dem sich die Männer umdrehten, dafür war sie viel zu zurückgenommen, aber sie war fürsorglich und hilfsbereit und damit das genaue Gegenteil seiner verhärmten Großmutter, bei der er aufgewachsen war. Seine Mutter war früh gestorben und sein

Vater zur See gefahren. Ein Gefühl von Zuhause durchströmte Daniel, und er wollte sich einfach nur fallen lassen.

«Hallo», sagte Yvonne, beugte sich zu Leni runter, gab ihr einen Kuss. «Wie war's in der Schule, Schätzchen?»

«Gut», sagte Leni.

Daniel zog seine Jacke aus, stöhnte auf. Die Schmerztabletten ließen schon wieder nach. Er merkte, wie Yvonne ihn beobachtete, und er dachte daran, wie sie ihn Sonntagnacht verarztet, wie sie sich um ihn gekümmert hatte. Das hatte gutgetan. Aber jetzt sah er noch etwas anderes, er sah Misstrauen in ihren Augen. Sie nahm ihm die Geschichte mit dem Überfall nicht ab, suchte nach Widersprüchen. Wieso sonst durchforstete sie die Zeitungen nach einem Todesfall im Industriegebiet? Sie versuchte, hinter seine Fassade zu schauen.

15. BETTE

Unruhig tigerte Bette durchs Haus. Es war mittlerweile fast acht Uhr abends. Chrischen hatte sie eben angerufen. Es hatte sich bestätigt: Die Tote vom alten Löschplatz war Yasmin Hallak. Das bewies ein Abgleich mit ihrem Zahnarztbefund und ein kleines Schmetterlingstattoo auf dem rechten Oberschenkel. Eine optische Identifizierung blieb Helen und ihrem Mann somit erspart, zumindest etwas, worüber Bette erleichtert war. Sie wusste, wie eine Wasserleiche aussehen konnte, vor allem, wenn sie im viel befahrenen Hafengebiet geborgen wurde. Die beiden würden ihre Tochter erst sehen, wenn ein Bestatter sie hergerichtet hatte.

Noch musste allerdings die vollständige Obduktion abgewartet werden, um zu klären, ob Yasmins Tod ein Unfall, Selbsttötung oder die Folge einer Gewalttat war.

Und jetzt? Bette hielt es nur schwer aus, nichts zu tun. Aber das hier war nun Sache der Polizei. Und sie war keine Polizistin mehr. Sie hatte vorhin nicht einmal mit zum Löschplatz fahren können. Das hätte Mark Thorben, leitender Kommissar im Morddezernat und ihr Nachfolger, nur unnötig provoziert. Es würde schon so kompliziert genug werden, wenn er von der Handyortung erfuhr. Denn die konnten sie nun nicht mehr vor ihm verheimlichen. Chrischen musste ihm ja erklären, wie er das Smartphone, das jetzt in der Kriminaltechnik lag, gefunden hatte. Den Holzkahn hatte der technische Erkennungsdienst auch gleich sichergestellt. Und sie suchten noch nach weiteren Spuren im Peutehafen.

Bette sah aus dem Fenster: Dunkel und nass war es. Sollte sie noch mal mit Anton raus? Gegen ihre Unruhe anlaufen? Nein, Spazierengehen würde auch nicht helfen. Sie ließ Anton einfach noch ein bisschen in den Garten, da war er sowieso am liebsten. Dann holte sie das Telefon und wählte die Nummer des Rechtsmediziners Dr. Haller. Sie musste zumindest wissen, wann und wie das Mädchen gestorben war. Sie musste wissen, ob sie sie noch hätte retten können, nachdem Helen sie gestern früh um Hilfe gebeten hatte. Doch Haller nahm auch nach mehrmaligen Versuchen nicht ab, und schließlich rief Bette sich kurzerhand ein Taxi. Geduld war noch nie ihre Stärke gewesen. Wenn er nicht abnahm, würde sie ihm eben einen Besuch abstatten. Für Tyler, der unterwegs war, hinterließ sie eine Notiz, dass es spät werden würde. Anton pfiff sie wieder ins Haus, bevor sie aufbrach. Er konnte auch mal ein bisschen alleine bleiben.

Die vierzig Minuten Fahrt zum Institut der Rechtsmedizin verschlief Bette. Als sie aus dem Taxi stieg, war es nach neun. Aber das war egal, Haller arbeitete für gewöhnlich bis spät. Bette betrat den lang gestreckten Flachbau. Der diensthabende Pförtner kannte sie und ließ sie ungehindert durchgehen.

Die Sektionsräume befanden sich im Souterrain und waren durch große Glastüren einsehbar. Bette lief den langen Gang ganz durch, bis sie Haller fand. Er reinigte gerade seine Werkzeuge. Ein Leichnam lag nicht mehr auf seinem Tisch.

Bette klopfte gegen die Scheibe. Haller sah auf, und ein Lächeln huschte über sein Gesicht. Er war ein kleiner hagerer Mann, ein paar Jahre älter als sie, knarzig, aber zuverlässig und mit einem trockenen Humor. Er nickte, woraus sie schloss, dass er gleich für sie da sein würde. Als er kurz darauf zu ihr raustrat, strömte ein eisiger Luftzug in den Gang. Bette zog sich ihren Mantel enger um die Brust.

«Frau Hansen. Schön, Sie mal wiederzusehen.» Er hustete. Seit Bette ihn kannte, war er starker Raucher.

«Dr. Haller.» Mit einem Lächeln streckte Bette ihm die Hand hin, zog sie aber schnell wieder zurück, als sie die Schlieren auf seinem Handschuh sah.

«Wie kommt es, dass ich gar nicht überrascht bin, Sie hier anzutreffen?» Eine rhetorische Frage, auf die er keine Antwort erwartete. «Ich habe gehört, Sie kannten die junge Frau, die heute aus dem Kanal gezogen wurde?»

«Ich kenne ihre Mutter. Sie war gestern Morgen bei mir und hat mich gebeten, nach Yasmin zu suchen.»

«Hat sie Sie auch gebeten, herzukommen und mich auszufragen?»

Bette räusperte sich. «Nein. Nicht direkt.»

«Hab ich mir fast gedacht.» Ein Schmunzeln lag um seinen Mund. «Ich kenne Sie doch. Niemand muss Sie lange bitten, wenn es um Mord geht. Wo Sie einmal angefangen haben zu ermitteln, lassen Sie nicht mehr locker. Sie sind wirklich schlimmer als ein bissiger Pitbull.»

«Das fasse ich jetzt mal als Kompliment auf.»

Haller lachte, ein etwas spöttisches Lachen, aber Bette mochte es. Sie hatte Haller sowieso immer gemocht.

«MT wird nicht begeistert sein, dass Sie sich schon wieder einmischen.» Mark Thorben, ihr Nachfolger, wurde unter vorgehaltener Hand MT genannt, weil er immer nur mit seinen Initialen unterschrieb, als habe er es nicht nötig, sich mit seinem vollen Namen zu erklären. Als wüsste jeder immer und überall, wer er war.

«Gibt es denn überhaupt einen Fall, in den ich mich einmischen könnte?», fragte Bette.

«Ich habe die Obduktion noch nicht ganz abgeschlossen.»

«Aber Sie haben doch sicher schon eine Theorie, was passiert ist», sagte Bette. «Darf ich die hören?»

«Hm, also, ich wollte sowieso gerade Zigarettenpause machen.» Haller streifte seine Handschuhe ab und zog seinen grünen Kittel aus. Darunter kamen Jeans und ein schlichter blauer Wollpullover zum Vorschein. Er ging noch einmal in den Sektionsraum und kam mit einer Packung Marlboro und einer grünen Mappe wieder heraus. In der Mappe vermutete Bette Fotos. Zum einen hatte Haller seine Obduktionsergebnisse immer im Kopf, da brauchte er keine Mappe, um Bette auf den Stand der Dinge zu bringen. Zum anderen wusste sie, dass er seine Unterlagen gerne nach Farben sortierte. Und Grün stand bei ihm für Fotos. Er druckte sie immer sofort aus, um später alles penibel zu archivieren. Das hatte ihr das ein oder andere Mal sehr geholfen.

Bette folgte ihm in einen etwas versteckt gelegenen Innenhof, der ringsum von Krankenhausgebäuden eingefasst war. Auf dem Kieselboden standen Töpfe mit rund gestutzten Buchsbäumen und ein kleinkindgroßer Gartenzwerg, der mit seinem in Plastik gegossenem Grinsen direkt in den Gang mit den Sektionsräumen schaute. Ziemlich makaber, wie Bette immer wieder fand. Grün angeleuchtet von einer Bodenlampe, sah er aus, als sei ihm schlecht.

«Mein Gott, wie oft haben wir hier zusammen gestanden und geraucht?», fragte sie.

Haller seufzte demonstrativ. «Ohne Sie bin ich hier ganz schön vereinsamt. Ihr Nachfolger ist ja zu gesundheitsbewusst, um zu rauchen. Dafür stirbt er irgendwann am Stressinfarkt.»

Haller hielt Bette die Zigaretten hin, sie nahm sich eine, inhalierte tief und atmete langsam aus. Der Rauch blieb kurz in der kalten Luft stehen, bevor er sich auflöste. Eine Weile rauchten sie schweigend, wie in alten Zeiten.

Erst mit seiner zweiten Zigarette fing Haller an, über das zu sprechen, weswegen Bette gekommen war.

«Yasmin Hallak ist ertrunken. Allerdings fehlen die typischen Ertrinkungsmerkmale.»

«Das heißt?»

«Sie war nicht bei Bewusstsein, als sie ins Wasser fiel, beziehungsweise geworfen wurde. Das ist zumindest meine Annahme. Zuvor wurde ihr mit einem stumpfen Gegenstand auf den Hinterkopf geschlagen.»

«Und Sie sind sicher, dass es kein Unfall war? Dass sie mit dem Kopf aus Versehen irgendwo aufgeschlagen ist?», fragte Bette nach.

«Nein, kein Unfall. Da hat jemand zugeschlagen. Und das mehr als einmal. Eine blutige Angelegenheit. Emotional, würde ich sagen. Kein Auftragsmörder. Übrigens mit ziemlicher Sicherheit Rechtshänder. Die Tatwaffe war aus Metall, ich habe Rückstände an den Schädelknochen gefunden. Der Täter hat sein Opfer dann ins Wasser geworfen. Bewusstlos, wie ich ja schon gesagt habe. Und vermutlich in tiefes Gewässer, nicht ufernah. Es waren keine Spuren von Schlick oder Ähnlichem in der Lunge.»

«Yasmin könnte also von einem Boot geworfen worden sein», schlussfolgerte Bette.

«Sehr wahrscheinlich sogar», stimmte Haller zu.

Dann war der Kahn der Tatort, dachte Bette, und Yasmin hatte das Smartphone verloren, bevor sie über Bord geworfen worden war, unbemerkt vom Täter.

Haller reichte Bette die grüne Mappe, in der, genau wie sie angenommen hatte, Fotos lagen. Das oberste zeigte Yasmins toten Körper am Fundort. Der Oberhafenkanal, wo sie gefunden worden war, war verschlickt und fiel schon bei mittlerem Tidehochwasser weitestgehend trocken. Yasmin lag im Flussbett, das Gesicht nach unten, der Körper von Schlamm und Algen überzogen. Sie trug Pulli, Jeans und einen Schuh. Der andere Fuß war nackt.

«Da, sehen Sie», Haller zeigte auf ihr Bein, «der Täter hat sie mit einem Anker beschwert, den er mit einem Seil um ihr Bein gewickelt hat.»

«In dem Holzkahn, den wir gefunden haben, war ein Seil, vielleicht das Gegenstück hierzu. Der Anker war abgetrennt.»

Haller fragte nicht, wieso sie den Kahn gefunden hatte und was das für ein Kahn war. Vermutlich wusste er es längst.

Stattdessen sagte er: «Ganz sicher kann ich es nicht sagen, aber ich denke, der Anker an ihrem Fuß war die Tatwaffe. Er passt zu den Wunden am Kopf der Toten. Sie hat auch noch weitere Verletzungen an den Händen, den Knien, im Gesicht. Aber die sind alle postmortal. Nicht ungewöhnlich für eine Wasserleiche.»

«Was ist mit Kampfspuren?», fragte Bette.

«Es sieht nicht so aus, als habe sie sich gewehrt. Der Täter muss sie sehr überraschend angegriffen haben.»

«War sie gefesselt?»

«Auch nicht. Zumindest gibt es keine dazu passenden Schürfwunden oder Hämatome.»

Bette versuchte, sich vorzustellen, was passiert war. Yasmin ist in dem Kahn, als der Täter von hinten auf sie einschlägt. Sie verliert das Bewusstsein, er wirft sie ins Wasser. Yasmin wird am alten Löschplatz auf der nördlichen Elbseite angespült, der Kahn am südlichen Elbufer. War der Täter dort drüben am Peutehafen ausgestiegen? Oder hatte er das Boot woanders verlassen und es dann führerlos zurück in den Fluss gestoßen?

Der Anker an Yasmins Fuß deutete darauf hin, dass der Täter sie versenken wollte. Sie sollte nicht gefunden werden. Und wenn die Strömung sie nicht in den verschlickten Kanal gedrückt hätte, wäre ihm das vielleicht auch gelungen.

Bettes Kehle schnürte sich zusammen. Sie schloss die Augen und dachte an Helen. Und an ihren Mann. Und an Yasmins kleine Schwester. Es tat ihr so unendlich leid.

«Wann ist sie gestorben?», fragte Bette. Deshalb war sie doch eigentlich gekommen. Um herauszufinden, ob sie Yasmins Tod noch hätte verhindern können.

Haller brummte leise, sah sie nachdenklich an. «Wenn Yasmins Mutter Sie gestern Morgen um Hilfe gebeten hat, konnten Sie nichts mehr tun.»

«Wollen Sie mich jetzt beruhigen?»

«Nein. Dienstag, also gestern, war Yasmin Hallak bereits tot. Auf die Stunde genau kann ich es Ihnen nicht sagen, aber sie muss bereits zwischen Sonntagnachmittag und Montagfrüh, ich würde sagen, spätestens fünf Uhr, gestorben sein.»

«Sie wurde zuletzt am Sonntag gegen 23.30 Uhr gesehen», sagte Bette.

«Das schränkt die Zeitspanne dann auf wenige Stunden ein.»

Yasmin hatte nicht mehr lange gelebt, nachdem ihr Cousin sie am Sperrwerk gesehen hatte. Sie war noch in dieser Nacht gestorben. Aber wann und wo war sie in dieses Boot gestiegen? Und vor allem mit wem?

Die Tatsache, dass der Täter von hinten auf sie eingeschlagen hatte, bedeutete, dass Yasmin ihn gekannt hatte. Ihm sogar vertraute. Sonst hätte sie ihm doch in diesem Kahn nicht den Rücken zugewandt. Wäre überhaupt nicht erst eingestiegen. Nicht freiwillig. Natürlich hätte er sie mit einer Waffe zwingen können, da reichte es schon, dass er ein Messer oder eine Pistole in der Hand hielt. Nichts körperlich Nachweisbares. Aber dann gleichzeitig ein Boot zu steuern, wäre doch etwas unpraktisch. Nein, dann hätte er sie eher gefesselt.

Und eine dritte Person, die half, Yasmin in Schach zu halten, hätte in dem kleinen Kahn keinen Platz gehabt. Schon zu zweit wurde es eng darauf.

«Musste der Täter viel Kraft aufbringen?», wollte Bette noch wissen.

«Ich denke nicht. Nein. Die Tatwaffe war nicht besonders groß, lediglich effektiv. Und das Mädchen war auch nicht sehr schwer. Sie über Bord zu werfen, kann keine große Sache gewesen sein. Das würde mehr oder weniger jeder schaffen.»

16. YVONNE

Am Donnerstagmorgen nahm Daniel Leni auf dem Weg zur Werft mit in die Schule. Er hatte sich auch heute nicht krankmelden wollen, obwohl die Schwellung seiner Hand immer noch nicht abgeklungen war. Yvonne hätte es beruhigt, wenn er wenigstens mal einen Arzt draufschauen lassen würde, aber sie wusste aus Erfahrung, dass sie ihn nicht überzeugen konnte. Wenn er nicht wollte, wollte er nicht. Also hatte sie sich die Mühe gespart, weiter auf ihn einzureden. Und vielleicht hatte er ja recht: Bloß kein Aufsehen erregen. So tun, als sei nichts. Einfach weitermachen.

Und genau das tat sie ja genau genommen selbst auch. Nach ihrem Besuch vorgestern auf dem Parkplatz im Pinkertweg hatte sie sich fest vorgenommen, mit Daniel zu sprechen. Sie wollte ihm von ihren Zweifeln erzählen und von ihrer Angst, dass die Polizei bei ihnen auftauchte. Sie hatte ihn fragen wollen, warum er ihr nicht die Wahrheit sagte, ob er ihr nicht vertraute.

Und was hatte sie getan? Nichts. Zuerst hatte sie Leni nicht die Freude an ihrer Fischpfanne nehmen wollen, dann hatte sie warten wollen, bis Leni im Bett war, dann hatte sie noch eine Nacht darüber schlafen wollen, dann, dann, dann ... Sie hatte es immer weiter vor sich hergeschoben und bis jetzt kein Wort gesagt. Sie war nicht besser als Daniel und genauso unfähig zu einem vernünftigen Gespräch wie er.

Sie füllte sich Müsli in eine Schale und kippte kalte Milch darüber, stocherte aber nur appetitlos darin herum.

Was fürchtete sie? Sein Schweigen, seine Abweisung oder dass er ihr doch die Wahrheit sagte? Eine Wahrheit, die sie vielleicht gar nicht hören wollte. Verdammt, was hatten sie sich nur eingebrockt? Sie schob ihr Müsli beiseite und stand auf. Jetzt musste sie erst mal zur Arbeit.

Als sie den Wagen startete, sprang das Autoradio an. Zwei Moderatoren quatschten inhaltlos aufeinander ein. Yvonne schaltete sofort aus. Sie brauchte Stille um sich herum. Sie ertrug jetzt keine gut gelaunten Moderatoren. Und Nachrichten wollte sie auch nicht hören. Sie hatte seit Montag nun wirklich x-mal die Internetzeitungen durchforstet. Auch heute Morgen, gleich als Erstes nach dem Aufwachen. Auf der Reeperbahn hatte es in der Nacht bei einer Messerstecherei einen Schwerverletzten gegeben, eine Frau war in der Höhe des alten Löschplatzes tot aus dem Oberhafenkanal geborgen worden, in Blankenese hatte es einen schweren Raubüberfall gegeben. Aber nichts über einen verletzten oder toten Mann im Pinkertweg. Oder auch nur in der Nähe davon.

Sie zündete sich eine Zigarette an, was sie beim Autofahren normalerweise nie tat. Aber das hier war eine Ausnahmesituation.

Sie war gerade an der Tatenberger Schleuse rechts auf die Schnellstraße abgebogen, als zwei Polizeiwagen ihr in hohem Tempo entgegenkamen. Vor Schreck trat sie so heftig auf die Bremse, dass ihr der Motor absoff und sie mitten auf der Straße stehen blieb. Wie gelähmt starrte sie durch die Windschutzscheibe, das Lenkrad mit beiden Händen umklammert.

Der Müllsack! Er war immer noch im Kofferraum. Sie hatte ihn nach dem Parkplatzbesuch nicht mehr entsorgt. Es war nur so ein Gefühl gewesen, dass es das Richtige war. Eine

Art Absicherung. Solange Daniel ihr nicht alles erzählte. Sie wusste, sie hinterging ihn damit, aber er log sie ja auch an. Zumindest sagte er ihr nicht die Wahrheit.

Die Polizeiwagen fuhren jetzt nebeneinander, hatten die Sirenen angeworfen. Schweiß trat ihr auf die Stirn, und sie sah wieder das Blut vor sich, das sie aus Daniels Sachen gewaschen hatte. Wie es in den Abfluss strömte. Blut, das nicht von ihm stammte. Jedenfalls nicht nur. Wie viel Blut konnte ein Mensch überhaupt verlieren, bevor er starb? Das hatte sie in ihrer Ausbildung gelernt, aber sie konnte sich beim besten Willen nicht daran erinnern.

Die Polizeiwagen rasten direkt auf sie zu, waren fast bei ihr, im letzten Moment scherten sie aus, fuhren um sie herum. Sie hielten nicht. Sie fuhren einfach weiter. Und sie waren auch nicht auf dem Weg zu ihrem Hausboot. Dann hätten sie direkt hinter ihr abbiegen müssen, doch das taten sie nicht, sie fuhren weiter geradeaus. Yvonne sah es im Rückspiegel.

Erleichtert atmete sie aus.

Hinter ihr hupte jemand. «Jaja», murmelte sie. «Ich mach ja schon.» Meine Güte, was war nur los mit ihr? Die Angst fraß sie ja auf.

Anstatt weiter auf der Schnellstraße zu bleiben, nahm sie den Schleichweg am Holzhafen vorbei, einem Seitengewässer der Norderelbe, das durch die Elbinsel Kaltehofe vom Hauptstrom getrennt war. Früher wurden hier die nach Hamburg geflößten Holzstämme auf Schiffe verladen, heute war es ein Vogelschutzgebiet.

Sie hielt am Straßenrand und stieg aus. Erst mal brauchte sie jetzt frische Luft. Ihre Knie waren ganz weich.

Es war Ebbe, und das Wasser hatte sich weit zurückgezogen, nur noch schmale Priele bahnten sich ihren Weg durch den dunklen Schlick.

Yvonne beobachtete zwei Möwen, wie sie gegen die Windböen ankämpften. Sie mochte die stolzen weißen Vögel, liebte es, ihnen zuzusehen, wie sie gegen den Wind anflogen, ihn sogar für sich nutzten. Sie schob die Hand in ihre ausgebeulte Jackentasche und griff nach der Erdnusstüte. Sie hatte immer etwas dabei. Für Vögel oder Eichhörnchen oder auch für sich selbst. Sie warf eine Nuss, und eine der Möwen stürzte steil nach unten und fing sie im Flug auf. Die andere versuchte, sie ihr unter lautem Gekreische zu entreißen. Yvonne warf mehr Nüsse, und immer mehr Möwen kamen. Ein Vogel landete auf einem hölzernen Dalben, der nur ein paar Meter vor ihr aus dem Schlick ragte. Als die Nüsse verteilt waren, flogen die Möwen Richtung Elbe davon.

Sosehr sie sich auch oft ein richtiges Haus wünschte, trocken und ohne schwankenden Boden, so wenig wollte sie aus dieser Gegend weg. Als sie zu Daniel gezogen war, hatte sie eine Weile gebraucht, um sich an die Landschaft zu gewöhnen, sich überhaupt an eine Landschaft zu gewöhnen. Sie war in einer Hochhaussiedlung aufgewachsen. Aber jetzt wollte sie die Flüsse und Tümpel, die Wassergräben, die Hafenbecken und den modrigen Geruch des Brackwassers nicht mehr missen. Manchmal stellte sie sich vor, sie sei irgendwo am Kongo oder in den Sümpfen von Louisiana. Sehr viel anders konnte es dort auch nicht aussehen. Und der Gedanke gefiel ihr: weg, weit weg zu sein.

Sie zündete sich noch eine Zigarette an und versuchte, sich innerlich für den Tag zu wappnen, der vor ihr lag. Sie mochte ihre Arbeit, aber manchmal fiel es ihr schwer zu starten. Ihr

Job war körperlich anstrengend, doch das war nicht das Problem. Was ihr zunehmend schwerfiel, war der Umgang mit den Ängsten und der Einsamkeit der alten Menschen, die sie betreute. Sie fragte sich immer öfter, wie es *ihr* später einmal ergehen würde. Würde Leni sich um sie kümmern? Und was war mit Daniel? Wären sie, wenn sie alt waren, füreinander da? Was wiederum die Frage aufwarf, ob sie überhaupt füreinander da waren. Ganz gegenwärtig. Sie fühlte sich ja jetzt schon unendlich alleine.

17. BETTE

Sie hatten zusammen gefrühstückt, und Tyler war nach oben gegangen, um noch irgendwas am Rechner zu machen. Was weitere Nachforschungen in Ochsenwerder anging, hatte Bette ihn erst mal zurückgepfiffen. Nach ihrem eigenen Überschreiten der Kompetenzen sollte er sich jetzt nicht auch noch einmischen. Sie räumte den Tisch ab und wusch das Geschirr per Hand. Sie fand, für zwei Personen lohnte es sich nicht, die Spülmaschine anzuwerfen. Durch das Fenster sah sie zwei der Jungs aus der neuen Reihenhaussiedlung gegenüber mit ihren Stuntrollern über die Straße donnern. Die großen holprigen Kopfsteine und die hohen Bordsteinkanten waren perfekt für kleine Stunts. Und für Stürze. Im Sommer hatte Bette täglich Pflaster und Trostkekse rausgereicht.

Als sie mit dem Abwasch fertig war, checkte sie ihr Smartphone. Eben war eine Nachricht eingegangen. Sie war von Helen. *Bitte, kannst du vorbeikommen?* Dahinter ihre Adresse am Großneumarkt. Natürlich würde sie vorbeikommen. Wie konnte sie die Bitte auch abschlagen, am Tag, nachdem Helen vom Tod ihrer Tochter erfahren hatte? Bette sah auf die Uhr. Es war gleich halb neun. Wenn Tyler sie jetzt sofort fuhr, würde sie es noch zu Helen schaffen, bevor sie auf dem Präsidium sein musste.

Thorben hatte sie für Viertel vor elf vorgeladen, und bei dem Gedanken an das Gespräch, das da auf sie zukam, war Bette unbehaglich zumute. Sie hatte Chrischen nicht erreicht, um ihn zu fragen, wie Thorben auf die Handyortung reagiert hatte, ging aber mal schwer davon aus, dass MT sie deshalb ins Präsidium beorderte. Und sie sah keinen Weg, sich zu rechtfertigen. Eine Ortung ohne offizielle Genehmigung war illegal. Punkt. Aus. Darüber ließ sich nicht diskutieren.

Aber egal, jetzt musste sie erst mal zu Helen.

«Anton! Komm!» Mit der Hand klatschte sie seitlich auf ihr Bein, um dem Hund zu verstehen zu geben, dass er ihr folgen sollte. Anton blieb jedoch auf seiner Decke liegen und blinzelte nur. Was für ein Hund. Manchmal war er nicht zu bremsen, dann wieder völlig verpennt. Bette war schon zur Haustür raus, als er endlich angetrottet kam.

Sie würde ihn zu Mats rüberbringen. Wie so oft. Mats war Möbelbauer und hatte seine Werkstatt am Haus, weshalb er sowieso meist da war. Sie beide kannten sich seit ihrer Kindheit, genau genommen war er ihr ältester und bester Freund. Er war ein großer schlanker Mann, der mit seinem tiefen dunklen Bass nicht aus dem Kirchenchor wegzudenken war, genauso wenig wie aus ihrem Leben. Bette fühlte sich wohl in seiner Nähe, und immer öfter fragte sie sich, ob da noch mehr war, wagte es aber nicht, das weiter zu formulieren, aus Angst, ihre Freundschaft kaputt zu machen.

Sie stapfte über die Wiese in ihrem Vorgarten und stieg mit einem großen Schritt über den rosenbewachsenen Erdwall, der ihre Grundstücke trennte.

«Moin, Bette», sagte Mats, als er sie kommen sah. Er war gerade dabei, hinter dem Haus Holzscheite zu stapeln.

«Moin.» Sie überlegte, ihm von Yasmin zu erzählen, Mats kannte Helen ja auch noch von früher, ließ es aber bleiben. Nicht jetzt. Stattdessen fragte sie: «Könntest du Anton noch mal ein paar Stunden nehmen?»

«Weißt du doch, immer gerne. Und nachher kommt sowieso Fynn. Der wird sich freuen.» Fynn, Mats' zehnjähriger Enkel, liebte Anton und ging manchmal stundenlang mit ihm spazieren.

«Bestens, dann sag ihm doch, er soll auch gleich mal nach den Hühnern schauen. Er hat schon seit ein paar Tagen keine Eier mehr gesammelt.» Sie könnte das auch selbst machen. Aber Fynn hatte die Hühner, die sie in einem kleinen Stall hinter dem Haus hielt, zu seiner Aufgabe erklärt, mit allem, was dazugehörte. Also sollte er sich auch kümmern.

«Mach ich. Magst du einen Kaffee?», fragte Mats. «Ist noch welcher in der Kanne.»

«Nein danke, gerade nicht. Ich muss los», verabschiedete Bette sich, froh, dass Mats nicht fragte, wo sie hinmusste. Er würde sich nur wieder Sorgen machen, dass sie sich mit Dingen beschäftigte, die seiner Meinung nach nicht mehr ihre Sache waren.

Im Laufe ihres Arbeitslebens hatte Bette unzählige Male vor Angehörigen gestanden, die gerade einen geliebten Menschen verloren hatten. Einige Kollegen taten das als Routine ab, doch Bette hatte sich nie daran gewöhnt. Ein gewisses Maß an Empathie musste man sich bewahren – egal, was man alles schon gesehen und erlebt hatte. Jetzt, wo sie vor Helens Haustür stand, wünschte sie, sie hätte zumindest gelernt, mehr Abstand zu wahren. Ihr Herz pochte heftig. Sie versuchte, sich zu sammeln, ließ dabei ihren Blick über den Großneumarkt schweifen. Sie war lange nicht hier gewesen, aber es hatte sich nichts verändert: Linden, Kopfsteinpflaster, die Litfaßsäule, ein Brunnen, der Gemüsestand ... Mütter eilten über den Platz, ihre Kita-Kinder im Schlepptau, Männer standen zusammen und tranken Bier. Vor vielen Jahren hatte es neben dem Gemüsehändler noch eine Wurstbude gegeben, kaum mehr als ein Holzverschlag, aber der Erfindungsort der Currywurst. Da konnten die Berliner erzählen, was sie wollten.

Tyler hatte vor der historischen *Pelikan-Apotheke* auf der anderen Seite des Platzes einen Parkplatz gefunden. Am liebsten wäre Bette sofort wieder zum Wagen, hätte Helens Nachricht einfach ignoriert. Aber das tat sie natürlich nicht. Sie atmete noch einmal tief durch, dann betrat sie den renovierten Altbau. Die Tür stand offen, es roch nach Putzmittel, der Boden war noch feucht.

Erst im obersten Stockwerk stand Helens Nachname an einer der Türen, und Bette war ganz schön atemlos, als sie klingelte. Es dauerte einen Moment, bis sie Schritte hinter der Tür hörte und Helen öffnete.

Ihre Augen waren gerötet, und sie war blass, wirkte aber gefasst. Oder zumindest selbstbeherrscht. Bette unterließ es, ihr mit Beileidsfloskeln zu kommen. Sie umarmte Helen einfach nur und spürte, wie ihre alte Freundin in ihren Armen zerfiel. Bette drückte sie ganz fest, hielt sie einen Moment, und dann kehrte auch schon wieder die Spannung in Helens Körper zurück. Sie löste sich von Bette, strich sich die Haare aus dem Gesicht, rang sich ein Lächeln ab.

«Danke, dass du so schnell gekommen bist», sagte sie und führte Bette in ein helles, modern eingerichtetes Wohnzimmer. Auf dem Sofa saß ein Mann: groß und schlank, schwarze Hose, ein bis oben hin zugeknöpftes schwarzes Hemd, seine Augen waren rot, die Tränensäcke geschwollen. Neben ihm saß eine etwas rundliche Frau, die sofort aufstand, als Bette eintrat.

«Mein Mann Amar und meine Schwägerin Mouna», sagte Helen.

Mouna trat auf Bette zu, sagte etwas auf Arabisch und nahm mit beiden Händen ihre rechte Hand, drückte und tätschelte sie. Es war eindeutig eine herzliche Geste.

Jetzt erhob sich auch Amar vom Sofa. Seine ganze Körperhaltung wirkte kraftlos, als könne er jeden Moment in sich zusammensacken.

«Mein aufrichtiges Beileid», sagte Bette an Amar gerichtet.

«Danke», sagte er.

Mouna hatte Bettes Hand losgelassen und verließ den Raum. Einen Moment standen Helen, Bette und Amar unschlüssig da, bis sie sich schließlich setzten. Der Geruch von Kardamom zog Bette in die Nase. Draußen auf der Straße ertönten Polizeisirenen, und Bette entging nicht, wie Amar zusammenzuckte und Helen, die sich dicht neben ihm auf das Sofa gesetzt hatte, nach seiner Hand griff. Tränen liefen über Amars Wangen, und Bette fühlte sich hilflos. All ihre Professionalität, die sie sonst in derartigen Situationen vor sich hertrug, war ihr entglitten.

Sie hätte den beiden gerne gesagt, dass der Rechtmediziner Dr. Haller sexuelle Gewalt ausschloss. Das wäre zumindest ein Trost, wenn auch nur ein kleiner. Aber sie wollte nicht den Eindruck erwecken, doch noch in die Ermittlung involviert zu sein. Das würde nur falsche Hoffnungen wecken. Ihr war schon klar, warum Helen sie hergebeten hatte.

Mouna trat mit einem Tablett ins Wohnzimmer, reichte jedem eine kleine Kaffeetasse und ging dann wieder.

«Mit Kardamom aufgekochter Mokka», sagte Helen. «Möchtest du Zucker?»

Bette schüttelte den Kopf und trank. Der Kaffee war stark und schmeckte ungewöhnlich, aber gut.

Plötzlich setzte Amar an, etwas zu sagen. Er sprach sehr leise und hielt dabei den Blick gesenkt, so als würde er mehr zu sich als zu Bette sprechen. «Hast du schon einmal darüber nachgedacht, dass die winzigste Entscheidung den Rest deines Lebens bestimmen kann?»

Bette spürte, dass Amar keine Antwort erwartete.

Nach einer Weile stellte er seine Kaffeetasse ab, ohne getrunken zu haben, und sagte weiter: «Yasmin wollte mir etwas sagen. Am Sonntag. Ich ... ich bin noch ... mit in den Flur, als sie los ist.» Seine Worte kamen nur bruchstückhaft, nicht, weil er des Deutschen nicht mächtig gewesen wäre, sondern weil es zu sehr schmerzte auszusprechen, was ihm auf der Seele lag. So zumindest interpretierte Bette es.

«Ich ... habe Yasmin ... viel Spaß gewünscht. Und sie hat mich so angesehen, als ... ich weiß nicht ... Sie wollte mir etwas sagen ... Aber da hat mein Telefon geklingelt ...»

Die letzte Begegnung mit einem Menschen, den man verloren hatte, hing einem ewig nach, das wusste Bette nur zu gut. Und immer würde man sich fragen, ob man etwas falsch gemacht hatte, oder etwas hätte verhindern können, wäre man nur aufmerksamer gewesen.

«Wer hat am Sonntag so spät noch angerufen?», fragte Bette.

«Meine Schwester. Sie wollte ...» Er zuckte die Schultern. «Ich weiß nicht mehr was sie wollte. Es war unwichtig.»

«Sie ruft ständig an», schob Helen ein. Die Kritik in ihrer Stimme war nicht zu überhören. «Sie muss immer alles planen, und Amar muss ihre Pläne ausführen.»

«Amar, hast du irgendeine Idee, was Yasmin dir sagen wollte?», fragte Bette.

Er schüttelte den Kopf, und Bette glaubte ihm. Er musste sich seit Yasmins Verschwinden unentwegt Gedanken über genau diese Frage gemacht haben. Ohne Ergebnis.

«Bette», sagte Helen. «Wir möchten, dass du weiter ermittelst. Dass du den Fall übernimmst. Dass du Yasmins Mörder suchst.»

Bette seufzte leise in sich hinein. Damit hatte sie gerechnet. Und sie verstand die beiden ja. Sie wollten eine Ermittlerin, die sie kannten. Die ihnen vertraut war, vertrauter zumindest als irgendein fremder Kommissar.

«Das kann ich nicht», sagte sie. «So gerne ich euch den Gefallen tun würde. Ich darf das nicht. Das ist jetzt Sache der Polizei.»

Helen sah sie flehentlich an.

Bette deutete ein Kopfschütteln an. «Es geht nicht.»

Als Bette kurz darauf aus dem Haus trat, war sie fix und fertig. Sie lehnte sich mit dem Rücken an die Hauswand und schloss die Augen. Genau in dem Moment setzte der Turmbläser vom Michel an, seinen morgendlichen Choral zu spielen. Wie jeden Werktag morgens um zehn, und dann noch mal abends, spielte der Trompeter aus den Turmfenstern eine Strophe in jede Himmelsrichtung. Bis zur Aufhebung der Torsperre Mitte des 18. Jahrhunderts war der Trompeten-Choral das Zeichen für die Öffnung beziehungsweise Schließung der Stadttore gewesen. Heute war es einfach nur noch ein alter Brauch, den Bette sehr mochte und der jetzt gerade zum richtigen Zeitpunkt kam. Sie hielt die Augen weiter geschlossen, lauschte auf die Töne, die der Wind mal lauter, mal leiser zu ihr herübertrug, und spürte, wie sie sich langsam etwas entspannte.

18. BETTE

Wenige Minuten später saß Bette bei Tyler im Wagen, und sie fuhren Richtung Präsidium. Es lag nördlich der Alster, und von der Neustadt dauerte die Fahrt noch fast eine halbe Stunde, worüber Bette nicht unglücklich war. So konnte sie noch eine Runde schlafen, bevor sie Thorben gegenübertrat. Die Blöße, in seiner Gegenwart eine Schlafattacke zu erleiden, wollte sie sich auf keinen Fall geben.

Tyler weckte sie, als sie da waren. Er hatte in Sichtweite zum Präsidium geparkt. Der massige Rundbau mit seinen sternförmig angefügten Büroklötzen wirkte abweisend wie eine mittelalterliche Festung. Als Bette noch täglich hier gearbeitet hatte, war ihr das nie so aufgefallen, jetzt allerdings überkam sie jedes Mal sofort ein Gefühl von Beklemmung, wenn sie herkam. Das Präsidium war alles andere als einladend.

«Was genau will Thorben eigentlich von dir?», fragte Tyler, dem sie natürlich von dem Handy-Fund und Yasmins Tod erzählt hatte, wenn auch nur in groben Zügen.

«Was schon, sich mal wieder aufregen, dass ich mich einmische.» Sie versuchte, es scherzhaft klingen zu lassen, was ihr nicht ganz gelang.

«MT sollte dir dankbar sein», sagte Tyler. «Alleine bringt er's ja nicht.»

Bette lachte auf. «Das sag ihm mal.»

«Mach ich sehr gerne. Soll ich mit reinkommen?»

«Nee, lass mal.» Das hätte ihr heute gerade noch gefehlt.

Im Sommer hatte Thorben allen noch so offensichtlichen Hinweisen zum Trotz Bette nicht geglaubt, dass ein Serienmörder durch Ochsenwerder schlich. Tyler hätte es fast das Leben gekostet. Kein Wunder, dass er nicht gut auf MT zu sprechen war.

«Hast du nicht gleich noch eine Klausur?», versuchte sie abzulenken.

«Statistik. Wenn ich gewusst hätte, dass ich so was lernen muss ...»

«Das wird schon.»

«Ja, klar. Voll easy», sagte er ironisch.

Bette nahm zwei Zwanziger aus ihrem Portemonnaie und legte sie in das Fach neben dem Schalthebel. «Bringst du uns danach was vom Vietnamesen mit?»

«Sicher, mach ich», sagte Tyler und nickte begeistert. Essen hob grundsätzlich seine Laune. «Bun Bo, wie immer?»

«Ja, bitte.» Bette hatte die Reisnudeln mit feinem Rindfleisch in Zitronengras-Marinade erst kürzlich für sich entdeckt. Sie schmeckten warm wie kalt. «Und vielleicht noch eine kleine Vorspeise, Mangosalat oder ... ach, egal. Schmeckt alles gut.»

Sie stieg aus, schlug die Tür hinter sich zu und zündete sich eine Zigarette an. Langsam ging sie die Stufen zum Haupteingang hinauf. Nachdem sie vor ziemlich genau zehn Monaten aus dem Dienst ausgeschieden war, hatte sie erst mal einen großen Bogen um ihre einstige Arbeitsstätte gemacht und um ihre ehemaligen Kollegen gleich noch mit. Sogar um Nesrin. Die Vorstellung, nicht mehr zum Team zu gehören, hatte sie unerträglich gefunden. Und wie sie jetzt merkte, fiel es ihr immer noch nicht leicht herzukommen. Es versetzte ihr weiterhin einen Stich, an ihr altes Leben erinnert zu werden. Sie rauchte die Zigarette bis auf den Filter runter, drückte sie in den mit Sand gefüllten Aschenbecher neben der Drehtür und betrat die Eingangshalle.

«Moin, Frau Hansen», grüßte der Pförtner und tippte sich wie eh und je an die Mütze.

«Moin», grüßte Bette zurück, nahm den Fahrstuhl in den vierten Stock und ging durch die Glastür, hinter der sich das Morddezernat befand. Kurz hielt sie inne, sah den langen fensterlosen Gang hinunter, von denen die Büros abgingen. Sie hörte Stimmen, irgendwo lief ein Radio, es roch nach Kaffee. Alles war so vertraut. Sie schluckte schwer. *Reiß dich zusammen, Bette. Jetzt bitte nicht nostalgisch werden.*

Ohne dass sie jemandem begegnete, ging sie durch bis zu Nesrins Büro.

Die Tür stand offen. Nesrin telefonierte. Sie trug einen feuerroten Pullover, der ihr ausgesprochen gut stand. Strähnen ihrer dunklen Haare umspielten ihre Wangen.

«Das könnte schwer werden. Ich muss sehen, ob sich das organisieren lässt», sagte sie in freundlichem Tonfall, der nicht zu ihrem Gesichtsausdruck passte. Sie war eindeutig genervt.

Bette räusperte sich. Als Nesrin sie sah, hellte sich ihr Gesicht auf, und sie winkte sie herein, wobei sie ihr einen Luftkuss zuwarf. Sie besaß eine Herzlichkeit, die Bette bei anderen Menschen meist als aufgesetzt empfand. Bei Nesrin wirkte sie absolut authentisch.

«Ja, ich kümmere mich sofort darum ... Ja, natürlich, ich bleibe so lange in der Leitung», sagte sie in den Hörer. Bette konnte nicht verstehen, was der Anrufer sagte, aber sie hörte den Klang einer harten Männerstimme, der stakkatoartig aus dem Hörer dröhnte. Nesrin hielt eine Hand auf die Muschel und flüsterte Bette zu: «Im Konferenzraum.»

Bette war davon ausgegangen, alleine oder zumindest in kleiner Runde mit Thorben zu sprechen. Dem war nicht so. Der Konferenzraum war voll besetzt. Hatte er vergessen, dass sie kommen würde, oder wollte er sie vorführen? Thorben hatte die gesamte Kollegenschaft zusammengetrommelt. Für Bette waren viele neue Gesichter darunter, mit seinem Aufstieg zum leitenden Ermittler hatte Thorben seine Truppe neu aufgestellt.

Thorben stand mit dem Rücken zum Raum am Whiteboard und war dabei, die wichtigsten Erkenntnisse aus dem Obduktionsbericht, den Bette ja schon kannte, aufzuschreiben.

Er trug einen gut sitzenden Anzug in Calvin-Klein-Blau, der, wenn Bette sich nicht täuschte, leicht glitzerte. Thorben war Anfang vierzig, und Bette hatte mehr als einmal bereut, ihn vor einigen Jahren in die Mordkommission geholt zu haben. Sie hatte geglaubt, er hätte das Zeug zu einem richtig guten Ermittler. Er war ein logischer Denker mit einem Blick für Details. Nur dass er leider weder teamfähig war, noch Einfühlungsvermögen besaß. Und dann war ausgerechnet er zu ihrem Nachfolger ernannt worden. Was wiederum mal wieder nur bewies, dass allzu oft Männer in Positionen berufen wurden, auf die sie gar nicht passten.

Außer Chrischen, der am Fenster auf der anderen Seite des Raumes saß und ihr zunickte, schien niemand ihr Eintreten bemerkt zu haben. Alle Blicke waren auf Thorben gerichtet. Bette lehnte sich an die Wand neben der Tür, wobei sie ihre Hände in die Jackentaschen steckte, nur für den Fall, dass sie eine Kataplexie bekam, was in Anwesenheit von Thorben häufiger vorkam. Er schaffte es immer schnell, sie so zu verärgern, dass ihre Hände erschlafften. Und das musste hier dann nicht gleich jeder mitbekommen, zuallerletzt Thorben.

Noch immer dem Whiteboard zugewandt, sagte er: «Dem Obduktionsbericht und den Untersuchungen des technischen Erkennungsdienstes zufolge können wir davon ausgehen, dass der Anker, mit dem das Opfer beschwert war, die Tatwaffe ist.»

Das Wort *Anker* kreiste er auf dem Board fett ein.

«Der Tatort war das leckgeschlagene Boot, das am Peutehafen gefunden wurde. An dem Boot wurden Blutspuren des Mädchens sichergestellt. Außerdem passt das Seil, mit dem der Anker an ihr Bein gebunden war, zu dem Ankerseil am Boot», fuhr Thorben fort. Als er sich umdrehte und sein Blick Bette streifte, stockte er kurz, redete dann aber unbeirrt weiter. «Das Seil wurde mit einem stumpfen Messer durchtrennt. Allerdings können wir nicht sagen, wo sich das Boot zur Tatzeit befunden hat. Sicher ist nur, dass das Opfer weiter in der Flussmitte von Bord gegangen sein muss.»

Ein stumpfes Messer? Wenn man plante, jemanden in so einem Holzkahn umzubringen, würde man doch etwas Besseres als ein stumpfes Messer mitnehmen, dachte Bette. Der Täter war nicht gut vorbereitet gewesen. Darauf wies ja auch die Tatwaffe hin. Er hatte einfach mit dem nächstbesten Gegenstand auf sein Opfer eingeschlagen.

«Wissen wir schon, wem das Boot gehört?», fragte eine Kollegin aus der letzten Reihe. Sie war jung, kaum älter als eine Auszubildende, dunkle Haare, die sie sich zu einem Pferdeschwanz gebunden hatte, dunkle Augen.

«Nein. Noch nicht», antwortete Thorben. «Es gibt verschiedene Fingerabdrücke, allerdings alle so verwischt, dass wir damit nichts anfangen können.»

«Was ist mit dem Leck? Wurde es absichtlich ins Boot geschlagen?»

«Eher nein. Es befindet sich an der Unterseite des Bootes. Den Kratzspuren nach zu urteilen, ist es gegen einen Stein oder eine Uferbefestigung geprallt. Dafür spricht auch die abgebrochene Motorschraube.»

«Sie haben vorhin erwähnt, dass wir das Smartphone des Opfers haben. Was ist mit den Daten? Konnten die ITler die sichern?», fragte sie weiter, und Bette konnte Thorben ansehen, dass ihn ihre Fragerei störte. Er war niemand, der selbstständig denkende Untergebene mochte. Schon gar nicht, wenn es Frauen waren.

«Es hat trotz Wasserschaden noch ein Signal abgegeben, über das wir es finden konnten», sagte er.

Bette horchte auf. *Wir?*

«Daher ist davon auszugehen, dass die Daten gerettet werden können», fuhr Thorben fort. «Aber noch haben die ITler den Zugangscode nicht geknackt. Wir werden also erst mal auf die Daten vom Netzbetreiber zurückgreifen. Allerdings warten wir da noch auf die richterliche Erlaubnis.»

Bei dem Stichwort richterliche Erlaubnis, die sie mit der Ortung ja geflissentlich umgangen hatte, sah Thorben sie an. Wortlos, als überlegte er noch, wie er auf ihre Anwesenheit reagieren sollte, dann setzte er ein strahlendes Lächeln auf: «Frau Hansen, schön, dass Sie es geschafft haben.»

Von wegen! Er hatte sie vorgeladen. Da war ihr wohl kaum etwas anderes übrig geblieben, als herzukommen.

Alle Köpfe drehten sich zu ihr um. Hier und da hörte sie ein «Moin, Bette».

Thorben stellte den freien Stuhl, der eigentlich seiner war, für sie bereit. Wenn er wollte, konnte er auch auf die charmante Tour. Bette ging nach vorne und setzte sich, wenn auch widerwillig. Sie mochte es nicht, die anderen im Rücken zu haben, sie hatte lieber den Überblick. Aber sie wollte Thorben jetzt nicht brüskieren, indem sie das Sitzangebot ausschlug. Und außerdem war sie hier nur Gast. Oder genau genommen nicht einmal das: Sie war eine im Rahmen einer Ermittlung einbestellte Person.

«Ich habe Frau Hansen heute dazu gebeten», sagte Thorben, «da sie einige Informationen in Hinblick auf das Opfer für uns hat.»

Bette runzelte die Stirn, verwundert, dass er sie nicht für ihr eigenmächtiges Handeln anging. Deshalb eben das *Wir*? Hatte Thorben den Fund des Handys etwa als seinen eigenen Erfolg ausgegeben? Als sie nicht sofort etwas sagte, fügte er an sie gewandt hinzu: «Sie kannten Yasmin Hallak.»

Bette räusperte sich. «Nein. Ich kannte Yasmin nicht», sagte sie, auch wenn es ihr nicht allzu geschickt erschien, Thorben direkt am Anfang zu widersprechen, aber was sollte sie tun? Sie kannte Yasmin nicht. Sie hatte bis Anfang der Woche nicht einmal gewusst, dass Helen eine Tochter hatte. «Ich kenne ihre Mutter. Helen Hallak.»

«Ja, stimmt. Das hat Frau Hallak erwähnt», sagte Thorben. «Und auch, dass sie Sie engagiert hat, um nach ihrer Tochter zu suchen.»

«Engagiert ist wohl kaum das richtige Wort. Helen ist eine alte Schulfreundin. Und sie hat mich gebeten, mich umzuhören. Yasmin war seit Sonntagnacht verschwunden.»

«Und, dürften wir bitte hören, was Sie in Erfahrung bringen konnten?»

Und noch immer sagte er kein Wort zum Smartphone. Das deutete wirklich darauf hin, dass er das Auffinden des Handys als das Ergebnis seiner Arbeit ausgab. Eigentlich hätte sie erleichtert sein müssen, aber das erlaubte sie sich nicht. Ihr war klar, dass er ihre Grenzüberschreitung, was die Ortung betraf, jeden Moment gegen sie nutzen konnte. Und sie war sich sicher, dass er das zu gegebener Zeit auch tun würde. Das Beste wäre also, ihn selbst darauf anzusprechen, ihm zu erklären, warum sie das Telefon so dringend hatte finden müssen. Er sollte verstehen, dass sie ernsthaft besorgt gewesen war, und das, wie sie jetzt wussten, leider aus gutem Grund. Aber das wollte sie nur unter vier Augen besprechen, nicht zuletzt, weil ja auch Chrischen mit drinhing. Wenn die ganzen neuen jungen Kollegen von der illegalen Ortung wüssten, würde das nur Chrischens Autorität untergraben.

«Also?», hakte Thorben nach, fuhr sich durch die Haare und fixierte Bette. «Was haben Sie für uns?»

«Viel leider nicht», sagte Bette. «Yasmin ist wohl öfter draußen in den Vier- und Marschlanden gewesen. Sie hatte da eine enge Freundin. Lara Paulsen. Die Familie besitzt eine Werft an der Elbe, am Warwischer Hauptdeich. Ihr Vater hat erzählt, Yasmin habe hin und wieder dort ausgeholfen.»

«Legal?», fragte ein Mann, der direkt hinter Bette saß.

«Ich denke kaum, dass das gerade ausschlaggebend ist», sagte Thorben scharf. «Bitte, reden Sie weiter, Frau Hansen.»

Bette war etwas überrascht, dass er sich auf ihre Seite schlug. Hatte er nach dem Desaster im Sommer vielleicht dazugelernt?

«Lara Paulsen hat behauptet, nicht zu wissen, wo Yasmin Sonntagnacht hinwollte», sagte Bette weiter. «Vielleicht stimmt das sogar, dennoch glaube ich, dass sie etwas verschweigt. Ich denke, es würde sich lohnen, noch mal mit ihr zu sprechen.»

Bette war nicht wohl dabei, Thorben zu Lara zu schicken, sie hätte lieber selbst erst noch einmal mit diesem verstockten Mädchen gesprochen. Aber irgendetwas musste sie MT an die Hand geben, und spätestens wenn er die Daten des Netzbetreibers bekam, würde rauskommen, dass es eine Verbindung zu Lara gab. Bette war sich sicher, dass Laras Kontakt in irgendwelchen Chatverläufen von Yasmins Smartphone auftauchte.

Thorben schrieb Laras Namen auf das Whiteboard.

Bette merkte, wie ihre Lider schwer wurden. Die stickige Luft im Raum war nicht gerade förderlich, um wach zu bleiben. Da sackte man ja schon ohne Narkolepsie weg.

«Und weiter?», fragte Thorben.

Bette stand so ruckartig auf, dass ihr Stuhl umkippte und alle sie erschrocken ansahen. Schnell stellte sie den Stuhl wieder auf. Sie wollte keinem der umsitzenden jungen Beamten die Gelegenheit geben, es für sie zu tun. Es hätte ihr Gefühl von Hilflosigkeit nur noch verstärkt. Aber sie hätte nicht eine Sekunde länger sitzen bleiben können. Sitzen und schlechte Luft waren, was ihre Schlafschübe anging, die schlimmste Kombination. Das Einzige, was in solchen Momenten zumindest manchmal half, war Bewegung, und sei sie noch so minimal.

«Darf ich?», fragte sie und schob, ohne Thorbens Antwort

abzuwarten, das Whiteboard beiseite. Dahinter kam die Wand mit dem großen Hamburg-Stadtplan zum Vorschein.

Bette fand es immer einfacher, sich etwas vorzustellen, wenn sie es bildlich vor sich sah. Sie würde jetzt alle Orte markieren, die sie als wichtig erachtete. Sie nahm die Stecknadeln mit den gut sichtbaren roten Köpfen und steckte die erste Nadel am Großneumarkt in den Plan. «Hier in der Neustadt wohnte Yasmin. Nicht weit von den Landungsbrücken entfernt.»

Bette sah, wie die anderen sich konzentriert vorbeugten, um zu hören, was sie für sie hatte. Sie warf Thorben einen prüfenden Blick zu. War es okay für ihn, dass sie hier vorne stand? Ihm war zumindest nichts Gegenteiliges anzusehen.

Von den Landungsbrücken aus fuhr Bette mit dem Finger die Elbe entlang stromaufwärts nach Osten, fast bis an den äußersten Rand von Hamburg, und steckte die nächste Nadel an die Position der Paulsen Bootswerft. «Hier wohnt Yasmins Freundin Lara. Und der Fundort der Leiche liegt auf halber Strecke zwischen diesen beiden Punkten. Genau hier.» Die dritte Nadel steckte sie in den alten Löschplatz und dann eine weitere in den Peutehafen auf der anderen Elbseite, dort, wo sie den Kahn mit dem Handy gefunden hatten. Als Letztes markierte sie das Sperrwerk in Rothenburgsort, auf dem Wasserweg keine tausend Meter stromaufwärts vom Fundort der Toten entfernt und genau gegenüber des Peutehafens. «Dort am Sperrwerk wurde Yasmin in der Nacht von Sonntag auf Montag zuletzt gesehen. So wie es aussieht, ist sie von hier aus auf den Radweg Richtung Vier- und Marschlande gefahren. Wo wollte sie hin? Und wie weit ist sie gekommen? Das sind Fragen, bei denen Sie ansetzen sollten.»

Zustimmendes Murren war zu vernehmen. Bette merkte, wie sie es genoss, nach all den Monaten, die sie weg war, wieder einmal in ihre alte Rolle der leitenden Ermittlerin zu fallen.

Thorben allerdings kniff die Augen zusammen, eine für ihn typische Geste, wenn ihm etwas missfiel. Er tat sich also doch schwer damit, sich etwas von ihr anzuhören. Trotzdem fuhr sie fort. «Reden Sie mit Lara Paulsen. Vielleicht waren die beiden Mädchen verabredet, oder Lara weiß zumindest, zu wem Yasmin wollte. Sicher ist Yasmin nachts nicht einfach da draußen spazieren gefahren.»

«Warten Sie.» Thorben hob die Hand. «Sie sagen, Yasmin Hallak wurde zuletzt am Sperrwerk gesehen. Woher haben Sie das?»

«Wie bitte?» Jetzt war Bette doch einigermaßen verblüfft. Sie war davon ausgegangen, dass Helen der Polizei dasselbe erzählt hatte wie ihr. Aber das hatte sie allem Anschein nach nicht.

Bette fasste also zusammen, was sie von Helen wusste, vom abendlichen Aufbruch Yasmins, ihrer Verabschiedung von ihrem Vater, ihrem Zusammentreffen mit dem Cousin.

Als Bette fertig war, schüttelte Thorben den Kopf. «Uns haben die Eltern nur erzählt, Yasmin habe am Sonntag um kurz nach elf die Wohnung verlassen. Wieso haben sie diesen Cousin nicht erwähnt?»

Genau das fragte Bette sich auch gerade. «Helen und ihr Mann standen unter Schock. Ihre Tochter ist tot. Da bringt man Dinge durcheinander oder vergisst sie schlichtweg.» Sie sagte das, weil es eine Erklärung wäre und weil sie aus irgendeiner alten Loyalität heraus meinte, Helen in Schutz nehmen zu müssen. Gleichzeitig regte sich in ihr Misstrauen gegen ihre alte Freundin. Hatte sie wirklich vergessen, den Cousin zu erwähnen, oder hatte sie einen anderen Grund gehabt, das nicht zu tun?

Schiet. Hätte sie nur eher mit dem Cousin gesprochen. Aber dazu war es jetzt zu spät. Wie sie es Helen schon gesagt hatte: Sie konnte sich nicht mehr einmischen. Damit würde sie ihre Kompetenz vollständig überschreiten. Das war jetzt Thorbens Sache. Sie war raus. Zumindest wenn sie hier gleich alles preisgegeben hatte, was es zu sagen gab.

«Der Cousin heißt Tarek Boustani», erklärte Bette. «Und er wohnt am Rothenburgsorter Marktplatz.»

«Danke, Frau Hansen.» Thorben machte einen Schritt vor Bette, um ihr zu bedeuteten, dass er wieder übernehmen würde. Jetzt begann die Aufgabenverteilung. «Ich fahre raus und spreche mit Lara Paulsen. Und Meyra», er deutete auf die junge Frau, die vorhin die Fragen gestellt hatte, «Sie fahren mit Chrischen zu diesem Cousin.»

«Entschuldigung», unterbrach Bette. «Ich war eben noch nicht ganz fertig. Einen Punkt hätte ich noch. Als Yasmin sich am Sonntagabend von ihrem Vater verabschiedet hat, trug sie eine dunkelblaue Daunenjacke und hatte einen roten Rucksackbeutel bei sich. Beides fehlt.»

«Sie meinen, wir sollen jetzt die Elbufer vom Sperrwerk bis zur Nordsee absuchen?» Thorben verzog seinen Mund zu einem verkniffenen Lächeln.

«Das wäre eine Idee», sagte Bette trocken. «Außerdem stellt sich die Frage, wo Yasmins Rad ist. Übrigens ein schwarzes Hollandrad mit Korb und einer Plastiksonnenblume am Lenker. Als ihr Cousin sie sah, hatte sie es noch. Sie kann es unmöglich mit in das Boot genommen haben, der Kahn war viel zu klein. Finden Sie es, und Sie wissen, wo Yasmin in dieses Boot gestiegen ist.»

19. LARA

Eben war kurz die Sonne durchgekommen, jetzt verdunkelte sich der Himmel wieder. Ein schneidender Wind fegte über die Elbe und trieb Lara Tränen in die Augen. Sie war dabei, einen Mast des Lotsenschoners zu lackieren. Eigentlich eine meditative Arbeit, aber sie war nicht bei der Sache. Ihre Gedanken kreisten um Yasmin, und sie konnte einfach nicht abschalten, sosehr sie es auch versuchte. Was war mit ihr?

«Lara, das tropft», riss Daniel sie aus ihren Gedanken. Er hockte sich neben sie und wischte mit einem alten Segeltuch um ihre Füße.

«Oh Mist.» Sie war schon in die Farbe getreten und hatte sie über den Boden verteilt. Schnell legte sie den Pinsel beiseite und griff nach der Terpentinflasche, die immer in der Malerkiste stand. «Danke», sagte sie. «Ich mach das schon.»

«Gib her, ich helf dir schnell.» Daniel nahm ihr die Flasche aus der Hand, wobei sein besorgter Blick auf ihrem Gesicht hängen blieb. Er sah, dass es ihr nicht gut ging. Von den drei festen Werftangestellten mochte Lara Daniel am liebsten. Heinz und Carsten, die beide schon für ihren längst verstorbenen Großvater gearbeitet hatten, waren ihrem Vater gegenüber so loyal, dass sie immer sofort petzten, wenn Lara etwas mal nicht so hinbekam, wie sie sollte. Daniel war anders. Er half ihr stillschweigend, zeigte ihr kleine Tricks, und sie hatte bei ihm das Gefühl, dass er sie wahrnahm. Nicht als Mädchen oder Frau, sondern als Mensch. So wie sie war.

Gegen halb eins rief ihre Mutter zum Essen. Lara hatte keinen Appetit, aber ihr Magen knurrte. Am Morgen hatte sie nur ein halbes Toast gegessen, das Leo liegen gelassen hatte. Als sie jetzt in die Küche kam, kniete ihr kleiner Bruder auf seinem Stuhl und verteilte Löffel und Gabeln neben den Tellern. Er trug seine löchrige Jeans und Laras Flanellhemd, das ihm viel zu groß war.

«Was machst du denn schon hier?», fragte sie ihn.

«Die letzten Stunden sind ausgefallen», murmelte er, ohne sie anzusehen.

Na, wenn das mal stimmte. Lara strich ihm im Vorbeigehen über den Rücken. Sie würde ihn später danach fragen, wenn sie alleine waren. Sie holte Gläser aus dem Schrank und reichte sie ihm. Ihre Mutter stand währenddessen an der Spüle, goss Kartoffeln ab und beachtete sie nicht weiter.

Obwohl der Geruch fürchterlich war – säuerlich und angebrannt –, sagte Lara: «Das riecht gut.» Wieso tat sie das? Wieso versuchte sie immer, freundlich zu sein? Es brachte ja doch nichts. Egal was sie tat oder wie sehr sie sich auch bemühte, es kam nie etwas zurück. Es war, als renne sie immer und immer nur im Gegenwind oder gegen eine unsichtbare Hand an, die sie wegdrückte. Ihre Mutter antwortete nicht einmal, sie stellte nur den Topf mit den Kartoffeln auf den Tisch und wandte sich wieder ihrem Eintopf zu.

Lara schluckte schwer und musste plötzlich daran denken, wie sie einmal mit ihrer Mutter Autoscooter gefahren war. Ihre Mutter hatte den Arm fest um sie gelegt und sie gehalten. Das war auf dem Schützenfest in Ochsenwerder gewesen, in ihrer Erinnerung sah Lara noch den Kirchturm im Hintergrund und das Lachen ihrer Mutter neben sich. Wie lange war das her? Sie musste noch sehr klein gewesen sein, so klein, dass sie mit den Füßen nicht selbst ans Gaspedal des Scooters gekommen war. Es war ihre schönste Erinnerung, und manchmal fragte sie sich, ob sie sie sich vielleicht nur ausgedacht hatte. Ihre Mutter lachend, das erschien ihr heute unvorstellbar.

Sie und ihre Mutter sahen sich ähnlich. Sie hatten dieselben weit auseinanderstehenden grünen Augen, dieselben roten Haare. Nur dass Laras Haare lediglich bis zum Kinn reichten, die ihrer Mutter dagegen lang waren und sie sie immer zu einem Knoten zusammenband, aus dem lange Strähnen fielen. Lara wurde ganz schlecht bei dem Gedanken, dass sie vielleicht nicht nur aussah wie ihre Mutter, sondern auch bald so sein würde. Leer, ein Geist in ihrem eigenen Leben.

Ihr Vater war mittlerweile in die Küche gekommen, setzte sich, breitbeinig, den Rücken vorgebeugt, die Ellenbogen auf den Tisch gestützt. Leo rutschte ein Stück ab, wurde durch die Anwesenheit des Vaters noch kleiner, noch zerbrechlicher. Ihr Vater schlug ihn nicht, er schlug sie alle nie, trotzdem hing immer Angst in der Luft, sobald er auftauchte. Schläge wären zumindest definierbar gewesen, besser sogar, dachte Lara. Diese Ablehnung und diese Kälte, die von ihm ausgingen, waren nicht in Worte zu fassen und nur schwer zu verstehen, aber es tat jeden Tag aufs Neue weh.

«Glotz nicht so vor dich hin. Gib mit lieber mal was zu essen», sagte er und schob Lara seinen Teller hin. Sie füllte ihm Kartoffeln auf und drei Kellen Eintopf. Blumenkohl mit undefinierbarem Fleisch in einer gräulichen Soße. Dann setzte sie sich neben Leo. Ihr Vater hing über seinen Teller gebeugt und schaufelte das Essen in sich rein, ihre Mutter hatte ihre Kartoffeln in kleine Teile gestückelt und stach sie alle einzeln mit der Gabel auf. Sie kaute bedächtig, fast in Zeitlupe. Den Eintopf rührte sie nicht an.

Lara trank ein Glas Wasser und aß ein paar Löffel, einfach, um etwas in den Magen zu bekommen.

Das Essen war das Einzige, weshalb sie als Familie überhaupt zusammenkamen, und Lara hätte gerne darauf verzichtet. Sie fand das Schweigen zwischen ihnen jedes Mal unerträglich. Das hier war keine Familie, in der man sich austauschte oder neugierig den Erlebnissen der anderen zuhörte, Verständnis aufbrachte, wenn es einem von ihnen nicht gut ging.

Noch während sie aßen, klingelte es an der Tür.

«Und das in der Mittagsruhe», brummte ihr Vater, stützte beide Fäuste auf den Tisch und drückte sich hoch. Er mochte es nicht, wenn jemand zu ihrem Privathaus kam, schon gar nicht ohne vorherige Anmeldung. Trotzdem setzte er jetzt sein freundliches Gesicht auf, das er für Außenstehende reserviert hatte, ging in den Flur und öffnete.

Lara hörte eine fremde Männerstimme, ohne dass sie verstehen konnte, was der Mann sagte, aber sein Kommen schien einen triftigen Grund zu haben, denn ihr Vater bat ihn in die Küche. Eine Ehre sozusagen.

Der Mann war etwa so alt wie ihr Vater, trug einen blauen Anzug, der leicht glitzerte, und eine dunkelgrüne Wachsjacke, deren muffiger Geruch Lara sofort in die Nase stieg. Solche Wachsjacken hatten in der Schule immer diese Ich-möchte-was-Besseres-sein-Typen angehabt. Als ob sie gleich Golfen gehen würden.

«Setzen Sie sich doch», sagte ihr Vater und wies auf den freien Stuhl am Fenster.

Der Mann strich sich über seine Hose und blieb stehen. Wahrscheinlich hatte er Angst, die kaputte Sitzfläche könnte den guten Stoff zerreißen.

«Möchten Sie etwas trinken?», fragte ihr Vater.

«Nein danke», sagte der Mann und musterte Lara. Seine Augen waren blau wie kaltes Poolwasser. Ein Schauder kroch ihr über den Rücken. Seine Anwesenheit hatte nichts Gutes zu bedeuteten, das wusste sie plötzlich. Wieso schaute er sie so an?

«Bist du Lara Paulsen?», fragte er. Seine Stimme war weicher, als sein Blick vermuten ließ.

«Ja, das ist sie», antwortete ihr Vater. «Hat sie was angestellt?»

Der Mann räusperte sich, ohne den Blick von ihr abzulassen. Jetzt setzte er sich doch, gleich neben sie. «Ich bin Mark Thorben, Kriminalkommissar», sagte er zu ihr. «Ich arbeite im Dezernat für Tötungsdelikte.»

Tötungsdelikte?

«Du hast vielleicht schon aus den Nachrichten von der jungen Frau gehört, die gestern am alten Löschplatz geborgen wurde.»

Der Löffel rutschte Lara aus der Hand. Sie starrte den Mann an.

«Ich denke, du kanntest die Tote. Yasmin Hallak», sagte er.

Die Worte des Mannes klangen seltsam fern, abgehackt und blechern. Wie aus einem Leierkasten. Sie waren nicht echt. Das hier war nicht echt.

Der Mann streckte seine Hand aus, legte sie auf ihren Unterarm. *Lass mich los!*, schrie es in Lara, aber sie rührte sich nicht. In ihren Ohren rauschte es. *Nein. Nein!* Sie musste sich verhört haben. Alles um sie herum drehte sich. Sie nahm nur noch Details wahr, Bruchstücke ihrer Umgebung. Die Fliege, die hektisch herumsurrte, die aufgerissenen Augen ihres Bruders, die Gabel ihrer Mutter, die sich weiter ungerührt in die Kartoffeln spießte. Und immer wieder die Fliege, wie sie gegen die Fensterscheibe flog. Wieder und wieder und wieder. Jeder Zusammenprall ein Knall. Bumm, bumm, bumm. Sie wollte sich umbringen. Ein anderes Entkommen gab es nicht. Nicht aus dieser Küche.

«Lara», sagte der Mann. «Es tut mir sehr leid, aber ich muss dir ein paar Fragen stellen. Wir haben gehört, du warst eng mit Yasmin befreundet.»

Und noch einmal: Bumm. Die Fliege taumelte.

«Yasmin Hallak hat sich am Sonntagabend um kurz nach elf von ihrem Vater verabschiedet», setzte der Mann seinen Monolog fort. «Sie sagte, sie wolle in die Schanze. Dann wurde sie aber gegen halb zwölf noch einmal in Rothenburgsort gesehen, wie sie mit dem Rad über das Sperrwerk nach Kaltehofe rausfuhr ...»

Ja, das hatten Tyler und diese Frau auch gesagt. Langsam drehte Lara den Kopf, weg von der Fliege, und starrte den Polizisten an. In seinem Mundwinkel hing ein roter Fleck. Soße, vielleicht Curry. Sie meinte, seinen Wurstatem zu riechen. Er hatte Currywurst gegessen, bevor er hergekommen war.

«Wir gehen von einem Gewaltverbrechen aus», sagte er.

G-e-w-a-l-t-v-e-r-b-r-e-c-h-e-n.

«Lara, wann hast du Yasmin zuletzt gesehen oder gesprochen?» Jetzt lag etwas Genervtes in der Stimme des Kommissars. «Es wäre wirklich hilfreich, wenn du mit mir reden würdest ...»

Lara sprang auf, ihr Stuhl kippte um. «Nein!», schrie sie. «Nein!» Sie wollte dem Mann ins Gesicht schlagen, ihm die Augen auskratzen, ihn zum Schweigen bringen. Stattdessen drehte sie sich um und rannte aus der Küche, durch den Flur, aus dem Haus, über den Hof.

«Lara!», hörte sie ihren Vater hinter sich brüllen.

Sie rannte weiter.

«Lara!»

Im Laufen schaute sie über die Schulter. Ihr Vater stand in der Tür, folgte ihr aber nicht. Sie rannte an der Werkstatt vorbei und um die große Bootshalle herum.

Hinter der Halle stieß sie fast mit Daniel zusammen.

«Lara?»

Sie schüttelte den Kopf, rannte weiter, sprang über den Zaun, der hier schon seit Langem umgekippt war, und direkt in das große Schilffeld hinein. Das Schilf war braun und abgetrocknet, aber so hoch, dass sie darin verschwand. Und nichts anderes wollte sie: verschwinden. Die Halme schlugen ihr ins Gesicht, die spürte die abgebrochenen Pflanzenstängel unter den Sohlen. Die blechernen Worte des Polizisten dröhnten in ihren Ohren wider. *Tötungsdelikt. Gewaltverbrechen.*

Die Möwen kreischten über ihr, glitten mit dem Wind.

Das Schilffeld reichte bis ans Elbufer. Sie rannte zum Wasser, hielt kurz inne, keuchend. Die Tide stand schon hoch.

Die Elbe plätscherte sacht, als sei sie kein reißender Strom, sondern nur ein ungefährliches Bächlein. Aber das war sie nicht. Sie war gefährlich. Tödlich.

Oder hatte der Polizist sie angelogen? Yasmin konnte nicht tot sein. Das durfte einfach nicht sein.

Lara musste zu ihr. Sicher wartete Yasmin im Pfahlhaus auf

sie. Ja, so musste es sein. Ihr Atem brannte in ihrer Lunge, als sie jetzt weiterrannte. In der Ferne sah sie das Haus schon. Rot leuchtete es zwischen den Bäumen des kleinen Erlenwäldchens auf. Jetzt musste sie nur noch durch das Loch, einen Priel, der sich hier ins Inland schlängelte. Normalerweise ging sie über den Deich. Sicher und trocken. Aber nicht jetzt. Jetzt würde sie den direkten Weg nehmen. Hier unten entlang, wo sie niemanden traf. Wo niemand sie finden würde.

Wie oft hatte sie Leo gewarnt, das Loch nicht zu betreten. Sie wusste, er trieb sich trotzdem oft hier unten rum. Der Wasserlauf selbst war kaum zwanzig Meter breit, aber mit dem ganzen Überschwemmungsland waren es mindestens 200 Meter bis zur anderen Seite. Mit tückischen Stellen, in denen man versinken konnte. Und wenn man im Schlick stecken blieb und das Wasser dann stieg, war man verloren. Aber Lara war sowieso verloren. «Yasmin!!!», brüllte sie. «Yasmin!»

20. BETTE

Eigentlich hatte Bette nach der Konferenz nur mit Chrischen nach Rothenburgsort fahren wollen, damit sie es mit dem Taxi nicht mehr ganz so weit nach Hause hatte. Aber jetzt stand sie doch mit vor dem Haus, in dem Tarek Boustani wohnte, und wartete, dass Chrischen das richtige Klingelschild fand. Es war ein zehnstöckiger Wohnblock in direkter Nähe zur Elbe, der Bette in seinem angegrauten Weiß an einen etwas lädierten hochkant stehenden Schuhkarton denken ließ.

«Wenn MT erfährt, dass wir Sie mitnehmen», sagte Meyra, die junge Frau, die Thorben auf der Teamsitzung Chrischen zugeteilt hatte, «der lyncht uns alle.» Ein Lächeln zuckte um ihren Mund.

Meyra gefiel Bette. Sie wirkte neugierig und auf eine angenehme Art frech. Und sie war allem Anschein nach nicht allzu obrigkeitshörig, was Bette auch gut fand. Vor allem, wenn die Obrigkeit Mark Thorben hieß.

Es war auch Meyras Idee gewesen, Bette zur Befragung von Yasmins Cousin mitzunehmen. Aus den Unterlagen, die Nesrin für sie aus der Datenbank gezogen hatte, wussten sie, dass der Neunzehnjährige bereits einen polizeilichen Eintrag wegen Körperverletzung in seiner Polizeiakte hatte. In der Flüchtlingsunterkunft in der Hafencity, in der er zeitweise gewohnt hatte, war er in eine Schlägerei verwickelt gewesen. Für Bette musste das allerdings nicht zwingend heißen, dass er grundsätzlich gewalttätig war. In diesen Unterkünften waren die verschiedensten Menschen mit teils traumatischen

Erfahrungen auf engem Raum zusammengepfercht, da erschien es Bette schon fast natürlich, dass Streitigkeiten eskalierten.

«So oder so. Er wird nervös werden, wenn wir vor der Tür stehen», sagte Meyra. «Und sei es nur, weil wir von der Polizei sind. Ist ja vermutlich nicht so, dass da, wo er herkommt, die Polizei dein Freund und Helfer ist.»

«Hier etwa?», fragte Chrischen.

Meyra zog die Brauen hoch. «Hier läuft auch Scheiße. Aber das ist nicht die Regel. Ich zumindest tue mein Bestes.»

Chrischen konterte das mit einem missbilligenden Schnauben. «Ja *du*, aber was ist mit all den anderen ...»

«Oh bitte, lass gut sein», winkte Meyra ab und sagte, an Bette gewandt: «Sie sind eine Freundin von Yasmins Mutter und damit eine Freundin der Familie, vielleicht schafft das Vertrauen. Ein bisschen zumindest.»

«Niemand da», sagte Chrischen, nachdem er mehrmals geklingelt hatte.

Meyra deutete auf zwei junge Männer mit Sporttaschen über den Schultern, die sich vom Marktplatz her dem Haus näherten. «Lasst uns die fragen.»

Die beiden unterhielten sich laut, der Melodie und dem kehligen Q nach zu urteilen sprachen sie Arabisch.

«Syrischer Dialekt», flüsterte Meyra, die Bette vorhin erzählt hatte, dass ihre Eltern aus Ägypten stammten und sie daher Arabisch konnte. «Wetten, die kennen Tarek.»

Sie ging ein paar Schritte auf die Männer zu. Bette und Chrischen blieben, wo sie waren. Sollte Meyra mal machen.

«Hey, sorry. Ich suche Tarek Boustani. Habt ihr 'ne Ahnung, wo ich ihn finden kann?»

Die Männer sahen sie an, streckten sich, stellten sich noch ein bisschen breitbeiniger hin.

«Wieso suchst du Tarek?», fragte der Größere mit eindeutig hamburgerischem Einschlag. «Ich bin viel netter als der.» Er lachte, nicht unsympathisch. Der andere grinste nur etwas dümmlich.

«Danke für das Angebot. Aber ich will zu Tarek», sagte Meyra.

Der Mann seufzte. «Okay. Eben hab ich ihn drüben am Dönerladen gesehen. Warte.» Er sah sich um. «Da kommt er.» Er zeigte rüber zum Marktplatz, wo jetzt ein weiterer Mann um die Ecke bog und auf sie zukam.

«Wette gewonnen», murmelte Chrischen. Sie hielten sich immer noch im Hintergrund, und so wie Bette das sah, hatten die beiden Männer bislang gar nicht registriert, dass sie zu Meyra gehörten.

«Tarek Boustani?», fragte Meyra, als der junge Mann bei ihnen war.

«Ja?» Tarek sah sie fragend an. Er war groß, sicher über 1,80, sah durchtrainiert aus und hatte blonde Haare, weshalb Bette ihn eher für einen Nordeuropäer als einen Syrer gehalten hätte. Er trug eine graue Sweatshirtjacke, T-Shirt, Jeans und Turnschuhe. X-beliebig, nicht besonders auffällig.

«Mein Beileid», sagte Meyra. «Es tut mir sehr leid, was Ihrer Cousine zugestoßen ist. Können wir kurz reden?» Sie zückte ihren Polizeiausweis. «Ich bin Kriminalkommissarin Bacha.»

Tarek machte unwillkürlich einen Schritt zurück.

«Oh nee», sagte der Größere der beiden jungen Männer, schielte missbilligend zu Meyra und klopfte Tarek aufmunternd auf die Schulter. «Wir müssen dann.»

Anders als Bette erwartet hätte, gingen die beiden nicht in das Hochhaus, sondern entfernten sich durch die angrenzende Grünanlage. Sie hatten die Köpfe zwischen die Schultern gezogen, was Bette an streunende Hunde denken ließ, die sich mit eingezogenem Schwanz davonschlichen. Entweder, weil sie Schiss vor der Polizei hatten, oder, was Bette für wahrscheinlicher hielt, weil sie wussten, dass sie später von Tarek einen auf den Deckel bekommen würden, weil sie sich verdrückten. Und das, nachdem sie die Polizei erst auf ihn aufmerksam gemacht hatten.

«Verstehen Sie uns?», fragte Meyra an Tarek gewandt und schob noch etwas auf Arabisch hinterher.

«Ich brauche keinen Übersetzer. Ich verstehe gut», antwortete er in fast akzentfreiem Deutsch, was Bette doch mit einiger Überraschung registrierte. Den Akten nach war er erst seit zwei Jahren in Deutschland.

«Das ist mein Kollege Herr Müller. Und Frau Hansen ist eine Freundin von Yasmins Mutter.» Meyra zeigte auf Bette.

Tarek nickte ihnen zu, ohne einen von ihnen direkt anzusehen, und Bette bezweifelte, dass Meyras Idee, er würde ihr gegenüber Vertrauen fassen, aufgehen würde. Er hatte die Hände in die Hosentaschen geschoben und trat nervös von einem Bein auf das andere.

«Sie haben Yasmin am Sonntagabend noch gesehen», sagte Meyra.

Wieder nickte Tarek.

«Um wie viel Uhr?»

«So um halb vor Mitternacht.»

Wäre das hier nicht ein so ernstes Gespräch, hätte Bette über die nette Ausdrucksweise geschmunzelt.

«Waren Sie verabredet?», fragte Meyra.

Tarek machte ein Gesicht, als sei die Vorstellung völlig abwegig.

«Also haben Sie sich zufällig getroffen», hakte Meyra nach.

«Ja.»

«Wo genau haben Sie Ihre Cousine getroffen?»

Er zuckte die Schultern. «Hier so.»

Chrischen setzte an, etwas zu sagen, und Bette legte ihm schnell eine Hand auf den Arm, um ihm zu bedeuten, sich rauszuhalten. Sollte Meyra es erst mal auf die sanfte Art versuchen.

«Herr Boustani, Yasmin war ihre Cousine», fuhr Meyra fort, ohne weiter nach Details zu fragen. «Mochten Sie sie?»

«Was?»

«Mochten Sie sie?»

Das fand Bette geschickt, ablenken und den Zeugen eine emotionale Verbindung zum Opfer aufbauen zu lassen.

«Sie ist Familie. Natürlich.»

«Gut. Dann helfen Sie uns bitte. Wir müssen verstehen, was passiert ist. Zeigen Sie uns die Stelle, wo Sie Yasmin getroffen haben. Und versuchen Sie, sich an jedes Detail zu erinnern.»

Tarek senkte den Blick, bohrte mit seiner Schuhspitze in einer Lücke zwischen den Gehwegplatten, und plötzlich war da etwas an ihm, das Bette an Lara erinnerte. Verstockt und zugleich unendlich traurig. Schließlich nickte er.

Sie gingen seitlich am Haus vorbei durch die Grünanlage bis zu einem Hochbunker, dessen Außenwände von Flechten, Pilzen und Moos überzogen waren. An vielen Stellen war der Beton vollkommen schwarz. Hinter dem Bunker gab es einen Basketballplatz, dann kam eine Straße.

Unter einem massigen Kastanienbaum, noch auf dem Gehweg, blieb Tarek stehen.

«Hier hab ich sie gesehen. Zufällig.»

Bette stutzte etwas, weil er das Wort zufällig so betonte. «Sie war mit dem Rad», sagte er weiter. «Sie ist zur roten Brücke.»

«Dem Sperrwerk?», übernahm Bette jetzt die Befragung.

Tarek gab ein bejahendes Murren von sich.

«Und von wo ist sie gekommen?»

Er zeigte nach rechts zu einer Wohnsiedlung.

«Irgendeine Idee, wo sie herkam?», fragte Bette.

«Ich weiß nicht. Da geht es in die Stadt.»

«Zum Sperrwerk wäre es von der Stadt durch den Entenwerder Park aber schneller.»

«Viel zu gefährlich nachts», sagte Tarek.

Ja, dachte Bette. Das war ein Argument. Und es kam zeitlich hin. Bette ging im Kopf die plausibelste Strecke durch: von der Wohnung am Großneumarkt zur Elbe runter, an der Speicherstadt entlang, dann auf den Radweg, der neben dem Oberhafenkanal verlief und am Löschplatz vorbei, wo Yasmin später gefunden werden sollte, wo sie aber aller Wahrscheinlichkeit nach nicht umgebracht worden war.

Dann unter den Elbbrücken durch und das letzte Stück durch die Wohnsiedlung. Wenn Yasmin, wie ihr Vater gesagt hatte, um kurz nach elf das Haus verlassen hatte und mit dem Rad hier rausgefahren war, wäre sie wohl wirklich gegen halb zwölf hier entlanggekommen. Das passte.

«Sie hat doch sicher angehalten, als sie Sie gesehen hat», meinte Bette.

«Kurz.»

Viel gesprächiger war Tarek immer noch nicht. Aber gut. «Worüber haben Sie geredet?»

«Sie hat nicht gesagt, wo sie hinwill. Dann ist sie weitergefahren.»

«Das heißt, Sie wollten wissen, wo sie hinwollte, und sie hat es Ihnen nicht gesagt», schlussfolgerte Bette. Ihr fiel auf, dass Tareks Unterlippe leicht zitterte. War es die Nervosität, weil sie von der Polizei waren? Oder war er aufgewühlt und machte sich Vorwürfe, dass er Yasmins Tod nicht verhindert hatte? Vielleicht beides. Oder hatte er etwas zu verbergen?

«Sie erzählen uns nicht die ganze Wahrheit», sagte Bette und versuchte, dem jungen Mann fest in die Augen zu schauen. Er wich ihrem Blick allerdings aus.

«Doch. Doch», sagte er.

«Woher wissen Sie, dass Yasmin über das Sperrwerk ist? Das kann man von hier aus gar nicht sehen.»

Tarek zögerte einen Moment, dann sagte er leise, als sei es ein Eingeständnis: «Ich bin ihr hinterher.»

«Wieso?»

«Es war dunkel. Sie soll nicht alleine da lang. Das ist nicht gut nachts.»

«Wie weit sind Sie ihr gefolgt?»

«Nur ein Stück.»

Chrischen schnalzte missbilligend mit der Zunge, er glaubte Tarek nicht.

«Bis wohin genau?», fragte Bette weiter. «Kommen Sie, zeigen Sie es uns.»

Sie liefen die von Bäumen gesäumte Straße Richtung Elbe hinunter. Hinter einer Kurve, nach etwa dreihundert Metern, blieb Tarek stehen. «Hier.»

Jetzt sahen sie das Sperrwerk. Ein Mannschaftswagen der Polizei parkte dort. Hunde bellten. Sie suchten nach dem Rad. Links vom Sperrwerk lag die Billwerder Bucht mit dem Holzhafen. Rechts ging es in den Entenwerder Park.

«Ich wollte sie begleiten. Aber sie wollte das nicht.»

«Und hat Sie das wütend gemacht?»

Tarek legte die Stirn in Falten, seine Kiefer mahlten. «Ich sollte auf sie aufpassen.»

«Wer hat das gesagt?»

«Ich bin ihr Cousin.»

Bette sah, wie Meyra die Augen verdrehte. Vielleicht hatte sie auch so einen Cousin mit Beschützerinstinkt. Sicherlich nicht unanstrengend.

«Yasmin war mit dem Rad unterwegs. Das heißt, Sie müssen gerannt sein, um mitzuhalten.»

Tarek nickte vage.

«Wissen Sie, wie das aussieht? Sie haben Yasmin verfolgt. Vielleicht fühlte sie sich bedroht.»

Tarek riss erschrocken die Augen auf, sah Hilfe suchend zu Meyra, schüttelte hektisch den Kopf. «Ich wollte nur, dass ihr nichts passiert.» Plötzlich kam ein starker Akzent durch. Er hatte Angst, und fast tat er Bette leid.

«Was haben Sie danach gemacht?», fragte sie. «Nachdem Yasmin über das Sperrwerk gefahren ist.»

«Ich bin nach Hause.»

«Kann das jemand bezeugen?»

«Meine Mutter hat schon geschlafen.»

«Und hier draußen. Hat irgendjemand Sie gesehen?»

Bette entging nicht, dass Tarek zögerte, wenn auch nur sehr kurz, dann sagte er hastig: «Nein, ich war alleine.»

21. LARA

Yasmin! Bitte! Sei da! Erschöpft schleppte Lara sich die steile Stiege zum Eingang des Pfahlhauses hoch. Sie hatte es durch das Loch geschafft. Gerade noch so. Nach jedem Schritt hatte sie sich erneut aus dem Schlick freikämpfen müssen, war kaum vorwärtsgekommen. Und das Wasser war schnell gestiegen, hatte mit starkem Sog in den Priel gedrückt. Bauchhoch. Jetzt war sie völlig durchnässt und zudem barfuß. Einen Schuh trug sie in der Hand, der andere war im Loch stecken geblieben.

Als sie oben auf der Holzterrasse stand, schwand ihre letzte Hoffnung. Es war von außen abgeschlossen, der Schlüssel hing am Haken unter der Dachrinne. Sie streckte die Hand nach ihm aus, schob ihn mit zittrigen Fingern ins Schloss, öffnete die Tür.

Leere und Einsamkeit schlugen ihr entgegen. Abgestandene Luft, Staub und dieses schmerzende Nichts. Der Geruch war unverkennbar, er hatte sie ihr Leben lang begleitet, und nun hatte er sie auch hier eingeholt. An diesem einzigen Ort, an dem es anders gewesen war. An dem sie sich nicht so unendlich alleine gefühlt hatte.

Es war, als sickerten erst jetzt die Worte des Kommissars wirklich zu ihr durch, und die Gewissheit, dass Yasmin nicht mehr da war, erreichte sie. Sie ließ den Schuh fallen, stolperte über die Schwelle. Der Wind schlug die Tür hinter ihr zu. Sie zitterte am ganzen Körper, sah sich mit Yasmin am Fenster sitzen, Tee trinkend, während leise die alten Soulplatten liefen, die sie im Regal gefunden hatten. Mit letzter Kraft schaffte sie es bis zum Bett, ließ sich darauf fallen, nass und dreckig, wie sie war. Sie zog die Decke über sich. Rot, mit kleinen eingenähten Pailletten. Yasmin hatte sie mitgebracht. Lara drückte ihr Gesicht in die Decke, meinte ihre Freundin zu riechen.

Es tut mir so leid. Du wolltest kommen. Du hast mich nicht sitzen lassen.

Der Kommissar hatte gesagt, Yasmin sei auf dem Weg in die Vier- und Marschlande gewesen.

Es ist alles meine Schuld. Hätte sie nur nie mit dem Busfahrer gesprochen. Hätten sie sich doch einfach am Hauptbahnhof verabredet und sich da wie ganz normale Reisende ein Ticket gekauft. Es hätte schon niemand nach ihrem Alter gefragt oder ihrem Ausweis, niemand hätte sie für eine Ausreißerin gehalten. Und Yasmin wäre in der Nacht nicht hier rausgekommen. Zu ihr. Sie würde noch leben.

Lara umklammerte ihre Knie, wiegte sich hin und her. Sie wollte weinen, aber es kamen keine Tränen. Stattdessen breitete sich die Ohnmacht immer weiter in ihrem Inneren aus, das Gefühl, der Einsamkeit gnadenlos ausgeliefert zu sein. Es tat weh, es tat so furchtbar weh.

Ich hätte dir vertrauen müssen. Ich habe wirklich geglaubt, du willst mich nicht mehr. Ich war so wütend.

Von draußen hörte sie ein Knarzen, Füße auf Holz, dann öffnete sich die Tür.

Für den Bruchteil einer Sekunde dachte sie, es wäre Yasmin, und ihr Herz machte einen Sprung. Aber dann erkannte sie, dass es nur Leo war. Wer sonst. Er schlich ständig hinter ihr her – wie ein junger Hund. Lara hörte seine Schritte und seinen Atem. Zaghaft und unsicher, sogar beim Luftholen.

«Lara», sagte er leise.

Sie rollte sich noch enger zusammen, blieb unter der Decke liegen, lauschte, wie Leo sich dem Bett näherte, langsam, als schleiche er sich an Wild an, das jeden Moment aufspringen und wegrennen könnte. Und ein bisschen war es ja auch so.

«Lara», sagte er noch einmal.

«Lass mich.» Sie konnte sich jetzt nicht um ihn kümmern. Was dachte er sich eigentlich? Er hatte doch mitbekommen, was der Kommissar gesagt hatte. «Geh! Hau ab!» Sie schrie, so rau und trocken, dass die Worte in ihrer Kehle schmerzten.

Leo rührte sich nicht, stand einfach nur neben dem Bett. Auch das konnte sie hören.

«Geh!», wiederholte sie.

Aber er ging nicht.

Die Matratze neben ihr sackte ein, er hatte sich gesetzt, und einen Moment später kroch er zu ihr unter die Decke.

Lara drehte sich weg, vergrub ihr Gesicht in ihren Armen.

Leo lehnte sich über sie.

«Lass mich in Ruhe», murmelte sie, kaum noch fähig, sich zu widersetzen. Dann sah sie im schummrig-rötlichen Licht, das durch die Bettdecke drang, dass er ihr einen angebrochenen Keks hingelegt hatte. Einen seiner Schokocookies, von denen er sonst niemals etwas abgab. Sie schluckte, wusste, welcher Liebesbeweis das war. Damit hatte sie jetzt nicht gerechnet. Sie streckte die Hand aus, nahm den Keks, hielt ihn in der Hand. Die Schokolade war weich und klebte zwischen ihren Fingern. Ohne etwas zu sagen, kuschelte Leo sich an sie, umarmte sie, hielt sie fest. Und Lara weinte.

22. BETTE

«Der verarscht uns doch», sagte Chrischen, nachdem sie Tarek Boustani nach Hause begleitet hatten. «Habt ihr gesehen, wie sein Blick die ganze Zeit hin und her gehuscht ist?»

«Er war nervös. Das hatten wir ja erwartet», versuchte Bette sein Verhalten zu erklären.

«Der konnte einem ja nicht mal in die Augen schauen.»

«Natürlich nicht!» Meyras Tonfall war scharf. «Es wäre absolut respektlos gewesen, dich direkt anzuschauen.»

Chrischen sah Meyra mit gerunzelter Stirn an.

«Da, wo er herkommt», fügte Meyra hinzu, «schaut man älteren Menschen nicht frech ins Gesicht.»

«Wieso frech?»

«Kulturverständnis hattest du in deiner Ausbildung früher wohl noch nicht, Chrischen.»

«Nein, hatte ich nicht», konterte Chrischen.

«Na, hab ich mir fast gedacht.»

Bette war leicht überrascht von Meyras plötzlicher Aggressivität, sagte sich dann aber, dass diese vermutlich gar nicht gegen Chrischen persönlich gerichtet war. Wahrscheinlich musste Meyra zum tausendsten Mal das Gleiche erklären, dabei wurden einem bei der Polizei diese internen Fortbildungen in kultureller Verständigung mittlerweile hinterhergeworfen. Und was brachte es? Nichts. Vermutlich hatte Meyra das sogar selbst wegen ihres familiären Hintergrunds mehr als einmal zu spüren bekommen. Und deshalb war sie einfach nur verärgert, und Bette konnte es ihr nicht verübeln.

Chrischen sagte nichts weiter dazu. Auf eine Diskussion mit seiner jungen Kollegin wollte er sich wohl lieber nicht einlassen. Stattdessen wechselte er das Thema. «Und, Bette, wie sieht es bei dir aus? Wie lange hältst du noch durch?» Auf Meyras fragenden Blick hin fügte er erklärend hinzu: «Bette hat die Schlafkrankheit. Deshalb ist sie vorhin im Wagen auch weggedöst.»

«Schlafkrankheit?»

«Narkolepsie», korrigierte Bette. «Ich muss etwa alle dreieinhalb Stunden schlafen, manchmal auch öfter. Leider weiß ich das vorher nicht immer und kippe dann schon mal schlafend um.»

«Scheiße», sagte Myra.

«Das können Sie laut sagen. Deshalb musste ich auch den Beruf aufgeben.» Bette sah auf die Uhr. «Ich sollte noch was durchhalten.» Vorhin im Wagen hatte sie ja schon kurz geschlafen.

«Gut.» Chrischen räusperte sich. «Dann schauen wir doch bei unserem Suchtrupp auf Kaltehofe vorbei, bevor ich dich nach Hause fahre.»

Bette widersprach nicht. Natürlich war sie gespannt, ob die Suche schon etwas ergeben hatte. Und sie wäre auch froh, wenn sie Helen mehr sagen könnte. Chrischen holte den Wagen, und sie nahmen die Straße am Bunker vorbei und über das Sperrwerk. Die Straße, die ab hier etwa vier Kilometer immer geradeaus über den Deich bis zur Tatenberger Schleuse kurz vor Ochsenwerder führte, war für Autos gesperrt, was Chrischen jedoch nicht daran hinderte weiterzufahren. Immerhin fuhr er langsam und nahm Rücksicht auf die Radfahrer und Spaziergänger.

Rechts von ihnen hinter dem Deich lag die Elbe, links das ehemalige Wasserwerk, das nach der großen Hamburger Choleraepidemie von 1892 erbaut worden war, um die Städter mit Frischwasser zu versorgen. In den Filtrationsbecken schwammen Enten, und auf den runden, backsteinernen Schieberhäuschen, in denen sich die Pumpen befanden und die aussahen wie kleine Rapunzeltürmchen, saßen pechschwarze Kormorane und putzen ihr Gefieder.

Nach etwa einem Kilometer war ein Absperrband über die Straße gezogen. Ein uniformierter Polizist stand Wache und stoppte zwei Inlineskater, die lauthals fluchend umdrehten. Die Strecke war nicht nur bei Radfahrern und Spaziergängern beliebt.

Sie stiegen aus. Hier auf dem Deich fegte der Wind.

«Schon was Neues?», fragte Chrischen den Mann.

«Wir haben ein Rad gefunden. Noch ein gutes Stück geradeaus.»

Sie ließen den Wagen stehen und gingen zu Fuß weiter. Auf dem Deich grasten Schafe, weit über ihnen kreiste ein Raubvogel, so groß, dass Bette meinte, es müsse einer der Seeadler sein, die in der Gegend ihren Horst hatten.

Hinter den Wasserbecken hatten sie freie Sicht auf den Holzhafen, einem der vielen Nebengewässer der Elbe, bis dichte hohe Brombeerhecken den Blick versperrten. Bette fand es immer wieder faszinierend, wie sich der Fluss verzweigte. Die Elbe bildete in Hamburg quasi ein Binnendelta, und wenn man die vielen Zuflüsse und Kanäle mit einbezog, verlor man schnell den Überblick. Wasser, wohin man schaute. Das mochte sie wirklich an dieser Stadt.

«Hier war ich noch nie», sagte Meyra.

«Der wilde Osten», sagte Chrischen. «Immer schon unterschätzt.»

«Echt ganz schön.» Meyra nickte zur Bestätigung.

«Sag ich ja.» Chrischen wohnte in Rothenburgsort, aber sein Lokalpatriotismus war Bette neu.

Die Straße, die dem Lauf der Elbe angepasst war, verlief jetzt in einer leichten Krümmung, und dann kam die Autobahnbrücke in Sicht. Ein blaues Stahlkonstrukt, das in einer Höhe von kaum fünf oder sechs Metern die Deichstraße kreuzte und weiter über die Norderelbe führte.

Bette blieb stehen, rang kurz nach Atem. Sie hatte den ganzen Weg über den Gedanken weggeschoben, dass sie bis hier raus zum Tiefergrund laufen würden, und jetzt fragte sie sich, was eigentlich mit ihr los war. Sie bewegte sich doch sonst nicht so fern der Realität.

Da unter der Trasse war nicht irgendwer gestorben, dessen Tod sie als Polizistin bearbeitet hatte. Dort war ein Mädchen gestorben, mit dem sie befreundet gewesen war. Und diese Machtlosigkeit, die das in ihr ausgelöst hatte, die würde sie niemals vergessen. Zudem war Anna die erste Tote gewesen, die sie je gesehen hatte. Auch das war nicht zu unterschätzen. Bette war danach nie wieder im Tiefergrund gewesen.

Jetzt standen zwei Polizisten mit Hunden direkt unter der Autobahntrasse. Den einen kannte Bette. Er hieß Alex Mörser.

Bette trat unter die Brücke, zwang sich, sich ihre Unruhe nicht anmerken zu lassen. Die nasse Kälte kroch ihr in die Knochen, sie fröstelte. Autos rauschten über sie hinweg, und das fast rhythmische Klacken der Bodenplatten hallte. Wäre die Autobahn damals nicht gesperrt gewesen, hätte Daniel dieses Geräusch garantiert erkannt. Und dann hätten sie Anna retten können.

Bette sah zwischen Chrischen und Meyra hin und her. Ihren Gesichtern war keine Veränderung anzumerken, sie schienen nichts über diesen Ort zu wissen. Für sie war der Tiefergrund ein Ort wie jeder andere. In Bette jedoch kroch die Angst hoch, die sie unter der Brücke seit jeher ergriffen hatte. Vor ihren Augen sah sie lange dürre Finger, die sich nach ihr ausstreckten. Ein Fantasiebild ihrer Kindheit, das sie ewig nicht gesehen hatte. Aber jetzt war es da, und alle Kraft wich aus ihren Händen.

Außer ihr bekam niemand etwas von ihrer Kataplexie mit. Wie auch? Sie hatte nichts in der Hand gehalten, was ihr hätte entgleiten können, und sowohl Meyra wie auch Chrischen waren anderweitig beschäftigt. Alex Mörser zeigte auf ein mit hohem Maschendraht eingezäuntes Areal unterhalb der Brücke und links der Straße. «Wir haben das Rad im Depot der Deichverteidigung gefunden.»

Dieses Depot war auch früher schon da gewesen. Dort lagerten Sandsäcke, für den Fall, dass der Deich schnell erhöht oder gesichert werden musste.

Chrischen und Meyra folgten den Kollegen durch die offen stehende Gittertür. Bette wartete kurz, bis sie ihre Hände wieder unter Kontrolle hatte, dann trat auch sie hinein.

Das Rad, das die Polizisten gefunden hatten, stand versteckt zwischen hoch gestapelten Paletten mit Sandsäcken, und es war mit ziemlicher Sicherheit Yasmins Rad. Ein Hollandrad, schwarz, Korb, Sonnenblume aus Plastik am Lenker. Mit einem Zahlenschloss war es an einem Pfeiler festgemacht.

«Der Reifen ist platt», sagte Mörser. «Das Mädchen hat sich eine Glasscherbe eingefahren. Sieht man sogar mit bloßem Auge.»

Bette fragte sich, was sie machen würde, wenn sie nachts hier auf dem Deich einen Platten hätte. In welche Richtung würde sie laufen? Bis zur nächsten Bushaltestelle am Tatenberger Weg, wo ein Nachtbus fuhr, waren es noch etwa eineinhalb Kilometer. Das war immer noch besser, als den ganzen Weg zurück nach Rothenburgsort zu laufen, was etwa doppelt so weit wäre. Obwohl das natürlich davon abhing, wo genau sie sich den Platten eingefahren hatte. Erst hier irgendwo, oder hatte sie bereits ein Stück geschoben?

«Den Weg zurück, so zweihundert Meter, haben ganz schön viele Glasscherben gelegen», merkte Meyra an. «Nachts würde man da blindlings reinfahren. Hier ist ja nichts beleuchtet, oder?»

«Nein, es ist stockdunkel», sagte Chrischen.

«Vielleicht hat jemand sie ausgelegt», überlegte Meyra laut.

«Um Yasmin zu stoppen, oder um irgendwen zu stoppen, mal angenommen, der Täter hat sein Opfer wahllos ausgesucht.»

So oder so, dachte Bette, würde das ihrer Theorie einer spontanen Tat widersprechen. Das passte dann nicht zu dem stumpfen Messer und auch nicht zu dem Anker als Tatwaffe.

Allerdings gab es natürlich die Möglichkeit, dass zwar die Bootsfahrt geplant war, nicht jedoch der Mord. Vielleicht war es zu einem Streit gekommen, einem plötzlichen Wutausbruch ...

«Wie kommt das Rad in die Umzäunung?», fragte Chrischen einen der umstehenden Polizisten.

«Seitlich fehlt ein Stück vom Zaun. Da kann sie es durchgehoben haben.»

«Warum sollte sie das getan haben?»

«Um es zu verstecken», schlug Meyra vor. «Das Schloss am Rad sieht ziemlich jappelig aus. Hätte ich vor, mein Rad mitten in der Nacht hier abzustellen, würde ich es auch verstecken.»

«Wenn Yasmin ihr Rad versteckt hat, bedeutet das doch, sie hatte etwas vor», setzte Chrischen den Gedankengang fort. «Und das wiederum heißt, dass sie vermutlich in das Boot wollte. Oder nicht? Und dass sie freiwillig eingestiegen ist.»

Meyra nickte nachdenklich. «Ein Entführer würde das Rad vielleicht auch verstecken. Aber er würde es kaum anschließen. Außer er will, dass wir denken, dass sie freiwillig mitgegangen ist. Aber der Gerichtsmediziner hat keine Kampfspuren gefunden.»

«Ja, nur wenn ...»

Bette schaltete ab. Sie hörte nicht mehr, was die beiden redeten, nahm sie gar nicht mehr richtig wahr. Erinnerungsfetzen wirbelten durch ihren Kopf, und es war, als legte sich ein nebeliger Schleier über die Gegenwart. Sie sah den Tiefergrund von damals vor sich. Sie sah sich selbst, wie sie sich als Kind zwischen den Sandsäcken versteckte. Spinnen und Kellerasseln zwischen den Füßen. Staub in der Lunge, ein Husten unterdrückend, damit der Wächter, der hier seine Runde drehte, sie nicht entdeckte. Sie hörte sogar wieder seine scharrenden Schritte, wie sie näher kamen, und schon bei dem Gedanken daran kribbelte ihre Haut unangenehm. Ob das Rohr, in dem Anna gestorben war, noch da war?

Sie ließ die anderen stehen und trat aus dem umzäunten

Areal nach draußen. Atmete auf. Sie war sonst nicht klaustrophobisch, aber unter der Brücke hielt sie es nicht länger aus.

Sie überquerte die Straße und ging neben der Brücke den Deich hinauf. Von hier oben könnte man problemlos auf die Autobahntrasse klettern, so niedrig hing sie. Sie lag mehr oder weniger auf dem Deich auf. Bei der nächsten Deicherhöhung, die anstand, würde sie mit angehoben werden müssen. Das hatte Bette zumindest letztens irgendwo gelesen und noch gedacht, wie froh sie wäre, wenn die Trasse ganz verschwände.

In ihrem Rücken schlug eine Wagentür, und als sie sich umdrehte, sah sie Thorben, der auf das Depot zuging.

Sie fluchte innerlich. MT musste sie hier nun wirklich nicht sehen. Schnell lief sie den Deich auf der anderen Seite runter. Sie würde am Ufer entlang zurück zum Auto laufen. Aber vorher wollte sie sich noch umsehen. Thorben wäre sowieso erst mal im Deichdepot beschäftigt. Kurz horchte sie in sich hinein. Wurde sie schon müde? Etwas vielleicht. Aber es würde schon noch gehen.

Von der Deichkante bis zum Wasser waren es nur gut hundert Meter. Seitlich der Brücke war der Uferabschnitt dicht bewachsen mit Weiden und niedrigen Büschen. Überall lagen angespülten Schilfhalme und Plastikmüll. Flaschen, Tüten, undefinierbare Fetzen. Bette achtete darauf, nicht in alte Spuren zu treten. Der technische Erkennungsdienst musste hier noch ran.

Bevor sie sich auf die Suche nach dem Rohr machte, hielt sie inne und schaute über den Fluss. Ruhig und stoisch schob er sich durch die Landschaft, als sei nichts passiert. Als habe er nicht gerade erst ein junges Mädchen verschluckt. Normalerweise schaffte die Elbe es immer, sie auf wundersame

Weise zu beruhigen. Aber nicht hier und nicht heute. Stattdessen verspürte sie fast so etwas wie Wut auf den Fluss. Und auf den Tiefergrund.

Wieso nur war Yasmin in der Nacht, in der sie verschwand, ausgerechnet an diesem Ort gewesen?

Wo wolltest du hin, Yasmin? Und wem hast du so vertraut, dass du mitten in der Nacht hier in der Dunkelheit in sein Boot gestiegen bist?

Oder hatte sie den Täter doch nicht gekannt?

Vielleicht hatte Yasmin, als sie ihr plattes Rad über den Deichweg schob, ihren Mörder nur zufällig getroffen? Und sie war einfach in das Boot gestiegen, weil sie keine Lust mehr hatte zu laufen. Wo auch immer sie hinwollte. Aber wenn es stimmte, dass Yasmin drüben in Rothenburgsort den Entenwerder Park gemieden hatte, weil es nachts dort zu dunkel war, würde sie kaum bei einem Unbekannten mitfahren. Nein. Das war sehr unwahrscheinlich.

Yasmin musste ihren Mörder gekannt haben.

Bette drückte die Handballen gegen die Schläfen. *Stopp!* Das war nicht ihr Fall! Aber ihr Hirn hörte nicht auf zu kombinieren, die Möglichkeiten hin und her zu schieben. Nur mal angenommen, der Täter hatte die Glassplitter konkret für Yasmin auf dem Weg verteilt, dann musste er gewusst haben, dass sie mit dem Rad hier entlangkommen würde. Das würde den Cousin dann schon mal ausschließen. Er konnte nicht hier auf Yasmin gewartet haben, sie hatten sich ja noch drüben am Sperrwerk gesehen. Und wenn das mit ihrem Zusammentreffen am Sperrwerk eine Lüge gewesen war und er hier auf sie gewartet hatte, dann hätte er doch gar nicht erst sagen müssen, dass er sie überhaupt gesehen hatte. Nein, er war nicht der Täter. Auch wenn er sich eben wirklich etwas seltsam benommen hatte. Sein Zögern und dann die Hast, mit der er die Frage, ob da noch jemand gewesen war, verneint hatte – da log er. Aber vielleicht nur, um bloß keine Namen von Freunden gegenüber der Polizei fallen zu lassen. Denn in diesem Punkt lag Meyra sicher richtig: Er vertraute der Polizei nicht.

Eine Welle traf Bettes Füße, sie machte einen Schritt zurück. Der Tiefergrund war auf jeden Fall ein guter Ort, um mit einem kleinen Boot anzulegen. Das Ufer war mit Bruchsteinen befestigt, und der Fluss hatte hier eine Ausbuchtung, in der die Strömung das Boot nicht sofort wegriss, wenn man ein- und aussteigen wollte.

Das Rohr von damals musste etwas seitlich neben dem vorderen Pfeiler liegen. Bette sah sich suchend um, ließ ihren Blick über den Boden gleiten. Da! Da war es. Wieso nur war es nie zugeschüttet worden? Es hatte keine Verwendung mehr, es war einfach nur gefährlich.

Bettes Atem raste. Das Adrenalin verscheuchte die Müdigkeit, die sie eben kurz gemeint hatte zu verspüren. Sie war jetzt nicht die toughe Polizistin, die sie jahrzehntelang gemimt hatte. Sie war das junge Mädchen, deren Schulfreundin in dem Rohr gestorben war.

Mit klopfendem Herzen ging sie auf das Rohr zu, rutschte fast auf dem schlammigen Boden aus, fing sich wieder. Vor dem Zugang hockte sie sich hin, drückte mit dem Arm eine dornige Brombeerranke beiseite und fasste mit beiden Händen das Gitter, rüttelte. Es saß fest. Sie legte ihr Gesicht an die Stäbe, spähte in die Dunkelheit. Der Geruch von Fäulnis und Nässe stieg ihr in die Nase. Sehen konnte sie nichts. «Hallo», rief sie. «Hallo.» Niemand antwortete. *Genau wie damals.* Und sie sah sich wieder durch das Rohr robben.

Zwischen den Blättern, die der Wind vor das Gitter geweht hatte, entdeckte sie etwas silbrig Schimmerndes. Sie schob das Laub beiseite. Da lag ein Metallstück. Es sah aus wie eine Gürtelschnalle. Sie war zerbrochen. Der Dorn fehlte, aber es war eindeutig eine Gürtelschnalle. Woran erinnerte sie das nur? Da war etwas, an das sie sich erinnern sollte. Eine Gürtel... Bettes Gedanken lösten sich auf, sie konnte sie nicht mehr fassen. Die Müdigkeit riss sie in die Tiefe. Bitte nicht hier, schoss es ihr noch durch den Kopf. Nicht hier. Aber es war zu spät. Um sie herum wurde es schwarz.

23. YVONNE

Den Besuch bei Gertrude Mertens hatte Yvonne heute aus organisatorischen Gründen nicht ans Ende ihrer Schicht legen können. Es war drei Uhr, als sie mit den Einkäufen, um die die alte Frau sie gebeten hatte, im Pilatuspool ankam. Sie klingelte, um sich anzukündigen, und schloss gleichzeitig die Haustür auf. So wurde zumindest ein Minimum an Privatsphäre aufrechterhalten. Sie wusste von Kollegen, die einfach so ohne Vorwarnung in die Wohnungen ihrer Klienten – wie die alten Menschen, die sie betreute, neuerdings genannt wurden – platzten, nur weil sie den Zugang hatten. Yvonne fand das unmöglich.

«Meine Liebe!», rief Gertrude Mertens, als Yvonne die Wohnungstür öffnete. «Ich bin in der Küche.»

Die alte Dame saß mit einer Decke um die Schultern am offenen Fenster. Draußen gingen gerade zwei junge Männer in Trainingsklamotten vorbei. «Hallo, Frau Mertens», sagte der eine von ihnen, und der andere hob zum Gruß die Hand.

«Sagen Sie, gibt es hier im Viertel eigentlich irgendjemanden, den Sie nicht kennen?», fragte Yvonne.

«Kaum», sagte Gertrude Mertens mit einem Augenzwinkern.

Yvonne holte eine weitere Wolldecke aus dem Schlafzimmer und gab sie ihr, damit sie sie sich noch über die Beine legte. Es war wirklich kalt in der Küche. Dann packte sie die Einkäufe aus. «50 Gramm Leberwurst, sechs Eier, Sonnenblumenbrot, abgepackt, Thunfisch im eigenen Saft ...»

«Vielen Dank, aber wie wär's, wenn Sie uns beiden erst mal einen Kaffee aufsetzen. Schön stark bitte.»

«Wird gemacht», sagte Yvonne.

Während die Kaffeemaschine durchlief, räumte sie die Einkäufe weg und sortierte die Tabletten für die nächsten Tage in eine Tablettenbox.

«Wie geht es Leni?», fragte Gertrude Mertens.

«Gut.»

«Hat die Fischpfanne geschmeckt?»

«Sehr», sagte Yvonne.

Nach Daniel fragte Frau Mertens nicht. Dazu war sie viel zu einfühlsam. Sie kannte Yvonne mittlerweile gut genug, um zu wissen, wann sie ihr zu nahe trat. Und Fragen nach Daniel waren momentan absolut nicht das, was sie hören wollte.

«Haben Sie in den letzten Tagen mal den Karl gesehen?», wollte Frau Mertens stattdessen wissen.

«Welchen Karl?»

«Karl Hammer. Den betreuen Sie doch auch. Er soll mich mal wieder anrufen.»

«Wieso rufen Sie ihn nicht selbst an?» Yvonne stellte die Pillendose mit den sieben Fächern von Montag bis Sonntag auf das Beistelltischchen neben den Sessel.

«Ach. Wenn der meine Nummer sieht, nimmt er nie ab. Richten Sie ihm doch bitte aus, dass er ein alter Sack ist und mich endlich mal wieder besuchen soll.»

Yvonne musste lachen. Sie mochte Frau Mertens' Art. Sympathisch kommandierend.

Der Kaffee war gerade durchgelaufen, als eine kleine runde Frau mittleren Alters, die in einer viel zu großen feuerroten Windjacke steckte, vor dem offenen Fenster stehen blieb.

«Helga, moin, einen Kaffee?», fragte Gertrude Mertens.

«Ja, bitte.»

Yvonne reichte eine Tasse nach draußen, stellte eine weitere für Gertrude Mertens auf den Tisch und fing selbst schon mal an, die trockenen Handtücher aus dem Wäschekorb zusammenzulegen.

Die Frau vor dem Fenster trank ihren Kaffee und fragte mit gedämpfter Stimme: «Hast du es schon gehört? Yasmin Hallak ... Sie ist tot.»

«Was? Yasmin?» Gertrude Mertens wurde ganz fahl und schlug sich die Hände vor die Brust. «Oh mein Gott. Was ist denn passiert?»

«Sie gehen von einer Gewalttat aus.» Die Frau sagte das nicht sensationsheischend, sie schien ernstlich betroffen. «Sie haben sie aus der Elbe gezogen. Irgendwo hinter den Deichtorhallen. Mehr weiß ich auch nicht.»

Die Tote am Löschplatz, dachte Yvonne, sie hatte es in der Zeitung gelesen. Aber da war ihr Name nicht erwähnt worden. Yasmin Hallak. Das war Helens Tochter.

Yvonne ließ sich auf den Stuhl sinken. *Wie furchtbar.*

Sie hatte das Mädchen öfter in der Praxis gesehen, immer etwas ungestüm, aber auch immer mit einem Lachen im Gesicht und freundlich.

Unwillkürlich dachte Yvonne an Leni. Der Gedanke, dass ihrer Tochter etwas zustieß, war so unvorstellbar. Der Tod eines Kindes war das Schlimmste, da verblasste alles andere. Hastig schüttelte sie den Kopf, um die Panik, die in ihr aufstieg, zu unterdrücken. Gleichzeitig bekam sie ein schlechtes Gewissen, dass sie sich gleich nach der Nachricht von Yasmin Hallaks Tod Sorgen um ihr eigenes Kind machte. Aber war das nicht immer so? Jemand wurde krank, jemand starb ... und immer dachte man sofort an sich und war erleichtert, dass es andere und nicht einen selbst getroffen hatte. Das war es doch, was einem solche Angst machte.

24. BETTE

Es war mittlerweile halb sechs. Mats stand am Herd und rührte Soße für Senfeier an, während Bette an seinem Küchentisch saß, die Ellenbogen aufgestützt, das Gesicht in den Handflächen vergraben. Anton lag faul in der Ecke, und Fynn war zum Glück schon abgeholt worden. Sie mochte den Jungen gerne um sich, aber nicht jetzt. Mats fragte nicht, was los war, es war nicht seine Art, sie zu löchern. Etwas, das sie sehr an ihm schätzte.

Verflucht noch mal. Wie hatte ihr das passieren können? Vor lauter Ermittlerdrang hatte sie sich davontragen lassen und die Anzeichen der Müdigkeit ignoriert. Und dann hatte auch noch ausgerechnet Thorben sie im Tiefergrund gefunden. Schlafend, auf dem Boden, über und über mit Modder besudelt, die Füße halb im Wasser, Laub in den Haaren. Sie war davon aufgewacht, dass er grob an ihrem Arm rüttelte. Rot vor Ärger war er gewesen, und gleichzeitig hatte da dick und fett dieser Ausdruck von Schadenfreude in seinem Gesicht gestanden. *Schiet auch.* Meyra, die in diesem Moment mit Chrischen zum Wasser runtergekommen war, hatte sofort eine Ausrede parat gehabt. Allerdings keine wasserdichte. Von wegen Bette habe nur einen kleinen Spaziergang gemacht, bis Chrischen sie nach Hause fahren würde. So ein Quatsch. Thorben mochte ja ein Idiot sein, aber er war nicht blöd.

Bette hatte sich aufgerappelt und war nach Hause marschiert, wütend auf sich selbst, auf ihren Körper und auf diese verfluchte Narkolepsie. So wütend, dass sie gegenüber

Thorben und den anderen kein Wort mehr verloren hatte. Weder zum Tiefergrund noch zu der Gürtelschnalle, die im Laub gelegen hatte. Dabei war ihr wieder eingefallen, woran sie sie erinnert hatte: Annas Hände waren, als man sie fand, mit einem Gürtel hinter dem Rücken gefesselt gewesen. Zumindest meinte Bette, sich daran zu erinnern. Hatte sich hier etwas wiederholt? Der Gedanke mochte abwegig sein, nach so langer Zeit, allerdings war in einer Mordermittlung keine Spur zu abwegig, um sie zu verfolgen. Bette hätte also etwas sagen müssen, aber mit Thorben wäre sowieso nicht zu reden gewesen. Er hatte nichts Besseres zu tun gehabt, als ihr noch hinterherzurufen, sie solle sich ein anderes Hobby suchen, statt sich ständig in seine Ermittlungen einzumischen.

Vom Tiefergrund nach Ochsenwerder war Bette eine geschlagene Dreiviertelstunde gelaufen. Zu Hause hatte sie sich dann erst mal unter die heiße Dusche gestellt, als könnte das Wasser nicht nur den Dreck, sondern auch dieses erbärmliche Gefühl der Erniedrigung von der Haut spülen. Dann war sie zu Mats rüber.

«So. Jetzt essen wir mal was», durchbrach Mats ihre Gedanken und stellte Kartoffelpüree, Eier und den Topf mit der Soße auf den Tisch.

Bette holte Teller und Besteck.

Es schmeckte köstlich, wie immer bei Mats. Die Soße hatte die perfekte Sämigkeit. Sie aßen schweigend, was mit Mats möglich war, ohne dass es unangenehm wurde. Trotzdem hatte Bette das Gefühl, ihm eine Erklärung für ihre schlechte Laune schuldig zu sein, und sagte schließlich: «Meine Narkolepsie. Es hat mich weggehauen. Ich bin voll im Elbschlick gelandet. Du willst nicht wissen, wie ich ausgesehen habe.»

«Ich kann es mir vorstellen.» Mats lachte kurz auf, dann wurde er ernst. «Aber wegen ein bisschen Matsch bist du doch nicht so mies drauf.»

Sie sah auf ihre Hände, die Nägel müsste sie mal wieder machen. «Nein.» Was sollte sie sagen? Sie wusste, sie konnte Mats alles anvertrauen, aber sie hatte trotzdem keine Lust, von Thorben zu erzählen und dass sie mal wieder ihre Befugnisse überschritten hatte. Sich eingemischt hatte. Und letztlich tat das auch gerade nichts zur Sache. Das Einzige, das etwas zur Sache tat, war Yasmins Tod.

Also sagte sie: «Helens Tochter. Sie ist tot, ermordet vermutlich.»

Mats ließ die Gabel sinken, sah sie konsterniert an. «Helen? *Die* Helen?» Mats und Helen hatten nie wirklich viel miteinander zu tun gehabt, das war eher Bettes Truppe gewesen, aber natürlich hatten sie sich gekannt.

Bette nickte. «Yasmin. Sie war neunzehn. Jemand hat sie bewusstlos geschlagen und sie dann in die Elbe geworfen. Sie haben sie im Kanal am alten Löschplatz gefunden.»

Mats schluckte hörbar und schüttelte den Kopf. «Helen. Ich habe sie nie wiedergesehen seit damals.»

Niemand hier hat sie wiedergesehen, dachte Bette. Außer mir, und das auch erst diese Woche.

«Wie hast du es erfahren?», fragte er.

«Thorben ermittelt. Und ...» Sie hielt inne. Nein, sie würde jetzt nicht Helens Besuch bei ihr erwähnen, dann müsste sie doch die ganze Geschichte erzählen. «Hast du vielleicht ein Bier?» Ihre Medikamente, die den Nachtschlaf stabilisierten und die Schlafschübe am Tag kontrollierbarer machten, vertrugen sich nicht mit Alkohol. Aber ein Bier sollte gehen.

«Tut mir leid. Aber ich hab eine bessere Idee. Lass uns zu Otto rübergehen. Da ist heute Knobelabend.»

«Donnerstags?» Normalerweise öffnete er seinen Gasthof nur noch dienstags für den Knobelabend und einmal im Monat freitags. Otto war mittlerweile über achtzig. Ein hagerer Mann mit weißem Bart und hellen freundlichen Augen, der immer jeden willkommen hieß, es aber nicht mehr schaffte, täglich zu öffnen.

«Sondersitzung», sagte Mats.

Ein Bier bei Otto war jetzt genau das Richtige.

Der Gasthof lag auf der anderen Seite von Ochsenwerder, einmal den ganzen Elversweg runter bis zu dem Gedenkstein für den Anschluss von Ochsenwerder an Hamburg im Jahr 1395 und dann rechts den Dorferweg rauf und weiter in den Dorferbogen. Anton rannte vor, und Bette hakte sich bei Mats unter. Sie brauchten eine Viertelstunde bis zum Gasthof. Die Tür zur Straße hin stand offen. Im Flur, von dem auf der einen Seite der Festsaal mit langer Theke und Bühne abging und auf der anderen der kleine Schankraum, aus dem jetzt Stimmen zu ihnen herausdrangen, blieb Bette stehen. Sie sog die Luft tief durch die Nase ein, und ein warmes Gefühl breitete sich in ihr aus. Hier konnte sie die Vergangenheit regelrecht riechen, in der im Gasthof noch so richtig gezecht und getanzt worden war. Und ja, dachte sie mit einem Lächeln, wenn sie sich konzentrierte, konnte sie sogar noch einen Hauch von dem Vanilletabak ihres Vaters erschnuppern.

Wieder etwas besser gelaunt, betrat sie hinter Mats den Schankraum, der an eine gemütliche Höhle denken ließ. Alles war in dunklen Brauntönen gehalten, und die Decke war mit Notenblättern tapeziert. Musik war Ottos Leidenschaft. Hätte er nicht den Gasthof übernommen, der seit weit über hundert Jahren im Familienbesitz war, wäre er Musiker geworden.

«Moin, Bette. Mats. Setzt euch», sagte Heinz, einer der Knobelspieler, und zog noch einen weiteren Tisch heran. Bevor sie der Aufforderungen nachkamen, drückten sie Hände, grüßten jeden mit Namen. Heinz, Ekhard, Günther, Lore, Hilde, ... Kein Gesicht, das Bette nicht kannte. Otto holte Astra für sie beide.

«Tante Lore, du auch hier, wie schön.» Bette setzte sich neben die alte Frau, die in Ottos Alter war. Im letzten Jahr hatte sie eine schwere Herzoperation gehabt, und noch im Sommer war sie ziemlich geschwächt, fast klapprig gewesen, was Bette sehr erschrocken hatte, aber mittlerweile sah sie wieder richtig fit aus. Sie war nicht wirklich Bettes Tante, die Anrede war einfach eine Angewohnheit aus Kindertagen. Sie wohnte auf einem Hof mit Zugang zur Dove-Elbe. Als Jugendliche war Bette oft dort schwimmen gegangen, und Lore hatte sie danach immer mit selbst gebackenem Frankfurter Kranz am Ufer empfangen. Bis heute backte sie diese Torte, wenn Bette sich ankündigte.

Kaum saßen sie, wurde weiter geknobelt. Das Rollen der Würfel hatte eine beruhigende Wirkung auf Bette, und das Bier tat das Seine. Bette stieg auch in das Spiel ein, merkte aber schnell, dass sie nicht mithalten konnte. Sie hatte seit Jahren nicht geknobelt und völlig die Regeln vergessen. Zudem war sie nicht bei der Sache. Ihre Gedanken kreisten weiter um den Tiefergrund. Dass sie Yasmins Rad ausgerechnet dort gefunden hatten, war schon ein seltsamer Zufall. Und dann die Gürtelschnalle. Oder war das zu weit hergeholt? Sie war sich ja nicht einmal ganz sicher, ob Anna wirklich mit einem Gürtel gefesselt gewesen war. Vielleicht trog ihre Erinnerung sie auch. Sie war damals, abgesehen von der Suchaktion, nicht in die Ermittlung eingebunden gewesen und kannte die Fakten nur aus zweiter Hand. Zudem hatte der Rechtsmediziner Dr. Haller gesagt, Yasmin sei ganz sicher nicht gefesselt gewesen. Und es gab keinen Grund anzunehmen, dass sie im oder auch nur an dem Regenauslass im Tiefergrund gewesen war, wo Bette die Schnalle gesehen hatte. Yasmin war dort draußen, so wie es aussah, lediglich in ein Boot gestiegen.

«Bette, mien Leev», fragte Lore. «Ist alles gut bei dir?»

«Ja, ich ...» Sie unterbrach sich. Nein, heute würde sie nicht mehr über Yasmins Tod sprechen. Mit einem entschuldigenden Lächeln sagte sie: «Ich bin nur etwas müde.»

«Wenn du dich eine Runde hinlegen möchtest ...», bot Otto an.

«Nein danke. Es geht noch. Später vielleicht.»

«Sagt mal, wie ist eigentlich der Stand mit der Dove-Elbe?», wechselte Mats das Thema. Ihm war vermutlich klar, weshalb sie so abwesend war.

«Du meinst *Rettet die Dove-Elbe*?», fragte Heinz.

Mats nickte. Es gab Pläne, die Dove-Elbe wieder an den Hauptstrom anzuschießen und damit Ebbe und Flut auszusetzen. Mit einem Tidenhub von mehr als zwei Metern. Und das alles, soweit Bette wusste, wegen der Elbvertiefung, durch die das Wasser immer höher auflief. Irgendwo musste das viele Wasser ja hin, genauso wie der ganze Schlick, den es mit sich trug.

«Noch ist nichts entscheiden», sagte Heinz. «Aber das können die nicht machen. Das wäre irrsinnig.»

«Die Tatenberger Schleuse ist das Beste, was uns je passiert ist», meinte Lore. «Die ständigen Überflutungen vorher und die Deichbrüche. Das braucht man nicht wieder.»

«Wenn die das durchziehen, können die Sportboothäfen dichtmachen. Und bei den Bauern läuft dann der ganze Elbdreck in die Felder», echauffierte Günther sich. «Mit Schwimmen war's das dann auch. Es gibt tausend Gründe dagegen.»

«Hat Daniel Tjaben nicht auch ein Hausboot auf der Dove-Elbe?», fragte Bette und dachte, dass sie es auch wirklich nicht sein lassen konnte. Jetzt lenkte sie das Gespräch doch in diese Richtung – auf Daniel, der in ihrem Kopf unweigerlich mit dem Tiefergrund verbunden war.

«Auf der anderen Seite der Dove-Elbe», sagte Ekhard, «kurz vor der Ruderstrecke. Warst du da noch gar nie? Schickes Teil hat er sich da gebaut.»

«Ich hab Daniel seit Jahren nicht gesehen. Nicht mal zufällig auf der Straße irgendwo», sagte Bette.

«Na ja, er war ja noch nie der soziale Typ», meinte Günther. «Am liebsten geht er wohl angeln, da hat er seine Ruhe. Aber er ist immerhin verheiratet, und um seine Tochter kümmert er sich ganz reizend. Wirklich, guter Vater. Nicht so wie sein Alter früher.»

An Daniels Vater erinnerte Bette sich kaum. Sie wusste nur noch, dass er Maschinist auf einem Trampschiff gewesen war. «Fährt Daniel auch zur See?» Nicht mal das wusste sie von ihm.

«Nee, der hat doch mit der Familientradition gebrochen. Mensch, was war das für ein Stress mit seinem Vater», sagte

Ekhard. «Daniel arbeitet auf der Paulsenwerft. Drüben am Warwischer Hauptdeich.»

Bei der Erwähnung der Paulsenwerft verschluckte Bette sich fast. Dort wohnte Lara. Noch so ein Zufall.

25. DANIEL

In der Nacht schreckte Daniel schweißgebadet hoch. Wieder ein Albtraum, ohne dass er sich an dessen Inhalt erinnern konnte. Er wusste nur noch, dass der Eismann darin vorgekommen war und wie immer nichts als Scherben und Trümmer in ihm hinterlassen hatte. Wieder und wieder und wieder.

Daniel drehte sich zu Yvonne um. Sie schlief, das Gesicht im Kissen vergraben. Er hatte sie gestern nicht mehr kommen gehört. Nachdem sie ihm eine SMS geschickt hatte, dass sie noch bei ihrer Mutter vorbeischauen wollte, hatte er Leni ins Bett gebracht und sich dann selbst hingelegt. An Laufen war nicht zu denken gewesen, da er Leni nicht alleine lassen wollte. Aber das war auch okay gewesen. So müde, wie er war, war er sofort eingeschlafen.

Er griff nach den Schmerztabletten, die auf seinem Nachttisch lagen, und schluckte zwei ohne Wasser runter. Seine Hand pochte wieder heftig. Leise stand er auf, suchte seine Sachen zusammen, schlich sich aus dem Zimmer. In der Küche zog er sich an und schaute noch einmal zu Leni in die Kajüte. Sie hatte sich freigestrampelt. Er deckte sie zu, strich ihr sanft über die weichen Haare und küsste sie auf die Stirn. Der Anflug eines Lächelns lag auf ihrem Gesicht, und er spürte diese Wärme bedingungsloser Liebe durch seinen Körper strömen, die sich aber sogleich mit Angst um sie vermischte. Eine Angst, gegen die er kaum ankam, auch wenn sie gerade jetzt, in diesem Moment, absolut unbegründet war.

Es war kurz nach vier, als er die Yoda verließ und an Land ging. Die Nacht war mondlos und dunkel, der kalte Wind brannte in seinen Augen. Er nahm den Weg über die Uferwiesen, die als Winterlager für Motoryachten und Segelboote diente. Abdeckplanen, die nicht stramm genug fixiert waren, schlugen im Wind. Die meisten Bootseigner waren, was das anging, echte Dilettanten, und es tat Daniel im Herzen weh, die teils schönen alten Boote so schlecht geschützt dem Wetter ausgesetzt zu sehen, aber für die Paulsenwerft war es gut. Das füllte vor Saisonbeginn im Frühling die Auftragsbücher.

Daniel nahm nicht wie so oft den Weg über Kaltehofe, und er lief auch nicht rauf ins Industriegebiet, sondern geradeaus an der Tatenberger Schleuse vorbei und weiter über den Ruschorter Hauptdeich. Hier gab es keine Regenrohre, und er konnte einfach laufen, musste keine Böschung hinunterkrabbeln, in kein Rohr schauen, konnte seinen Kontrollzwang mal eine Nacht ruhen lassen. Hier draußen wurde das Land über Gräben entwässert, oder der Regen versickerte einfach im Boden.

Die Dove-Elbe lag jetzt rechts von ihm, in etwa einem Kilometer würde sie in die Norderelbe münden. Er lief auf dem Deichkamm, vorbei an Schafen und über das Deichgrabensiel. Der Wind kam von hinten und trieb ihn an, und für einen Moment hatte er das Gefühl, gleich abzuheben. Weggepustet zu werden. Nicht mehr da zu sein. Wie schön wäre das. Eine Erlösung.

Er dachte wieder an das Misstrauen, das er in Yvonnes Augen gesehen hatte. Sollte er ihr die Wahrheit sagen? Aber die Wahrheit über was? Über damals? Über heute? Nichts ging ohne das andere, es hing ja alles zusammen.

Mal angenommen, er erzählte ihr alles. Was, wenn sie dann gehen würde, ihn im Stich ließ? Und Leni mitnahm. Das wäre das Schlimmste.

Er sah über den Fluss, und wenn er eben noch das Gefühl gehabt hatte abzuheben, sah er sich jetzt in den Fluten untergehen und wie ein Stein in den Tiefen versinken.

Er versuchte, sich zu sagen, dass alles gut werden würde, so wie er es bei Leni immer tat, wenn sie traurig war. Aber er wusste, dass nichts gut werden würde. Es war noch nie etwas gut geworden.

Erschöpft setzte er sich ins Gras, ignorierte die Nässe, die durch seine Hose drang, drückte die Handballen gegen die Stirn, versuchte, sein Scheitern zu begreifen. Und dann weinte er, hemmungslos wie ein Kind. Was hatte er nur getan?

26. BETTE

Als Bette am Freitagmorgen aufwachte, fühlte sie sich wie erschlagen. Sie vertrug einfach keinen Alkohol mehr, nicht einmal ein einziges Bier. Draußen war es noch dunkel. Sie warf einen Blick auf ihr Smartphone: 6.43 Uhr. Viel zu früh für ihren Geschmack. In ihrem Kopf arbeitete es schon wieder. Ob sie wollte oder nicht. Dass Daniel auch genau auf der Werft arbeitete, wo Yasmins enge Freundin Lara wohnte. Wirklich nur Zufall? Sie wälzte sich herum, wusste aber, dass sie nicht mehr einschlafen würde. Schließlich stand sie auf und zog sich Jogginghose und Pulli über ihr Schlafshirt. Nicht dass Tyler normalerweise so früh auf war, aber man wusste ja nie. Sie wollte ihn nicht in die Verlegenheit bringen, ihm halbnackt über den Weg zu laufen. Eine Rücksichtnahme, die ihre kleine Wohngemeinschaft, wie sie fand, von ihr einforderte.

Sie ging nach unten, kochte Kaffee und setzte sich auf die Küchenbank. Vielleicht war es alles zu weit hergeholt, aber Verbindungen zwischen 1986 und heute waren nun mal da: der Tiefergrund. Daniel. Die Gürtelschnalle. Helen! Helen als Mutter von Yasmin. Und Helen als diejenige, die den Entführern in der Lagerhalle entkommen war. Und die keine Hilfe geholt hatte. Ob Helen schon wusste, dass Yasmins Rad im Tiefergrund gefunden worden war?

Mit der zweiten Tasse Kaffee holte Bette sich ihr Telefon und suchte Helens Nummer raus. Sie hatte sowieso noch mal mit ihr sprechen wollen. Wegen des Cousins, Tarek Boustani, den sie der Polizei verschwiegen hatte. Sie hoffte, diesen Anflug von Misstrauen gegen Helen, der sich da gestern in ihr geregt hatte, aus dem Weg zu räumen, bevor es sich festfraß.

Helen nahm trotz der frühen Uhrzeit sofort ab, so als habe sie nur auf einen Anruf gewartet, wenn auch vielleicht nicht auf ihren.

«Bette?» Sie klang überrascht.

«Helen. Können wir kurz sprechen?»

«Ja, sicher. Warte.»

Bette hörte Schritte und eine Tür, die geschlossen wurde, dann war Helen wieder da. «Hast du irgendwas Neues gehört?»

«Das wollte ich von dir wissen», gab Bette die Frage zurück.

«Die Polizei sagt uns nichts. Rein gar nichts. Die waren nur gestern noch mal hier und haben uns vernommen.»

«Wie meinst du das, vernommen?»

«Wie Verdächtige. Vor allem Amar.»

«Haben sie einen Grund dafür genannt?»

«Die brauchen keinen Grund zu nennen. Den kann ich dir auch so sagen: Er ist Araber. Die bringen doch ständig ihre Töchter um, wenn die nicht kuschen.» In Helens Stimme klang eine Schärfe mit, die Bette zusammenzucken ließ.

«Helen», sagte sie so bedächtig wie möglich. «Wieso habt ihr der Polizei verschwiegen, dass Yasmins Cousin sie noch in Rothenburgsort gesehen hat? Ihr hättet das erzählen müssen. Wenn die Polizei die Fakten nicht hat ...»

«Woher weißt du das denn jetzt?», fuhr Helen sie an. «Ich denke, du bist aus dem Fall raus?»

«Helen. Wieso?», fragte Bette nur.

«Wenn du's genau wissen willst: weil ich Angst hatte, dass genau das passiert, was jetzt eingetreten ist. Als ob Tarek oder

Amar ...» Sie stockte. «Amar hat seine Tochter über alles geliebt. Niemals hätte er ihr etwas angetan.»

«Gibt es irgendetwas, das der Polizei Anlass geben könnte, deinen Mann zu verdächtigen?»

«Nein!»

«Was genau haben sie von ihm wissen wollen?»

«Sie haben immer wieder gefragt, ob Yasmin Pläne hatte, Hamburg zu verlassen. Und ob sie lesbisch war.»

Das war eine neue Wendung, dachte Bette. «Und?»

«Yasmin wollte reisen, wie das alle nach dem Abi machen. Und vorher wollte sie noch Geld verdienen. Um das selbst bezahlen zu können. Aber lesbisch? Nein. Das hätte sie uns doch erzählt.» Aus Helens letztem Satz meinte Bette einen leisen Zweifel rauszuhören.

«Vielleicht hatte sie Angst vor eurer Reaktion.»

«Du meinst wohl, vor Amars Reaktion?» Wieder lag da diese Schärfe in Helens Stimme. «Nein! Wenn sie Frauen geliebt hätte, wäre uns das egal gewesen. Das sieht Amar genauso wie ich.»

«Was ist mit dem Cousin? Wie stand Tarek zu Yasmin?»

«Du glaubst das also auch?»

«Ich glaube gar nichts. Ich versuche, mir ein Bild zu machen.» Bette dachte an den verunsicherten jungen Mann, mit dem sie gestern am Sperrwerk gesprochen hatte, und schob hinterher: «Nein. Ich glaube nicht, dass Tarek der Mörder ist.»

«Aber deine Kollegen, die denken ...»

«Es sind nicht mehr meine Kollegen», unterbrach Bette sie. «Hast du Yasmin je erzählt, warum du aus Ochsenwerder weg bist?»

«Was?» Der unvermittelte Themenwechsel schien Helen zu verwirren.

«Hast du deiner Tochter erzählt, was mit Anna und Daniel passiert ist?»

«Was tut das zur Sache?»

«Hast du?»

«Nein, habe ich nicht.»

Yasmin war oft in Ochsenwerder gewesen, dachte Bette. Sie könnte etwas aufgeschnappt haben. Oder jemand hatte sie wegen ihrer Ähnlichkeit zu Helen auf ihre Mutter angesprochen und dabei die Entführung erwähnt. Und Yasmin hatte dann vielleicht versucht, mehr über die totgeschwiegene Vergangenheit ihrer Mutter rauszufinden. Vielleicht hatte es sie deshalb in den Tiefergrund gezogen. Aber mitten in der Nacht? Und wer hätte da mit dem Boot auf sie warten sollen?

«Ich verstehe nicht, worauf du hinauswillst», sagte Helen.

Ich auch nicht.

«Wieso fragst du das alles?»

«Weil Yasmins Rad im Tiefergrund gefunden wurde», sagte Bette.

Helen war so erschüttert über die Information mit dem Tiefergrund, dass sich jede weitere Unterhaltung erst mal erledigt hatte. Sie lud Bette noch für den Dienstag zum Trauergottesdienst im Michel ein und sagte, sie würde sich auch über weitere Besucher aus Ochsenwerder freuen, dann legte sie auf.

Ja, dachte Bette, sosehr man auch versuchte, mit seiner Herkunft zu brechen, wenn es einem schlecht ging, sehnte man sich nach dem Ort der Kindheit zurück. Oder den Menschen, die man damit verband. Bette trank noch einen dritten

Kaffee, dachte, wie beschissen das alles war, und hatte wenig Lust auf den Tag. Aber sie musste sich fertig machen. Sie hatte Bauer Jansen versprochen, heute seine Biokisten zu packen, damit er sie dann morgen an die Hamburger Stadtkundschaft ausliefern konnte. Im Sommer hatte sie das immer dienstags und freitags getan, aber momentan half sie Jansen, der bald seinen 79. Geburtstag feiern würde, wann immer er eine Hand brauchte. Er schaffte es einfach nicht mehr alleine, ganz aufhören wollte er aber auch nicht, und seine Söhne hatten den Hof verlassen, um in der Stadt zu arbeiten. Für sie war das Bauerndasein nicht einmal mehr als Nebenerwerb interessant.

Bette rief Anton, und gemeinsam verließen sie das Haus. Draußen war es kalt, und sie zog den Reißverschluss ihrer Allwetterjacke bis nach oben zu und die Mütze tief in die Stirn.

Jansens Hof lag am Elbdeich, noch ein gutes Stück hinter Ottos Gasthof. Anstatt entlang der Straße zu laufen, schlug Bette den Weg über die Felder ein. Am Horizont schimmerte das erste Morgenlicht. Anton lief vor, kam zurück, schnupperte hier und da, setzte seine Marken. Bettes Gedanken drifteten ab, ohne dass sie es schaffte, sie zu fokussieren. Es war ein einziges großes Wirrwarr in ihrem Hirn.

27. LARA

Lara scannte den Vernehmungsraum mit dem Blick einer Handwerkerin. Er war exakt quadratisch, fünf mal fünf Meter, die weißen Wände angegraut, die Dielenleisten gebrochen. Fenster hatte der Raum keine, nur einen hoch angebrachten Luftschacht, durch den ein winziger Ausschnitt grauen Himmels sichtbar wurde. Schlimmer konnte Gefängnis auch nicht sein. Unter der Decke brannten zwei grelle Lichtröhren. Es gab einen Tisch, vier Stühle und ein Smartboard.

«Nehmen Sie Platz», sagte der Kommissar, derselbe, der gestern bei ihnen gewesen war. Heute trug er einen Anzug in Babyblau. Babyblau! Er sah aus, als sei er auf dem Weg in eine Cocktailbar.

Er zeigte auf zwei nebeneinanderstehende Stühle. Lara rutschte, nachdem sie sich hingesetzt hatte, so gut es ging an die rechte Stuhlkante, weg von ihrem Vater, der links neben ihr saß. Sie ertrug seine Nähe nicht. Der Kommissar setzte sich ihnen gegenüber, stellte einen Laptop vor sich ab, dann wandte er sich ihrem Vater zu. «Herr Paulsen. Gut, dass Sie dabei sein können. Bei Minderjährigen ist uns das immer lieber.»

Was hieß hier lieber? War es nun Pflicht oder nicht?

«Und für Ihre Tochter ist es auch angenehmer, einen Vertrauten bei sich zu haben», fügte der Kommissar hinzu.

Lara hielt die Luft an, zählte innerlich bis zehn, unterdrückte ein Schnauben. Was wusste dieser Kommissar denn. Ihr Vater, ein Vertrauter. Von wegen. Aber sie fragte ja keiner. Sie war ja erst siebzehn.

«Es gibt einige Punkte bezüglich Yasmin Hallak, über die ich gerne mit Ihrer Tochter sprechen möchte.»

Ihr Vater schaute demonstrativ betrübt, nickte. *Arschloch.* Ihm war Yasmins Tod doch egal. Aber vor diesen Fremden trug er seine Maske.

«Wir haben die mobilen Telefondaten des Opfers vorliegen», fuhr der Kommissar fort. «Anhand der Signaldaten können wir für die letzten sechs Wochen nachverfolgen, wann das Opfer sich wo aufgehalten hat.»

Das Opfer. Lara verkrampfte. Es tat so weh.

«Und es ist auffällig, wie oft Yasmin in diesem Zeitraum draußen bei Ihnen war», sagte er weiter. «Fast täglich.»

«Bei uns? Auf der Werft?» Mit abfällig verzogenem Mund schüttelte ihr Vater den Kopf. «Das hätte ich mitbekommen. Ich habe sie da ein paarmal gesehen. Aber nicht so oft.»

«Auf der Werft oder in der Nähe der Werft», verbesserte der Kommissar sich. «Wir sprechen von einem Umkreis von 800 bis 1000 Metern. Leider stehen bei Ihnen in der Gegend nicht genug Sendemasten, um da präziser zu werden.»

«Ja, verstehe», sagte ihr Vater, der ständig auf den schlechten Netzempfang auf der Werft schimpfte. Die beiden redeten, als wäre Lara gar nicht anwesend. Während der Kommissar seinen Laptop an das Smartboard anschloss, trat eine junge Frau ein. Sie konnte kaum viel älter sein als Lara, hatte lange dunkle, zu einem Pferdeschwanz gebundene Haare, trug Jeans und einen schlichten gelben Pulli.

«Das ist Kommissarin Meyra Bacha», sagte der Kommissar. «Sie wird der Befragung beiwohnen.»

Meyra, den Namen würde Lara sich merken, anders als den des Kommissars. Den wollte sie gar nicht wissen.

Meyra sah Lara an, nickte ihr zu, zog den letzten freien Stuhl ein Stück vom Kommissar weg und setzte sich. Sie mochte die Nähe auch nicht, dachte Lara und fühlte sich gleich etwas wohler. Nicht mehr ganz so alleine zwischen den Männern.

Auf dem Smartboard erschien eine Liste mit Zahlen, gut sichtbar für alle. «Das sind die Daten und Uhrzeiten, wann sich Yasmin in der Gegend Ihrer Werft aufgehalten hat», sagte der Kommissar.

Lara musste schlucken. Natürlich wusste sie, dass Standorte über Smartphone nachverfolgt werden konnten. Trotzdem erschreckte es sie, das so schwarz auf weiß vor sich zu sehen.

Ihr Vater überflog sie Liste, runzelte die Stirn. «Diese Yasmin hat ja ziemlich oft die Nacht bei uns in der Gegend verbracht.»

«Ja», sagte der Kommissar und sah dabei zum ersten Mal Lara an, mit so durchdringendem Blick, dass sie sich ganz nackt vorkam.

«Wir gehen davon aus, dass Yasmin die Nächte mit dir verbracht hat», sagte er.

Hitze schoss Lara durch den Körper, ihr Gesicht glühte.

«Ich habe hier einen Chatverlauf zwischen dir und Yasmin.» Er klickte auf die Tastatur seines Laptops, auf dem Smartboard erschien eine neue Datei: Wörter, Sätze, Emojis. *Vermisse dich ... deinen Atem auf meiner Haut ... Sehen uns morgen ... Küsse dich ... Umarme dich ...*

Vor Laras Augen verschwamm alles.

«Sehe ich das richtig? Ihr wart in einer Beziehung?» Der Kommissar formulierte es als Frage, dabei war es eine Feststellung.

Er erwartete gar keine Antwort, dachte Lara.

Meyra beugte sich zum Kommissar vor und flüsterte ihm etwas zu. Lara konnte Bruchstücke aufschnappen. «... nicht nötig ... Lara ... erwachsen ... vor dem Vater ...»

Aber der Kommissar reagierte gar nicht, scrollte nur weiter durch ihren Chatverlauf.

«Das ist privat», sagte Lara unsicher.

«In einer Mordermittlung ist nichts privat», sagte der Kommissar kühl, bremste sich aber sofort und sprach mit weicher, fast mitfühlender Stimme weiter. «Wer wusste von eurer Beziehung?»

Versuchte er es jetzt auf die nette Art, damit sie redete? Darauf würde sie nicht reinfallen. Sie zuckte mit den Schultern und schüttelte gleichzeitig den Kopf. Niemand, dachte sie, ohne es auszusprechen. Niemand wusste etwas.

«Was ist mit Yasmins Vater? Wusste er es?»

Lara schüttelte wieder den Kopf. Sie wollte nicht mit diesem Kerl sprechen.

Der Kommissar machte sich eine Notiz, fuhr dann fort. «Wo habt ihr die Nächte verbracht?»

Als ob sie ihm vom Pfahlhaus erzählen würde. Das war ihre Zuflucht, ihr Versteck!

Der Kommissar seufzte, als könne er es nicht fassen, dass er nichts aus ihr rausbekam. Dann sagte er: «Und ihr wolltet weg, nach Amsterdam.»

Entsetzt, dass er auch das rausgefunden hatte, riss Lara die Augen auf, wagte nicht, zu ihrem Vater zu schauen. Spätestens jetzt würde er sie umbringen. Sie öffnete den Mund, wollte nun doch etwas erwidern, wusste aber nicht, was, und schloss ihn wieder.

Noch einmal beugte Meyra sich zum Kommissar vor, flüsterte ihm etwas zu.

Der Kommissar sah sie scharf an und sagte mit schneidender Stimme. «*Ich* führe das Gespräch.»

Meyras Wangen röteten sich, verärgert presste sie den Mund zusammen, wobei sie Lara einen entschuldigenden Blick zuwarf. Immerhin hatte sie es versucht.

«Und wenn ich das hier richtig interpretiere», wandte der Kommissar sich wieder an Lara, wobei er sich – die Unterarme auf dem Tisch – weit zu ihr rüberbeugte, «dann wolltet ihr am Montag los. Ich muss dich deshalb jetzt fragen: Wo warst du in der Nacht von Sonntag auf Montag?»

Lara saß wie erstarrt da. Das hatte sie bisher nur in Filmen gesehen, wie ein Bulle jemanden in die Enge trieb. Sie hatte nichts getan, und doch fühlte sie sich schuldig.

«Also?», hakte er nach.

«Zu Hause», murmelte sie. Sie würde diesem Bullen ganz sicher nichts erzählen.

«Herr Paulsen, können Sie das bestätigen?»

«Nein», sagte der. «Lara kann sich nachts schon aus dem Haus geschlichen haben. Wäre ja anscheinend nicht das erste Mal, wie ich gerade erfahren musste.» Sein Tonfall war beherrscht, hatte aber auch dieses Messerscharfe, das sie so gut kannte. Lara spürte seinen Zorn, wusste, dass er ihn später an ihr auslassen würde.

Der Kommissar öffnete eine Bilddatei. Das Foto zeigte ein Holzboot mit Außenborder. «Kommt das Boot eventuell von Ihrer Werft, Herr Paulsen?»

«Das? So ein Schrott. Nee.» Ihr Vater zog verächtlich die Brauen hoch. «So 'ne billige Allerweltsware finden Sie bei mir nicht. Das bekommen Sie im Baumarkt oder im Discounter.»

«Yasmin war mit dem Täter oder der Täterin in diesem Boot», sagte der Kommissar. «Es gab keine Kampfspuren. Wahrscheinlich ist sie freiwillig eingestiegen. Auf Kaltehofe, in Höhe der Autobahnbrücke. Sie wurde bewusstlos geschlagen, mit dem Anker von hinten auf den Kopf ...»

Den Rest hörte Lara nicht mehr. Sie krümmte sich, schmeckte Erbrochenes in ihrem Mund, schluckte es runter.

«Lara, hörst du mir zu?», fragte der Kommissar und sprach weiter.

Stopp. Sie wollte das nicht hören. Sie wollte das alles nicht hören! Aber sie brachte kein Wort heraus.

«Mal angenommen, ihr habt euch in der besagten Nacht getroffen», sagte er weiter. «Und Yasmin hat dir verkündet, dass sie doch nicht mit dir abhaut. Vielleicht sogar, dass sie dich nicht mehr liebt. Und du bist wütend geworden.»

Lara schüttelte hektisch den Kopf. Was für eine Idee! Sie hatte Yasmin nicht umgebracht. Sie hatte sie geliebt. «Ich hab sie angerufen. In der Nacht. Immer wieder. Sie ist nicht rangegangen.»

«Das haben wir in den Anrufverläufen gesehen. Aber Anrufe sind kein Alibi. Das kann auch Ablenkung deinerseits gewesen sein», sagte der Kommissar. «Yasmin hatte nicht einmal eine Reisetasche dabei, als sie zu Hause weg ist. Und du bist früher in der Schule auch mehrmals wegen Aggressivität auffällig geworden.»

Er suchte etwas in seinem Laptop heraus. «Hier: Nasenbruch, Prellungen ... Deine Mitschüler haben ganz schön einen abbekommen.»

Lara presste die Lippen aufeinander. *Die hatten das verdient! Aber doch nicht Yasmin.*

«Und du kannst doch sicher ein Boot steuern, oder nicht?», sagte der Kommissar noch.

«Ich habe Yasmin nicht umgebracht», stieß Lara hervor.

«Wenn nicht du, wer dann? Hatte Yasmin Feinde?»

«Nein», murmelte Lara. Yasmin war immer zu allen freundlich gewesen, die Leute mochten sie, egal, wo sie auftauchte, ganz anders als sie selbst, die immer misstrauisch beäugt wurde.

«Vielleicht einen Ex oder *eine* Ex», schlug der Kommissar vor. «Hat sie mal jemanden erwähnt, mit dem sie Streit hatte? Oder vor dem sie Angst hatte?»

Lara deutete ein Kopfschütteln an.

«Vielleicht ihr Vater? Weil er eure Beziehung nicht akzeptierte?»

Woher sollte sie das wissen? Aber irgendwas musste sie diesem Kommissar an die Hand geben. Sonst würde er sie nie in Ruhe lassen.

«Ihr Cousin», sagte sie.

«Yasmin hatte Angst vor ihrem Cousin? Tarek Boustani?»

Lara nickte. «Sie fand ihn spooky.»

Als sie den Vernehmungsraum verließen, konnte Lara kaum laufen. Ihre Knie waren weich, sie zitterte. *Mit einem Anker auf den Kopf geschlagen.*

«Ich muss pissen», sagte ihr Vater grob, jetzt wo sie alleine waren, und verschwand in den Toiletten am Ende des Gangs.

Lara wartete, starrte auf den Boden. Ein grauer Teppichboden mit winzigen weißen Pünktchen. Sie wollte wegrennen, abhauen, aber wohin sollte sie? Die würden sie nur zurückholen. Die dachten doch, sie sei eine Mörderin.

«Lara!» Meyra eilte auf sie zu. «Es tut mir so leid, wie das eben gelaufen ist. Mein Chef ist ...» Sie suchte nach Worten «Er meint es nicht so, er ist nur eben nicht besonders einfühlsam.»

Lara presste den Mund zusammen.

«Aber er wird alles tun, um Yasmins Tod aufzuklären», fügte Meyra hinzu, griff nach Laras Hand und drückte sie einmal kurz und fest. «Wir werden alles tun. Versprochen.»

Die Tränen, die Lara die ganze Zeit zurückgehalten hatte, schossen ihr in die Augen.

«Kannst du vielleicht bei Freunden unterkommen, wenn es zu Hause Stress gibt?», fragte Meyra. «Wegen Amsterdam und wegen deinem, wie soll man es nennen, *Outing*? Dein Vater sah ja nicht so aus, als hätte er es gewusst.»

Lara schüttelte den Kopf. Sie hatte keine Freunde, bei denen sie unterkommen konnte. Niemanden, der eng genug war. Nicht mal Mirko kam da infrage. Außerdem hasste Lara es, um etwas zu bitten. Das machte nur abhängig. Sie war immer eine Einzelgängerin gewesen. Bis Yasmin kam.

Meyra zog eine Visitenkarte aus ihrer Hosentasche und hielt sie Lara hin. «Wenn du mal reden möchtest. Oder Hilfe brauchst. Du kannst mich immer anrufen.»

Lara zögerte, schüttelte dann aber den Kopf. Diese Meyra war nett, aber letztlich war sie auch nur eine Polizistin.

28. BETTE

Um kurz nach drei am Freitagnachmittag war Bette wieder im Präsidium und drückte die Tür zum Morddezernat auf. Während sie am Morgen bei Bauer Jansen Biokisten gepackt hatte, war ihr eines klar geworden: Sie musste noch einmal mit Thorben sprechen. Er musste wissen, dass der Tiefergrund nicht zum ersten Mal Ort einer Ermittlung war. Sie hätte Thorben anrufen können, aber sie wollte sichergehen, dass er ihr auch wirklich zuhörte. Und dafür musste sie ihm gegenüberstehen.

Im Gang empfing sie der vertraute Duft von Kaffee, allerdings hörte sie weder Stimmen, noch lief irgendwo ein Radio. Eine Stille, die Bette verriet, dass alle konzentriert arbeiteten oder unterwegs waren. Anders als im Film, wo immer Hektik ausbrach, wenn eine Ermittlung auf Hochtouren lief, war es ihrer Erfahrung nach im wahren Leben genau andersherum. Eine fast gespenstische Ruhe legte sich über alles.

Auf dem Weg zu Thorbens Büro entdeckte sie Chrischen am Kopierer.

«Hey», sagte sie.

Er sah sie mit gerunzelter Stirn an. «Was machst du denn hier?»

«Ich muss mit MT sprechen.»

«Na, viel Spaß. Der ist immer noch sauer.» Chrischen klang knurrig.

«Ja, kann ich mir denken.»

«Mich hat er von dem Fall abgezogen.»

«Schiet», sagte Bette. «Das tut mir leid.»

«Halb so schlimm. Ich hab jetzt einen Vermisstenfall auf dem Tisch. Da hab ich zumindest meine Ruhe vor MT.»

«Wie – einen Vermisstenfall? Hat MT dich gleich in ein anderes Dezernat versetzt?»

«Nur vorübergehend. Ein Werber aus Blankenese ist verschwunden. Die üblichen Probleme: Schulden, überspannte Ehefrau, eine Geliebte, die Druck macht, dass er sich scheiden lässt ... Wenn du mich fragst: Der ist irgendwo im Süden und macht es sich nett. Am Samstag hat er seinen BMW noch in Moorfleet vollgetankt, kurz vor der Autobahnauffahrt.»

«Entschuldige, aber ... kannst du mir die Details wann anders erzählen?», bat Bette, der dafür gerade die Konzentration fehlte.

«Jaja, würg mich nur ab», sagte Chrischen trocken, aber nicht wirklich böse.

Die Tür zu Thorbens Büro war nur angelehnt, und Bette vernahm das Klackern einer Tastatur. Sie klopfte und wartete ausnahmsweise mal auf sein «Herein», bevor sie eintrat.

Thorben, der am Schreibtisch saß, sah sie konsterniert an. «Frau Hansen? Sie schon wieder?»

Höflichkeit war auch nicht gerade seine Stärke. Bette zwang sich dennoch zu einem Lächeln. «Haben Sie ein paar Minuten?»

Er sah demonstrativ auf die Uhr. «Aber wirklich nur ein paar Minuten.»

Sie setzte sich ihm gegenüber an den Schreibtisch. «Ich möchte mich wegen gestern bei Ihnen entschuldigen. Ich hätte nicht da draußen sein dürfen.»

Er trommelte ungeduldig mit den Fingern auf die Tischplatte und sagte kühl: «Sie sind doch nicht gekommen, um zu Kreuze zu kriechen.»

Nein, war sie nicht, und sie musste auch nicht lange drum herumreden. «Es geht um den Tiefergrund.»

Er sah sie an, zog fragend die Brauen hoch.

«Der Uferabschnitt unter der Autobahnbrücke», schob sie erklärend hinterher. «Bei uns draußen nennen alle ihn den Tiefergrund.»

«Da, wo ich Sie gestern gefunden habe?»

«Genau da. Haben Sie den Regenauslass gesehen?»

«War ja nicht zu übersehen.» Jetzt zuckte ein amüsiertes Lächeln um seine Mundwinkel. «Sie lagen direkt davor.»

Ja, danke, nett, dass Sie das noch mal erwähnen. «Im November 1986 ist dort ein Mädchen in Yasmins Alter umgekommen. Anna Lehmkuhl. Sie wurde entführt und in dem Regenauslass eingesperrt. Es gab eine Sturmflut, und der Fluss hat von außen in das Rohr gedrückt. Sie hatte keine Chance.»

«Tragisch», sagte Thorben und trommelte weiter auf dem Tisch herum. Bette hätte ihm am liebsten auf die Finger geschlagen.

«Ich möchte Ihnen nicht reinreden», sagte sie. «Aber ich denke, Sie sollten sich die alte Ermittlungsakte noch mal ansehen. Es gibt da Übereinstimmungen. Gestern lag vor dem Rohr eine Gürtelschnalle. Und Annas Hände waren zum Zeitpunkt ihres Todes mit einem Gürtel gefesselt.» Glaubte sie zumindest, behielt ihren Zweifel aber für sich.

«Meinen Sie nicht, dass das etwas weit hergeholt ist?», warf Thorben ein.

«Der Gürtel könnte ein Muster sein», konterte Bette und dachte zugleich, dass das wirklich nicht sehr plausibel klang. Sie brauchte bessere Argumente, um Thorben zu überzeugen, also erzählte sie ihm detailliert von der Entführung. Als sie Helen Hallak erwähnte, die damals noch Helen Rieke hieß, hörte Thorben endlich mit seinem Getrommel auf.

«Yasmins Mutter ist auch entführt worden?», fragte er nun doch interessiert nach.

«Nein, wie ich eben sagte, Helen konnte entkommen.»

«Aber sie war dabei?», hakte er nach.

«Ja.»

Thorben nickte nachdenklich. «Ich werde mir die Akte kommen lassen.»

«Gut», sagte Bette. Ihren Gedanken dazu, warum Yasmin im Tiefergrund gewesen sein könnte, dass es etwas mit der Suche nach der Vergangenheit ihrer Mutter zu tun haben könnte, behielt sie erst einmal für sich. Und auch, dass Daniel auf der Paulsenwerft arbeitete, sagte sie Thorben nicht. Darauf würde er schon selbst kommen, wenn er sich die Akte vornahm. Sie wollte ihm Raum für seine eigenen Theorien geben. Sonst würde er nur gleich wieder dagegenhalten. Dafür brannte ihr seit ihrem Telefonat mit Helen am Morgen eine ganz andere Frage auf der Zunge: «Ich habe gehört, Sie haben Amar Hallak vernommen. Hatten Sie dafür einen konkreten Anhaltspunkt?»

«Er ist der Vater.»

«Das ist kein Anhaltspunkt.»

«Wie Sie wissen, geschehen Morde statistisch gesehen meist im engen familiären Umfeld. Außerdem hat sich herausgestellt, dass Yasmin in einer homosexuellen Beziehung zu dieser Lara Paulsen stand. Und dass die beiden nach Amsterdam abhauen wollten.»

Daher wehte also der Wind. Deshalb hatten sie Helen gefragt, ob Yasmin lesbisch gewesen war und aus Hamburg wegwollte. «Natürlich», sagte Bette. «Und da kommen Sie ganz automatisch auf den Vater als Mörder.»

«Wie schon gesagt, wir ermitteln in alle Richtungen», verteidigte Thorben sich.

«Meinen Sie jetzt in Richtung Ehrenmord?»

Thorben rutschte auf seinem Stuhl herum, er schien sich nicht ganz wohl in seiner Haut zu fühlen. «Wir müssen alle Möglichkeiten in Betracht ziehen.»

Helen hatte also recht gehabt. Ihr Mann war auf der Verdachtsliste, weil er aus dem arabischen Kulturkreis stammte.

«Wie wäre es, Sie unterstützen uns in dieser Sache ein bisschen», sagte Thorben.

«Wie jetzt?» Bette meinte, nicht richtig gehört zu haben. «Bei Ihrer Theorie mit dem Ehrenmord?»

Thorben stöhnte leise auf. «Nein. Bei *Ihrer* Theorie mit dem Tiefergrund. Ich lasse Ihnen eine Kopie der alten Akte machen. Sie kommen doch aus Ochsenwerder. Sie kennen die Namen, die in der Akte auftauchen. Vielleicht fällt Ihnen etwas auf, das uns entgehen würde.»

Bette war sprachlos. Hatte sie es wirklich geschafft, ihn zu überzeugen, dass der Tiefergrund eine Spur sein könnte? Oder wollte er sie einfach nur beschäftigen, um sie sich vom Hals zu schaffen? Letztlich konnte es ihr gleich sein. Sie würde die Akte bekommen. Und konnte ermitteln, oder sich zumindest ein bisschen umhören, und das ganz offiziell.

«Legal ist das vermutlich nicht», wandte sie dennoch ein.

«Wen interessiert's?» Thorben schob die Lippen vor und zuckte mit den Schultern. «Falls Sie auf etwas stoßen, dann finden wir eine Lösung, wie wir es legal machen. Und wenn nicht, bekommen es die juristischen Fachidioten da oben gar nicht mit.»

Bette musste schmunzeln und spürte dieses Kribbeln in ihren Fingern, von dem sie wusste, dass es sich erst auflösen würde, wenn der Fall abgeschlossen war.

29. LARA

In dieser Nacht verkroch Lara sich im Pfahlhaus. Sie legte sich ins Bett, rollte sich zusammen, vergrub ihr Gesicht in Yasmins türkisfarbenem Wollpulli. Einem der Pullis, die Yasmin für Amsterdam eingepackt hatte. Sie sog den vertrauten Geruch ein, schloss die Augen in dem hoffnungslosen Versuch, alles ungeschehen zu machen, aufzuwachen und festzustellen, dass es nur ein böser Traum gewesen war.

Vorhin, auf der Rückfahrt vom Präsidium, hatte sie sich nur noch in Luft auflösen wollen. Warum nur ließ sie sich immer von Neuem so von ihrem Vater verletzen? Warum schaffte sie es nicht, ihn einfach zu ignorieren? Würde er sie doch einfach schlagen, verprügeln – es wäre alles erträglicher als diese Kälte, mit der er sie strafte. Wie er ihr mit einigen wenigen Worten klarmachte, wie sehr er sie verachtete. Er musste ihr keine Schimpfwörter an den Kopf werfen. Allein die Art, wie er *Lesbe* aussprach, reichte. Er spie ihr das Wort regelrecht vor die Füße.

Lara hatte immer alleine dagestanden. Die Zeit mit Yasmin war da nur eine kurze Ausnahme gewesen. Aber erst jetzt, wo sie weg war, wurde ihr das so richtig bewusst. Der Verlust hatte ihr den Boden unter den Füßen weggerissen, ein Sog, der sie mit sich zog. Ins Nichts.

Vom vielen Weinen erschöpft, schlief sie irgendwann ein. Als sie in der Nacht einmal kurz zu sich kam, lag Leo neben ihr, sie hatte ihn diesmal gar nicht kommen hören. Er schlief, wie immer mit dem Daumen im Mund. Sie rutschte näher an ihn heran, legte ihre Hand auf seinen Arm. Meist nervte es sie, dass er ihr dauernd hinterherdackelte, jetzt war sie froh, dass er da war. Zumindest einer.

30. BETTE

Gestern hatte Bette sich gleich nach ihrer Rückkehr die Ermittlungsakte «Anna Lehmkuhl und Daniel Tjaben» vorgenommen. Mit Tylers Hilfe hatte sie im Wohnzimmer Sofa und Sessel vor die Wand geschoben und allen Kleinkram, der unnütz war, rausgeschafft. Sie brauchte Platz, um sich einen Überblick zu verschaffen. Die Kopien der Ermittlungsakte hatte sie, so gut es ging, geordnet und das Wichtigste auf dem Boden ausgelegt. Trotzdem, mittlerweile war Samstagmittag, und sie hatte noch immer nicht alles durchgesehen. Sie nahm ein Blatt nach dem anderen auf und las, wobei sie im Zimmer auf und ab ging, um ja nicht einzuschlafen. Lesen gehörte wie das Autofahren zu den monotonen Beschäftigungen – zumindest körperlich –, bei denen Bette sich immer nur schwer wachhalten konnte. Das Herumlaufen war daher einer ihrer kleinen Kniffe, um die Narkolepsie auszutricksen, was mal mehr und mal weniger gut funktionierte. Ihr Schlafrhythmus war momentan wegen ihres unregelmäßigen Tagesablaufs, den die Ereignisse der letzten Tage mit sich gebracht hatten, sowieso völlig durcheinander.

Was den Gürtel betraf, hatte ihre Erinnerung sie nicht getrogen: Als die Polizei Anna im Tiefergrund gefunden hatte, waren ihre Hände mit einem Gürtel hinter dem Rücken gefesselt gewesen. Ein brauner abgegriffener Ledergürtel, markenlos, die Sorte, wie sie ein Schuster herstellte. Der Schnalle nach zu urteilen Billigware. Und er war abgegriffen gewesen, woraus man schließen konnte, dass die Männer das benutzt haben, was sie gerade zur Hand hatten. Einen Gürtel aus ihrer Hose. Planung sah anderes aus. Genau wie bei Yasmins Tod, auch der wirkte wenig geplant.

Das Leder hatte Anna in die Gelenke geschnitten. Die Furchen waren blutig, teils schon schorfig gewesen. Handschriftlich hatte der Rechtsmediziner, ein gewisser Dr. Quarle, an den Bette sich nur entfernt erinnerte, vermerkt: *Wahrscheinlich seit Tag 1 der Entführung gefesselt.*

An Tag 4 hatten sie Anna gefunden.

Ein rechtsmedizinisches Gutachten zu Daniel lag der Akte nicht bei, was Bette etwas wunderte. Aber vielleicht hatte man derartige Untersuchungen in den Achtzigern noch nicht zwangsläufig durchgeführt. Genauso wenig wie man Opfern von Entführungen automatisch Psychologen an die Seite stellte. Auch das war erst später die Norm geworden.

Wie es Daniel wohl heute ging? Er hatte eine Familie und einen Job, ja, nach außen sah alles gut aus. Aber wie ging es ihm wirklich? Sie würde mit ihm reden müssen, das war ihr klar. Wenn ihr jemand weiterhelfen konnte, dann er. Aber sie schreckte davor zurück. So viele Jahre hatte sie sich nicht bei ihm blicken lassen. Hatte die Gedanken an ihn und Anna von sich geschoben und ihr schlechtes Gewissen einfach ausgeblendet. Gegenüber Anna, weil sie nichts für sie hatte tun können. Und gegenüber Daniel, weil sie nach der Entführung nicht für ihn da gewesen war. Letzteres war genau genommen noch viel schlimmer. Denn da hätte sie, anders als bei Anna, nun wirklich die Möglichkeit gehabt, etwas zu tun. Hatte sie aber nicht. Genau wie Helen hatte sie sich umgedreht und weggeschaut.

Bette trat ans Fenster und sah hinaus, über die Wiese hinter ihrem Haus und die Äcker dahinter. Der Himmel war von schweren dunklen Wolken verhangen. Bette fühlte eine unendliche Traurigkeit in sich aufsteigen.

In Annas Obduktionsbericht stand, dass sie vergewaltigt worden war.

Das hatte Bette nicht gewusst.

Als Auszubildende war sie nicht in die Details der Ermittlung eingebunden gewesen, aber auch in Ochsenwerder hatte sie niemals jemanden darüber sprechen gehört. Wie konnte das sein? Hatte die Polizei diese Information nicht rausgegeben? Oder war es einfach von allen totgeschwiegen worden? Vielleicht weil sich nach Annas Ermordung niemand auch noch mit dem Gedanken an eine Vergewaltigung plagen wollte.

Anna hatte Hämatome gehabt, an den Armen, Beinen, im Gesicht, am Leib. Außerdem Brandwunden von Zigaretten auf Armen und Brüsten. Zum Todeszeitpunkt war der Heilungsprozess bereits fortgeschritten. Dem Rechtsmediziner zufolge waren ihr Hämatome wie auch Brandwunden drei bis vier Tage zuvor zugefügt worden, zumindest die meisten davon. Was genau genommen hieß: ziemlich direkt nach der Entführung aus der Lagerhalle.

«Kann ich irgendwie helfen?», fragte Tyler und riss Bette aus ihren Gedanken.

Sie drehte sich zu ihm um, ließ ihren Blick über die Papierstapel auf dem Boden wandern, schüttelte den Kopf.

Tyler bückte sich und griff nach einem Foto. «Ist das Anna?»

«Ja. Das ist das Foto, mit dem nach ihr gefahndet wurde.» Anna, wie sie schüchtern in die Kamera lächelte. Die blonden Haare zu einem Bob geschnitten, eine rote, fast noch kindliche Spange, die die Haare aus dem Gesicht hielt.

«Und sie war wirklich eine Freundin von meinem Vater?»

«Eine gute Freundin sogar.»

«Ich kann mir meinen Vater überhaupt nicht mit Freunden vorstellen. Er geht mal auf ein Bier, wenn der HSV spielt, aber das war's dann auch schon. Ich meine, der lässt doch niemanden an sich ran.»

Bette betrachtete Tyler, der immer noch auf das Foto in seiner Hand schaute. Wie kam es, dass man manchmal so wenig über die Menschen wusste, die man eigentlich liebte?

«Erik war mal anders», sagte sie. «Er war immer schon cholerisch und irgendwie anstrengend, aber er war auch zuverlässig, ein guter Freund. Zumindest bis zur Entführung. Danach ist seine Clique auseinandergebrochen.»

«Dann waren das ja wohl kaum richtige Freundschaften», sagte Tyler in kühlem Tonfall, legte das Foto zurück an seinen Platz und ging ohne ein weiteres Wort in die Küche. Bette hörte ihn an der Kaffeemaschine herumhantieren. Sie müsste Tyler und Erik zu einem Gespräch zusammenbringen. Erik war sicherlich nicht der einfühlsamste Vater, aber manchmal war Tyler auch hart. Sie nahm ihre leere Tasse und brachte sie ihm, damit er sie auffüllte.

Sie könnte die Ermittlung als Vorwand nehmen, ihn zu Erik zu schicken. So beiläufig wie möglich sagte sie: «Könntest du nicht mit deinem Vater mal über die Entführung sprechen? Ich bräuchte ein paar Informationen zu ...» *Ja, wozu eigentlich?*

«Vergiss es», sagte Tyler.

Klar, so einfach funktionierte das nicht. Wie dumm von ihr. Sie sah ihn an. Er hatte wirklich viel von seiner Mutter, die schmalen Glieder, das hübsche Gesicht, aber den Starrsinn, den er gerade an den Tag legte, den hatte er von Erik.

«Würdest du dann stattdessen zur Paulsenwerft fahren und doch noch mal mit Lara sprechen?», bat sie.

«Okay.» So lang gezogen, wie er das aussprach, klang er sehr skeptisch, ob das funktionieren würde.

«Mit dir redet sie eher als mit mir», schob Bette hinterher. «Ich muss wissen, ob Yasmin etwas über den Tiefergrund wusste und die Entführung damals, in die ihre Mutter verwickelt war.» Irgendwo musste es doch eine Verbindung geben. «Und ob Yasmin und Daniel sich kannten.»

Bette hatte sich eine halbe Stunde hingelegt, und als sie aufstand, fand sie am Kühlschrank eine Nachricht von Tyler: *Muss kurz in die Stadt, fahre danach auf die Werft.* Anton hatte er mitgenommen. Also ging Bette alleine rüber zu Tante Lore, ein Weg von etwa zwanzig Minuten.

Den Rücken vom Alter gebeugt, stand Lore in Blümchenkittel und Gummistiefeln und mit einem Eimer Essensresten hinter dem Haus – ein Hufnerhaus mit weiß getünchtem Fachwerk, in dessen Giebel das Baujahr 1835 eingemeißelt war. Um ihre Beine wuselten kleine weiße Hühner und die beiden Bunten Deutschen Schweine, die Lore noch hielt. Die letzten Überbleibsel ihrer einstigen Viehzucht.

«Moin, Bettchen.» Ein Lachen breitete sich auf ihrem faltigen Gesicht aus, und Bette dachte, dass es schöner war als das vieler junger Frauen. Lores Augen strahlten eine Wärme aus, die Bette immer schon angezogen hatte. Lore war eine, der man sich anvertraute. Wenn jemandem damals etwas über die Entführung zu Ohren gekommen war, das unter den Tisch hatte gekehrt werden sollen, wie vielleicht die Vergewaltigung, dann ihr.

«Hätt ich gewusst, dass du kommst», sagte Lore, «hätt ich was vorbereitet. Frankfurter Kranz hab ich jetzt leider nicht da. Aber ich kann schnell Streuselkuchen auftauen.»

«Lass mal.»

«Ach, nix da.» Lore warf den Schweinen noch zwei Handvoll Kohlblätter hin, dann ging sie mit dem Eimer zur ehemaligen Scheune rüber, in der, wie Bette wusste, die Tiefkühltruhen standen.

Kurz darauf saßen sie in Lores Küche – Gardinen aus Plauener Spitze, Tischdecke mit Blümchenstickerei, Blumentöpfe mit Stiefmütterchen zwischen den Scheiben der Kastenfenster. Lore hatte den Kuchen in den Ofen geschoben. «Aufgebacken schmeckt er sowieso am besten», sagte sie.

Während die schwarze Hauskatze sich auf ihrem Schoß räkelte, erzählte Bette, was sie aus der Ermittlungsakte erfahren hatte, und fragte Lore nach ihren Erinnerungen an den Herbst 1986. Auch nach der Vergewaltigung.

«Du warst da ja schon nicht mehr in Ochsenwerder», sagte Lore. «Das mit der Vergewaltigung war kein Geheimnis. Aber niemand hat groß drüber gesprochen.»

«Wieso nicht?»

«Es hätte nichts mehr geändert. Und ...» An ihrem unfokussierten Blick konnte Bette erkennen, dass Lore mit ihren Gedanken in den Jahren zurückging. «Es war alles schon schlimm genug für Annas Eltern, da hatten sie Gerede über die Vergewaltigung nicht auch noch verdient.»

Bette gab ein ungläubiges Murren von sich. Für so sensibel hielt sie die Tratschweiber im Ort eigentlich nicht. Nicht heute und nicht damals. Gleichzeitig war Annas Familie eine der alteingesessenen und zudem sehr wohlhabenden Bauernfamilien gewesen. Vielleicht war deshalb etwas mehr Bedacht im Spiel gewesen.

«Es war wirklich alles eine Tragödie», sagte Lore. «Auch was danach kam.»

Bette konnte dem nur zustimmen. Kurz nach Annas Tod war ihr Vater tödlich mit dem Auto verunglückt. Er, der zuvor kaum je getrunken hatte, war hoch alkoholisiert gefahren, und man hatte von Glück reden können, dass sonst niemand zu Schaden gekommen war. Nur wenig später hatte Annas Mutter Selbstmord begangen.

«In der Ermittlungsakte stand nicht viel zu Daniel», sagte Bette. «Ist ihm dasselbe zugestoßen wie Anna?»

«Du meinst, ob diese Männer sich auch an ihm vergangen haben?» Lore dachte darüber nach, schüttelte dann den Kopf. «Das wäre mir neu.»

«Weißt du, wie es ihm nach der Entführung ergangen ist? Ich meine, Helen hat mit Ochsenwerder gebrochen, und Daniel ist immer noch hier.»

«Er ist nicht mehr in Ochsenwerder. Er wohnt drüben in Moorfleet.»

«Na ja, die paar Kilometer. Er ist auf jeden Fall in der Gegend geblieben.»

«Seine Großmutter war eine zänkische, fast bösartige Frau, ich glaube nicht, dass sie ihn mal in den Arm genommen hat. Und sein Vater war immer auf See, und wenn er da war, hat er gesoffen.»

«Daniel stand also alleine da.»

«Ich fürchte, so war das.» Lore nickte betrübt. «Ich hab dem Jungen gesagt, dass ich immer da bin. Wenn er mag. Hab gesagt, wenn du reden willst oder einfach jemanden brauchst, kannst immer kommen. Aber das ist er nicht. Und aufdrängen tu ich mich nicht.»

Bette fuhr sich mit der Hand über die Augen. «Wir haben alle versagt. Und damit meine ich seine Freunde, mich eingeschlossen. Wir hätten uns kümmern müssen. Stattdessen haben wir uns davongeschlichen. Bloß weg von dem Elend. Haben nur an uns selbst gedacht.»

Lore tätschelte Bette die Hand, sah sie jetzt mit einem fast mitleidigen Blick an. «Stimmt schon.»

«Wir waren jung, trotzdem ...»

«Jugend ist nicht immer eine Ausrede.»

Bette musste bei Lores Ehrlichkeit schlucken. «Ich trau mich gar nicht mehr zu ihm, nach all der Zeit.»

«Wenn du mehr über die Entführung wissen willst, musst du wohl mal mit ihm reden. Meinst du nicht?»

«Ich will keine alten Wunden aufreißen», hielt Bette dagegen.

«Manchmal ist das gar nicht das Schlechteste. Vor allem, wenn die Wunden nicht richtig verheilt sind. Dann kann der Eiter abfließen.»

Puh. Was für ein Bild. Bette wurde ganz elend zumute, jetzt graute es ihr noch mehr davor, mit Daniel zu sprechen.

31. LARA

Der Wind trieb schwere Wolkenberge vor sich her. Am Horizont zuckte Wetterleuchten. Lange würde es nicht mehr dauern, bis der Regen losbrach. Lara kniete am Anleger und rollte die Seile auf, die schon wieder überall herumlagen. Leo half ihr.

«Lara!», brüllte ihr Vater, der dem halligen Klang nach zu urteilen in der Werkshalle war.

Was wollte er jetzt wieder? Sie war es ja gewohnt, dass er sie rumkommandierte, aber seit ihrem Besuch auf dem Präsidium gestern war es noch schlimmer. Er war noch eisiger, noch bösartiger.

Genau wie sie befürchtet hatte. Sie hatte schon gewusst, warum sie ihre Liebe zu Yasmin verheimlicht hatte. Warum sie beide es verheimlichen mussten. Wegen ihm! Weil er niemals Verständnis für ihre Beziehung aufbringen würde. Sollten die anderen doch tun und lassen was sie wollten. Aber seine Tochter eine Lesbe. Unvorstellbar. Absolut inakzeptabel.

Heute wären Yasmin und sie den sechsten Tag in Amsterdam gewesen.

«Lara!», schrie er noch einmal. Leo schaute ängstlich auf, aber Lara ignorierte das Gebrüll, versuchte, es an sich abprallen zu lassen, und rollte den Rest eines gelben 30-mm-Seils auf. Nicht weil sie mit einem Mal mutig war, denn das war sie nicht, wenn es um ihren Vater ging, sondern weil ihr einfach die Kraft fehlte. Ihre Glieder taten weh, ihr Körper fühlte sich an, als habe ein Trecker ihn überrollt.

Vielleicht wurde sie jetzt wie ihre Mutter. Leer.

Einmal noch schrie ihr Vater, dann gab er auf. Er hatte wohl keine Lust herunterzukommen, um nach ihr zu suchen. Dafür hörte Lara einen Wagen oben am Tor über den Kies fahren, und kurz darauf sah sie Tyler, der suchend zwischen den Booten herumlief.

Der jetzt nicht auch noch. «Blöder Spitzel», murmelte Lara. Erst nett tun und sie dann verpfeifen. Er musste es gewesen sein, der die Polizei auf sie angesetzt hatte. Oder diese Bette Hansen, mit der er hier gewesen war. Nur von ihnen konnte dieser Kommissar erfahren haben, dass sie mit Yasmin befreundet war. Mirko hatte dem sicherlich nichts gesagt. Mit denen wollte Mirko garantiert nichts zu tun haben.

«Lenk ihn ab», flüsterte sie Leo zu und huschte hinter den Schiffscontainer, der seitlich neben dem Anleger stand und als zusätzlicher Schuppen diente.

Schritte näherten sich. «Hi», hörte sie Tyler sagen. «Weißt du, wo Lara ist?»

Schweigen. Die Schuhe ihres Bruders schabten über den sandigen Boden, wie immer, wenn er nicht weiterwusste: erst mal mit den Füßen scharren.

«Ich wollte nur kurz mit ihr reden», schob Tyler hinterher.

Sie presste sich enger an die Containerwand und hoffte, ihr heftiger Atem würde sie nicht verraten.

Bitte, Leo, schick ihn weg.

Gänse flogen über ihr, schnatternd, die Hälse weit vorgestreckt.

Die Schritte bewegten sich wieder, kamen noch ein Stück näher, waren schon fast am Container, als Leo schließlich hervorstieß: «In der Werkstatt.»

Danke, Leo, danke.

Wieder hörte Lara Schritte und schaute vorsichtig um die Ecke. Tyler und Leo gingen gemeinsam hoch zum Werfthof, und es war nicht zu übersehen, dass Tyler sich um ein Gespräch bemühte. Den Blick auf Leo gerichtet, mit den Händen gestikulierend. Jetzt würde er Leo ausfragen. Aber sollte er doch. Solange er sie in Ruhe ließ.

Sie rannte los, wobei ihre schweren Boots viel zu laut auf den Boden schlugen. Erschrocken sah sie sich um. Tyler hatte sie auch gehört, er war stehen geblieben, keine 30 Meter von ihr entfernt, und sah sie mit fragend erhobenen Händen an. Sie zeigte ihm den Mittelfinger, rannte weiter, bloß weg jetzt. Hektisch zerrte sie den lädierten Maschendrahtzaun beiseite, der hier unten um die Werft gezogen war, zwängte sich durch die Lücke und hielt auf die Baumreihe ein Stück abseits der Werft zu: hohe Silberweiden, die Wurzeln schon halb im Fluss. Noch mal sah sie sich um. Tyler war ihr nicht gefolgt, hatte wohl kapiert, dass sie nicht mit ihm reden wollte.

Im Schutz der Bäume lief sie am Ufer entlang, Wellen klatschten auf den Sand, der hier hell war wie an einem Meeresstrand. Gleich würde der Regen losgehen. Sie konnte ihn schon riechen. Das satte Nass, das in der Luft hing. Sie hielt Ausschau nach einem Boot. Irgendwo lagen immer Boote, nur mit dem Bug aufs Trockene gezogen und nachlässig an morschen Stämmen vertäut. Sommers wie winters. Sie gehörten Anglern, die nur sporadisch kamen, wenn das Wetter guten Fang versprach. Vielleicht war auch das Boot, von dem Yasmin gestoßen worden war, so ein Anglerboot gewesen. Bis seinem Besitzer auffiel, dass es weg war, konnte eine Ewigkeit vergehen. Und wahrscheinlich dachte der dann auch nur, die

Flut hätte es weggerissen, und meldete es nicht, aus Angst, eine Strafe zahlen zu müssen. Von wegen gefährliches Treibgut. Ob dieser Kommissar so was wusste? Sicher hatte er keine Ahnung von Booten oder von der Elbe. Das hatten die wenigsten. Aber wenn er es wüsste, würde es auch nichts ändern. Ein gestohlenes Boot würde ihn nicht zum Mörder führen. Und selbst wenn er den Mörder fasste – Yasmin war tot.

Festgemacht an einem ausgebrannten Baumstumpf fand Lara gleich zwei Boote. Sie entschied sich für das mit Metallrumpf und Außenborder, kontrollierte, ob Benzin im Tank war, und schob es ins Wasser. Es war kein guter Tag, um auf den Fluss zu fahren. Nicht bei dem unruhigen Wasser, dem Gewitterhimmel und der Windrichtung. Das Bootsfahren hatte sie sich selbst beigebracht, schon als kleines Kind hatte sie sich hier draußen ausprobiert, und sie wusste, bei diesem Wetter konnte der kleinste Fehler ihr Boot zum Kentern bringen. Trotzdem sprang sie hinein und startete den Motor. Es war ihr egal. Ihr war alles egal. Es würde schon gut gehen, und wenn nicht, dann eben nicht.

Sie fuhr nah am Ufer entlang, ein Stück stromaufwärts, drehte dann quer und lenkte geradewegs in die Strömung. Norder- und Süderelbe waren hier eins, ein großer Hauptstrom, so breit, dass das andere Ufer eine Welt entfernt schien. Wellen schlugen seitlich gegen den Rumpf, und sie beschleunigte, bis sich der Bug aus dem Wasser hob. Die Gischt spritzte ihr ins Gesicht, der Wind trieb ihr Tränen in die Augen. Eine Möwe flog neben ihr her. Für einen Moment glitt sie so niedrig durch die Luft, dass ihre Krallen über die Wasseroberfläche strichen.

Die Wolken ließen jetzt kein Licht mehr durch, die Elbe erschien noch schwärzer, als sie es sowieso immer war. Der

Rumpf schlug hart auf die Wellen. Und dann brach der Regen los, prasselte so heftig auf Lara nieder, dass es wehtat. Sie trug nur ihren Troyer über der Jeans und war sofort bis auf die Haut nass. Obwohl sie fror, jagte sie den Motor weiter hoch. Sie wollte die Kälte spüren, sich betäuben, den Schmerz in ihrem Inneren töten. Wellen rissen den Bug zur Seite, zerrten an der Pinne. Das Horn eines Frachters dröhnte dumpf, als sie viel zu nah vor dem Schiffsbug kreuzte. Sie schloss die Augen, ein Zittern durchlief ihren Körper. Dann warf sie den Kopf in den Nacken und schrie. Ein einziger nicht enden wollender Schrei.

32. BETTE

Am nächsten Morgen wachte Bette mit dem Gedanken auf, dass sie es nicht länger hinausschieben konnte, mit Daniel zu sprechen. Mal angenommen, er hatte Yasmin auf der Paulsenwerft kennengelernt, wovon fast auszugehen war, wenn sie Lara öfter besucht und dort ausgeholfen hatte – vielleicht hatte er mit ihr über Helen gesprochen und über das, was 1986 vorgefallen war. Dann hatte er vielleicht eine Idee oder zumindest eine Ahnung davon, wieso Yasmin im Tiefergrund in ein Boot gestiegen war. Und das ausgerechnet in der Nacht, in der sie doch eigentlich mit Lara nach Amsterdam gewollt hatte. Aus Lara war diesbezüglich erst mal nichts weiter rauszubekommen, hatte Tyler berichtet. Das Mädchen sei gestern vor ihm weggerannt, und ihr kleiner Bruder, den er stattdessen gelöchert habe, wisse nichts. Oder sage nichts. Tyler meinte, er sei genauso verstockt wie seine Schwester, habe immer nur mit den Schultern gezuckt oder den Kopf geschüttelt.

Aber es war nicht nur Yasmin, über die Bette mit Daniel sprechen wollte, sondern auch seine Entführung. Sie hatte gestern Abend die Ermittlungsakte noch einmal auf die Details durchgesehen, die Daniel betrafen, und ihr waren Widersprüche aufgefallen. Der Rechtsmediziner hatte ja notiert, dass Anna die Hämatome sowie die Brandwunden aller Wahrscheinlichkeit bereits drei bis vier Tage vor ihrem Tod zugefügt worden waren. Und da die Hämatome, wie er in einer Randnotiz auch festgehalten hatte, typisch waren für eine Vergewaltigung, war anzunehmen, dass Anna zeitnah nach der Entführung aus der Lagerhalle vergewaltigt worden war. Zu einem Zeitpunkt also, zu dem auch Daniel sich noch in der Gewalt dieser Entführer befunden hatte.

Daniel hatte ausgesagt, dass er nie von Anna getrennt worden war, bis die Männer ihn losschickten, um die Lösegeldforderung zu überbringen. Gleichzeitig hatte er verneint, irgendetwas von einer Vergewaltigung zu wissen.

Bette schloss die Augen, ließ seine Aussage noch einmal Revue passieren: *Die Männer haben uns auf dem Parkplatz der Lagerhalle in ihren Transporter gezerrt, einem weißen VW. Sie haben uns sofort zu dem Regenauslass gebracht. Unsere Augen waren verbunden. Erst als wir da waren, haben die uns die Binden abgenommen. Und dann gleich das Gitter zugesperrt. Aber auch dann konnten wir nicht sehen, wo wir waren. Vor dem Gitter war alles zugewuchert. Vergewaltigt haben sie Anna nicht. Nicht als ich dabei war.*

Das passte doch nicht.

Was nicht hieß, dass Daniel gelogen hatte. Zumindest nicht mutwillig. Er war neunzehn gewesen, ein Junge noch, und er musste nach zwei Tagen in diesem Regenrohr schwer traumatisiert gewesen sein. Da brachte man Dinge durcheinander oder verdrängte sie. Oder schaffte es einfach nicht, sie auszusprechen. Vielleicht war er auch selbst vergewaltigt worden, denn wie sie gestern ja schon festgestellt hatte: ein rechtsmedizinisches Gutachten zu Daniel fehlte.

Bette setzte sich auf und schwang ihre Beine über die Bettkante. So! Keine Ausreden mehr. Ende mit den Spekulationen. Sie musste mit Daniel reden, auch wenn sie noch nicht wusste, wo das hinführen sollte. Und was die Widersprüche in der alten Akte mit Yasmin zu tun haben könnten.

Natürlich konnte die Verbindung, die sie da zwischen den beiden Fällen zog, auch ein Zufall sein. Es gab sicher andere Möglichkeiten, was passiert sein konnte. Es gab immer andere Möglichkeiten. Aber um die musste Thorben sich kümmern. Bette würde der Spur der Vergangenheit folgen. Und wenn sie mit jemandem über die Vergangenheit sprechen wollte, dann musste es Daniel sein und nicht irgendwelche Personen, die genau wie sie alles nur aus dritter Hand hatten.

Ein Kaffee, und dann würde sie aufbrechen. Sie sah auf die Uhr. Viertel vor sieben. Zu Daniels Hausboot auf der anderen Seite der Dove-Elbe war es zu Fuß etwa eine halbe Stunde, schätzte sie. Es würde immer noch reichlich früh sein, um an einem Sonntagmorgen irgendwo anzuklopfen, aber sei's drum.

Anton musste sie diesmal nicht lange bitten. Er stand schon erwartungsvoll im Flur, und als sie die Tür öffnete, rannte er ungestüm los.

Draußen war es dunkel und kalt. Aber immerhin sah es nicht nach Regen aus. Bette nahm den Weg über die Straße, nicht querfeldein. Kein Mensch war unterwegs. Nur in der Bäckerei brannte schon Licht. Bette überlegte, anzuklopfen und sich einen Mohnzopf für den Weg mitzunehmen, ließ es aber bleiben. Sie aß nicht gerne im Gehen. Dabei kam sie sich immer wie eine dieser gestressten Büroangestellten vor, die auf dem Weg zu einem Termin schnell ein Brötchen in sich reinstopften.

«Anton, bei Fuß!», rief sie, als sie hinter der nächsten Kurve das Scheinwerferlicht eines Autos sah. Der Hund gehorchte ausnahmsweise, aber kaum war der Wagen vorbei, rannte er wieder los. Sie folgten der Hauptstraße, die sich in engen

Kurven durch den Ort schlängelte, bis zur T-Kreuzung und bogen dort links auf den Tatenberger Deich entlang der Dove-Elbe. Bette hoffte, dass sie nicht in der Dunkelheit von irgendeinem Idioten angefahren wurden. Einige rasten hier über die holprige Straße, als wäre sie eine Rennstrecke. Aber es kam kein Auto mehr.

An der Badewiese blieb sie kurz stehen. Kein Mensch weit und breit. Die Stege waren für den Winter abgebaut, und nichts deutete mehr darauf hin, dass hier im Sommer an heißen Tagen die Hölle los war. Jetzt standen nur Gänse auf der Wiese, und das erste graue Morgenlicht machte den Nebelschleier sichtbar, der über der ruhigen Wasseroberfläche hing.

Die Dove-Elbe war hier breit wie ein See mit kleinen Inseln, auf denen sie als Jugendliche oft gezeltet hatten. Etwas, das heute nicht mehr möglich war. Die Inseln waren mittlerweile ausgewiesenes Vogelschutzgebiet und von Hunderten von Gänsen bevölkert. Manchmal war Mats dabei gewesen, andere Male Anna, Helen, Daniel und Erik. Abends hatten sie am Wasser gesessen, Bier getrunken oder auch Härteres und vom Leben geträumt.

An der Tatenberger Schleuse querte Bette mit Anton die Dove-Elbe, auf der anderen Seite liefen sie entgegengesetzt zurück. Hätte oben an der Straße nicht der Volvo geparkt, den sie letztens schon mit einem Anflug von Neid auf der Paulsenwerft bewundert hatte, wäre sie glatt vorbeigelaufen. Das war also Daniels Wagen.

Das Hausboot, anthrazitgrau und mit Dachterrasse, lag etwas versteckt hinter einer Landzunge und war über einen Steg zugänglich. Die Holzbohlen waren glitschig, und das ganze Konstrukt schwankte unter Bettes Schritten.

Mittlerweile war es hell. Auf der anderen Uferseite konnte sie die Badewiese ausmachen, an der sie vorhin vorbeigekommen war. Mit einem Boot wäre man im Nullkommanichts drüben und in nur wenigen Fußminuten bei ihr zu Hause. Stattdessen war sie jetzt fast eine Stunde gelaufen. Die Strecke hatte sich länger gezogen, als sie gedacht hatte. Egal. Notfalls würde sie bei Daniel eine Runde schlafen. Wenn er sie denn überhaupt einließ. Sie an seiner Stelle würde ihr die Tür vor der Nase zuknallen. Nach all den Jahren.

Am liebsten wäre Bette umgedreht, aber jeder Gedanke daran war überflüssig, Anton hatte sich schon laut bellend angekündigt, und eine Frau um die vierzig öffnete die Deckstür. Das musste Yvonne sein, Daniels Ehefrau. Helen hatte ihren Namen erwähnt. Sie sah müde aus, was Bette um diese Uhrzeit nicht weiter verwunderlich fand, trug einen Pulli über einer langen Schlafanzughose, die Haare hatte sie zu einem losen Knoten zusammengebunden. Sie schaute Bette mit einem fragenden Lächeln an, während sie gleichzeitig Anton, der schon auf dem Boot war und an ihr hochsprang, über den Kopf streichelte.

«Anton, lass das», sagte Bette vom Steg aus. «Entschuldigen Sie. Ich bin Bette. Bette Hansen. Eine alte ...» Sie brach ab. Das Wort *Freundin* brachte sie nicht über die Lippen. «Ich würde gerne mit Daniel sprechen. Ist er da?»

Yvonne nickte und bedeutete ihr, aufs Boot zu kommen. «Wir frühstücken grade.»

Bette fasste die Reling, sah nach unten, um nicht zu stolpern, und stieg auf das Bootsdeck hinüber. Als sie wieder aufsah, stand Daniel hinter Yvonne in der Tür. Der große schlaksige Junge von damals hatte sich in einen muskulösen Mann verwandelt. Das Gesicht allerdings war noch dasselbe, die etwas melancholisch wirkenden Augen, die wirren braunen Haare, die nur an den Schläfen schon etwas angegraut waren.

«Moin, Bette», sagte er, als habe er sie erst gestern getroffen. Vielleicht ließ er sich seine Überraschung über ihren Besuch auch einfach nur nicht anmerken. Im Überspielen von Gefühlen, erinnerte sie sich jetzt, war er immer schon gut gewesen.

«Hallo, Daniel», sagte Bette, und ihr Blick blieb kurz an seiner linken Hand hängen. Sie war dick verbunden.

Daniel musste ihren Blick bemerkt haben. «Ist beim Holzhacken passiert. Nicht weiter schlimm. Aber willst du nicht reinkommen?»

Wärme und der Geruch von Kaffee schlugen Bette entgegen. Im Innenraum des Bootes war es kuschelig, etwas eng vielleicht, aber eindeutig ein gemütliches Zuhause. Ein Sofa mit vielen Kissen, ein Holzofen, eine Küchenzeile mit Fenstern zum Wasser raus. Am Küchentisch saß ein blondes, etwa sieben- oder achtjähriges Mädchen und löffelte Cornflakes. Milch rann ihr über das Kinn. Anton setzte sich sofort vor sie und bettelte. Das Mädchen lachte, wobei zwei Zahnlücken zum Vorschein kamen, und fischte ein einzelnes Cornflake aus ihrer Milch, das er sich sofort schnappte.

«Das ist Leni», sagte Daniel. «Und meine Frau, Yvonne.»

«Hallo», sagte Bette.

«Setz dich», sagte Daniel. «Möchtest du was essen? Es gibt noch Laugenstangen.»

«Ein Kaffee wäre schön.» Koffein konnte sie nie zu viel zu sich nehmen.

Yvonne schenkte ihr eine Tasse ein. Daniel legte seiner

Tochter eine Hand auf den Rücken. «Wie wär's, du gehst in deine Kajüte und hörst noch ein bisschen Drei ???.»

«Och nöö ...» Leni zog eine Schnute, kniete sich neben Anton und drückte ihn an sich. Anton ließ es sich gerne gefallen.

«Wenn du magst, kannst du ihn auch mitnehmen», sagte Bette.

«Echt?» Leni sah ihre Mutter fragend an.

Yvonne nickte.

Leni sprang auf, packte Anton am Halsband und ging mit ihm in eines der angrenzenden Zimmer.

«Mich müsst ihr auch entschuldigen. Ich muss mich fertig machen», sagte Yvonne und schob erklärend hinterher: «Ich bin ambulante Altenpflegerin, da gibt es keine Sonntage.»

«Natürlich», sagte Bette mit einem verständigen Lächeln und bemühte sich, ihre Erleichterung nicht zu zeigen. Sie war froh, alleine mit Daniel sprechen zu können. Das, was sie mit ihm bereden wollte, betraf auch ihre ganz eigenen schmerzlichen Erinnerungen. Und die wollte sie mit keinem Fremden teilen. Außerdem hatte sie die Erfahrung gemacht, dass Menschen oftmals gesprächiger und ehrlicher waren, wenn man alleine mit ihnen redete. Auch wenn es nur der Ehepartner war, der den Raum verließ. Oder gerade deshalb.

Yvonne verschwand hinter der Tür neben Lenis Zimmer, und kurz darauf hörte Bette Duschwasser laufen.

Daniel hatte sich mittlerweile zu ihr gesetzt. «Ich hab gehört, dass du wieder in Ochsenwerder bist.»

«Ja», sagte Bette. «Ich konnte mich dann doch nicht ganz vom Haus meiner Eltern trennen. Und als ich letztes Jahr bei der Polizei ausgeschieden bin ...»

«Wegen dieser Schlafkrankheit?»

«Das hast du also auch schon gehört?»

Ein Lächeln zuckte um Daniels Mund. «Es hat sich hier nichts verändert. Die Leute reden.»

Bette lachte auf. «Alles wie eh und je.»

«Ja, so ist das wohl», sagte er und fragte dann geradeheraus: «Wieso bist du hier?»

Mit einem Mal schien er ihr angespannt, oder war es ihre eigene Anspannung, die sie da spürte? «Ich muss dir etwas sagen.» Sie hielt inne, sah ihn an, fragte sich, wie er reagieren würde. Interessierte es ihn überhaupt noch? «Helens Tochter. Sie wurde ermordet.»

«Ich weiß», sagte Daniel leise.

«Das hat sich auch schon rumgesprochen?» Das wunderte Bette jetzt, hatte Helen doch alle Brücken nach Ochsenwerder abgebrochen.

«Yvonne hat es mir gestern erzählt», sagte Daniel. «Sie kennt Helen von der Arbeit.»

Natürlich, dachte Bette.

«Sie haben sie im Oberhafenkanal gefunden, oder?», fragte Daniel.

Bette deutete ein Nicken an. «Sie wurde ohnmächtig von einem Boot geworfen, nachdem der Täter mit dem Bootsanker auf sie eingeschlagen hatte. Hätte die Strömung sie nicht in den Kanal gedrückt, wäre sie vielleicht nie gefunden worden. Der Täter hat ihr die Mordwaffe um den Fuß gebunden.»

Daniel stöhnte auf, schüttelte den Kopf. «Das tut mir leid.» Und nach einer kurzen Pause schob er hinterher: «Ich kannte Yasmin, also, nicht richtig. Aber ich habe sie öfter gesehen. Sie war mit Lara befreundet, der Tochter von meinem Chef. Eike Paulsen, drüben auf der Paulsenwerft. Als ich sie da zum ersten Mal gesehen habe, wusste ich sofort, wer sie ist. Sie war Helen wie aus dem Gesicht geschnitten.»

«Wann war das?», fragte Bette.

«Im Spätsommer irgendwann.»

«Und dann kam sie oft?»

«Hin und wieder.»

«Hast du mal mit ihr über deine Entführung gesprochen?»

Daniel runzelte die Stirn. «Wieso sollte ich?»

«Helen hat ihr nie etwas dazu erzählt, und ich dachte, vielleicht hat Yasmin dich gefragt.»

«Ich glaube nicht, dass sie wusste, wer ich bin», sagte Daniel.

«Du hast also ganz sicher nie mit ihr über den Tiefergrund gesprochen?»

«Nein. Wieso fragst du das überhaupt?»

«Weil ... Es sieht alles danach aus ...» Bette war, als würde ihr jedes Wort in der Kehle stecken bleiben. «Wir denken, sie ist im Tiefergrund in das Boot gestiegen.»

Ein Schatten legte sich über Daniels Gesicht, und sein Blick verlor sich, so als sehe er etwas, das in weiter Ferne lag.

Bette ließ ihn, wartete und dachte, dass sie – anders als sie es eigentlich vorgehabt hatte – das mit der Gürtelschnalle gar nicht erwähnen würde. Wenn sie es recht betrachtete, war das sehr weit hergeholt. Es gab keine Hinweise darauf, dass Yasmin auch nur in der Nähe des Rohres gewesen war, wo Bette die Schnalle gesehen hatte.

Die Schnalle war eher so was wie ein Trigger, der bei ihr etwas in Gang gesetzt hatte, der sie dazu gebracht hatte, eine Verbindung zwischen den beiden Fällen zu ziehen.

«Ermittelst du wieder?», fragte Daniel schließlich.

«Na ja, wie das so ist. So ganz loslassen kann man nie», sagte sie ausweichend. «Und der Tiefergrund ... ich frage mich, ob es einen Zusammenhang gibt.»

Daniel atmete hörbar aus. «Wie meinst du das, einen Zusammenhang? Du glaubst, der Eismann ist zurück?»

Auf ihren fragenden Blick hin schob er hinterher: «So nenne ich den Entführer. Den, der entkommen ist. Wegen seiner Augen. Sie waren wie Eis.»

In der Akte hatte Bette nur eine vage Beschreibung des Mannes gefunden: groß, hager, weiß, Dreitagebart, helle Augen. Alter unbestimmt. Konnte Daniel, nach all den Jahren, den Mann doch besser beschreiben?

«Was meinst du, wie alt war der Eismann?», fragte Bette.

«Tja, weiß nicht so genau. Für einen Jugendlichen ist es schwer, das Alter eines Mannes zu schätzen. Mir kam jeder ab Mitte zwanzig alt vor. Aber wenn du mich heute fragst, ich denke, er war so zwischen vierzig und fünfzig.»

«Mal angenommen, er war vierzig. Dann wäre er heute 73», sagte Bette.

Daniel nickte. «Wenn ich die Augen schließe, sehe ich ihn noch genau vor mir.» Daniel hielt inne, brauchte wieder einen Moment, bevor er weitersprach. «Mit Details, bei denen ich nicht weiß, ob ich sie mir über die Jahre vielleicht nur ausgedacht habe. Aber er ist zum Greifen nah.»

Bette fiel auf, dass Daniels Hände leicht zitterten.

«Welche Details?», fragte sie vorsichtig.

Er schloss jetzt wirklich die Augen, und sie konnte regelrecht sehen, wie er sich verkrampfte.

«Er war hager. Im rechten Ohr hatte er zwei Ringe, an einem hing ein kleines silbernes Kreuz, darunter am Hals hatte er eine Narbe, rot, und man konnte die Einstiche der Nadel sehen, mit der die Wunde genäht worden war. Schlecht gemacht. Eine zweite Narbe hatte er über der Oberlippe. Könnte eine Hasenscharte gewesen sein. Und er hatte ein Tattoo an der Außenseite seines linken Handgelenks. Auch ein Kreuz. Und RSH, in Großbuchstaben.»

Bette glaubte es kaum. Nichts davon hatte in der Akte gestanden. Kein Wort. Meine Güte, mit so einer Beschreibung hätte man ihn finden können. Sie musste sich zusammenreißen, Daniel jetzt nicht mit Vorwürfen zu kommen. Dazu hatte sie kein Recht. Und wie er schon gesagt hatte: Vielleicht entsprang alles nur seiner Fantasie.

«Und er war auf jeden Fall Raucher, starker Raucher», sagte Daniel weiter. «Die Finger, der Geruch. Vermischt mit Eukalyptus. Wie von diesen Hustenbonbons.»

Noch mehr Details.

In diesem Moment kam Yvonne noch mal in die Wohnküche, verabschiedete sich, schaute kurz in Lenis Kajüte. Durch den Türspalt konnte Bette Anton sehen, der auf dem Rücken lag und sich von dem Mädchen kraulen ließ. Sie schwiegen, bis die Kinderzimmertür wieder geschlossen war und Yvonne das Hausboot verlassen hatte.

«Meinst du, es war wieder der Eismann?», fragte Daniel noch einmal.

«Ich weiß es nicht», sagte Bette. Wieso sollte Yasmin bei einem über Siebzigjährigen in das Boot gestiegen sein? Yasmin mochte wild gewesen sein wie Helen früher, aber sie war auch vorsichtig. Sie war keine, die nachts durch dunkle Parks fuhr. «Die Tathergänge ähneln sich nicht. Für Yasmin gab es keine Lösegeldforderung. Und sie wurde nicht vergewaltigt.»

Daniel sah Bette nicht an, starrte jetzt auf seine Hände. «Immerhin das nicht», murmelte er.

«Ich konnte die alte Ermittlungsakte einsehen», fuhr Bette fort. «Es gibt da Widersprüche. Bezüglich Annas Vergewaltigung. Das Gutachten des Rechtsmediziners, deine Aussage. Wenn es stimmt, dass ihr die ganze Zeit zusammen wart, du und Anna ...»

«Es stimmt.» Mit einem Mal hatte Daniels Stimme etwas Abweisendes. Er wollte nicht darüber reden, noch immer nicht. War das die Wunde, die sie aufriss?

Bette drückte sich die Finger auf die Schläfen. Sie bekam Kopfschmerzen. Das hier überforderte sie. Es war eindeutig zu persönlich. Aus dem Kinderzimmer hörte sie Anton bellen. Er hatte wohl langsam doch genug. Gleich würde Leni mit ihm hier auftauchen. Wenn Bette noch etwas sagen wollte, musste sie sich beeilen. «Das menschliche Gehirn ist schlau», versuchte sie es mit einer psychologischen Erklärung. «Was es nicht erträgt, verdrängt es. Wie zum Selbstschutz.»

«Worauf willst du hinaus?», fragte Daniel kühl.

«Dass du damals vielleicht nichts von der Vergewaltigung erzählen konntest. Dass du es entweder verdrängt hast oder es nicht über dich gebracht hast, davon zu sprechen.»

«Nein!», konterte Daniel. «Der Gutachter hat sich geirrt. Und überhaupt. Was sollten irgendwelche alten Widersprüche mit Yasmins Tod zu tun haben?»

Ja. Was?

In diesem Moment wurde die Tür aufgerissen, und Anton und Leni stürmten unter Bellen und Geschrei in die Wohnküche.

33. YVONNE

Yvonnes Sonntagsschicht endete um drei Uhr am Nachmittag, trotzdem stand sie auch um vier Uhr noch in der Wohnung eines Klienten und füllte sein Pillendöschen mit weißen, roten und blauen Tabletten. Bevor sie das Döschen schloss, kontrollierte sie den Inhalt, um sicherzugehen, dass sie sich nicht vertan hatte. Sie war den ganzen Tag schon unkonzentriert und nicht recht bei der Sache.

Bette Hansens Besuch am Morgen auf der Yoda beunruhigte sie. So früh tauchte man an einem Sonntag nirgends ohne triftigen Grund auf, schon gar nicht bei jemandem, den man Jahre nicht gesehen hatte. Das war kein Besuch zum Kaffeeplausch gewesen, ganz sicher nicht.

Yvonne hatte Bette Hansen nicht erkannt, als sie ihr die Tür geöffnet hatte, aber sobald sie ihren Namen hörte, wusste sie natürlich, wer sie war. Die an Narkolepsie leidende Kriminalkommissarin. Sie war in Ochsenwerder und Umgebung bekannt wie ein bunter Hund, vor allem nach den Vorfällen im Sommer. Und Daniel hatte mal erwähnt, dass sie zu Schulzeiten befreundet gewesen waren, sich dann aber aus den Augen verloren hatten. Wie das eben so war, wenn einer wegging und sich woanders ein Leben aufbaute.

Anfang des Jahres war Bette Hansen zwar zurück in ihr Elternhaus gezogen, hatte Daniel seitdem aber trotzdem nie aufgesucht. Wieso also jetzt?

War sie gekommen, um Daniel über Yasmins Tod zu informieren? Immerhin war das Mädchen die Tochter einer alten

Ochsenwerderin gewesen, die sicherlich nicht nur Daniel, sondern auch Bette gekannt hatte. Das wäre doch ein nachvollziehbarer Grund. Oder war es wegen Sonntagnacht, wegen der Sache im Pinkertweg? War der tote Mann etwa mittlerweile doch gefunden worden? Oder hatte er überlebt und gegen Daniel ausgesagt? Hatte er ihn etwa so gut beschrieben, dass Bette deshalb heute Morgen gekommen war?

Yvonne versuchte, sich damit zu beruhigen, dass Bette keine Ermittlerin mehr war. Und dass die Polizei, hätte sie einen Verdacht gegen Daniel, mit einem ganz anderen Aufgebot vorgefahren wäre und nicht eine krankheitsbedingt frühpensionierte Ermittlerin geschickt hätte. Nein, Bette Hansen konnte nicht wegen dem Mann im Pinkertweg bei ihnen gewesen sein.

Als Yvonne um fünf Uhr endlich mit ihren Hausbesuchen durch war, hatte sie sich zumindest etwas entspannt. Sie ging die Poolstraße hinunter. Kinder mit Schlittschuhen kamen ihr entgegen. Trotz des noch relativ milden Wetters hatte die Eisbahn in Planten un Blomen die Saison eröffnet. Im letzten Winter waren Daniel und sie mehrmals mit Leni auf der Eisbahn gewesen, mit allem, was dazugehörte: kalte Hände, Pommes, Punsch und irgendwann Blasen an den Füßen, weil sie immer noch eine und noch eine Runde gefahren waren. Bei dem Gedanken daran musste Yvonne lächeln. Es war wirklich schön gewesen, das müssten sie unbedingt ganz bald wiederholen.

Bei einem kleinen Eckladen in der Kurzen Straße kaufte sie ein Fladenbrot und Tomaten für das Abendessen und musste kurz überlegen, bis ihr einfiel, wo sie ihren Wagen geparkt hatte. Er stand auf der anderen Seite der Ludwig-Erhard-Straße. Sie ging den Kohlhöfen hinunter und überquerte den Zebrastreifen zum Großneumarkt, als ihr Blick unweigerlich an dem weißen Altbau an der Stirnseite des Platzes hängen blieb. Dort befand sich die Hausarztpraxis von Dr. Hallak, und in einem der oberen Stockwerke wohnte auch die Familie. Yvonne war einmal dort gewesen, um nach Praxisschließung noch ein Rezept abzuholen. Sie erinnerte sich an hohe stuckbesetzte Decken, große Fenster und einen Blick über die Linden des Platzes hinweg zum Michel rüber.

Jetzt brannten vor dem Haus Kerzen. Weiße Friedhofskerzen in roten Plastikbechern, aber auch bunte Kerzen, die in ihrem eigenen Wachs auf den Kopfsteinen klebten. Dazwischen lagen Rosen, handbeschriebene Zettel und kleine Briefchen. Mit Kreide war ein großes Herz auf den Boden gemalt. An der Hauswand klebte ein Foto von Yasmin am Meer, vor hohen grauen Wellen, die nach Nordsee aussahen. Den Wind in den Haaren, lachte das Mädchen in die Kamera. Yvonne schnürte es die Kehle zu.

Sie verharrte, unschlüssig, was sie tun sollte. Ob sie bei Helen klingeln, ihr ihr Beileid aussprechen sollte? Nein. Sicher wollte Helen jetzt, so kurz nach dem Tod ihrer Tochter, nur die engsten Freunde sehen.

Eine Frau in ihrem Alter trat neben Yvonne, legte einen weiteren Zettel zwischen die Kerzen, blieb mit gesenktem Kopf stehen, wie im Gebet, bevor sie weiterging. Yvonne hob ihre Notiz auf. *Yasmin, wir vermissen dich* stand darauf. Mehr nicht. Mehr war nicht zu sagen. Yasmins Tod, der gewaltvolle Tod eines so jungen Menschen, war unbegreiflich. Und unverzeihlich.

Yvonne stand immer noch da, als die Haustür geöffnet

wurde und Helen auf den Platz trat. Sie war dunkel gekleidet, wenn auch nicht in Schwarz. Ihr Blick schien verschleiert, so als wollte sie nichts und niemanden sehen. Yvonne trat trotzdem auf sie zu und hielt ihre die Hand hin, entschied sich dann aber anders und umarmte sie. Helen stand so steif, dass Yvonne unsicher war, ob sie das Richtige tat, und die Umarmung schnell wieder lockerte.

«Es tut mir so leid», sagte sie.

Helen nickte abwesend und sagte mit tonloser Stimme: «Übermorgen halten wir einen Trauergottesdienst im Michel ab. Wenn du Zeit hast ...»

«Ja. Gerne.»

«Um elf Uhr», fügte Helen hinzu. «Entschuldige mich. Ich muss meine Kleine abholen. Von einer Freundin. Ich ...»

«Ja, ja, natürlich», sagte Yvonne schnell und fragte sich, wie Helen Yasmins kleine Schwester jemals wieder angstfrei alleine irgendwohin gehen lassen sollte.

Sie sah Helen hinterher. Ihre Bewegungen wirkten wie die einer Schlafwandlerin, langsam und seltsam entrückt. Sie ging an dem Irish Pub vorbei, in dem Yvonne gerne nach Feierabend mal ein kleines Bier trank, und bog in die Wexstraße ein. Yvonne wollte auch gerade weiter, da wurde sie auf das Gespräch zweier junger Männer aufmerksam, die mit dem Rücken zu ihr bei den Kerzen stehen geblieben waren. Sie wirkten so erschüttert, dass Yvonne gar nicht anders konnte, als zu lauschen.

«Yasmin! Wieso ausgerechnet Yasmin?»

«Was ist denn passiert?»

«Ermordet. Sie wurde ermordet ... Hab ich von Hussam, der hat mit ihrer Mutter gesprochen. Die haben Yasmins Rad da hinter Rothenburgsort am Elbdeich gefunden, unter der Brücke von der A1.»

Yvonne zuckte zusammen. Sie wusste, was das für ein Ort war: der Tiefergrund.

«Die sagen, sie ist da in ein Boot. Zum Mörder.»

«Yasmin? Nee. Die steigt doch nicht zu irgendeinem Kerl ins Boot. Sie muss den gekannt haben.»

«Kann sein ...» Dem jungen Mann brach die Stimme weg, er räusperte sich. «Yasmin ist Sonntagnacht gestorben. Am Samstag hab ich sie noch gesehen. Da war sie richtig gut drauf. Hussam meint, der Kerl da mit dem Boot, er hat ihr mit dem Anker auf den Kopf geschlagen. Hat sie dann schwer blutend in die Elbe gestoßen.»

Yvonne wurde übel.

Sie sah den Strudel roten Wassers vor sich, der im Abfluss verschwand, während sie Daniels Kleidung auswusch. Sie dachte an die Blutschlieren auf Daniels Hals. An die Wunde an seiner Hand, die sich bis in den Unterarm hochzog. An den Parkplatz, auf dem keine Leiche gefunden worden war. Und dann dachte sie an Yasmin, *schwer blutend vom Boot gestoßen. Sonntagnacht. Im Tiefergrund.*

Sie wankte, stützte sich am Stamm einer Linde ab und übergab sich. Daniel, dachte sie. Daniel.

34. DANIEL

An diesem Abend hatte Daniel es kaum abwarten können, endlich loszulaufen, den Wind im Gesicht zu spüren, alleine und von nichts als der Nacht umgeben zu sein. Aber Yvonne war nach ihrer Sonntagsschicht, die eigentlich nur bis drei Uhr gehen sollte, nicht aufgetaucht. Und weder hatte sie sich gemeldet, noch war sie erreichbar gewesen. Daniel hatte sich schon Sorgen gemacht. Er hatte mehrere Runden Memory mit Leni gespielt, jedes Mal haushoch verloren und sie gegen acht ins Bett gebracht. Um halb elf kam Yvonne endlich. Sie sah Daniel nicht an, sagte nur, dass sie Kopfschmerzen habe, und ging ins Bett. Sie weicht mir aus, dachte er. Sie misstraut mir. Und der Gedanke daran verletzte ihn. Aber er sagte nichts, sondern verließ die Yoda und lief los.

Die Nacht war klar und eisig, und der Mond warf fast mehr Schatten, als dass er Licht spendete. Daniel lief den Deich an der Dove-Elbe entlang, kreuzte die Schnellstraße und bog hinter dem Spielplatz mit der kleinen hölzernen Windmühle nach Kaltehofe ab. Heute zog es ihn unweigerlich wieder in den Tiefergrund.

Mit Bette über diesen Ort zu sprechen – und über die Entführung –, war etwas anderes gewesen, als für sich alleine die Erinnerungen zu wälzen. Mit ihr zu reden, ließ die quälenden Bilder vor seinem inneren Auge noch klarer und noch detaillierter hervortreten als sonst. Bilder, die er immer versuchte auszublenden. Gegen die er anlief. Die Bilder dieser einen ersten Nacht der Entführung, der Stunden, bevor der Eismann und der Dicke Anna und ihn in den Regenauslass gesperrt hatten. Diese endlosen Stunden im Transporter.

Vielleicht hätte er Bette eben die Wahrheit sagen sollen. Aber wie all die vergangenen Jahre hatte er geschwiegen. Er konnte nicht. Dabei hatte Bette ihm sogar eine Entschuldigung für sein Schweigen auf dem Silbertablett serviert: Das Hirn sei schlau, es verdränge, was es nicht ertrage.

Nichts hatte es bei ihm verdrängt. Es war alles da.

Wie erst der Eismann über Anna hergefallen war und er dann den Dicken auf sie gehetzt hatte wie einen räudigen Köter. Wie sie sie gequält, verletzt hatten. Und wie er, Daniel, danebengestanden und nichts getan hatte, nicht einmal weggeschaut. Und wie der Eismann und der Dicke sich daran aufgegeilt hatten, dass er zuschaute. Es war ein Teil ihrer Freude gewesen, hatte zu ihrem perversen Spiel gehört. Aber das alles war nicht das Schlimmste. Das Schlimmste war, dass er beim Anblick des brutalen Geschehens selbst eine Erektion bekommen hatte. Das war es, was es so unaussprechlich machte. Er war nicht besser als diese Männer. Und dafür hasste er sich.

Als Daniel sich nun dem Tiefergrund näherte, sah er eine Gestalt seitlich der Autobahnbrücke über den Deich und dann zum Wasser hinunterlaufen. Eine dunkle Silhouette, die sich nur langsam fortbewegte, fast schlafwandlerisch.

Daniel blieb unschlüssig stehen – sonst war hier draußen nie jemand, nicht mitten in der Nacht. Der Tiefergrund bot sich somit regelrecht für Verbrechen an. Aber die Gestalt da vorne war nicht hier, um ein Verbrechen zu begehen, dafür bewegte sie sich viel zu zaghaft. Zudem war es mit ziemlicher Sicherheit eine Frau. Schmal, nicht besonders groß. Welches Verbrechen sollte eine solche Frau hier schon begehen?

Daniel folgte ihr. Aus Neugierde, aber vor allem, weil er kein gutes Gefühl dabei hatte, sie hier in der Dunkelheit alleine herumlaufen zu lassen. Nicht an diesem Ort. Kurz dachte er, er hätte sie verloren, dann entdeckte er sie am Ufer wieder, etwas seitlich neben der Trasse und halb versteckt hinter dem Stamm einer Silberweide. Sie stand mit dem Rücken zu ihm, die Arme um den Oberkörper geschlungen, den Blick auf den Fluss gerichtet. Und jetzt erkannte er auch, wer es war.

Helen.

Ihr Umriss, ihre Haltung, unverändert. Sein erster Impuls war es, sich umzudrehen und wegzugehen, aber bevor er noch einen Schritt machen konnte, hatte sie sich nach ihm umgewandt, und ihre Blicke trafen sich.

«Daniel?»

Sie hatte ihn trotz der Dunkelheit auch sofort erkannt. Oder hatte sie hier mit ihm gerechnet? Nein, unmöglich. Er wusste nicht, wie er sich verhalten sollte, und blieb reglos stehen. Sie war es, die auf ihn zukam.

«Helen», sagte er und schob leise hinterher: «Mein Beileid.» Etwas anderes als diese Floskel fiel ihm nicht ein.

«Danke.» Sie lächelte matt. Jetzt aus der Nähe und im Mondlicht sah er kleine Fältchen um ihre Mundwinkel, ansonsten hatte sie sich nicht großartig verändert seit ihrer Jugend. Und sie sah ihrer Tochter wirklich ähnlich. Dasselbe schmale Gesicht, die hohen Wangenknochen, die lockigen Haare, der entschlossene Blick.

«Kommst du oft her?» In ihrer Stimme lag etwas Sanftes, das sie in seiner Erinnerung früher nicht gehabt hatte.

«Du meinst in den Tiefergrund? Hin und wieder.» Das war gelogen. Er kam fast täglich.

«Yasmin war in der Nacht, als sie ermordet wurde, hier», sagte Helen.

«Ich weiß. Bette hat es mir erzählt.»

«Ich habt gesprochen?»

Daniel vermied es, sie anzusehen, nickte nur. Es kam ihm mit einem Mal falsch vor, sich hinter Helens Rücken mit Bette über den Tod ihrer Tochter ausgetauscht zu haben. «Wenn du alleine sein möchtest, geh ich wieder», sagte er.

«Nein, bitte bleib.»

Daniel blieb, schwieg und lauschte auf die Eule, die in der Ferne rief, und das metallische Quietschen eines Zuges, der über die Elbbrücke fuhr. Wie er es damals auch im Rohr gehört hatte.

«Was ist mit deiner Hand passiert?», fragte Helen.

Wie automatisch zog er seinen Ärmel weiter runter, als könne er den Verband so verstecken. «Ein Angelunfall.»

Wieso hatte er das jetzt gesagt? Allen anderen hatte er vorgegaukelt, er habe sich die Verletzung beim Holzhacken zugezogen.

«Du angelst immer noch?», fragte sie.

«Ich mag die Ruhe.»

«Bei mir ist es andersherum», sagte Helen. «Ich ertrage sie nicht.»

«Du mochtest es immer schon laut.»

Helen ging nicht weiter darauf ein, stattdessen sagte sie: «Weißt du, als ich von Yasmins Tod erfahren habe, hat sich unter mir ein Schlund geöffnet. Ein tiefes dunkles kaltes Loch. Seitdem falle ich, kann mich nirgends festhalten, will es auch nicht. Ich bin wie betäubt. Nicht einmal weinen kann ich.»

Daniel meinte, sie zu verstehen. Eine Weile standen sie einfach nur nebeneinander und schauten über den Fluss. Wer es nicht besser wusste, hätte denken können, sie wären beste Freunde. Er dachte an all den Zorn, den er ihr gegenüber empfunden hatte. Über all diese Jahre hinweg. Immer hatte er sich gewünscht, dass er Helen niemals gekannt hätte. Dann hätte sie Anna und ihn nicht überreden können, in die Lagerhalle einzubrechen. Sie wären nie dem Eismann und dem Dicken über den Weg gelaufen. Und alles, was dann gekommen war, wäre auch nicht passiert. Aber jetzt, wo sie hier standen, verspürte er plötzlich eine Zuneigung zu ihr, die ihn selbst überraschte. Seine ganze Wut und sein ganzer Hass waren verpufft. Er streckte die Hand aus, strich ihr über die feuchte Wange. «Du weinst doch», sagte er. Es war schon komisch. Erst hatte der Tod sie auseinandergerissen, jetzt führte er sie wieder zusammen.

35. BETTE

Bette lief mit Anton ein kurzes Stück den Marschbahndamm hinunter, genau so lange, wie sie brauchte, um zwei Zigaretten zu rauchen. Der Montag versprach endlich mal ein richtig schöner Herbsttag zu werden. Das erste Morgenlicht ließ den Himmel schon mattblau schimmern, und es roch nach Laub und Pilzen. Perfekt, um einen langen Spaziergang zu machen, aber dafür fehlte Bette die Zeit. Und die Muße.

Sie wollte Nesrin abpassen, bevor sie in irgendwelchen Konferenzen festhing. Für gewöhnlich war sie gegen acht im Büro. Gestern, am Sonntag, hatte sie es gar nicht erst bei ihr versucht. Da hätte sie sowieso nichts ausrichten können. Aber jetzt wollte Bette sie auf den Eismann ansetzen. Narben und Tattoos waren Erkennungsmerkmale, die standardmäßig in Polizeiberichten festgehalten wurden. Wenn der Mann im Laufe seines Lebens wegen eines anderen Delikts polizeilich aktenkundig geworden war, dann würde Nesrin ihn finden. Vielleicht waren die tätowierten Buchstaben RSH sogar seine Initialen. Bei dem Kürzel fiel Bette sonst nur *Radio Schleswig-Holstein* ein, und im Internet war sie noch auf *Rettungsspezialist Helikopter* von der Alpinen Rettung Schweiz gestoßen. Beides kaum etwas, das man sich eintätowierte.

Sie pfiff nach Anton, der über den Acker seitlich des Weges rannte, und kehrte um. Ihr war noch etwas aufgegangen. Nur ein Detail, das aber wichtig sein könnte, jetzt, wo sie eine so gute Beschreibung des Eismannes hatte: Die Entführer mussten ortskundig gewesen sein. Sie mussten von dem Regenauslass im Tiefergrund gewusst haben, und zwar bereits bevor sie Anna und Daniel entführten. Bette konnte sich nicht vorstellen, dass sie erst mit ihren Opfern im Transporter auf Versteckssuche gegangen waren – und wenn, wären sie nicht mal eben auf das Rohr gestoßen. Dafür lag es viel zu verborgen. Sie mussten den Ort gezielt angefahren haben, und zwar aller Wahrscheinlichkeit nach über die Notausfahrt der Autobahn, die in Höhe des Tiefergrunds auf den Deich stieß. Denn ebenso wie heute waren auch damals die Zufahrten nach Kaltehofe für den regulären Verkehr gesperrt gewesen.

Und wenn nun also der Eismann vorher schon im Tiefergrund gewesen war, gab es vielleicht Zeugen, die ihn dort gesehen hatten. Zeugen, die mehr über ihn wussten und die Suche in den Polizeiarchiven beschleunigen konnten. Der Eismann war auf jeden Fall ein Mann, an dessen Äußeres man sich erinnerte, anders als der zweite Entführer, der erschossen worden war. Er war einfach nur dick gewesen, mit schütterem blonden Haar, wenn man es mal so platt betrachtete. Ein Typ, wie man ihn überall traf und nie wahrnahm. Ein bis heute unbekannter Toter.

Aber wie sollte sie mögliche Zeugen finden? Was das anging, hatte sie noch keine Idee.

Zurück im Garten, spritzte sie den verdreckten Hund schnell mit dem Schlauch ab, und zehn Minuten später hatte sie Nesrin am Telefon. Sie gab ihr Daniels Beschreibung vom Eismann durch: Ohrringe, Narben, vermutliches Alter, Tattoos ...

«Und damit kommt dieser Daniel erst jetzt? 33 Jahre später?» Nesrin klang geradezu empört.

«Ja, so sieht es aus.» Bette konnte ein Seufzen nicht unterdrücken. Sie begriff es ja auch nicht. Daniel war doch nicht erst gestern eingefallen, wie der Eismann ausgesehen hatte. Wieso bloß war er damit nicht längst zur Polizei gegangen?

«33 Jahre», wiederholte Nesrin nachdenklich. «Wollte er vielleicht gar nicht, dass man den Entführer fasst? Oder es kann natürlich auch sein, dass er sich diese ganzen Details über die Zeit nur zusammengereimt hat. Das wäre nicht ungewöhnlich, nach so einem Trauma.»

«Darüber können wir spekulieren, wenn wir nichts finden», sagte Bette, hatte aber genau das ja auch schon gedacht. «Jetzt lass erst mal die Erkennungsmerkmale durch die Datenbank laufen.»

«Mach ich. Und», Nesrin sprach jetzt leiser, «darf eigentlich MT von der Anfrage wissen?»

«Darf er», sagte Bette guten Gewissens. Sie würde Nesrin nicht durch eine unlautere Anfrage in Schwierigkeiten bringen. «MT hat mir die Ermittlungsakte zu dem alten Fall selbst in die Hand gedrückt.»

«Okay.» Nesrin schien erleichtert. «Dann würde ich die Abfrage ganz offiziell an alle Landeskriminalämter rausgeben, nicht nur Hamburg. Und vielleicht noch an Interpol. Wenn schon, denn schon.»

Bette hielt das für eine gute Idee. Ihr war allerdings auch klar, dass die älteren Akten, also die bis in die neunziger Jahre, meist nicht digitalisiert waren. Und das wiederum bedeutete eine Menge Arbeit bei der Durchsicht. «Was meinst du, wie lange dauert es?»

«Länger», sagte Nesrin ausweichend. «In Hamburg kann ich ein bisschen Druck machen, aber bei den Anfragen in den anderen Bundesländern ... Ich geh mal davon aus, dass da

Praktikanten drauf angesetzt werden, die dann alle Akten auf die Merkmale durchsehen dürfen.»

Na toll.

Bette hatte gerade aufgelegt, als Tyler in gemütlichem Trainingsoutfit und mit einem müde gemurmelten «Moin» in die Küche geschlurft kam.

«Da ist noch Kaffee», sagte Bette, die gleich eine große Kanne gekocht hatte. Tyler war morgens genauso ein Koffeinjunkie wie sie selbst.

Er rieb sich die Augen, gähnte, schenkte sich einen großen Pott von Bettes starkem schwarzen Gebräu ein und rührte Zucker dazu. «Dreck auch! Die Nacht war krass zu kurz.»

«Warst du feiern?»

«Nee, also, nicht wirklich. Ich hab mich noch mal wegen Lara umgehört, und, na ja, wie das so ist, wenn man bei Freunden aufschlägt, da trinkt man noch ein Bier oder zwei.»

Bette fragte jetzt nicht, bei wie vielen Freunden er angeklopft hatte, und auch nicht, wieso er das auf eigene Faust getan hatte, ohne es mit ihr abzusprechen. «Hast du was rausgefunden?»

«Geht so.» Tyler setzte sich Bette gegenüber in den Korbstuhl und pustete in seinen Kaffee. «So richtig weiß niemand was über Lara. Nur, dass sie extrem viel auf der Werft von ihrem Vater mitarbeitet. Frickelt wohl lieber an Schiffen rum, als dass sie es mit Menschen zu tun hat. Sie soll eine totale Einzelgängerin sein. Wortkarg, stur, ruppig, ablehnend. Keiner von denen, mit denen ich gesprochen habe, mag sie besonders. Außer Mirko.»

«Der Mirko, der uns zu ihr geschickt hat?», hakte Bette nach.

Tyler nickte.

«Weiß er von Yasmins Tod?»

«Er weiß es und hat auch versucht, Lara anzurufen, aber sie hat ihn immer weggedrückt. Und auf seine Nachrichten hat sie nicht geantwortet.» Tyler zog etwas verständnislos die Brauen hoch. «Er meint, wenn sie nicht will, will sie nicht. Es bringe nichts, sie zu drängen.»

«Und sonst? Was hat er noch zu Lara gesagt?»

«Laras Mutter hat wohl ziemliche Probleme. Irgendwas Psychisches. Und dass Lara sich immer ganz viel um ihren Bruder kümmert. Weil es sonst keiner tut. Leo. Der ist erst elf.»

«Was ist mit dem Vater? Eike Paulsen?», fragte Bette.

«Der? Muss ein Arsch sein. Tut wohl gerne ganz liberal. Ist aber ein rechter Sack, meint Mirko. Und ohne Ende herrisch. Und Lara kuscht.»

Bette stützte das Kinn in die Hand, dachte, dass das alles Informationen waren, die ihr Bild von Lara, Eike Paulsen und der Werft zwar abrundeten, aber letztlich nirgendwo hinführten. Kurz überlegte sie, selbst einmal mit diesem Mirko zu reden, entschied sich aber, es bleiben zu lassen. Mirko hatte Tyler schon eine ganze Menge erzählt – da musste sie, eine Fremde, ihm nicht auf die Pelle rücken. Wenn nur Lara einmal mit ihr sprechen würde. Vielleicht könnte Bette ihr auch helfen, was ihre Familie anging. Das hörte sich nach sehr zerrütteten Verhältnissen an. Für so etwas gab es Sozialarbeiter, und Bette kannte da ein paar wirklich gute Leute, die ihren Job ernst nahmen und vor allem empathisch waren.

«Apropos Arsch.» Tylers Gesichtsausdruck verdüsterte sich, und er deutete mit hochgezogenen Brauen zum Fenster.

Der Lieferwagen seines Vaters hatte vor dem Haus gehalten, und Erik zog gerade zwei Wasserkisten von der Ladefläche.

«Die hätt ich dir auch vom Supermarkt holen können», sagte Tyler.

«So weit kommt's noch. Das Wasser werd ich ja wohl bei deinem Vater bestellen dürfen.» Das wäre Bette dann wirklich zu blöd, die beiden mochten sich ja anfeinden, aber da musste sie nun wirklich nicht mitmachen.

«Ich bin nicht da», sagte Tyler und rutschte tiefer in den Sessel.

«Schon klar.» Bette ging in den Flur, wo Anton schon schwanzwedelnd an der Tür stand. Kaum hatte sie geöffnet, sprang der Hund freudig an Erik hoch.

«Moin», sagte Erik, ignorierte Anton und trug die Kisten ins Haus.

«Stell sie einfach in den Flur», sagte Bette, aber da war Erik bereits in die Küche gegangen. *Mist.*

«Na, genießt dein studentisches Lotterleben, was?», sagte Erik zu Tyler, der nur mit zornig zusammengekniffenen Augen dasaß.

«So hab ich mir das vorgestellt», setzte Erik nach. «'n bisch'n studieren, wenn man grade Bock hat, und sich ansonsten die Nächte um die Ohren schlagen.»

«Erik, kannst du das bitte lassen», ging Bette dazwischen. Erik knallte daraufhin die Wasserkisten laut auf den Boden.

Tyler stand ruckartig auf. «Ich geh mit Anton raus», sagte er und zwängte sich an seinem Vater vorbei, der breit in der Tür stand und sich keinen Zentimeter vom Fleck rührte, der Kopf noch röter als sonst.

«Bring Brötchen mit», rief Bette Tyler hinterher, bevor er

die Haustür zuschlug, und an Erik gewandt sagte sie: «Ihr seid beide wirklich so was von stieselig, da nehmt ihr euch echt nichts. Wie der Vater, so der Sohn.»

«Der Junge konnte mich noch nie leiden.» Erik schnaufte verärgert und machte eine wegwischende Handbewegung.

«Du könntest dir ja auch mal ein bisschen Mühe geben», sagte Bette und schenkte Erik ungebeten Kaffee ein.

Nach einem kurzen Moment des Schweigens fragte Erik fast kleinlaut: «Wie meinst du das jetzt, Mühe geben?»

Bette sah ihn an. «Sag mal, echt jetzt? Denk dir was aus. Rede mit Tyler. Erzähl ihm von dir. Erzähl ihm, dass du nicht immer so ein gefühlloser alter Sack warst.»

Erik runzelte die Stirn, dann fragte er: «Und was bitte soll ich da erzählen?»

«Fang doch zum Beispiel bei Anna an.» Das war jetzt hart, aber es musste raus.

Erik schnaubte leise, sah aber gleichzeitig ganz verloren aus, und plötzlich wurde Bette bewusst, dass auch er sich schuldig fühlte. Sicher hatte er sich immer gefragt, ob alles anders verlaufen wäre, wenn er in der Nacht der Entführung dabei gewesen wäre.

«Jetzt setz dich doch endlich mal», sagte sie beherzt. «Ich muss dir was sagen.» Sie wollte ihm von Yasmins Tod erzählen und fragte sich, wie er es aufnehmen würde. Den Tod der Tochter seiner einstigen guten Freundin.

Sie legte die Unterarme auf den Tisch, beugte sich vor und erzählte, was passiert war, erwähnte auch, welche Rolle der Tiefergrund spielte.

Erik hörte erstarrt zu. Dann fragte er fast tonlos: «Ermittelst du?»

«Ein bisschen», sagte sie. «Ich bin die Akte von damals durchgegangen.»

«Meinst du, es gibt eine Verbindung zwischen den Morden? Ich meine, wegen dem Tiefergrund?»

Bette umging die Frage, kam stattdessen auf ihren Gedankengang von vorhin zurück: «Wer hat damals alles von dem Regenauslass gewusst? So versteckt, wie das Rohr liegt.»

«*Wir* wussten alle davon.»

«Ja, aber, ich meine, außer denjenigen, die schon als Kinder dort unten gespielt haben.» Obwohl, es könnte natürlich sein, dass der Eismann aus der Gegend kam und selbst schon als Kind im Tiefergrund gespielt hatte. Und das Rohr daher kannte. Obwohl, nein, nicht, wenn er damals zwischen vierzig und fünfzig gewesen war – das Rohr war, wie sie mittlerweile wusste, erst im Zuge des Brückenbaus Anfang der sechziger Jahre verlegt worden.

«Von einem Boot aus könnte man das Rohr sehen», sagte Erik. «Und Angler. Da standen früher doch oft welche unter der Brücke.»

Bette wurde ganz heiß. Angler! Das konnte eine Spur sein. «Du erinnerst dich nicht zufällig, ob ein Mann mit auffälligen Narben darunter war?», fragte sie. «Eine Narbe unter dem Ohr und eine ...»

Erik schüttelte den Kopf. «Ich hab mir die Männer nie so genau angesehen, das waren einfach Kerle in Regenklamotten. Aber frag doch mal den Nachtwächter von den Wasserwerken. Der war doch ständig da unterwegs.»

«Du meinst der, der sich nachts in das kinderfressende Ungeheuer verwandelt hat?», fragte Bette mit einem Zwinkern.

«Ja. Genau der.» Erik lachte auf, wurde aber sofort wieder ernst. «Mit dem würd ich mal reden.»

«Ich kann mir kaum vorstellen, dass er noch lebt. Er war damals schon uralt.»

«Nee, da täusch dich mal nicht», sagte Erik. «So alt war der gar nicht. Der sah nur so aus, wegen diesem komischen Gesicht. Und weil er so hinkte.»

Eine Weile saßen sie noch zusammen, und Bette dachte, dass Erik echt okay sein konnte, wenn er wollte. Sie musste es unbedingt schaffen, ihn und Tyler wieder zusammenzubringen. Sie wollte Tyler nicht loswerden, und es ging ja auch gar nicht darum, dass er zurück nach Hause zog. Aber so war das mit den beiden nicht mit anzusehen. Vielleicht war ihr heutiges Gespräch mit Erik ja ein erster Schritt in die richtige Richtung. Bevor Erik aufbrach, erwähnte sie noch den morgigen Trauergottesdienst und dass Helen sich bestimmt freuen würde, wenn er auch käme.

36. LARA

Obwohl draußen die Sonne schien, drang kaum Licht durch das Küchenfenster. Sie hatten gestern auf dem Werfthof Holz geschliffen, und das Fenster war völlig eingestaubt.

Lara machte Milch warm, kippte etwas davon über ihr Müsli und schenkte sich und ihrem Bruder eine Tasse ein. Bei Leo an der Schule fanden heute Schüler-Eltern-Gespräche statt, der reguläre Unterricht fiel aus. Lara, die Leo zu dem Gespräch begleiten würde, hoffte nur, die Lehrerin würde nicht nachfragen, warum sie mitkam und nicht die Eltern. Sie wollte nicht erklären müssen, dass ihre Mutter zu einem vernünftigen Gespräch nicht imstande war und ihren Vater Leos schulischen Probleme einen Scheißdreck interessierten.

«Wann genau müssen wir da sein?», fragte sie Leo. Sie wusste nur, es war irgendwann am Nachmittag.

Leo schob sich einen Löffel puren Zucker in den Mund und zuckte mit den Schultern.

«Ach menno», entfuhr es ihr. «Ein bisschen Selbstständigkeit würde dir auch echt mal guttun.» Sie griff nach Leos blauem Wochenplaner, der unter einem Haufen anderer Papiere auf dem Tisch lag, und blätterte ihn durch. «Hier, 14 Uhr.»

«Fahren wir vorher zum Schießstand?», fragte Leo.

«Nein.» Bei der Vorstellung, einen Abzug zu drücken, drehte sich ihr der Magen um. Bisher hatte sie das Schießen, das Einzige, was für sie zumindest annähernd einem Hobby gleichkam, nie mit Gewalt verbunden, es hatte für sie eher etwas Meditatives gehabt. Aber jetzt, mit Yasmins Tod, hatte sich die Bedeutung für sie verändert. Da war es unwichtig, dass Yasmin gar nicht durch einen Schuss getötet worden war. Lara würde nie wieder eine Waffe in die Hand nehmen.

«Ach bitte», bettelte Leo. «Wo Papa schon nicht da ist.»

Ihr Vater war nach Travemünde gefahren, um ein Boot zu inspizieren, und seine Abwesenheit gab ihnen ein Stück Freiheit. Wäre er da, säßen sie auch nicht um halb zehn noch am Frühstückstisch. Lara schüttelte trotzdem den Kopf.

«Bitte, bitte, bitte», drängelte Leo weiter, und schließlich gab Lara nach. «Okay.» Sie musste ja nicht selbst schießen. «Aber nur Scatt», sagte sie, wobei das eigentlich sowieso klar war. Leo mit seinen elf Jahren schoss nie mit Projektilen. Beim Scatt wurde der Schuss mit einem Infrarotlichtstrahl nachempfunden und von einem Sensor auf der Zielscheibe erfasst. Absolut ungefährlich also.

Lara fragte telefonisch im Schützenhaus nach, ob überhaupt eine Trainingseinheit möglich war, und eine halbe Stunde später bogen sie mit ihren Rädern auf den sandigen Vorplatz des Vereinshauses im Ortskern von Ochsenwerder.

Sie hatten gerade ihre Räder unter der großen Kastanie angeschlossen, als Lara Schritte hinter sich hörte. Sie drehte sich um. Es war Tyler, der da auf sie zukam, mit einem Hund neben sich und einer Brötchentüte in der Hand. Er musste gegenüber beim Bäcker gewesen sein. So ein blöder Zufall.

«Hey», sagte er.

Lara fluchte innerlich und sah sich hastig um.

«Jetzt hau nicht gleich wieder ab.» Tyler musste ihren Blick bemerkt haben. Leider sah sie keine Chance, zu entkommen. In ihrem Rücken lag das Vereinshaus, vor ihr die Böschung zur Straße.

Sie verschränkte die Arme vor der Brust. «Du schon wieder», sagte sie kühl.

Tyler sah sie an, der Blick irritierend weich. Seine dunklen Augen erinnerten sie an Yasmins, und sofort zog sich wieder alles in ihr zusammen.

«Es tut mir wirklich leid, das mit Yasmin», sagte Tyler.

Lara presste die Lippen aufeinander. Nicht dass sie vor ihm noch losheulte.

«Übrigens, morgen gibt es einen Trauergottesdienst. Um elf im Michel», sagte er weiter, und als sie darauf nicht reagierte, schob er hinterher: «Ich dachte, vielleicht möchtest du da hingehen.»

Sie schüttelte nur den Kopf. Ein Trauergottesdienst, das würde sie nicht aushalten.

«Ich hab Yasmin manchmal an der Badewiese gesehen», sagte er, während sein Hund sich neben ihn auf den Boden legte. «Wie sie da hoch ist auf den Sprungturm, echt mutig. Das war sie doch, oder täusch ...»

«Was willst du von mir?», unterbrach Lara ihn schroff. Als könnte er sie mit seiner Nettigkeit einlullen. Er sollte sie in Ruhe lassen!

«Wusstest du, dass Daniel als Jugendlicher entführt worden ist?», wechselte Tyler unverwandt das Thema. «Ich meine den Daniel, der bei euch auf der Werft arbeitet.»

«Das weiß doch jeder.» Fast jeder, dachte Lara und schielte zu Leo. Er wusste es vermutlich nicht. Ob ihm die Vorstellung Angst machte? Er schabte schon wieder mit den Füßen über den Boden.

«Wusste Yasmin von der Entführung? Kannten Daniel und sie sich?», fragte Tyler.

Lara runzelte die Stirn. Die Fragen verwirrten sie. «Keine Ahnung.»

«Hat Yasmin mal mit ihm über die Entführung gesprochen?», wollte Tyler dann auch noch wissen.

«Weiß ich doch nicht.» Lara hätte gerne gewusst, worauf er hinauswollte. Aber wenn sie Tyler jetzt Gegenfragen stellte, würde er nur denken, sie würde sich auf ein Gespräch einlassen. Und das würde sie nicht! Sie sog die Luft ein, hätte ihm am liebsten ins Gesicht gespuckt. «Warum sollte ich dir überhaupt irgendwas sagen? Ihr habt der Polizei meinen Namen gegeben. Du und diese Frau. Ihr habt die Bullen zu mir geschickt.»

«Was?» Kurz schien Tyler überrascht. «Wer hat mit dir gesprochen? Hieß der Kommissar Mark Thorben? Also, wenn er es war, er ist ein Idiot. Den darfst du nicht ernst nehmen.» Mit einem Mal lag so viel Abfälligkeit in Tylers Stimme, wie Lara sie ihm gar nicht zugetraut hätte. Wieso nur?

«Ihr habt mich trotzdem an diesen Idioten verpfiffen!»

«Aber ...» Tyler stockte. «Willst du denn gar nicht, dass der Mörder von Yasmin geschnappt wird?»

«Was würde das ändern?» Lara war kurz davor, die Fassung zu verlieren. Ihre Stimme zitterte schon. «Sie ist tot.»

«Da draußen rennt ein Mörder rum», sagte Tyler. «Was ist, wenn er noch jemanden umbringt?»

Wenn, wenn, wenn ... Wenn ich das Opfer bin, ist zumindest endlich alles vorbei. Ohne Yasmin machte ihr Scheißleben sowieso keinen Sinn mehr. Im selben Moment, in dem sie das dachte, machte Leo einen plötzlichen Schritt nach vorne, streckte die geballten Hände aus und stieß Tyler so heftig gegen den Brustkorb, dass er nach hinten stolperte und fast stürzte. Lara sah Leo überrascht an. Hatte er wirklich gerade versucht, sie zu verteidigen? Ein warmes Gefühl breitete sich in ihr aus.

«Sag mal, geht's noch?», schnauzte Tyler Leo an.

Lara legte einen Arm um Leo. «Schnüffler», fauchte sie Tyler an. «Lass mich in Ruhe! Du und diese Frau. Lasst mich einfach in Ruhe!» Damit zog sie Leo weg und eilte zum Eingang des Vereinshauses. Der Hund rannte ihnen schwanzwedelnd hinterher, er hatte eben nicht einmal gebellt.

37. BETTE

In der Ermittlungsakte gab es die Zeugenaussage eines Nachtwächters von Kaltehofe, allerdings war das nicht ihr Mann. Der Wächter, der da vernommen worden war, war 24 Jahre alt gewesen und zum Zeitpunkt der Entführung gerade mal einen guten Monat im Dienst. Über die Personalabteilung der Wasserwerke fand Bette den Namen seines Vorgängers heraus: Hans Kowalski. Er war von Dezember 1958 bis September 1986 Nachtwächter auf Kaltehofe gewesen. Das musste er sein, und er war, wie Erik gesagt hatte, tatsächlich um einiges jünger, als Bette angenommen hatte. Jahrgang 1933, was hieß, dass er zu Zeiten, als sie sich atemlos zwischen Sandsäcken vor ihm versteckt hatte, erst um die vierzig gewesen war. Wie man sich als Kind doch täuschen konnte.

Bette wollte sich gerade ans Telefon hängen, um herauszufinden, ob Hans Kowalski noch lebte, als Tyler von seinem Spaziergang zurückkam. Er war geschlagene eineinhalb Stunden unterwegs gewesen. Hatte wohl sichergehen wollen, ja nicht noch mal seinem Vater zu begegnen.

«Deine Brötchen.» Tyler knallte die Tüte auf den Küchentisch. «Salzkringel und Mohnzopf.»

«Danke dir.» Bette haderte mit sich, ob sie sich für das überfallartige Auftauchen von Erik entschuldigen sollte. Sie hätte Tyler vorwarnen können, dass sein Vater Getränke anliefern würde, hatte aber selbst gar nicht mehr dran gedacht.

Tyler holte sich eine Coladose aus dem Kühlschrank und sagte: «Ich bin dann oben. Muss lernen.»

«Mach das», sagte Bette, die Tylers muffige Laune plötzlich ärgerte. Es war ja wohl nicht an ihr, dafür zu sorgen, dass Tyler und Erik sich nicht über den Weg liefen.

«Ich hab übrigens Lara von der Trauerfeier erzählt», schob Tyler noch wie nebenbei hinterher, als er schon in der Tür stand.

«Du hast mit Lara gesprochen?» Bette sah Tyler überrascht an.

«Ich hab sie zufällig auf der Straße getroffen, mit ihrem Bruder. Leo. Sie hat mich beschimpft, dass wir ihr die Polizei auf den Hals gehetzt haben, und dann ist ihr Bruder auf mich los.»

«Wie, auf dich los?»

«Er hat versucht, mich umzuschubsen. Wollte wohl seine Schwester in Schutz nehmen.» Tyler schnalzte mit der Zunge. «Kleiner Idiot. Und Anton, der blöde Hund, hat nicht mal gebellt. Als Wachhund echt nicht zu gebrauchen.»

Oje, wenn Tyler sogar schon über Anton herzog, war er wirklich schlecht drauf.

Hans Kowalski, der Nachtwächter von Kaltehofe, lebte noch, und Bette machte ihn in einem Altenheim in Hamburg-Billstedt ausfindig. Am Nachmittag – sie hatte genau ausgerechnet, wann ihr kein Schlafschub drohte – stieg sie vor der Einrichtung, die sich *Seniorenresidenz Bille I* nannte, aus dem Taxi.

Es war ein balkonloses Gebäude mit angegrauter Putzfassade an einer vierspurigen Straße. Eine Residenz stellte Bette sich anders vor, oder zumindest etwas weniger hässlich gelegen. Rechts vom Eingang gab es einen schäbig aussehenden

Spielsalon, links eine Shishabar mit angegrauten Scheiben und ein Fitnessstudio, das mit Fensterbildern von kopflosen Rümpfen mit Sixpacks warb.

Sie hatte sich telefonisch angekündigt, nicht bei Kowalski persönlich, aber über das Büro der Residenz, und eine abgekämpft aussehende Pflegerin holte sie am Empfang ab.

«Frau Hansen?», begrüßte die Frau sie mit einem Lächeln, das für einen kurzen Moment die Müdigkeit in ihrem Gesicht überspielte. Bette reichte ihr die Hand.

Sie nahmen den Fahrstuhl in den dritten Stock.

«Haben Sie Herrn Kowalski ausgerichtet, weshalb ich ihn sprechen möchte?», fragte Bette, die bei ihrem Anruf im Büro genau genommen nur angedeutet hatte, dass es um eine lange zurückliegende Entführung ging.

«Ja, er weiß Bescheid», sagte die Pflegerin, ohne – wie Bette gehofft hatte – näher auf Kowalskis Reaktion einzugehen, und dann öffneten sich auch schon die Türen zu einem langen fensterlosen Gang. Der Geruch von scharfer Medizin und Putzmitteln schlug Bette entgegen und löste ein Gefühl von Trostlosigkeit in ihr aus. Die gebrechlichen Männer, die auf Stühlen entlang der Wand saßen und stumm vor sich hinschauten, machten es nicht gerade besser. Bette verstand, warum es Altenheime gab, angefreundet hatte sie sich nie mit ihnen. Enklaven des Alters, abgeschotteter noch als jede Kita. Der Bürgersteig draußen vor dem Haus war ja nicht einmal breit genug, um mit einem Rollator auch nur ein paar Schritte um den Block zu gehen.

Die Pflegerin ließ Bette in einem kleinen Besucherraum warten, der dann in diesem ganzen Ambiente doch überraschend freundlich wirkte. Es gab eine Vase mit frischen

Rosen, und auf einem Stövchen stand sogar eine Kanne Tee bereit.

Als Hans Kowalski, der am Stock ging, den Raum betrat, erkannte Bette ihn sofort. Die mehrmals gebrochene Nase, das Bein, das er hinter sich herzog. Er wirkte gebrechlich, seine Augen allerdings waren hellwach und musterten Bette, die aufstand, um ihm einen Stuhl zurechtzurücken.

Unwirsch fuhr Kowalski mit seiner freien Hand durch die Luft. «Lassen Sie mal. Das kann ich schon noch selbst.»

Er sprach kein Platt, aber mit starkem hamburgischen Einschlag. Mit ausgestrecktem Bein ließ er sich auf einen Stuhl fallen und hängte seinen Stock an die Armlehne. «Steifes Bein ... ein Arbeitsunfall. Im Hafen, da war ich 22. Wollte eigentlich Profiboxer werden. Sieht man vielleicht noch.» In seinen Augen flackerte es schelmisch, und er deutete auf seine krumme Nase. «Aber mit dem steifen Bein, das war's dann. An Boxen war von da an nicht mehr zu denken», fuhr er fort, und Bette ahnte, dass sie erst mal nicht zu Wort kommen würde. Aber gut, sollte er reden. Sie würde ihre Fragen schon noch stellen können. Zudem war sie wirklich neugierig auf diesen Mann, vor dem sie früher als Kind und sogar als Teenager noch solche Angst gehabt hatte.

«Kein Boxring mehr», sagte er. «Und kein Job im Hafen. Hab erst mal gesoffen. Hab mich aber wieder gefangen. 1958 hab ich dann auf Kaltehofe angefangen. Sechs Tage die Woche, bis auf samstags, da gab es eine Vertretung von einer Fremdfirma.»

So wie Hans Kowalski das alles erzählte, war es keine Klage über ein Leben, das er sich anders vorgestellt hatte, eher eine trockene Kurzfassung. Dann wechselte er übergangslos das

Thema: «Hanne, die Pflegerin, hat mir schon gesagt, weshalb Sie da sind.»

Bette kam kaum dazu zu nicken, da sprach er schon weiter.

«Ich versteh nicht, wie ich da helfen soll. Als dieses Mädchen ermordet wurde, da war ich gar nicht mehr auf Kaltehofe. Am 17. September 1986 bin ich in Frührente. Das viele Laufen, mein Bein, das war nicht mehr drin.»

Bette zögerte kurz. Wo sollte sie anfangen, was sollte sie ihm erzählen? «Ich glaube, die Täter kannten sich gut da draußen aus», sagte sie geradeheraus. «Sie müssen von dem Regenauslass unter der Autobahnbrücke gewusst haben.»

Der Mann sah sie ungläubig an. «Sie verdächtigen mich?»

«Um Himmels willen, nein!» Auf die Idee war Bette noch gar nicht gekommen.

«Wie können Sie da so sicher sein?», fragte Kowalski.

«Sie passen nicht auf die Beschreibung», sagte Bette. «Und Daniel Tjaben, der Junge, der die Entführung überlebt hat, er hätte Sie damals sofort erkannt.»

«Mich erkannt?» Kowalski sah sie überrascht an.

«Sie müssen wissen, Daniel und ich sind alte Freunde. Und wir haben als Kinder immer da unten gespielt. Unter der Autobahnbrücke.»

Plötzlich lachte Kowalski laut. «Sie waren eine der Gören, die immer kreischend vor mir abgehauen sind und sich versteckt haben? Zwischen den Sandsäcken.»

«Sie wussten, wo wir uns verstecken?»

«Natürlich wusste ich das. Schiss hattet ihr, mächtig Schiss.» Er klang stolz.

«Und wieso haben Sie nichts unternommen? Ich meine, wir durften da doch gar nicht sein. Das war Betriebsgelände.»

«Ach, ich sag Ihnen was, Nachtwächter sein ist so öde, da freut man sich über jede Abwechslung. Und was hättet ihr da unten auch anstellen sollen?»

Stimmte auch wieder, dachte Bette und konnte jetzt nicht widerstehen zu sagen: «Es war eine Mutprobe, sich vor Ihnen zu verstecken. Wir dachten, Sie verwandeln sich nachts in ein kinderfressendes Ungeheuer.»

Kowalski lachte wieder, bis ihm die Tränen die Wangen runterliefen und sein Lachen in ein Husten überging. Bette schob ihm eine Tasse Tee hin, die er aber nicht anrührte.

Als er sich beruhigt hatte, wurde er sofort wieder ernst. «Ich habe mich oft gefragt, ob ich das Mädchen hätte retten können», sagte er mit Bedauern in der Stimme. «Ich meine, wenn ich noch im Dienst gewesen wäre und nicht dieser Jungspund, der nach mir kam. Ich glaube, ich hätte was bemerkt. Aber vielleicht auch nicht.»

Darauf hatte Bette keine Antwort und fragte sich, wie viele Menschen sich eigentlich noch wegen damals Vorwürfe machten. Auf jeden Fall alle, mit denen sie bisher gesprochen hatte. «Ich habe eine Beschreibung von dem einen Entführer», sagte sie. «Dem, der entkommen ist. Ich dachte, vielleicht haben Sie ihn mal gesehen. Nicht während der Entführung, sondern vorher. Vielleicht ein Angler.» Bette erzählte Kowalski, was Daniel über den Eismann gesagt hatte, und noch während sie redete, sackte Kowalski regelrecht in sich zusammen.

«Sie kennen ihn», sagte Bette, die sich seine Reaktion nur so erklären konnte.

Kowalski nickte, und Bette spürte seine Anspannung.

«Der Mann war kein Angler», sagte Kowalski. «Er hat Treibholz gesammelt. Nach jeder großen Flut und jedem Sturm ist er da unten am Ufer entlang, mit einem großen Netz, in dem er seine Funde verstaut hat. Wir haben dann immer mal geplaudert. Manchmal bin ich sogar ein Stück mitgelaufen. Er meinte, er könne das Holz teuer verkaufen.»

«An wen?»

Kowalski zuckte mit den Schultern.

«Versuchen Sie, sich zu erinnern», bat Bette. «Hat er mal einen Kunden erwähnt?»

«Meine Güte, junge Frau, das ist so lange her.»

«Gibt es irgendwas anderes, das Sie mir über ihn sagen können?»

Kowalski legte die Stirn in Falten, er dachte angestrengt nach, schüttelte dann aber den Kopf.

«War der Mann immer alleine unterwegs, oder war manchmal jemand bei ihm?», versuchte Bette noch einmal, die Erinnerungen des alten Mannes in Schwung zu bringen.

«Alleine.»

«Und worüber haben Sie so geredet?»

Kowalski stieß die Luft aus. «Tja, über dies und das. Ich würde Ihnen gerne helfen. Aber ...» Er schüttelte wieder den Kopf. «Ich glaube, vor allem haben wir über Fußball gesprochen.»

Fußball, das brachte sie nun wirklich nicht weiter.

«Er hatte ja dieses Tattoo am Handgelenk», fügte Kowalski an. «Ich hab ihn deswegen mal aufgezogen, aber ich sag Ihnen, da hat der gar keinen Spaß verstanden.» Noch mal lachte Kowalski auf, verstummte aber sofort wieder, wohl wissend, dass das nicht der richtige Moment dafür war.

«Wieso haben Sie ihn aufgezogen?», fragte Bette nach.

«Mal echt», sagte Kowalski. «Wer lässt sich denn den Namen von so einem Pupsverein einbrennen?»

«RSH ist ein Verein?» Hatte Kowalski doch was für sie?

«Rasensport Harburg», sagte er. «RSH. Ich glaub, da hat er mal gespielt.»

38. LARA

Lara hatte die halbe Nacht wach gelegen. Sollte sie sich doch zu dem Trauergottesdienst wagen, den Tyler erwähnt hatte?

Als sie am Vormittag letzte Kleinigkeiten auf dem Lotsenschoner ausbesserte, der heute abgeliefert werden sollte, hatte sie sich immer noch nicht entschieden. Sie hatte Angst, gleichzeitig aber das Gefühl, dass es das Richtige wäre, zum Michel zu fahren. Nicht für Yasmin, sondern für sich selbst. Da würde sie für einen kurzen Moment mal nicht mit ihrer Trauer alleine sein. Das hoffte sie zumindest.

Sie sah auf die Uhr. Wenn sie zum Gottesdienst wollte, müsste sie spätestens um zehn los. In einer halben Stunde also. Sie ging in die Werkstatt, um noch schnell eine alte Bootstonne zu lackieren, die sie gestern nicht mehr fertig bekommen hatte. Ja, sie würde hingehen! Und ihren Vater würde sie gar nicht erst um Erlaubnis bitten, der ließ sie sowieso niemals während der Arbeitszeit weg. Aber er behandelte sie eh schon wie Dreck, was hatte sie also noch zu verlieren?

Sie mühte sich gerade damit ab, den total verklebten Farbeimer zu öffnen, als ein dunkler Audi bis auf den Werfthof vorfuhr und zwischen zwei aufgebockten Booten hielt.

Fuck. Das war wieder dieser ekelhafte Kommissar. Lara huschte hinter den großen Werkzeugschrank. Auf keinen Fall wollte sie, dass der sie hier fand. Noch mal würde sie ganz sicher nicht mit ihm reden.

Sie lauschte auf Schritte, die sich der Werkstatt näherten. Aber es blieb ruhig. Der Kommissar musste eine andere Richtung eingeschlagen haben. Trotzdem blieb Lara lieber in ihrem Versteck, wartete. Und da fiel ihr Blick auf ein glitzerndes Metallstück, das zwischen den Bodendielen steckte. Sie bückte sich und zog es heraus. Es war eine Patrone, beziehungsweise eine Hülse. Das Projektil fehlte, ebenso wie Treibladung und Zündhütchen. Die Hülse sah aus wie aufgesägt, 9 mm schätzte Lara, wie ihr Vater sie gerne beim Schießsport verwendete. Seltsam, dachte sie, als sie vom Hof her die Stimmen des Kommissars und ihres Vaters hörte. Was sie sagten, konnte sie nicht verstehen. Sie schob die Metallhülse in ihre Overalltasche und schlich auf Zehenspitzen zum Tor, wo sie seitlich im Schatten stehen blieb, sodass die Männer sie nicht sehen konnten.

Der Kommissar zeigte ihrem Vater gerade ein Foto. «Das ist er.»

«Was sagten Sie, wo der herkommt?», fragte ihr Vater.

«Syrien», antwortete der Kommissar.

«Ein Flüchtling?»

«Das tut hier nichts zur Sache», entgegnete der Kommissar. «Sind Sie sicher, dass das der Mann ist, den Sie gesehen haben?»

Ihr Vater nahm das Foto in die Hand, betrachtete es kurz, nickte dann. «Ja. Ganz sicher. Der war hier.»

«Was wollte Tarek Boustani?», fragte der Kommissar.

Tarek? Das war doch Yasmins Cousin. Der sollte hier gewesen sein?

«Was klauen, nehm ich an, so wie der über den Hof geschlichen ist. Aber vielleicht hat er auch das Mädchen gestalkt, das er umgebracht hat.»

Lara zuckte zusammen. Tarek der Mörder von Yasmin?

«Niemand sagt, dass er das Mädchen umgebracht hat», korrigierte der Kommissar, klang aber nicht sehr überzeugend.

Wie kamen die darauf, dass Tarek Yasmin getötet hatte? Lara hatte das mit dem *spooky* doch nur erwähnt, um diesem Bullen irgendwas an die Hand zu geben. Um ihre Ruhe zu haben. Oder hatte sie voll ins Schwarze getroffen? War das möglich? War es etwa so ein Ehrenmord gewesen? Und sie hatte sich noch über Tarek lustig gemacht. Ihn den Kerl mit dem starren Blick genannt und behauptet, dass er in Yasmin verknallt sei.

«Zweimal hab ich ihn hier erwischt», setzte ihr Vater nach.

«Haben Sie mit ihm gesprochen?», wollte der Kommissar wissen.

«Nee, der ist sofort abgehauen, als er mich gesehen hat.»

Die Männer bewegten sich aus Laras Blickfeld. Sie wagte kaum zu atmen. Nicht in die Werkstatt! Doch es ging nur eine Wagentür, und der Kommissar sagte: «Vielen Dank, Herr Paulsen.»

«Dafür nicht ... hoffe ... konnte helfen.» Lara hörte nur noch Bruchteile dessen, was ihr Vater sagte. «... viele Migranten ... Gefahr ... Kriminalität.»

Scheiße, was redete ihr Vater da eigentlich?

Lara wusste nicht, wie Yasmins Cousin aussah, war sich aber ziemlich sicher, in letzter Zeit keinen jungen Mann auf der Werft gesehen zu haben. Mal abgesehen von Henri, dem Azubi des Schlossers, und Tyler. Wenn Tarek hier rumgeschlichen wäre, hätte sie ihn doch auch gesehen. Oder zumindest hätte ihr Vater rumgewütet, wenn er Tarek wirklich auf der Werft erwischt hätte. Das hätte er doch nicht stillschweigend übergangen. So war er nicht. Und das hieß, dass das, was ihr Vater da eben erzählt hatte, nicht stimmte. Er hatte den Kommissar angelogen. Aber warum? Um Tarek einen reinzuwürgen? Weil er Ausländer war und ihr Vater Ausländer nicht mochte? Zutrauen würde sie es ihm. Oder steckte etwas anderes dahinter?

39. YVONNE

Der Trauergottesdienst fand im Michel statt, der fast bis auf den letzten Platz voll war. Yvonne mochte es nicht, in der Mitte zu sitzen, und war froh, zwei seitliche Plätze für sich und Daniel ergattert zu haben. Sie hatte sich gewundert, dass Daniel überhaupt mitgekommen war. Normalerweise mied er Menschenansammlungen. Sie sah einige bekannte Gesichter aus Ochsenwerder, und die ganze Neustadt schien anwesend, auch mehrere ihrer Klienten waren da, unter anderem Gertrude Mertens mit Karl Hammer. Hatten die beiden also wieder zusammengefunden.

Obwohl die Rede des Pfarrers kurz war, konnte Yvonne seinen Worten nicht folgen. Daniel neben ihr hielt den Kopf gesenkt, die Augen geschlossen. Hätte seine gesunde Hand nicht so verkrampft sein Knie umklammert, sie hätte gedacht, er schliefe. Seit Sonntag hatte sie kaum ein Wort mit ihm gesprochen, war seinen Blicken ausgewichen. Und jetzt, wo sie so dicht neben ihm sitzen musste, hatte sie das Gefühl, sie seien wie zwei Magnete, die sich abstießen. Der Raum zwischen ihnen war begrenzt, dennoch war der Abstand unüberwindlich, und alles in ihr sträubte sich dagegen, ihn zu verringern. Noch nie in ihrem Leben hatte sie sich so hilflos gefühlt. Was sollte sie nur tun? Wenn Daniel einen Mann getötet hatte, in Notwehr noch dazu, hätte sie damit leben können. Aber Yasmins Tod änderte alles. Als Yvonne das Blut aus der Kleidung gewaschen hatte, war sie sicher gewesen, dass es von einem Mann stammte, der Daniel überfallen hatte. Da hatte sie sich noch geschworen, ihm beizustehen. Jetzt musste sie sich überlegen, was sie mit dem Müllsack machen sollte. Sie konnte nicht weiter damit rumfahren. Doch sie konnte sich auch nicht dazu durchringen, die Klamotten zu entsorgen. Sie waren ein Beweismittel in einem Mordfall. Aber Daniel ausliefern? Das schien ihr auch undenkbar. Er war ihr Mann.

Beklommen registrierte sie, dass auch die Polizei in der Kirche war. Zwei Männer in Uniform und zwei in Zivil. Sie standen ganz hinten zusammen, unter der Empore mit der Orgel, und ließen ihre Blicke über die Bankreihen schweifen. Als suchten sie einen Hinweis, als suchten sie den Mörder unter den Trauergästen. Sahen die Männer zu ihnen herüber? Hatten sie Daniel schon im Blick? Oder bildete sie sich das alles nur ein? War ihre Schlussfolgerung *Yasmin plus Blut plus Tiefergrund plus Sonntagnacht gleich Daniel* vielleicht einfach nur absurd?

Nach der Andacht hatten Helen und ihr Mann zu sich nach Hause geladen. Yvonne fand es etwas seltsam hinzugehen, so gut kannte sie Helen nicht. Aber dann waren sie und Daniel doch noch mitgegangen. Einfach, weil es irgendwie nicht richtig gewesen wäre, eine solche Einladung auszuschlagen.

Vom Michel aus waren es keine fünf Minuten zu Fuß. Yvonne fragte nicht lange, ob sie sich nützlich machen könnte, sondern ließ Daniel stehen und folgte einer Gruppe von Frauen in die Küche. Die Frauen sprachen Arabisch miteinander und waren ihr eben in der Kirche schon aufgefallen. Sie hatten laut geweint und gejammert, ohne sich auch nur im Mindesten zurückzuhalten. Diesen offenen Umgang mit Schmerz war Yvonne nicht gewohnt, und sie konnte nicht umhin zuzugeben, dass es sie irritierte. Gleichzeitig beneidete sie die Frauen darum, ihre Gefühle so selbstverständlich zeigen zu können.

In der Küche fingen sie sofort geschäftig an, Schranktüren zu öffnen und sie nach Tellern, Schalen und Schüsseln zu durchsuchen. Keine von ihnen näherte sich Helen, die am Herd stand und mechanisch in einem Suppentopf rührte. Ihre ganze Haltung signalisierte, dass sie in Ruhe gelassen werden wollte, und die Frauen respektierten das.

Yvonne zog Folien von mitgebrachten Kuchen und öffnete Tupperdosen mit Salaten, Hummus und Frikadellen. Die Gäste hatten so viel mitgebracht. Helen hätte nichts kochen müssen. Doch Yvonne war klar, dass sie gar nicht anders konnte. Sie musste ihr eigenes Essen für die Trauerfeier ihrer Tochter zubereiten. Eine letzte Geste.

Die Gespräche aus der Wohnung drangen nur als fernes Stimmenwirrwarr zu ihnen herein. Doch dann ging die Tür auf, und Amar Hallak trat in die Küche.

Im Michel hatte Yvonne ihn nur von Weitem gesehen und kannte ihn ansonsten bislang lediglich in seiner Funktion als Arzt. Ein großer stolzer Mann mit aufrechtem Gang, der einfühlsam war und gleichzeitig auch klare Worte sprach. Für die alten Leute, die sie betreute, war er ein Gott in Weiß. Doch von diesem Mann war jetzt nichts übrig. Sämtliche Spannung war aus seinem Körper gewichen, er schien sich kaum auf den Beinen halten zu können, seine Haut war grau, die Augen gerötet.

Helen drehte sich zu ihm um, sah ihn einfach nur an.

«Ich kann nicht mehr», murmelte er und presste dabei eine Hand auf seine Brust, als steckte ihm ein Stachel im Fleisch.

Helen machte einen Schritt auf ihn zu, legte ihre Arme

um ihn, vergrub ihr Gesicht an seinem Hals. Amar Hallak gab nicht den kleinsten Laut von sich, aber Yvonne sah, dass sein ganzer Körper bebte, und es kam ihr vor, als beobachtete sie eine Szene, die sie nichts anging. Die viel zu intim war für Zeugen. Schnell nahm sie ein Kuchentablett und verließ damit die Küche.

Um ins Esszimmer zu kommen, wo das Buffet aufgebaut war, musste sie den langen Flur hinuntergehen. Überall standen Gäste in Gruppen herum, und sie hielt das Tablett mit beiden Händen, damit es ihr nicht wegrutschte. Durch eine offen stehende Tür fiel ihr Blick in ein Zimmer, in dem mehrere Mädchen auf dem Boden saßen, weinten, sich gegenseitig festhielten und trösteten. Über ihnen an der Wand hing ein Poster von Deichkind. Yasmins Zimmer, dachte Yvonne und ging schnell weiter.

War es möglich, dass Daniel für das hier verantwortlich war? Sie konnte den Gedanken nicht ertragen.

Sie stellte den Kuchen auf das Buffet und sammelte die leer gegessenen Teller ein, die überall herumstanden. Es war ihr ein Rätsel wie man bei einer Trauerfeier etwas essen konnte. Als könnten Torte und Frikadellen den Schmerz betäuben. Aber trauerten diese Menschen hier überhaupt? Der ein oder andere vielleicht. Sicherlich die Mädchen, die sie eben durch die offene Tür gesehen hatte. Aber die meisten waren wohl einfach gekommen, um den Angehörigen beizustehen, um zu zeigen, dass sie für Helen und ihren Mann da waren. Dass sie ihre Trauer und den Schreck über den Tod mit ihnen teilten. Zumindest für diesen einen Tag.

Im Wohnzimmer entdeckte sie Daniel neben dem Sofa auf der anderen Seite des Raumes. Sah so der Mörder einer jungen

Frau aus? Er stand bei einer Gruppe von Leuten, die alle aus Ochsenwerder kamen. Sie unterhielten sich und schienen auf eine distanzierte Art sehr vertraut, so wie man es nur mit Menschen war, die man schon als Kind gekannt hatte. Menschen, die wussten, wo man herkam. Hans und Emil, mit denen Daniel hin und wieder ein Bier trank, waren darunter. Bette Hansen. Und auch dieser rotgesichtige Getränkehändler, bei dem Yvonne immer einkaufte. Yvonne war nie in den Sinn gekommen, dass er Daniel besser kennen könnte. Ob er auch ein Jugendfreund war? Vom Alter her käme es hin. Sie fragte sich, was sie eigentlich von Daniel wusste und was alles nicht. Sie hatte ihn als Eigenbrötler kennengelernt und gedacht, er sei immer schon so gewesen. Aber vielleicht hatte sein Leben ihn nur nach und nach in diese Rolle hineingedrängt.

Yvonne hob eine Gabel auf, die ihr runtergefallen war, und als sie wieder zu Daniel hinübersah, fiel ihr auf, dass er etwas abseits der Gruppe stand und neben den anderen fast wie ein Fremdkörper wirkte. Plötzlich verspürte sie Mitleid mit ihm.

Daniel konnte nicht der Mörder sein. Nicht Yasmins Mörder. Er konnte so etwas nicht getan haben. Er war doch kein schlechter Mensch. Er war der Vater ihrer Tochter. Sie liebte ihn.

Sie versuchte, seinen Blick aufzufangen, wollte ihm zulächeln, ihm zu verstehen geben, dass sie da war – dass sie für *ihn* da war. Doch er sah nicht zu ihr herüber, dann drängten sich andere Menschen dazwischen, und sie verlor ihn aus den Augen.

40. DANIEL

Daniel stand neben Bette und anderen Bekannten aus Ochsenwerder, ohne ihrem Gespräch zu folgen. Immer mehr Trauergäste drängten in die Wohnung. Zuerst waren sie alle kurz betreten, dann nicht mehr. Sie redeten, aßen, tranken, schlürften und schmatzten. Die Luft war stickig. Die Welle aus Lärm und Enge türmte sich immer höher über Daniel auf und nahm ihm den Atem. Im Gottesdienst war ihm schon alles zu viel gewesen, vor allem mit Yvonne neben sich, die jedes Mal zusammengezuckt war, wenn er ihr zu nahe kam. Als habe sie Angst vor ihm. Als könnte er ihr etwas antun. Was glaubte sie eigentlich?

Ohne eine Erklärung wandte er sich ab. Er musste raus hier, und zwar schnell. Sollten die anderen doch denken, was sie wollten. Er schob sich zwischen den Trauergästen hindurch zur Wohnungstür, nur um festzustellen, dass auch das Treppenhaus voller Menschen war. Anstatt sich da jetzt auch noch durchzuschieben, ergriff er die Flucht nach oben, wo eine halbe Treppe höher eine Leiter zu einer offen stehenden Dachluke führte. Das war es, was er jetzt brauchte: Luft und einen weiten Blick.

Von der Straße aus hatte er vorhin schon gesehen, dass das Haus ein Flachdach hatte. Er zog sich durch die schmale Luke hoch, schloss sie hinter sich, damit nicht noch andere Gäste auf die gleiche Idee kamen, und atmete auf.

Grauer endloser Himmel. Daniel sah zum Michel hinüber, dem Hamburger Wahrzeichen, dessen Turm ihn immer an einen Leuchtturm denken ließ. Ihm kam ein Gedicht in den Sinn, das er in der Schule hatte auswendig lernen müssen. *Ich möchte so gern ein Leuchtturm sein, ... bin aber selbst nur ein Schiff im Sturm* ... na ja, oder so ähnlich. Gedichte hatte er sich nie besonders gut merken können, er wusste auch nicht mehr, von wem es war, nur noch, dass es ausnahmsweise einmal eines gewesen war, das ihm gefallen hatte.

«Schön hier oben, findest du nicht?»

Daniel fuhr herum. Auf einer abgebrochenen Backsteinkante etwas versteckt neben dem Schornstein saß Helen. Er war also doch nicht alleine.

«Ja, wirklich schön hier», sagte er, unsicher, was er tun sollte. Gehen, bleiben ...?

Helen rutschte ein Stück zur Seite, machte ihm Platz, und er setzte sich zu ihr. Als wären sie immer noch beste Freunde, wie damals.

«Wie geht es deiner Hand?», fragte sie.

«Besser.»

«Das freut mich zu hören. Nimmst du mich mal mit zum Angeln?»

«Wenn du willst», sagte Daniel. «Aber dafür müsstest du rauskommen zur Dove-Elbe.»

«Weißt du, all die Jahre habe ich gedacht, wenn ich mich nur weit genug von Ochsenwerder fernhalte, wird alles wieder gut. Und dass dann meine Schuldgefühle einfach irgendwann verschwinden. Sind sie aber nicht. Also was soll's, da kann ich auch wiederkommen. Heute ist ja sowieso schon halb Ochsenwerder hier.»

«Hast du die alle eingeladen?», fragte Daniel, der sich vorhin schon etwas gewundert hatte.

«Einige. Und dann hat es sich rumgesprochen. Wie das so ist. Ich bin froh, dass sie da sind, irgendwie tut es gut.»

Eine Möwe landete vor ihnen auf dem Dach, reckte den Kopf weit vor, schimpfte laut. Vielleicht belegten sie hier gerade ihren Stammplatz.

«Im letzten Jahr haben hier oben Möwen genistet», sagte Helen. «Ich habe oft mit Yasmin hier gesessen.»

Daniel schluckte. «Ich habe Yasmin gekannt.» Er musste es ihr erzählen, bevor jemand anderes es tat. Wer wusste, was sie dann für Schlüsse zog.

Helen sog hörbar die Luft ein.

«Die Ähnlichkeit war unverkennbar», fügte er an.

«Ja, das haben immer alle gesagt.»

«Sie war manchmal auf der Paulsenwerft, wo ich arbeite. Sie war mit Lara befreundet, der Tochter vom Chef.»

«Dieser Kriminalkommissar, der ...» Helen brachte die Worte nur schwer heraus. «Er meint, Yasmin wollte nach Amsterdam, mit ihrer Freundin. Und dass sie lesbisch war. Meinst du Lara war diese Freundin? Der Kommissar wollte mir ihren Namen nicht verraten.»

Daniel fiel ein, dass er die beiden hinter der Werkshalle mal Arm in Arm gesehen hatte. Er hatte sich nichts dabei gedacht, aber jetzt, wo Helen es sagte ... Es würde auch erklären, warum Lara auf dem Präsidium vorgeladen und Eike Paulsen so schlecht auf sie zu sprechen war. Noch schlechter als sonst. «Gut möglich. Sie wirkten sehr eng.»

«Ich habe immer gedacht, Yasmin würde mir alles erzählen, zumindest das Wichtige. Aber sie hat kein Wort gesagt. Ich frage mich, was ich falsch gemacht habe, dass sie es mir nicht erzählen konnte.»

«Vielleicht hast du gar nichts falsch gemacht.» Er machte eine kurze Pause. «Weißt du, vielleicht hat sie wegen Laras Eltern geschwiegen. Das könnte doch auch sein. Wegen ihrem Vater. Vielleicht hatten sie Angst, es sickert irgendwie zu ihm durch.»

«Wieso meinst du das?»

«Eike Paulsen ist ein Arsch, vor allem seinen Kindern gegenüber. Der würde austicken, wenn er hört, dass seine Tochter mit einem Mädchen zusammen ist. Das würde er niemals akzeptieren.»

Helen nickte, wobei sie mit ihrem Oberkörper leicht vor und zurück wippte. «Ich würde Lara gerne einmal kennenlernen.»

«Soll ich sie fragen?»

«Später. Ich brauche noch etwas Zeit.»

Eine Weile sagte keiner von ihnen etwas. Die Möwe war weggeflogen, aber vom Großneumarkt drang Kinderlachen zu ihnen herauf, Tauben gurrten, da waren die Motorengeräusche von der Ludwig-Erhard-Straße, eine Polizeisirene heulte. Die üblichen Stadtgeräusche. Daniel war überrascht, wie angenehm er es fand, hier oben neben Helen zu sitzen. Sie war eine, mit der man schweigen konnte.

Und dann fragte sie leise: «Ging es Yasmin gut, wenn sie mit Lara zusammen war?»

«Sie sah immer sehr glücklich aus.»

Helen streckte ihre Hand aus, legte sie auf seine, drückte sie. «Danke.»

41. BETTE

Bette kochte nicht gerne und beschränkte sich meist auf schnelle Ofengerichte und Eintöpfe. Für alles andere fehlte ihr die Geduld. Heute allerdings kochte Tyler, und der exotische Duft von Kreuzkümmel und Koriander zog bis zu ihr hoch ins Schlafzimmer.

Bette sah auf ihr Telefon, fast neunzehn Uhr. Sie hatte viel zu lange geschlafen. Mal ganz abgesehen von ihrer Narkolepsie, hatte die Trauerfeier sie einfach völlig erschöpft.

Sie stand auf und ging nach unten. Am Fuß der Treppe stapelten sich Umzugskartons mit dem gesamten Archivmaterial zum Rasensport Harburg: Fotos, Jahrbücher, Rechnungen von Feiern, sogar Steuerunterlagen.

Der Fußballverein bestand in seiner ursprünglichen Form schon seit 1970 nicht mehr, er war damals mit Borussia Harburg zum Harburger SC fusioniert. Aber Tyler hatte herausgefunden, wo all diese materiellen Überbleibsel von Jahrzehnten lokaler Fußballgeschichte lagerten, sie abgeholt und hergeschafft. Morgen würde Bette die Sachen mit Daniel nach dem Eismann durchgehen.

Als sie in die Küche kam, warf Tyler gerade winzige rote Chilis in die Pfanne und schwenkte sie in Öl. Bette schossen Tränen in die Augen.

«Holla, ist das scharf», entfuhr es ihr.

«Ist ja auch Thai-Curry.» Tyler schaltete Musik ein, die er über sein Smartphone mit einer Box verbunden hatte. Irgendwas Rappiges.

Solange Bette schlief, war Tyler immer sehr zurückhaltend, was seine Musik anging, jetzt fuhr er sie auf eine Lautstärke hoch, die jede Unterhaltung unmöglich machte. Aber Bette wollte sich sowieso nicht unterhalten. Sie hatte auf der Trauerfeier schon genug reden müssen, und dabei war sie nicht einmal sehr lange geblieben. Sie hatte sich rechtzeitig ein Taxi gerufen, um gar nicht erst Gefahr zu laufen, bei Helen wegzuschlafen. Schon während des Gottesdienstes war sie neben dem Seitenportal stehen geblieben, um notfalls schnell an die frische Luft zu kommen. Predigten hatten schon vor ihrer Erkrankung einen einlullenden Effekt auf sie gehabt, die Narkolepsie unterstützte das nur zusätzlich, und sie wollte auf keinen Fall schnarchend von der Kirchenbank rutschen.

Von ihrer Position neben der Seitentür hatte sie außerdem einen guten Überblick über alle Anwesenden gehabt und überraschend viele bekannte Gesichter entdeckt, sogar Tante Lore mitsamt ihrer Knobelrunde war da gewesen. Helen und Amar hatten mit ihrer jüngsten Tochter ganz vorne gesessen, neben ihnen Amars Schwester Mouna und deren Sohn Tarek, Yasmins Cousin. Weiter hinten hatte Bette Daniel mit seiner Frau ausgemacht. Daniel hatte die ganze Zeit den Kopf gesenkt gehalten, während Bette nicht entgangen war, wie nervös Yvonne sich ständig nach den ebenfalls anwesenden Polizisten umgesehen hatte. Hatte sie etwas zu verbergen oder gehörte sie zu den Menschen, die immer unruhig wurden, sobald sie Polizei sahen? Oben auf der Seitenempore, ganz hinten und ganz für sich, hatte Lara gestanden.

«Was ist das eigentlich für Musik?», fragte Bette laut, als Tyler jetzt anfing mitzusingen.

«Kwam.E, Hamburger Rapper, supercool.»

Diese Art Musik war Bette fremd, aber der Beat gefiel ihr.

Sie hatte gerade den Tisch gedeckt, als Anton bellend aufsprang. Durchs Fenster sah sie, dass ein Wagen vor dem Haus hielt. Erst dachte sie, Tyler erwartete vielleicht noch Besuch, dann sah sie, dass es Meyra war, die ausstieg. Ob Thorben sie hergeschickt hatte? Aber im Privatwagen? Eher nicht.

Bette ging zur Haustür und öffnete.

«Hallo», sagte Meyra, die schon den Gartenweg raufkam. «Chrischen hat mir Ihre Adresse gegeben. Ich hoffe, ich störe nicht.»

«Nein, nein, gar nicht», sagte Bette. «Kommen Sie rein.»

Sie gingen in die Küche. Meyra wirkte aufgewühlt. Auf ihren Wangen waren roten Flecken, und die kamen nicht von dem Chili, das in der Luft hing.

«Tyler!», schrie Bette über die Musik hinweg. «Mach mal leise!»

Tyler drehte sich um, und als er Meyra sah, breitete sich ein Lächeln über seinem Gesicht aus. Er wischte über sein Smartphone, und sofort war die Musik nur noch Hintergrundgeplänkel.

«Hey», sagte er.

«Tyler, mein Mitbewohner», stellte Bette vor. «Und Meyra. Von der Mordkommission.»

«Cool», sagte Tyler, musterte sie jetzt aber eingehender. Seit der Sache im Sommer war er sehr misstrauisch, was die Leute von Bettes ehemaligem Dezernat anging. Dann schien er Meyra aber für okay zu befinden und fragte, mit einem kurzen Blick auf Bette, um abzuschätzen, wie sie zu Meyra stand, ob sie mitessen wolle.

Meyra lehnte ab. «Ich möchte nur kurz mit Bette sprechen.»

Bette wies auf den Korbstuhl und stellte für den Fall, dass Meyra sich umentschied, noch einen dritten Teller auf den Tisch, bevor sie sich dann selbst setzte.

Meyra schielte zu Tyler, unsicher, ob sie in seiner Gegenwart sprechen konnte. Bette nickte ihr auffordernd zu, und schließlich sagte Meyra: «Tarek Boustani, Yasmins Cousin, er sitzt in U-Haft.»

«Tarek?» Bette hatte ihn vorhin doch noch auf der Trauerfeier gesehen.

«Wir ... wir mussten ...» Meyra stammelte. «Wir haben ihn ... von der Trauerfeier abgeführt. Von der Trauerfeier! Das ist doch ... das kann man doch nicht machen.»

Doch, das kann man, dachte Bette, schob eine Hand über den Tisch und legte sie auf Meyras geballte Faust. Sie wusste nur zu gut, dass es in diesem Job immer wieder Situationen gab, die einem nur schwer erträglich waren. Und für Meyra war eine Festnahme auf einer Trauerfeier anscheinend genau das.

«Thorben. Er ist nicht gerade mit Feingefühl gesegnet», sagte Bette vorsichtig. «Aber er wird seine Gründe haben.»

«Ach ja?» Meyra wurde laut. «Etwa so wie bei Lara? In der Vernehmung – er hat sie regelrecht vorgeführt. In Anwesenheit ihres Vaters. So was geht nicht!»

«Manchmal muss es sein», sagte Bette, die sich mit Thorbens Art ja auch schwertat. Aber Meyra jetzt in ihrer ablehnenden Haltung zu ihm zu unterstützen, würde ihr nicht weiterhelfen. Besser wäre es, ihr sein Verhalten irgendwie verständlich zu machen. Er war ihr Chef, und wenn sie beim Morddezernat arbeiten wollte, würde er es erst einmal auch bleiben. «Er versucht eben, die Ermittlung voranzutreiben.»

Meyra schnaubte. «Soll er doch irgendwelche Straßengangster so grob anfassen. Bei denen mag das ja ziehen. Aber doch nicht bei Lara. Das bringt doch nichts. Sie hat total dichtgemacht.» Meyra sprach jetzt so schnell, dass sie einzelne Vokale verschluckte.

Bette drückte ihre Faust fester.

«Thorben hatte Tarek schon verurteilt, bevor er nur mit ihm gesprochen hat. Das ist ... das ist ...» Meyra brach ab.

«Thorben ist ein Vollhonk. Sag ich ja immer», sagte Tyler und stellte eine Schüssel mit dampfendem Reis zwischen sie auf den Tisch.

«Du hältst dich mal schön raus», ermahnte Bette ihn.

Tyler kniff die Augen zusammen, wie er es immer tat, wenn er sich über etwas oder jemanden ärgerte, und wandte sich wieder dem Herd zu, wo er auffallend heftig sein Curry rührte.

Bette seufzte. «Ich will Thorben gar nicht verteidigen», sagte sie. «Aber was Tarek angeht: Thorben hat ihn vielleicht vorverurteilt. Wegen seiner Herkunft oder warum auch immer. Und das ist nicht okay. Das heißt trotzdem nicht, dass Tarek unschuldig sein muss.»

Meyra senkte den Kopf, starrte auf den Tisch.

«Was hat Thorben konkret gegen Tarek in der Hand?», fragte Bette.

«Eike Paulsen», murmelte Meyra, «er hat gegen ihn ausgesagt.»

«Laras Vater?», fragte Bette überrascht nach. Was hatte der jetzt damit zu tun?

Meyra nickte, den Blick weiterhin gesenkt. «Tarek sei zweimal auf seiner Werft gewesen. Sei rumgeschlichen. Wie ein Dieb. Oder ein Stalker.»

«Ey, diesem Eike Paulsen ist ja nun auch nicht zu trauen», mischte sich Tyler schon wieder ein.

Bette sah ihn streng an.

«Jaja, schon gut», maulte er. «Ich sag ja schon nichts mehr.»

«Thorben hat Tarek so was von auseinandergenommen», sagte Meyra, wobei sie Bette nun wieder ansah. «Wir sind so um halb drei auf dem Präsidium gewesen, und Thorben hat sofort angefangen mit der Vernehmung. Einen Anwalt hat Tarek abgelehnt.»

«Ist Tarek nur wegen Paulsens Aussage in U-Haft gesetzt?», fragte Bette. Eigentlich konnte das nicht sein. Er konnte auch einfach aus diesem Beschützerding heraus auf der Werft gewesen sein, das er Yasmin gegenüber allem Anschein nach gefahren hatte. Deswegen hatte er sie ja in der Mordnacht auch davon abhalten wollen, alleine über Kaltehofe zu fahren. Zumindest seiner Aussage zufolge.

«Nein, nicht nur deswegen», sagte Meyra kleinlaut. «Das hat Thorben nur geholfen, eine Wohnungsdurchsuchung bei Tarek durchzudrücken. Und ... es ging dann alles ganz schnell. Wir haben Yasmins Jacke bei ihm gefunden. Die dunkelblaue Daunenjacke, die sie angehabt haben soll, als sie in der Mordnacht zu Hause weg ist.»

Bette stöhnte auf. «Was sagt Tarek dazu?»

«Nichts», war Meyras Antwort.

Bette rief sich den jungen Mann ins Gedächtnis, mit dem sie am Sperrwerk gesprochen hatte. Verstockt und zugleich unendlich traurig. Wenn Tarek wirklich der Täter war, wäre das mit dem Tiefergrund nur ein Zufall gewesen. Konnte das sein? Natürlich konnte das sein.

«Sicher halten Sie mich für verrückt.» Meyra klang jetzt resigniert. «Alles spricht gegen Tarek. Trotzdem, mein Gefühl sagt mir was anderes.»

«Wenn ich dir einen Rat geben darf», sagte Bette, wobei sie ins Du rutschte. Sie fand es in diesem Moment irgendwie angebrachter, weniger distanziert. «Erwähne das mit dem Gefühl Thorben gegenüber bloß nicht.»

Meyra sah Bette traurig an. «Schon klar. Bei der Polizei zählen nur Beweise.»

Bette meinte plötzlich, etwas von ihrem jungen Ich in Meyra zu erkennen. «Nein. So meine ich das nicht. Du musst auf dein Gefühl vertrauen, aber dann such Beweise, die das untermauern und deinen Chef widerlegen.»

«Und wie soll ich das machen?»

«Ich denke, Tarek hat gelogen», sagte Bette und rückte ein Stück zur Seite, damit Tyler das Curry auf den Tisch stellen konnte.

«Du glaubst also auch, dass er schuldig ist?» Meyra duzte sie nun ebenfalls.

«Tarek hat uns erzählt, dass er alleine war, als er da draußen beim Sperrwerk auf Yasmin traf. Das ist es, was ich nicht glaube. Aber vielleicht wollte er vor der Polizei nur nicht die Namen seiner Kumpels fallen lassen. Einfach, weil man das nicht tut.»

Jetzt lächelte Meyra. «Das heißt, ich muss diese Kumpels finden.»

Bette nickte, ebenfalls mit einem Lächeln. «Vielleicht haben sie eine plausible Erklärung dafür, warum Tarek Yasmins Jacke hatte. Und vielleicht können sie auch bezeugen, dass Tarek in der Nacht nicht mit einem Boot unterwegs gewesen ist.»

«Apropos Boot», sagte Meyra. «Wir haben die Bewegungsdaten von Yasmins Smartphone.»

Na endlich, dachte Bette. Damit konnten sie genau nachvollziehen, wo Yasmin in der Nacht ihres Todes wann gewesen war, zumindest solange sie das Telefon bei sich gehabt hatte.

Meyra fasste die Auswertung zusammen. Danach war Yasmin vermutlich gegen 23.55 Uhr in Höhe der Autobahnbrücke auf das Boot gestiegen. Denn kurz darauf verlor sich das Signal, was darauf hindeutete, dass Yasmin auf die Elbe raus war. Da gab es oft keinen Empfang. Erst um 00.44 Uhr hatte ihr Smartphone wieder ein Signal gesendet. Diesmal vom Ruschorter Hauptdeich, schon draußen in den Marschlanden.

«Da ist der Täter dann möglicherweise an Land gegangen, nachdem er Yasmin über Bord geworfen hat», sagte Meyra. «Und dann hat er das Boot wieder in den Fluss gestoßen.»

Von den Strömungsbedingungen käme es hin, dass das Boot vom Ruschorter Hauptdeich rüber zum Peutehafen getrieben war, wo Bette es dann mitsamt dem Smartphone gefunden hatte.

«Ich frage mich nur», sagte Meyra, «angenommen, Tarek wäre es gewesen, warum hätte er da draußen an diesem Deich aussteigen sollen? Das ist doch irre weit weg von da, wo er wohnt!»

«Vielleicht, um zu verwirren?», mischte Tyler sich jetzt wieder ein, während er allen Curry auftat.

«Dafür hätte er aber wissen müssen, dass Yasmin ihr Smartphone im Boot verloren hatte», wandte Meyra ein, probierte nun doch und nickte anerkennend. «Und noch was», sagte sie. «Tarek kann nicht schwimmen. Ich habe ihn das extra gefragt, weil, na ja, meine Mutter kann auch nicht schwimmen, und sie steigt nicht mal freiwillig auf eine Fähre. Mal ehrlich, würdet ihr mit so einem wackeligen Kahn auf die Elbe rausfahren, wenn ihr nicht schwimmen könntet?»

42. DANIEL

Bette saß auf dem Sofa, ihr Mund stand offen, ihr Kopf war zur Seite gekippt. Ohne ihr Schnarchen hätte man denken können, sie sei tot. Obwohl Daniel von ihrer Krankheit wusste, war er doch überrascht gewesen, wie plötzlich sie eingeschlafen war. Mitten im Satz war sie weggesackt. Und nun saß er also zwischen der schlafenden Bette und all diesen Jahrbüchern vom Rasensport Harburg, die ihn völlig überforderten.

Bettes Wohnzimmer ging nach hinten zum Garten raus. Es gab zwei Sessel, ein Sofa und eine Schrankwand. Den dunklen Brauntönen nach zu urteilen, stammte die Einrichtung noch aus den siebziger Jahren, und Daniel meinte auch sich zu erinnern, dass es hier früher, zu Zeiten von Bettes Eltern, schon genauso ausgesehen hatte. Das Ganze hatte für ihn etwas Beklemmendes.

Er überlegte, Bette zu wecken, sie sollte ihm verdammt noch mal helfen, das ganze Zeugs durchzugehen. Dann ließ er sie aber doch schlafen. Was konnte sie schon machen? Sie wusste nicht, wie der Eismann aussah. Und wenn sie wach war, würde sie nur wieder ununterbrochen reden, wie schon den halben Vormittag, immer bemüht, ihre neugierigen Fragen in viele Worte zu verpacken, als sei er so naiv, nicht zu bemerken, dass sie nur versuchte, ihn auszuhorchen.

RSH. Rasensport Harburg. Daniel hatte es nicht fassen können, als Bette ihm gesagt hatte, was das Tattoo auf dem Handgelenk des Eismannes bedeutete. Er hatte sich immer sonst was zusammengereimt: ein Gefängnis-Tattoo, Namenskürzel eines vorherigen Mordopfers, Bandenzugehörigkeit ... Dabei war es so banal. Ein piefiger Fußballverein.

Eike Paulsen hatte ziemlich mürrisch reagiert, als Daniel sich am Morgen auf der Werft abgemeldet hatte, um zu Bette zu fahren. Er war gestern wegen der Trauerfeier ja schon nicht auf Arbeit gewesen. Aber Nein sagen konnte Eike auch nicht. Immerhin ging es darum, einen Mörder zu finden.

Daniel beugte sich in seinem Sessel vor und zog die nächste Umzugskiste zu sich heran. Mittlerweile war er bei 1961 angekommen. Er blätterte das Jahrbuch durch. Die Gruppenfotos der Vereinsmannschaften fanden sich immer ganz hinten. Pixelige Aufnahmen in schlechter Druckqualität, die Gesichter winzig klein. Junge Männer, alle in denselben Trikots, alle mit denselben Kurzhaarfrisuren und Seitenscheiteln. Daniel drehte an der Stehlampe neben sich, besser sah er dadurch aber auch nicht. Seine Augen brannten schon. Er konnte sich nicht einmal an den Haarfarben orientieren, weil er sich nicht erinnerte, welche Haarfarbe der Eismann gehabt hatte. Was hängen geblieben war, waren die Augen, die Narben, die Tattoos. Alles Details, die auf den Schwarz-Weiß-Fotos nicht auszumachen waren. Zudem waren die Vereinsfotos, die Bette aufgestöbert hatte, schon zum Zeitpunkt der Entführung viele Jahre alt gewesen. Und woher sollte er wissen, wie der Eismann als junger Mensch ausgesehen hatte? Trotzdem, er blätterte Seite um Seite weiter, versuchte, den Eismann in einem der jungen Gesichter wiederzuerkennen. Nur wozu eigentlich? Er hatte jahrelang gedacht, wenn der Eismann endlich gefasst würde, wenn er keine Gefahr mehr für andere darstellte, würde es ihm besser gehen. Aber das war nur Wunschdenken. Das hatte er mittlerweile verstanden. Letztlich war es nicht der Eismann, der ihm Angst machte. Er hatte Angst vor sich selbst. Er selbst war es, den er so hasste. Und plötzlich spürte er, wie ein unangenehmes Kribbeln durch seinen Körper zog. Vom Magen bis in die Fingerspitzen. Ein vertrautes Gefühl, eines, das er nur schwer aushielt. Es war wie eine Welle, die sich in ihm aufbauschte, und alles wurde ihm zu eng und zu nah. Die Erinnerungen, die Bilder. Er wollte nur noch um sich schlagen. Und dann ging auch noch Bettes Schnarchen in ein nervtötendes Grunzen über. Ob sie aufwachen würde, wenn er ihr ein Kissen aufs Gesicht drückte? *Verflucht.* Er musste raus hier, sofort. Er warf das Jahrbuch aufs Sofa und eilte aus dem Zimmer. Er meinte kaum noch atmen zu können. Im Flur riss er die Hintertür auf, trat nach draußen und zitterte, als wieder Luft in seine Lungen drang. Der Wind trieb graue Wolkenstränge über ihn hinweg, und eine Schar Gänse flog laut schnatternd in Pfeilformation Richtung Elbe.

Daniel blieb lange draußen. Als er zurück ins Haus ging, war Bette wieder wach und gerade dabei, eine weitere Kiste nach Fotos, Jahrbüchern und sonstigen Papieren zu sortieren. Sie fragte nicht, warum er im Garten gewesen war, sah ihn aber neugierig an, und er merkte, wie sehr ihn das störte.

Als sie am Sonntag auf die Yoda gekommen war, hatte er für einen Moment gedacht, sie käme aus alter Verbundenheit, dass da noch etwas von ihrer Freundschaft übrig war. Er hatte sich richtiggehend gefreut, sie zu sehen, dann jedoch musste er erkennen, dass sie nur einen Fall lösen wollte. Sie benutzte ihn, um an Informationen zu kommen. Nichts weiter.

Mit dem Rücken zum Fenster blieb er vor ihr stehen, schaute auf sie und den ganzen Papierkram hinab, der über

Tisch und Boden verteilt war. «Ich kann das nicht», sagte er. «Ich kann den Eismann in diesen winzigen Gesichtern nicht finden.»

«Wir haben doch noch nicht einmal die Hälfte durch», sagte Bette.

«Was heißt *wir*? *Ich* muss den Eismann erkennen.» Daniel merkte selbst, wie aggressiv er klang.

«Daniel, bitte», sagte Bette mit einem Unterton, der wie ein Vorwurf klang. «Gib nicht so schnell auf.»

«Selbst wenn ich ihn erkennen würde. Was dann? Dann läuft dieser verkorkste lahme Polizeiapparat an. Das hab ich schon mal mitgemacht. Nein danke. Am Ende lassen die den Eismann sowieso laufen, wegen Mangel an Beweisen, nach all den Jahren.»

«Das werden sie nicht», widersprach Bette.

«Und ob sie das werden.»

Bette senkte den Blick, und kurz hatte Daniel die Hoffnung, sie würde ihn jetzt einfach in Ruhe lassen. Aber dann redete sie doch wieder: «Daniel. Es geht nicht nur um dich. Oder um Anna. Oder um damals. Es geht um heute. Vielleicht hat der Eismann auch Yasmin umgebracht. Vielleicht ist er immer noch gefährlich.»

«Blödsinn!» Daniel schlug wütend mit der Faust in seine offene Hand – und stöhnte unweigerlich auf. Die Wunde schmerzte immer noch.

«Warst du mit der Hand eigentlich beim Arzt?», fragte Bette.

Daniel ging nicht darauf ein. Das mit seiner Hand wollte er jetzt nicht auch noch mit ihr diskutieren. Stattdessen sagte er: «Warum sollte Yasmin zum Eismann aufs Boot gestiegen sein?

Und dann auch noch freiwillig.» Das hatte Bette doch auch irgendwann erwähnt: Yasmin sei freiwillig eingestiegen. «Der Kerl muss heute mindestens Mitte siebzig sein. Das glaubst du doch selbst nicht.»

Bette fuhr sich mit den Händen über das Gesicht, als wäre sie schon wieder unendlich müde.

«Vielleicht hängen die Fälle gar nicht zusammen», schob Daniel hinterher. «Und das mit dem Tiefergrund, das war nur Zufall.»

«Vielleicht», sagte Bette. «Oder aber der Mörder wollte eine Verbindung zu Annas Mord herstellen. Der Mord an Yasmin könnte ein Racheakt gewesen sein. An Helen. Deshalb der Tiefergrund. Von jemandem, der ihr die Schuld an Annas Tod gibt.»

Daniel sah Bette sprachlos an.

«Ich frage mich nur», setzte Bette ihren Gedankengang fort, «wer Helen so sehr hassen sollte, dass er ihre Tochter ermordet. Annas Eltern leben nicht mehr. Und Geschwister hatte sie keine.»

Plötzlich brannte Bettes Blick unangenehm auf Daniels Haut. Darauf wollte sie also hinaus. Deshalb war er hier. Deshalb die ganzen Fragen. Es ging gar nicht darum, den Eismann zu identifizieren. Daniel schluckte schwer, bevor er seine Sprache wiederfand. «Ja, klar. Da bleibe ja wohl nur ich übrig. Weil sie mich im Stich gelassen hat. Und Anna.» Er war selbst erschrocken, mit welcher Schärfe ihm die Worte über die Lippen kamen.

43. BETTE

Es nieselte, aber das war Bette gerade gleichgültig. Sie war nach draußen gegangen, rauchte und lief unruhig unter dem Walnussbaum hin und her. Geschützt vor Blicken von der Straße, war dies ihr bevorzugter Platz, um nachzudenken.

Daniel, verdammt, was war das eben? Hasst du Helen wirklich, oder war das nur dahergesagt?

Sie bückte sich, klaubte eine Nuss aus dem nassen Gras und warf sie in den Eimer, der neben dem Baumstamm stand.

Schon während sie vorhin zusammen die Jahrbücher des Fußballvereins gesichtet hatten, war Bette nicht entgangen, wie abweisend Daniel ihr gegenüber war. Wie er mehr und mehr dichtmachte. Sie hatte das auf die Situation geschoben. Die vielen Gesichter auf den Fotos mit seiner Erinnerung an den Eismann abzugleichen, musste ihm schwerfallen. Und auch wenn es sie frustrierte, hatte sie nachvollziehen können, dass er auf halber Strecke aufgab, sich weigerte, weitere Fotos anzusehen. Aber dass er sich dann selbst als Mordverdächtigen ins Spiel gebracht hatte – nein! Das konnte sie nicht glauben, das wollte sie nicht glauben. Obwohl, was wusste sie schon von Daniel? Sie hatten als Kinder zusammen gespielt und waren als Jugendliche gemeinsam losgezogen, aber immer nur in der Gruppe, nie alleine. Und geredet, über das, was einem wichtig war? So nah war sie Daniel nicht gewesen. Wie sollte sie dann also jetzt – nach so vielen Jahren, in denen sie gar keinen Kontakt gehabt hatten – wissen, was in ihm vorging? Wozu er fähig war.

Vielleicht hegte er wirklich einen solchen Hass gegen Helen, dass er 33 Jahre nach der Entführung deren Tochter ermordete. Weil Helen entkommen war, weil sie nichts unternommen hatte, weil der Einbruch in die Lagerhalle ihre Idee gewesen war. Bei ihrem Wiedersehen am Sonntag auf Daniels Hausboot war es ihr allerdings eher so vorgekommen, als leide er immer noch darunter, dass er Anna damals nicht gerettet hatte. Und nun sollte er im Gegenzug eine junge Frau umgebracht haben? Weil er wusste, dass Helen das so viel mehr quälen würde, als wenn er sie selbst tötete?

Während Bette die Gedanken hin und her schob, kam sie trotz allem Widerwillen nicht umhin, sich einzugestehen, dass da heute Morgen eine unterschwellige Aggression von Daniel ausgegangen war, die sie beunruhigte. Sie hob eine weitere Nuss auf, kratzte mit dem Fingernagel die schrumpelige schwarze Haut ab.

Nein, vielleicht hatte sie sich das auch nur eingebildet. Sie musste das erst einmal sacken lassen. Wäre Anton da, würde sie jetzt mit ihm zur Elbe laufen, sich den nassen Wind ins Gesicht pusten lassen. Dabei den Kopf leer bekommen. Aber Anton war nicht da. Tyler hatte ihn am Morgen mitgenommen, als er in die Stadt gefahren war. Und alleine konnte sie sich nicht aufraffen. Sie wollte gerade den Eimer mit den Nüssen nehmen, um ins Haus zu gehen, als das Smartphone in ihrer Jackentasche klingelte.

Bette sah aufs Display. Es war Helen. Ihr blieb heute auch nichts erspart. Was sollte sie ihr sagen? Sie konnte nichts für Tarek tun, nur warten, dass Meyra Tareks Kumpels fand, und hoffen, dass sie wirklich in der Mordnacht mit ihm unterwegs gewesen waren und ihm ein Alibi gaben.

Einen anderen Weg sah sie momentan für Tarek nicht. Außer natürlich, sie fanden Yasmins wahren Mörder. Womit sie wieder bei ihrem verstörenden Gespräch mit Daniel war.

Mit einem Kloß im Magen nahm Bette Helens Gespräch an.

«Bette!», sagte Helen sofort. «Sie haben Tarek gestern in U-Haft gesetzt. Und heute Morgen haben sie Amar abgeholt ...» Sie sprach atemlos, gestresst.

«Amar?» Jetzt auch noch Helens Mann? «Ist er auch in U-Haft?»

«Im Verhör. Er ist seit Stunden weg. Und sie ...» Helen stockte.

In dem Versuch, sie erst mal zu beruhigen, sagte Bette: «Sicher vernehmen sie ihn nur als Zeugen.» Immerhin hatte Amar gesehen, wie Yasmin in der Mordnacht das Haus verlassen hatte. Er war es, der bezeugen musste, welche Jacke sie getragen hatte und ob es wirklich dieselbe war, die man bei Tarek gefunden hatte. «Das ist reine Routine.»

«Routine?» Helens Stimme war zornig. «Die wollen ihm den Mord anhängen. Die glauben, Amar hat Tarek beauftragt, Yasmin umzubringen.»

«Wer hat das gesagt?», fragte Bette.

«Dieser Kommissar Thorben, heute Morgen, als sie ihn abgeholt haben. Er hat das angedeutet.»

«Wie kommt er darauf?» Bette sah Amar vor sich, wie er am Tag nach der Todesnachricht auf dem Sofa saß, übernächtigt, verstört und aufgelöst. Und dann auf der Trauerfeier, dasselbe Bild.

«Amar ist Syrer, das reicht als Grund.»

Schon wieder, dachte Bette. «Nein, das reicht nicht als Grund», widersprach sie scharf und fragte sich, was Helen bloß für Erfahrungen gemacht hatte, dass sie immer wieder auf Amars Herkunft zurückkam.

«Du musst mit denen reden», drängelte Helen.

«Das würde nichts ändern. Aber ich verspreche dir, ich tue alles, um euch zu helfen.

«Was denn? Was denn, bitte?»

Helens Verzweiflung war wie ein Stich in Bettes Brust. «Daniel war eben bei mir. Wir haben eine Spur zum Entführer von damals. Wenn wir ihn finden, vielleicht bringt uns das weiter.»

«Der Entführer von damals?» Helen klang ungläubig. «Du denkst, er war es wieder?»

«Ich weiß es nicht. Vielleicht lebt er gar nicht mehr. Aber wenn ...» Bette unterbrach sich. Ja, was dann? Dann hätten sie Annas Mörder. Aber war es wirklich vorstellbar, dass er nach all den Jahren wieder mordete? Dass Yasmin beim Eismann ins Boot gestiegen war?

Zum Glück fragte Helen nicht weiter nach. Bette ahnte, dass ihr alles zu viel war, dass ihr schlichtweg die Kraft fehlte nachzuhaken.

«Grüß Daniel von mir», sagte Helen stattdessen. «Ich hab mich sehr gefreut, ihn wiederzusehen.»

«Das mache ich.»

«Und er soll wegen diesem Angelunfall unbedingt zum Arzt gehen», fügte Helen an. «Seine Hand sah nicht gut aus.»

Bette horchte auf. Angelunfall? Ein beklemmendes Gefühl durchströmte sie. *Mir hast du erzählt, du hast dich beim Holzhacken verletzt.* Warum log Daniel? Oder hatte Helen da etwas durcheinandergebracht?

Bevor sie noch einmal nachfragen konnte, flammte am Stamm des Walnussbaums ein gelber Lichtblitz auf, gefolgt von einem Zischen und einem erstickten Knall. Vor Schreck erschlafften Bettes Handmuskeln. Eine Kataplexie. Das Smartphone rutschte ihr aus der Hand und landete im hohen Gras.

Fynn, schoss es ihr durch den Kopf. *Wenn ich dich erwische!* Mats' Enkel spielte ständig mit diesen Chinaböllern herum, die er seit Silvester bunkerte, und hatte sich schon mehr als einmal einen Spaß daraus gemacht, die Knaller in ihrer Nähe hochgehen zu lassen. Mit verlängerter Zündschnur. Wahrscheinlich hockte er in der Böschung des Wassergrabens, der ihr Grundstück nach hinten raus begrenzte. «Fynn!», rief sie, «komm raus!», aber der Junge muckte nicht.

Dafür drang Helens Stimme an ihr Ohr. «Bette! Alles in Ordnung?» Das Smartphone lag noch in der Wiese.

«Alles gut», rief Bette laut, damit Helen sie auf die Entfernung hören konnte. Aufheben konnte die das Telefon nicht, die Kraft war noch nicht wieder in ihre Hände zurückgekehrt. Sie sollte sich wirklich dazu durchringen, immer diese albernen Mikro-Kopfhörer zu benutzen, mit denen sie das Telefon in der Tasche lassen und bei einer Kataplexie einfach handlos weiter telefonieren konnte.

«Fynn?», rief Bette noch mal laut und stutzte dann irritiert. Warum war der Junge so still? Sonst konnte er sich sein Lachen nie lange verkneifen. Und überhaupt, eine lange Zündschnur bei der Nässe? Das funktionierte doch gar nicht. In diesem Moment flammte ein zweiter Lichtblitz auf, diesmal größer und heller, gefolgt von einem Knall. Der Boden unter ihren Füßen vibrierte, Erde spritzte. Instinktiv duckte Bette sich. Ihre Ohren fiepten. Dumpf drangen Helens Rufe aus dem Hörer zu ihr durch. «Bette! Bette?»

Hinter ihr knackte es laut. Etwas Hartes traf sie im Nacken.

44. LARA

Eine Hand an der Pinne des Außenborders steuerte Leo gegen die Wellen an, die seitlich gegen den Rumpf schlugen. Der Himmel war grau, feiner Niesel hing in der Luft, und die Sicht war schlecht. Das andere Elbufer verschwand in nassem Dunst. Lara saß mit dem Rücken zum Bug, die Kapuze ihres Friesennerzes tief ins Gesicht gezogen, und beobachtete, wie Leo immer wieder geschickt gegendrehte, wenn die Strömung drohte, das Boot seiner Kontrolle zu entreißen. Alles, was er über den Fluss wusste, hatte er von ihr gelernt. Das war etwas, worauf sie stolz war. Mittlerweile war Leo ein fast so guter Steuermann wie sie.

«Wohin fahren wir?», fragte Lara. Sie musste gegen den Wind anschreien. Es war Leos Idee gewesen rauszufahren. Ihr Vater hatte wieder nach Travemünde gemusst, und ihrer Mutter war sowieso egal, was sie taten. Wahrscheinlich war ihr nicht einmal aufgefallen, dass sie beide eben nicht zum Mittagessen aufgetaucht waren.

Leo jagte den Motor hoch. Die 15 PS des Anglerbootes, das er am Ufer aufgespürt hatte, reichten aus, dass der Bug sich bei Vollgas aus dem Wasser hob. Eines der Motorboote ihres Vaters, die am Werftanleger lagen, wagten sie nicht einmal zu nehmen, wenn er weg war. Die Gischt spritzte, und kurz schloss Lara die Augen. Sie liebte die Elbe, und sie liebte es, auf dem Wasser zu sein.

Leo kreuzte den Fluss, fuhr stromabwärts, und an der Bunthäuser Spitze nahm er den Weg in die Süderelbe.

«Sag schon, wo fahren wir hin?», drängelte Lara.

Leo schüttelte nur grinsend den Kopf, was wohl so etwas wie *geheim* bedeuten sollte. Noch einmal gab er Gas, dann fuhr er nah ans Ufer und lenkte in einen Priel, der versteckt zwischen hohem Schilf vom Hauptstrom abging. Die Tide war noch nicht einmal halb aufgelaufen, trotzdem war genug Wasser da, um ein gutes Stück den Priel hochzufahren.

Wie eine Schlange wand er sich in immer enger werdenden Kurven.

Lara hatte immer gedacht, sie kenne sich gut in der Gegend aus, aber hier war sie noch nie gewesen. Sie glitten dicht am Schilf entlang, und als der Priel langsam flacher wurde, griff Leo nach dem Ast einer umgekippten Weide und machte das Boot fest.

«Komm», sagte er und sprang an Land.

Lara zögerte, ihr war nicht ganz wohl dabei, hier auszusteigen. Es war eindeutig sumpfig. Wattgebiet, in dem man jeden Moment einzusinken drohte. Und das nicht nur bis zu den Knöcheln, sondern gefährlich tief. Es war genau wie drüben im Loch, ihrem Priel bei den Pfahlhäusern. Steckte man fest, wenn die Flut kam, war man verloren.

«Was machen wir hier?», fragte sie.

«Ich zeig dir meinen Baum», sagte Leo.

«Hier? Jetzt? Bei auflaufender Tide?»

«Wir müssen einfach vor dem Wasser da sein. Dann klettern wir auf den Baum. Komm.» Er nahm ihre Hand und half ihr vom Boot. Eine Geste, die Lara rührte. Es war mal nicht mehr nur sie, die sich um Leo kümmerte, es war auch Leo, der nach ihr schaute. Seit Yasmins Tod gab er sich alle Mühe, für sie da zu sein: wie in der Nacht im Pfahlhaus oder als er versucht hat, sie gegen Tyler zu verteidigen. Etwas hilflos und auf seine sehr kindliche Art, aber trotzdem. Das Gefühl, das es in Lara auslöste, tat gut.

Leo ließ ihre Hand nicht los, zog Lara hinter sich her, führte sie durch das dichte Schilf. Nicht ein einziges Mal sanken sie ein. Er schien den Weg genau zu kennen. In der Schule mochte er nicht gut zurechtkommen, aber er hatte ganz klar ein Überlebenstalent. Als Ranger würde er sich super machen.

Nachdem sie eine gute Viertelstunde gelaufen waren, sagte Leo: «Das ist er.»

Sie standen vor einer riesigen Ulme, deren knorriger Stamm bestimmt einen Durchmesser von drei Metern oder mehr hatte.

Jetzt erst ließ Leo Laras Hand los und kletterte den Stamm hinauf, wobei er sich mit den Füßen an den beulenartigen Auswüchsen abstützte. In einer Astgabelung wartete er auf sie. Lara rutschte mehrmals am nassen Stamm ab, schaffte es aber irgendwann auch nach oben und setzte sich neben ihren Bruder. Leo hielt ihr eine offene Packung Schokocookies hin, die er in seiner Jackentasche gehabt hatte. Die Kekse waren feucht, schmeckten aber noch okay. Leo legte seinen Kopf auf Laras Schulter und Lara ihren Arm um seinen Rücken. So saßen sie da, dicht beieinander, und sahen zu, wie das Wasser die Schilffelder unter ihnen überspülte.

45. BETTE

Bette hatte, gelinde gesagt, die Schnauze voll. Sie war nicht geschockt, sie war einfach nur genervt. In ihrer Hand steckte ein Tropf, ihr Arm war in ein Blutdruckgerät gepresst, das unangenehm hoch piepte, und sie musste die Augen zusammenkneifen, weil das Licht im Krankenwagen unerträglich hell war. «Ich wäre Ihnen ungemein dankbar, wenn Sie mich endlich hier rauslassen würden», sagte sie mürrisch.

Der Notarzt, der so jung aussah, dass Bette sich fragte, ob er sein Studium schon abgeschlossen hatte, lehnte das ab. «Ich nehme Sie jetzt mit ins Krankenhaus.»

«Vergessen Sie es.» Bette hatte die ganze Zeit liegen müssen, jetzt setzte sie sich ruckartig auf. Kurz drehte sich alles in ihrem Kopf, dann ging es aber auch schon wieder.

«Sie haben einen starken Schlag in den Nacken bekommen», sagte der Arzt, wobei er übertrieben deutlich sprach und Bette gezwungen anlächelte. Ihr kam der unangenehme Verdacht, dass er sie entweder für senil oder für dämlich hielt.

«Wir müssen das röntgen, um Verletzungen auszuschließen», sagte er.

«Das war ein morscher Ast, so schlimm wird es schon nicht sein.» Sie würde sich jetzt ganz sicher nicht in irgendeiner Klinik durchchecken lassen.

«Sie erinnern sich also doch, was passiert ist?»

Bette runzelte die Stirn. «Natürlich erinnere ich mich.» Die Erschütterung der Explosion hatte einen Ast aus dem Walnussbaum gebrochen, und der Ast hatte sie hinterrücks k.o.

geschlagen. Als sie auf der Wiese wieder zu sich gekommen war, hatte Mats neben ihr gekniet und ihre Hand gehalten. Notarzt und Polizei waren da schon im Anmarsch gewesen.

«Also immerhin doch keine Amnesie», schlussfolgerte der Arzt. «Aber Sie waren relativ lange bewusstlos. Das kann ein Zeichen von ...»

«Lassen Sie es gut sein», unterbrach Bette ihn ruppig.

Der Arzt hob entwaffnend die Hände. «Ich kann Sie nicht zwingen. Das geht dann aber auf Ihre Verantwortung.»

«Jaja», sagte sie.

Der Arzt befreite sie von den Gerätschaften und reichte ihr ein Klemmbrett mit allerlei Papieren, die sie ungelesen unterschrieb.

Als Bette aus dem Krankenwagen stieg, stand Mats am Gartentor. Sicher hatte er die ganze Zeit dort gewartet.

«Und?», fragte er.

«Alles gut.» Bette drehte leicht den Kopf hin und her. Ein dumpfer Schmerz zog durch ihren Nacken, aber sie biss sich auf die Zunge und ließ es sich nicht anmerken.

Mats sah schon so beunruhigt genug aus, er war kreidebleich. Die Explosionen mussten für ihn ein Déjà-vu sein. Im Sommer waren bei Bette im Garten manipulierte Propangasflaschen in die Luft geflogen, und Mats war verletzt worden. Schwer verletzt. Verglichen damit war das eben nicht mehr als ein schlechter Streich gewesen. Ja, klar, jemand hatte Sprengsätze in ihren Garten gelegt. Sie sollte Angst haben, verunsichert sein, zumindest unruhig. Aber das war sie nicht. Sie empfand die Tat als übergriffig, aber eine akute Gefahr sah sie nicht. Der erste Explosionskörper war sowieso nur ein Rohrkrepierer gewesen. Und die Sprengkraft war, so zumindest sah sie das, nicht darauf ausgelegt gewesen, zu töten oder auch nur zu verletzen. Dass sie da unter dem Baum gestanden hatte, war einfach ein dummer Zufall gewesen, etwas, das der Bombenleger nicht eingeplant haben konnte. Kurz fragte sie sich, ob nicht vielleicht doch Fynns Chinaböller für die Explosionen verantwortlich gewesen sein konnten. Wenn man solche Böller in ein druckresistentes Gefäß packte, knallte es erheblich. Aber das traute sie Fynn dann trotz aller Experimentierfreudigkeit nicht zu.

Sicherheitshalber fragte sie Mats trotzdem, ob Fynn heute da gewesen sei.

Mats verneinte. «Wieso fragst du?»

«Nur so.»

«Wie wär's, wenn du mit zu mir rüberkommst?», bot Mats an.

«Danke. Später vielleicht.» Jetzt wollte sie erst mal mit ihren ehemaligen Kollegen sprechen. So wenig sie einen Schock davongetragen hatte, so sehr interessierte sie doch, wer hinter der Sache stecken könnte. Mittlerweile waren sowohl Brandschutz wie technischer Erkennungsdienst da, was sie an den Einsatzfahrzeugen erkannte, die die Straße runter parkten.

Sie ging über die Wiese zum Walnussbaum, wo drei Gestalten in weißen Schutzanzügen dabei waren, Spuren zu sichern. Der Boden war an einer Stelle aufgesprengt, und der gebrochene Ast hatte einen splittrigen Stumpf im unteren Teil der Baumkrone hinterlassen. Bette stieß mit dem Fuß gegen das blattlose krumme Ungetüm, das jetzt auf der Wiese lag. Der Ast war so morsch, dass sie ihn längst aus dem Baum hätte sägen müssen. Ihr schmerzender Nacken war jetzt wohl die Strafe für ihre Nachlässigkeit.

«Hey, nee! Bette!», brüllte einer der Spurensicherer zu ihr rüber. «Lass das!» Es war Arno, der Einsatzleiter, mit dem sie oft eng zusammengearbeitet hatte und den sie sehr schätzte.

«Oh, sorry.» Bette verzog den Mund zu einem entschuldigenden Lächeln.

Arno sah sie strafend an. «Aber sonst, geht's dir gut?»

«Ja, danke, alles okay», sagte Bette, dachte aber, dass sie dringend ein paar Paracetamol brauchte. Der Schmerz zog langsam bis in ihren Kopf hoch.

«Na, das hätte auch anders ausgehen können», sagte Arno. «Ganz schön dicker Ast, der dich da getroffen hat.»

«Kannst du schon was zu den Sprengsätzen sagen?», fragte Bette und wunderte sich kurz, dass sie sie vorhin bei ihrer Nusssuche nicht entdeckt hatte. Allerdings wuchs das Gras hoch, und immer noch lagen Laubhaufen herum. Noch so eine Nachlässigkeit.

«Nicht wirklich», sagte Arno. «Wir brauchen hier noch.»

«Die Flammen waren übrigens gelblich», schob Bette hinterher, in dem Wissen, dass er, wenn sie ihm etwas lieferte, auch meist mit etwas zurückkam.

«Hmm.» Er nickte nachdenklich. «Die Farbe deutet auf Kohle oder Zucker als Brennstoff hin. Genaues weiß ich aber erst nach der Laboruntersuchung. Ich tippe außerdem auf einen Sprengstoff aus Kaliumnitrat und Schwefelsäure. Bekommst du beides im öffentlichen Handel, wenn du weißt, wonach du suchen musst. Kaliumnitrat ist letztlich nichts anderes als Pökelsalz, und Schwefelsäure gibt's im Handwerkerbedarf, zum Reinigen von Edelstahl beispielsweise.»

«Und die Bauanleitung, die gibt es im Internet?», fragte Bette.

«Genau. Ganz simpel. Fast ein Kinderspiel», kommentierte Arno. «Als Zeitzünder wurden handelsübliche Eieruhren verwendet. Zwischen Deponierung der Sprengsätze und den Explosionen lag also maximal eine Stunde. Mehr als sechzig Minuten Zeitspanne bietet so eine Eieruhr nicht.»

Eine Stunde. Bette schluckte. Daniel! Er war bei ihr gewesen, als der Bombenleger da draußen im Garten zugange gewesen sein musste. Und nicht nur das. Daniel war auch im Garten gewesen, während sie geschlafen hatte. Aber Daniel ein Bombenleger? Mit Sprengsätzen, die kaum mehr als Kawumm machten? Das war doch kindisch. Erst recht für einen geschickten Handwerker wie ihn. Doch wenn es ihm nur darum gegangen war, sie ein bisschen einzuschüchtern?

Arno schob seine Brille auf der Nase hoch und sah Bette streng an. «Ich will ja nicht neugierig sein, aber in was mischst du dich da gerade wieder ein?»

«Wie kommst du auf die Idee, dass ich mich irgendwo einmische?», konterte Bette.

Arno machte eine Kopfbewegung, die Bette zu verstehen geben sollte, ihm zu folgen. Sie gingen rüber zum Treibhaus, das etwas versetzt hinter dem Wohnhaus stand. Auf eine der letzten Scheiben, die sich noch im Rahmen hielten, war mit roter Farbe etwas gesprayt.

Stopp! Hört auf!

Krumme Buchstaben, von denen man kaum auf eine Handschrift schließen konnte.

46. BETTE

Am späten Nachmittag stand Chrischen bei Bette vor der Tür.

«Moin. Hans Meyer, Kirchenvorstand», sagte er ernst und mit starrer Miene.

Bette sah ihn verdattert an. «Sag mal, spinnst du? Denkst du, ich hab nicht mehr alle Tassen im Schrank?»

Er grinste. «Wollte nur mal checken, ob du mich noch erkennst. Bei so 'nem Ast-Schlag können die Hirnzellen ganz schön Schaden nehmen.»

Bette verdrehte kopfschüttelnd die Augen, dachte aber insgeheim, dass Chrischens schräger Humor ihr heute lieber war als Mats' sorgenvolle Blicke. «Komm rein. Kaffee?»

«Du immer mit deinem Kaffee. Hast du auch ein Bier?»

Sie gingen in die Küche, und Bette holte ein Astra aus dem Kühlschrank. Sie selbst durfte ja wegen ihrer Narkolepsie-Medikamente nur noch alkoholfreies trinken, aber seit Tyler bei ihr wohnte, hatte sie auch wieder richtiges Bier im Haus. «Weißt du, ob Arno noch was zu den Sprengsätzen rausgefunden hat?»

«Nichts gehört», sagte Chrischen und nahm einen großen Schluck. «Aber Meyra lässt dir ausrichten, sie habe die zwei Jungs aufgespürt, die wir zusammen vor Tareks Haus gesprochen haben. Und dass sie ...»

«Haben sie Tarek entlastet?», fragte Bette dazwischen.

«Nein. Aber wir wissen jetzt, wie Tarek zu Yasmins Jacke gekommen ist. Seine Kumpels haben ausgesagt, in der Mordnacht mit Tarek in der Nähe von seinem Wohnhaus unterwegs gewesen zu sein, und auch dass gegen halb zwölf seine Cousine mit dem Rad vorbeigekommen ist. Tarek habe versucht, sie davon abzuhalten, alleine weiterzufahren.»

Also wirklich sein Beschützerinstinkt, dachte Bette, genau wie sie vermutet hatte.

«Tarek hat Yasmin festgehalten», fuhr Chrischen fort. «Und da ist sie aus der Jacke geschlüpft und ihm davongefahren.»

Ja, so konnte Bette sich das vorstellen. «Aber wieso können die Jungs Tarek nicht entlasten, wenn sie doch da draußen zusammen waren.»

«Weil Tarek Yasmin hinterhergerannt ist und seine Kumpels ihn danach nicht mehr gesehen haben», sagte Chrischen.

«Mist.»

«Ja, allerdings.» Ein verschmitzter Ausdruck zuckte um seinen Mund. «Aber was das angeht, hatte der kleine Anschlag in deinem Garten ja auch sein Gutes.»

«Ach ja? Was bitte sollte das sein?», fragte Bette.

«Zumindest, wenn man annimmt, dass die Explosionen mit deiner Ermittlung in Zusammenhang stehen», fuhr Chrischen fort. «Yasmins Cousin war zum Zeitpunkt der Explosionen in U-Haft, und Yasmins Vater war auf dem Präsidium. Ein besseres Alibi gibt es kaum.»

Natürlich. Dieser entlastende Aspekt der Explosionen war ihr noch gar nicht in den Sinn gekommen. Sie dachte das Ganze dennoch weiter. «Und was, wenn sie jemanden beauftragt haben?»

«Klar, das wäre möglich. Aber wozu?», hielt Chrischen dagegen. «Wozu sollten sie dir drohen wollen? Du ermittelst doch eher zu ihren Gunsten. Nein, derjenige, der dir da droht, muss jemand sein, dem du zu nahe gekommen bist. Jemand, der nicht will, dass du weiter rumschnüffelst. Irgendeine Idee, wer das sein könnte?»

Bette wich Chrischens Blick aus. Das klamme Gefühl, dass sie schon seit dem Anschlag mit sich rumtrug, kroch ihr weiter durch Mark und Bein. Alles in ihr sträubte sich dagegen, ihren Verdacht gegen Daniel auszusprechen. Gleichzeitig konnte sie nicht umhin zu sehen, dass Daniel der Einzige war, dem sie in den letzten Tagen zu nahe gekommen war. Sie hatte ihn bedrängt, hatte versucht, seine Erinnerungen aus ihm herauszuholen, die Wunde aufgerissen. Sollte sie Daniel einfach geradeheraus darauf ansprechen? Auf die Explosionen und die Verbindungen, die sie zwischen ihm und Yasmins Tod sah? Aber was dann? Wenn er etwas damit zu tun hätte, würde er das kaum zugeben. Und leugnete er – würde sie ihm glauben?

«Also», hakte Chrischen nach. «Wem bist du da auf die Füße getreten?»

«Ich habe keine Idee», log Bette. Nein, sie würde Daniel nicht in den Rücken fallen. Sie würde mit ihm sprechen, es zumindest versuchen, schauen, wie er reagierte. «Und dein Vermisstenfall?», fragte sie Chrischen, um das Thema zu wechseln. «Wie kommst du voran?»

«Das ist leider komplizierter, als ich dachte.» Chrischen kratzte sich über sein stoppeliges Kinn. «Dass der Mann seinen BMW kurz vor der Autobahnauffahrt Moorfleet aufgetankt hat, hab ich dir ja schon erzählt. Aber es sieht dann doch nicht so aus, als wäre er einfach nur abgetaucht. Zumindest ist er nicht mit seinem Wagen weg. Den habe ich im Autoknast drüben in Rothenburgsort sichergestellt.»

«Er kann ein Flugzeug genommen haben oder einen Zug», schlug Bette vor.

«Schön wär's. Aber eine junge Frau, achtzehn Jahre, hat Anzeige wegen versuchter Vergewaltigung erstattet», sagte Chrischen. «Sie hat Sonntag oben im Industriegebiet auf den Nachtbus gewartet, als ein Mann sie aus einem BMW heraus angesprochen hat. Die Beschreibung des Täters passt auf den Vermissten.» Chrischen fasste knapp zusammen, was er sonst noch hatte. Der Mann habe versucht, die junge Frau gewaltsam in seinen Wagen zu ziehen – einen BMW –, und sie sei nur entkommen, weil ein zweiter Mann ihr zu Hilfe kam. Es sei alles sehr schnell gegangen. Sie konnte nicht sagen, woher ihr Helfer kam, vielleicht einer der LKW-Fahrer, die manchmal da draußen in ihren Wagen übernachteten. Er habe die Fahrertür aufgerissen, den Mann gepackt und aus dem Wagen gezerrt. Die Frau ist dann nur noch gerannt.

«Hat der Busfahrer vielleicht etwas beobachtet?», fragte Bette.

«Der Bus, auf den das Mädchen gewartet hat, ist ausgefallen, und der nächste kam erst eine Stunde später», sagte Chrischen. «Da war sie längst weg.»

«Und seitdem ist der Mann aus dem BMW spurlos verschwunden?»

«Wie vom Erdboden verschluckt.» Chrischen trank sein Bier aus. «Kann ich noch eins haben?»

Bette holte es ihm und dachte, dass der Mann nun nicht mehr in der Opferrolle war – als einer, nach dem man fahndete, weil man sich Sorgen um ihn machte –, sondern jemand, der wegen einem Verbrechen gesucht wurde. «Wahrscheinlich verkriecht er sich irgendwo, weil er nicht festgenommen werden will. Wo wurde denn der BMW abgeschleppt? Gleich an dieser Bushaltestelle?»

«Tja, das ist das nächste Problem», sagte Chrischen, während er die Flasche mit seinem Feuerzeug öffnete. «Es gab einen Systemfehler, und die Registrierung vom Abschleppdienst wurde nicht erfasst. Die vom Abschleppdienst meinten, es war wohl noch im Industriegebiet, aber nicht mal da sind sie sich ganz sicher. Die schleppen täglich Dutzende Wagen ab. Und das ist noch nicht alles.»

«Und?», fragte Bette jetzt wirklich neugierig.

«Im Kofferraum des sichergestellten BMW», sagte Chrischen, «haben wir Blutspuren gefunden.»

Blutspuren in einem Kofferraum. Bette hatte sofort verschiedene Szenarien vor Augen, was passiert sein könnte, und dachte, wie gut es tat, sich für einen Moment mit einem Fall zu beschäftigen, in den sie nicht so hautnah verwickelt war.

47. YVONNE

Die Morgensonne glitzerte auf der glatten Wasseroberfläche der Dove-Elbe, die Luft war kalt und klar, und hoch oben am Himmel zogen zwei Raubvögel ihre ruhigen weiten Kreise. Yvonne stand an Deck der Yoda, trank einen Milchkaffee und rauchte. Normalerweise genoss sie es sehr, wenn Daniel Leni morgens mit zur Schule nahm und sie das Hausboot einen Moment für sich allein hatte, bevor der Alltag begann. Heute hatte sie frei, würde aber all den Kram erledigen müssen, der liegen geblieben war. Wäsche, Putzen, Steuern ...

Seit der Trauerfeier vorgestern hatte sie viel nachgedacht, und eines war ihr klar geworden: Sie liebte Daniel. Und sie wollte das Leben, wie sie es sich eingerichtet hatten, ihr Miteinander, nicht zerstören.

Daniel öffnete sich ihr gegenüber nicht, er lebte oft in seiner eigenen Welt – aber ein junges Mädchen erschlagen und in die Elbe werfen? Nein, das konnte sie sich nicht vorstellen. Und überhaupt, was hätte er für ein Motiv haben sollen? Oder war es ein Unfall gewesen, und er konnte es nur nicht zugeben, vielleicht aus Angst, niemand würde ihm glauben?

Sie drückte ihre Zigarette aus und zündete sich gleich eine zweite an. Ihre Hände zitterten. Nun drehten ihre Gedanken sich schon wieder im Kreis. Das musste aufhören. Daniel war ihr Mann. Punkt. Aus. Ende.

Yvonne hatte gerade ihren Kaffee geleert, als sie Schritte hörte. Jemand kam über den Steg. Sie ging um den Decksaufbau herum und sah Bette Hansen, die zu ihr rüberstapfte, eingemummelt in eine dicke Wolljacke, die Arme vor der Brust verschränkt. Ihren Hund hatte sie diesmal nicht dabei, aber vom Deich her war ein gedämpftes Bellen zu hören. Vermutlich hatte sie das Tier im Wagen gelassen.

Yvonne hob zum Gruß die Hand und zwang sich, nett zu lächeln. Da war etwas an dieser Frau, das sie nicht mochte. Sie war ihr zu klobig und irgendwie zu penetrant, eine, die nicht lockerließ, bis sie bekam, was sie wollte. Vielleicht nahm Yvonne ihr aber auch einfach nur übel, dass sie sich all die Jahre nie bei Daniel hatte blicken lassen. Nicht sie und nicht all diese anderen falschen Freunde, wegen denen Daniel erst so geworden war, wie er war. In sich zurückgezogen.

«Moin, Yvonne», sagte Bette vom Steg aus. «Ist Daniel da?»

«Hallo. Nein, ist er nicht», sagte Yvonne, bemüht, ihre Gereiztheit zu verbergen. «Was willst du von ihm?»

«Nur kurz mit ihm sprechen», sagte Bette.

Von wegen. Nur kurz sprechen. All ihr Misstrauen, das sie selbst gegen Daniel hegte, war mit einem Mal zweitrangig. Yvonne hatte das dringende Bedürfnis, Daniel gegen diese Ex-Kommissarin, die sich hier als Freundin und Vertraute aufspielte, zu verteidigen.

«Kann ich ihn bei der Arbeit erwischen?», fragte Bette.

«Lieber nicht. Eike Paulsen sieht es nicht gerne, wenn während der Arbeitszeit Privatbesuch auf der Werft auftaucht. Vielleicht kann ich ja weiterhelfen.»

Bette verzog ihren Mund zu einem Lächeln, zögerte. Sie traut mir nicht, dachte Yvonne.

«Es gab da gestern einen Vorfall bei mir auf dem Grundstück», sagte Bette schließlich. «Es ist nicht wirklich was passiert. Aber jemand hat zwei Sprengsätze hochgehen lassen.»

«Oh, das ist ja furchtbar», sagte Yvonne gewollt entsetzt, wobei sie überrascht war, wie gleichgültig es ihr in Wirklichkeit war. Normalerweise würde sie so eine Nachricht erschrecken, aber in diesem Fall war es ihr einfach nur egal. Sollte bei Bette doch alles in die Luft fliegen, solange sie Daniel nur in Ruhe ließ. «Wieso kommst du deshalb zu uns?»

«Es könnte sein, dass Daniel etwas beobachtet hat, als er kurz vor den Explosionen bei mir war.»

Und da war er wieder, dieser Stich des Misstrauens Daniel gegenüber. Er hatte nichts von einem Besuch bei Bette erzählt. Er war mit dem Boot los, hatte gesagt, er wolle ein bisschen die Ruhe genießen.

«Da kann ich wohl doch nicht weiterhelfen», sagte Yvonne und musste sich jetzt wirklich zusammenreißen, damit es nicht zickig klang. Oder verärgert. «Versuch es heute Abend noch mal, spätestens um fünf ist er meist wieder da.»

«Danke», sagte Bette und war schon ein paar Schritte den Steg zurück, als sie sich doch noch mal umdrehte. «Eine Frage hätte ich noch. Am vorletzten Sonntag, in der Nacht auf den Montag, so zwischen elf und ein Uhr, wo war Daniel da?»

Yvonne hielt den Atem an. Für einen kurzen Moment schien alles um sie herum stillzustehen. Da war sie, die Frage nach der Nacht, in der Daniel blutbesudelt nach Hause gekommen war. Yvonne hatte sie die ganze Zeit erwartet, allerdings eher seitens der Polizei als von Bette. Zu ihrer eigenen Überraschung wurde sie aber nicht nervös, wie sie es befürchtet hatte, sondern sie spürte eine Wut, die sie so von sich nicht kannte. «Was hat das jetzt mit den Explosionen zu tun?», rutschte es ihr nun doch etwas patzig heraus.

«Es könnte wichtig sein», sagte Bette ausweichend.

«Ach ja? Du glaubst, er hat Yasmin umgebracht!» Kaum hatte Yvonne das ausgesprochen, biss sie sich auf die Zunge. So direkt hätte sie das nicht sagen sollen. Nachher fühlte Bette sich noch bestätigt.

«Was? Nein», widersprach Bette. «Das habe ich nicht gesagt.»

Aber gedacht. Alte Schnüfflerin. Yvonne zitterte jetzt vor Zorn. «Daniel war hier. Die ganze Nacht. Mit mir!»

48. LARA

Leo war am Morgen mit hohem Fieber aufgewacht. Schon in der Nacht war er zu Lara ins Bett gekommen. Ein Albtraum hatte ihn geweckt, und erst in ihren Armen hatte er sich wieder beruhigt. Lara meldete ihn in der Schule krank. Sie dachte, er habe sich vielleicht auf ihrer gemeinsamen Bootsfahrt erkältet, aber er hatte weder Schnupfen noch Husten oder Halsschmerzen. Er hatte nur Fieber. Den Tee, den Lara gekocht hatte, weigerte er sich zu trinken, und auch die fiebersenkende Tablette bekam sie nicht in ihn rein. Er lag einfach nur da, apathisch, die Augen glasig, das Gesicht schweißbedeckt. Lara wischte ihm mit einem nassen Lappen über die Stirn. «Schon gut», sagte sie mit besänftigender Stimme.

Draußen wurde es plötzlich laut. Sie legte den Lappen in die Schüssel mit kaltem Wasser, trat ans Fenster und schob den Vorhang beiseite. Drei Polizeiautos waren in den Hof gefahren, und ein Wagen mit der Aufschrift *Technischer Erkennungsdienst*, was auch immer das war. Niemand stieg aus, außer dem Kommissar, dessen Namen Lara sich mittlerweile widerwillig doch gemerkt hatte: Mark Thorben.

Er hielt ihrem Vater ein Papier unter die Nase und sagte etwas, das Lara durch das geschlossene Fenster nicht verstehen konnte. Ganz leise stellte sie es auf Kipp.

«... ein Durchsuchungsbeschluss für meine Werft?», hörte sie ihren Vater jetzt ungläubig fragen.

«Ich brauche eine Liste von allen Personen, die Zugang zur Werft haben», kam es vom Kommissar.

«Das kann ich Ihnen auch so sagen: meine drei Mitarbeiter. Meine Familie. Der Elektriker.»

«Sind sie heute alle zugegen?», wollte der Kommissar wissen.

«Der Elektriker ist seit zwei Wochen in Urlaub auf Malle. Der kann es sich leisten ... Und Daniel Tjaben ist auswärts bei einem Großhändler. Sonst sind alle da.»

«Gut. Keiner von Ihnen darf das Gelände verlassen.» Damit machte der Kommissar seinen Leuten ein Zeichen, woraufhin diese aus den Autos stiegen und in alle Richtungen ausströmten. Einige in weißen Schutzanzügen, andere in Uniform.

«Würden Sie mir zumindest verraten, worum es geht?», fragte ihr Vater mit einer Stimme, die für andere ruhig klingen mochte, aber Lara hörte raus, dass er innerlich brodelte.

«Soweit ich weiß, kennen Sie Bette Hansen», sagte der Kommissar, ohne direkt auf seine Frage einzugehen.

«Diese kleine stämmige Frau drüben aus Ochsenwerder? Ja, die war letztens hier. Hat Fragen zu dem toten Mädchen gestellt.»

«Es gab einen Sprengstoffanschlag auf sie», sagte der Kommissar.

Einen Anschlag? Was hatte das jetzt zu bedeuten? Hatte das etwa auch was mit Yasmin zu tun?

«Sie meinen diese Miniexplosionen in ihrem Garten?» Ihr Vater lachte. «Davon hab ich gehört.»

«Miniexplosionen hin oder her», sagte der Kommissar kühl. «Wir werten das als Anschlag.»

Lara sah zu Leo hinüber, der jetzt leise wimmerte und am ganzen Körper zitterte. Wenn es nicht besser würde, müsste sie ihn zum Arzt schaffen. Vielleicht konnte Mirko sie fahren. In diesem Zustand konnte sie ihn kaum in den Bus verfrachten. Ihren Vater brauchte sie nicht zu fragen, solange die Bullen da waren. Und ihre Mutter? Keine Ahnung, wo die wieder war.

«Hören Sie, Herr Kommissar, ein Anschlag, das ist furchtbar», sagte ihr Vater. «Aber nur weil Bette Hansen einmal hier war, müssen Sie doch meine Werft nicht auseinandernehmen.»

«Doch», konterte der Kommissar. «Wir müssen der Möglichkeit nachgehen, dass die Bauteile von ihrer Werft stammen.»

«Das meinen Sie jetzt nicht ernst?»

«Das meine ich sehr ernst», sagte der Kommissar. «Als Sprengkörper wurden Aluminiumrohre verbaut. Außendurchmesser 77 Millimeter, Wandstärke 2 Millimeter. Geringes Eigengewicht, gut schweißbar, eloxierbar. Aufgrund ihrer guten Seewasserbeständigkeit gerne im Schiffs- und Bootsbau verwendet. Haben Sie solche Rohre vorrätig?»

«Die können auch von jeder anderen Werft kommen», sagte ihr Vater.

«Ja. Aber die Paulsenwerft ist die einzige, die im Zusammenhang mit dem Todesfall Yasmin Hallak auftaucht», erwiderte der Kommissar. «Und wir gehen von einem möglichen Zusammenhang zwischen den Sprengsätzen und dem Mord aus.»

«Das ist doch Blödsinn. Was soll das eine mit dem anderen zu tun haben?», sagte ihr Vater jetzt doch ganz offensichtlich erbost. Wäre sein Gegenüber nicht Polizist, dachte Lara, er würde ihn fertigmachen.

«Das lassen Sie mal unsere Sorge sein», sagte der Kommissar. «Gibt es hier auf der Werft nun solche Rohre?»

«Sie meinen, der Mörder des Mädchens hat die Sprengsätze gelegt?»

«Beantworten Sie bitte einfach meine Frage», drängte der Kommissar.

«Das kann ich auf Anhieb so nicht sagen. Da müsste ich die Lagerbestandsbücher durchgehen.»

Lara runzelte die Stirn. Was redete ihr Vater da? Natürlich hatten sie solche Rohre. Sie lagen im hinteren Teil der Werkstatt, rechts von den Kirschholzplatten.

«Und dann würde ich gerne Ihren Waffenschrank sehen», schob der Kommissar noch hinterher. «Sie sind doch aktiver Schütze, und nach meinen Informationen haben sie zwei registrierte ...»

«Moment», fuhr ihr Vater dazwischen. «Wieso meine Waffen? Wurde etwa auch scharf geschossen?»

«Dem Sprengstoff war als Wirkungsverstärker Nitropulver beigemischt. Sie wissen, was das ist?»

Lara blieb fast das Herz stehen. Nitropulver war eine moderne Variante von Schwarzpulver, es wurde als Treibladungsmittel für Munition verwendet. In Patronen wie dem aufgesägten 9 mm Kaliber, das sie in der Werkstatt gefunden hatte. Lara schob ihre Hand in die Hosentasche, spürte das kühle Metall der Patronenhülse unter ihren Fingern und hörte das Blut in ihren Ohren rauschen. Hatte ihr Vater Yasmin getötet? Weil er glaubte, Yasmin habe sie verführt? Sie dazu gebracht, lesbisch zu werden. Irgend so einen Schwachsinn. Aber er hatte doch gar nicht gewusst, dass sie sich geliebt hatten. Niemand hatte es gewusst.

49. BETTE

Auf dem Rückweg von Daniels Hausboot fuhr Tyler, der eben an der Dove-Elbe mit Anton im Wagen gewartet hatte, bei der *Lütte Backstuv* an der Ochsenwerder Landstraße vorbei. Sie holten sich Croissants und einen Hefekranz mit Hagelzucker und setzten sich zum Essen auf die Kühlerhaube ihres Autos. Zwar hatte die Bäckerei einen kleinen Vorbau mit Sitzmöglichkeiten, aber Bette brauchte frische Luft. Ihr Kopf schmerzte trotz Paracetamol, von ihrem Nacken ganz zu schweigen.

Sie aßen, ohne dass einer von ihnen etwas sagte. Tyler, weil er so früh grundsätzlich zu müde für Konversation war, und Bette, weil sie über ihr Zusammentreffen mit Yvonne nachdachte. Es war etwas Ablehnendes von ihr ausgegangen, das Bette stutzig gemacht hatte. Die beiden Male zuvor, die sie Daniels Frau getroffen hatte – einmal mit Daniel auf dem Hausboot, das andere Mal auf der Trauerfeier –, war sie freundlich gewesen, vielleicht etwas scheu, aber nicht ablehnend. Diesmal dagegen ... Etwas war anders gewesen. Und wenn Bette es genau betrachtete, nahm sie Yvonne auch das Alibi, das sie Daniel geben hatte, nicht ab. Es war zu trotzig dahergekommen, hatte zu sehr einer Wutäußerung geglichen.

Sie musste unbedingt mit Daniel sprechen, und auch wenn Eike Paulsen es nicht gerne sah, sie würde damit nicht bis zu seinem Feierabend warten.

Als sie aufgegessen hatte, bat sie Tyler, sie zur Werft zu fahren. Wegen einer kreuzenden Schafherde staute sich auf dem Elbdeich der Verkehr, aber zwanzig Minuten später bogen sie schließlich rechts zur Werft ab.

«Was ist denn da los?», entfuhr es Bette.

Vor dem Werfttor stand ein Streifenwagen und versperrte die Zufahrt. Zu sehen war niemand.

Tyler öffnete die Tür.

«Du wartest hier», stoppte sie ihn.

Tyler sah sie mit hochgezogenen Brauen an. «Echt jetzt?»

«Echt jetzt», bestätigte Bette. Was auch immer hier los war, sie wollte Tyler nicht dabeihaben. Sie hatte ihn sowieso schon viel zu sehr in diese ganze Sache eingespannt.

Tyler ließ sich mit einem entrüsteten Schnauben zurück in den Sitz fallen. Bette ignorierte es und stieg aus.

Auf dem Werfthof standen weitere Einsatzfahrzeuge, und überall wuselten Polizisten herum. Es war nicht zu übersehen, dass das eine groß angelegte Durchsuchung war.

Nur wieso? Bette konnte sich keine Erklärung dafür zusammenreimen, und einer der Streifenpolizisten verriet ihr lediglich, dass Thorben den Einsatz angeordnet hatte. Er hätte ihr ruhig mal etwas sagen können, wenn sie ihm schon hier in Ochsenwerder aushalf. Aber sie wusste auch, dass sie ihm das nicht gleich unter die Nase reiben durfte. Wenn sie weiter an dem Fall arbeiten wollte, musste sie sich zurücknehmen.

Sie fand Thorben in der Werkstatt, wo er mit Arno von der Spurensicherung zusammenstand. Die beiden inspizierten Metallrohre, die im hinteren Teil des hallenartigen Raumes lagerten.

«Wir können nicht sagen, ob die Sprengkörper von einem dieser Rohre abgesägt wurden», hörte Bette Arno sagen. «Die

Ränder der Sprengkörper wurden abgefeilt, die Schnittstellen sind somit nicht vergleichbar.»

«Aber es ist dieselbe Art Rohr?», hakte Thorben nach.

«Definitiv», bestätigte Arno.

Bette schloss die Augen, atmete schwer. Das durfte jetzt nicht wahr sein. Die Sprengkörper kamen von der Paulsenwerft? So dumm, ihnen eine solche Fährte vor die Füße zu werfen, konnte Daniel doch gar nicht sein. Gleichzeitig wusste sie nur zu gut, dass Menschen, die sich bedrängt fühlten, die dümmsten Sachen machten. Und ihr wurde bewusst, dass sie mit Thorben über Daniel sprechen musste. Nicht irgendwann, sondern jetzt. Sie konnte ihm die Ungereimtheiten, die es in Bezug auf Daniel gab, nicht mehr länger verheimlichen. Daniel, der auf der Werft arbeitete, Daniel, der Zugriff auf die Rohre hatte, um die es hier gerade ging. Auch wenn ihr alles andere als wohl dabei war. Zum tausendsten und abertausendsten Mal verfluchte sie ihre Krankheit. Dass sie auch immer im ungünstigsten Moment wegschlief. Wäre sie wach geblieben, als Daniel bei ihr gewesen war, wüsste sie jetzt, was er während dieser entscheidenden Minuten, in denen die Sprengkörper ausgelegt worden waren, gemacht hatte.

Bette räusperte sich, um auf sich aufmerksam zu machen.

«Moin», sagte Arno, als er sie bemerkte.

Thorben nickte nur abwesend und nahm sofort seinen Gesprächsfaden wieder auf. «Dieser Eike Paulsen kann mir doch nicht erzählen, er wusste nicht, dass genau diese Rohre hier liegen. Noch dazu ein ganzer Haufen davon. Das war eine glatte Lüge. Und das Mädchen, Lara, wird auch immer verdächtiger. Ich glaube fast, sie hat uns absichtlich auf diesen Cousin angesetzt. Sie wollte von sich ablenken.»

Apropos. Bette hätte Thorben jetzt gerne gefragt, ob er Tarek Boustani wieder aus der U-Haft entlassen hatte und was mit Yasmins Vater war. Aber das musste warten. Jetzt musste sie ihm erst einmal von Daniel erzählen. «Thorben», versuchte sie dazwischenzugrätschen.

Aber er war voll in seinem Tunnel und ließ sich nicht unterbrechen. «Von wegen, Yasmin fand ihren Cousin spooky», redete er einfach weiter. «Sogar mal angenommen, dem wäre so gewesen, dann wäre sie doch nicht freiwillig zu ihm in ein Boot gestiegen. Zu Lara dagegen ...»

«Thorben!», sagte Bette noch mal, jetzt lauter. In ihrem Kopf spulte sie ab, was sie ihm sagen musste: dass Daniel Yasmin gekannt hatte. Dass er bei Bette gewesen war, als die Sprengsätze in ihrem Garten deponiert worden waren. Dass er der Einzige war, dem sie in den vergangenen Tagen ernsthaft zu nahe getreten war. Und sie musste ihm von seinem Rachemotiv gegenüber Helen erzählen, das er selbst ins Spiel gebracht hatte.

Und sonst?, überlegte Bette. Ihr Zweifel an Daniels Behauptung, dass er von Annas Vergewaltigung damals nichts mitbekommen hatte, war vielleicht in diesem Zusammenhang nicht so wichtig. Was dagegen noch wichtig sein konnte, war Daniels Handverletzung. Was war da wirklich passiert? Bette hatte er gesagt, er habe sich beim Holzhacken verletzt, Helen gegenüber hatte er von einem Angelunfall gesprochen.

Das hieß alles nicht zwingend, dass Daniel die Sprengsätze gelegt, und auch nicht, dass er Yasmin getötet hatte. Aber irgendwas stimmte nicht. Und Thorben musste davon wissen.

«Thorben!», sagte Bette in einem Tonfall, der ihn endlich aufblicken ließ. «Wir müssen reden!»

50. DANIEL

Der Verhörraum, in den sie ihn gebracht hatten, war fensterlos und klein, mit gerade mal genug Platz für einen Tisch und vier Stühle. Die niedrige Decke ließ ihn zusätzlich eng erscheinen, fast höhlenhaft. In allen vier Ecken hingen kleine Kameras, die rot blinkten. Da kein Licht von außen einfiel und Daniel sein Smartphone hatte abgeben müssen, wusste er nicht, wie spät es war. Er vermutete, mindestens fünfzehn Uhr, was hieß, dass sie ihn seit bald einer Stunde hier schmoren ließen. Sicher saßen dieser Kommissar, Mark Thorben, und seine junge Kollegin, die ihn am Werfttor abgefangen hatten, als er vom Großhändler kam, im Nebenraum, beobachteten ihn über Monitor, sahen zu, wie es ihm von Minute zu Minute elender ging. Schweiß stand ihm auf der Stirn, und sein Puls hämmerte in seinem Hals. Er schloss die Augen, versuchte, sich auf seinen Atem zu konzentrieren. Es war nicht der geschlossene Raum, der ihn in Panik versetzte, sondern die Vorstellung, dass er die Tür nicht eigenständig öffnen konnte. Sie hatte nicht einmal einen Knauf.

Daniel meinte schon, kaum noch Luft zu bekommen, als er endlich das Klacken des Türschlosses vernahm und Thorben und seine Kollegin den Raum betraten. Ihm war bewusst, dass das Verhör unangenehm werden könnte, aber das war alles besser, als weiter alleine hier drinnen eingesperrt zu sein.

Die junge Frau stellte ihm eine Plastikflasche Mineralwasser hin. Mit zittrigen Händen öffnete er sie und trank gierig. Jetzt erst merkte er, wie durstig er war.

«Herr Tjaben», setzte Kommissar Thorben an. «Sind Sie wirklich sicher, dass Sie keinen Anwalt hinzuziehen möchten?»

Daniel nickte. Ein Anwalt käme doch nur einem Schuldeingeständnis gleich, wofür auch immer. «Was werfen Sie mir überhaupt vor?»

«Wir werfen Ihnen gar nichts vor», sagte der Kommissar.

Natürlich nicht. Von Eike Paulsen, der ihn noch vorgewarnt hatte, dass die Bullen auf der Werft waren, wusste Daniel, dass sie alles durchsucht hatten. Angeblich wegen der Sprengsätze bei Bette. Dem Gesprächsthema Nummer eins heute Morgen beim Bäcker. Allerdings hatten sie niemanden mit auf das Präsidium genommen. Niemanden außer Daniel.

«Wir haben Sie bei der Trauerfeier von Yasmin Hallak gesehen», sagte der Kommissar. «Sie waren im Michel. Wieso?»

«Wieso ich im Michel war?» Die Frage irritierte Daniel. Er war davon ausgegangen, sie würden ihn zu seinem Besuch bei Bette befragen. Ob er jemanden im Garten gesehen hatte, der die Sprengsätze gelegt haben könnte. Oder sogar, ob er selbst es getan hatte. Stattdessen fingen sie von der Trauerfeier an. «Weil ich Yasmins Mutter von früher kenne. Deshalb!»

«Und Yasmin kannten Sie auch?», fragte der Kommissar weiter, während seine junge Kollegin schweigend dabeisaß. Wahrscheinlich war sie nur da, weil es Vorschrift war, zu zweit zu sein. Und vielleicht noch, um dem Verdächtigen Getränke zu bringen.

«Yasmin war mit der Tochter meines Chefs befreundet», sagte Daniel etwas zögerlich. «Ich habe sie hin und wieder auf der Werft gesehen. Aber ich wusste nicht, dass sie Helens Tochter ist.»

Thorben runzelte die Stirn. Er glaubte ihm nicht, und er wollte, dass Daniel das wusste. Nervös rieb Daniel sich mit dem Daumen über seine Hand. Die Wunde schmerzte nicht mehr schlimm, dafür juckte sie jetzt.

«Haben Sie Yasmin auch in der Mordnacht gesehen?», fragte der Kommissar.

«Nein!», entfuhr es Daniel laut. «Nein!» Deshalb war er also hier. Nicht wegen der Sprengsätze, sondern wegen des Mädchens.

«Aber Sie wissen, welches die Mordnacht war», fragte der Kommissar weiter.

«Ich ... ja, das weiß ich ... Helen ... sie hat es mir erzählt.» Er ärgerte sich, dass er so unsicher rüberkam.

«Und wo waren Sie in der Nacht?»

«Zu Hause.» Kaum hatte Daniel das ausgesprochen, bereute er es. Hatte ihn jemand in der Nacht draußen gesehen? Irgendjemand sah einen doch immer.

«Kann Ihre Frau das bezeugen?», fragte der Kommissar.

Wieder stockte er. Sie hatten ihr Alibi nicht abgestimmt. Dass sie daran nicht gedacht hatten. «Ich ... ich vermute schon.»

«Was ist mit Ihrer Hand passiert?», fragte der Kommissar.

«Bin beim Holzhacken abgerutscht.» Daniel versuchte, entspannt zu wirken, merkte aber, wie er sich mehr und mehr verkrampfte.

«Kein Angelunfall?»

«Wieso Angelunfall?», fragte er zurück. Wieso nur hatte er zwei Versionen über das, was angeblich passiert war, verbreitet? Das mit dem Angeln hatte er Helen aufgetischt. Fieberhaft überlegt er, wie er da wieder rauskam. «Nein, kein

Angelunfall», sagte er so überzeugend wie möglich. Leugnen, dachte er, einfach leugnen. In ihrer derzeitigen Situation wäre es doch nachvollziehbar, dass Helen Dinge durcheinanderbrachte.

«Sicher?», hakte der Kommissar nach.

«Warum sollte ich lügen?»

«Sagen Sie es mir.»

«Ich lüge nicht», sagte Daniel, wobei sich ein eiskaltes Gefühl ihm ausbreitete.

51. YVONNE

Yvonne hatte Leni heute früher als sonst von der Schule abgeholt und zu ihrer Mutter in die Stadt gebracht. Sie sollte auf keinen Fall mitbekommen, dass ihr Vater von der Polizei abgeholt worden war. Auf dem Rückweg hatte sie am Holzhafenufer gehalten, und da stand sie nun schon seit einer gefühlten Ewigkeit. Das Wasser hatte sich weit zurückgezogen, und das Nachmittagslicht ließ den Schlick glänzen wie warmes Karamell. Auf der Suche nach Futter staksten Lachmöwen durch den Schlamm. Normalerweise würde Yvonne jetzt aussteigen und den Vögeln Nüsse zuwerfen. Oder Brotkrumen. Aber nicht heute. Nein, dachte sie, heute nicht.

Seit Eike Paulsen sie vorhin angerufen hatte, um ihr zu sagen, dass die Polizei Daniel zum Verhör mitgenommen hatte, fühlte sie sich wie benebelt. Unfähig, auch nur einen klaren Gedanken zu fassen.

Aber den Müllsack mit Daniels Kleidung, den hatte sie immerhin sofort aus ihrem Wagen geschafft. Dass sie ihn überhaupt so lange dort gelassen hatte. Die Sachen durften nicht bei ihr gefunden werden. Nachher warf man ihr noch Mittäterschaft vor. In ihrer Panik hatte sie überlegt, den Sack einfach in die Uferböschung zu werfen oder doch in die Dove-Elbe. Schließlich hatte sie ihn in die große Wassertonne an Deck der Yoda gestopft, unter die Bierflaschen, die dort kühlten. Das war sicher nicht das beste Versteck, aber der Sack war schwarz und fiel in der dunklen Tonne zumindest auf den ersten Blick nicht auf. Und die Polizei würde ja wohl, wenn sie bei ihr auftauchten, nicht sofort alles durchsuchen. Oder doch? Yvonne drückte die Finger so fest auf ihre Schläfen, dass es schmerzte. Sie wusste es nicht. Sie wusste gar nichts mehr. Das mit der Wassertonne war auf jeden Fall besser, als die Kleidung in ihrem Wagen zu lassen. Sollte Daniel sie doch entsorgen, wenn er zurück war. Falls die Polizei ihn denn überhaupt wieder gehen ließ. Aber warum sollten sie ihn nicht gehen lassen? Was konnten sie gegen ihn in der Hand haben? Yvonne versuchte sich einzureden, dass eine Vernehmung noch nicht gleich bedeutete, dass Daniel schuldig war. Es hieß nicht, dass er Yasmins Mörder war. Nur warum erzählte er dann nicht, was wirklich geschehen war? Dass er überfallen worden war und sich hatte verteidigen müssen. Er hätte damit einfach zur Polizei gehen sollen. Weshalb machte er so ein Geheimnis daraus? Anstatt sich jetzt für den Mord an Yasmin verdächtigen zu lassen.

Ihr fiel nur ein Grund ein.

Daniel war Yasmins Mörder.

Yvonne würgte, Magensäure stieß ihr auf und brannte in ihrer Kehle. Tränen verschleierten ihren Blick. Die Möwen waren nichts mehr als verschwommene weiße Flecken auf dem dunklen Boden.

Die Geschichte mit dem Mann, der Daniel im Pinkertweg überfallen hatte, war erstunken und erlogen. Sie konnte noch so oft denken, dass Daniel Yasmin niemals getötet haben konnte. Ihr Gefühl sagte ihr etwas anderes. Sie hatte doch gar keine Ahnung, wer er wirklich war und was in ihm vorging. Er verriet ihr ja nie etwas.

Und sie hatte noch gedacht, das Richtige zu tun, als sie seine blutigen Sachen auswusch. Aber da hatte sie ja auch noch nicht gewusst, dass Yasmin tot war.

Trotzdem. Sie verstand das alles nicht. Daniel hatte nie einen Hang zur Gewalt gezeigt. Und dann das. Ein Kerl, der ihn angriff, okay, das wäre Notwehr gewesen. Aber Yasmin? Wieso Yasmin?

Yvonne stellte sich vor, was passiert war. Sie wollte die Bilder nicht in ihrem Kopf haben, aber sie waren nun einmal da. Daniel, wie er das Boot in den Tiefergrund lenkte, wie er mit Yasmin auf den Fluss fuhr, und wie er ... nein! Yvonne schüttelte den Kopf. *Nein! Nein! Nein!* So konnte das nicht gewesen sein.

Daniel war in der Nacht doch gar nicht mit dem Boot unterwegs gewesen. Er wäre nachts sowieso nicht durch die Schleuse zur Elbe rübergekommen. Aber sie wusste auch, dass es ein Leichtes gewesen wäre, sich drüben am Elbufer ein anderes Boot zu suchen. Da lagen immer welche herum.

Ihre Hände umklammerten das Lenkrad, verkrampften sich, ihre Knöchel waren schon ganz weiß. Die Tränen liefen ihr jetzt in Strömen über die Wangen, und dann fing auch noch ein schmerzender Schluckauf an, sie zu schütteln. Sie hielt das nicht mehr aus. Sie hielt es einfach nicht mehr aus! Sie musste mit Daniel sprechen, musste ihn geradeheraus fragen: *Was ist in der Nacht wirklich passiert? Sag es mir, bitte, ich muss es wissen. Wessen Blut habe ich da aus deinen Sachen gewaschen?*

52. DANIEL

Die Rückfahrt vom Präsidium dauerte eine Stunde. Erst mit der U1 von Alsterdorf zum Hauptbahnhof, dann weiter mit dem 122er. Um 18.15 Uhr stieg Daniel an der Tatenberger Schleuse aus. Seine Knie waren zittrig, wie nach einer Achterbahnfahrt. Das Verhör hatte ihn geschafft. Zwischenzeitlich hatte er befürchtet, dieser Kommissar, Mark Thorben, würde ihn gar nicht mehr gehen lassen. Aber um ihn in U-Haft zu stecken, hatten all die Indizien, die der Ermittler zu haben glaubte, dann wohl doch nicht ausgereicht.

Daniel überquerte die Straße, trat ans Brückengeländer, umfasste mit seinen Händen das Metall, spürte den abblätternden Farbanstrich unter seinen Fingern. Das Schleusentor unter ihm stand offen, und eine kleine Yacht fuhr in die Dove-Elbe ein – mit dem allerletzten Abendlicht, das hier draußen später verschwand als in den Häuserschluchten der Stadt. Die Bootsschraube schäumte das dunkle Wasser auf. Der Geruch von Modder und totem Fisch stieg Daniel in die Nase. Zu Hause, dachte er erleichtert.

Zu Fuß waren es von hier aus noch zehn Minuten zur Yoda. An der Grillbude, die in einer der Parkbuchten seitlich der Schleuse stand, kaufte Daniel dreimal Currywurst mit Pommes und Mayo und ließ sich alles zum Mitnehmen einpacken. Er würde mit Yvonne und Leni zusammen essen, und dann würde er Leni erlauben, den Laptop mit ins Bett zu nehmen und einen Film zu gucken. Und er, er würde endlich mit Yvonne reden.

Er hätte sich ihr längst anvertrauen sollen, das war ihm während den Stunden, die sie ihn in dem Verhörraum festgehalten hatten, klar geworden. Yvonne musste wissen, was in der Nacht, als er blutend nach Hause gekommen war, wirklich passiert war. Er musste ihr sagen, was er getan hatte. Sie hatte doch die ganze Zeit zu ihm gehalten, ihn in der Nacht verarztet, seine Sachen ausgewaschen und sie entsorgt, trotz des Risikos, selbst mit dem Sack erwischt zu werden. Sie war auf seiner Seite.

Aber um ihr begreiflich zu machen, was in ihm vorging, wie es so weit kommen konnte, musste er ihr von der Entführung erzählen, davon, was der Eismann und der Dicke Anna angetan hatten. Und auch, dass er selbst tatenlos zugesehen hatte. Denn nur dann würde sie ihn verstehen. Dass er nun endlich einer sein musste, der etwas tat, der nicht mehr nur zusah, einer, der einschritt.

Eines allerdings würde er für sich behalten. Unmöglich konnte er ihr erzählen wie sehr die Gewalt, die die Männer Anna angetan hatten, ihn erregt hatte. Das war und blieb unaussprechlich. Weil es zu furchtbar war und weil Yvonne es nicht verdient hatte, dieses Wissen mit sich herumtragen zu müssen. Es würde seine Liebe und den Sex, den er mit ihr gehabt hatte, nachträglich zu einer Lüge machen.

Die Tüte mit dem Essen in der Hand, ging Daniel schnell den Deich hinunter und über die Landzunge zum Steg. Er wünschte sich jetzt nichts mehr, als dass Yvonne ihn umarmte und ihn festhielt. Aber als er auf die Yoda kam, war alles still. Niemand war da. Er schaute auf den Tisch. Keine Nachricht. Und auch am Kühlschrank hing kein Zettel, der ihm verriet, wo die beiden waren. Er rief Yvonne an, aber sie nahm nicht ab. Wo zum Henker waren die beiden? Er wollte jetzt nicht alleine sein! Er schloss die Augen und atmete tief durch, um die Enttäuschung, die sich in ihm breitmachte, zu vertreiben. Wieso war Yvonne nicht da? Es war nicht so, dass er sich Sorgen machte, es könnte etwas passiert sein – er hatte vielmehr Angst, dass sie nicht nach Hause kommen wollte. War es schon zu spät für seinen Entschluss, mit ihr zu sprechen? Hatte er den Zeitpunkt verpasst?

Er aß seine Currywurst und trank ein Bier. Der Alkohol beruhigte ihn, etwas zumindest. Vielleicht war Yvonne noch mit Leni einkaufen und hatte einfach vergessen, eine Nachricht zu hinterlassen, oder Leni hatte sich nach der Schule verabredet, und Yvonne holte sie gerade ab. Sie verquatschte sich immer gerne mit den anderen Müttern.

Daniel trank noch ein Bier und wartete. Aber auch nach einer weiteren halben Stunde tauchten die beiden nicht auf, und seine Enttäuschung wuchs. Wie konnte Yvonne ihn heute, wo die Polizei ihn vernommen hatte, alleine lassen? Eike hatte versprochen, ihr Bescheid zu geben. Sie wusste, dass die Polizei ihn zum Verhör mitgenommen hatte. Frustriert ging er an Deck, um Bier-Nachschub zu holen. Im Kühlschrank war nichts mehr, aber draußen in der Wassertonne mussten noch ein paar Flaschen sein.

53. BETTE

In eine Decke gehüllt, saß Bette im Strandkorb auf Mats' Terrasse. Es war ein klarer, ziemlich kühler Abend. Zahllose Sterne funkelten am Himmel, und Bette dachte einmal mehr, dass es das in der Innenstadt, wo sie so viele Jahre gelebt hatte, nicht gab. Dort war es immer viel zu hell, um die Sterne wirklich zu sehen. Bette war nie viel gereist, aber wenn sie noch einmal weit wegreisen würde, dann wollte sie in den Himalaya. Wie umwerfend musste erst dort oben in den Bergen der Sternenhimmel sein.

Mats kam aus dem Haus und reichte ihr ein alkoholfreies Bier. «So, ich mach uns jetzt mal ein Feuer.» Er füllte die große Metallschale zu ihren Füßen mit Holz, zündete es an und setzte sich zu Bette in den Strandkorb. Der angenehme Geruch des brennenden Holzes erfüllte die Luft, und orangerote Funken stoben in die Dunkelheit, nur um dann sofort zu erlöschen. Bette starrte schweigend in die Flammen. Nach einer Weile spürte sie Mats' Blick auf sich.

«Alles okay bei dir?», fragte er.

«Nicht wirklich», gab sie zu. «Ich habe ein schlechtes Gewissen wegen Daniel. Dass ich ihm doch so in den Rücken gefallen bin.»

Mats schnalzte mit der Zunge. «Mal ehrlich, Bette. Alles, was du mir eben erzählt hast, macht Daniel ziemlich verdächtig. Natürlich musstest du da mit Thorben sprechen. Das ist eine Mordermittlung. Da kannst du ja wohl keine Rücksicht nehmen.»

«Ich weiß ja, trotzdem», sagte sie etwas resigniert.

«Und du hast doch selbst gesagt, dass Daniel wieder gehen durfte», schob Mats beruhigend hinterher.

Bette nickte. Meyra hatte sie vorhin kurz angerufen. Zum einen, um ihr zu sagen, dass Thorben Tarek Boustani nicht mehr länger in U-Haft hatte halten können. Für die Sprengzündungen hatte er das Alibi der U-Haft, und zeitlich war nur schwer zu belegen, wie Yasmin um 23.55 Uhr im Tiefergrund bei ihm in ein Boot gestiegen sein sollte, wenn seine Freunde bezeugten, ihn noch gegen halb zwölf zu Fuß in Rothenburgsort gesehen zu haben. Wie hätte er sich da mal eben noch ein Boot organisieren, gegen den Strom da rausfahren und Yasmin abfangen sollen? Das kam nicht hin. Und der Verdacht gegen Yasmins Vater hatte sowieso auf reiner Spekulation beruht. Bei Daniel dagegen sah das schon anders aus. Gegen ihn hatten sie mehr in der Hand. Allerdings hatte Yvonne ihm für die Nacht, in der Yasmin umgebracht worden war, ein Alibi gegeben, was Thorben die Handhabe nahm, Daniel länger festzuhalten. Aber sie alle wussten, dass dem Alibi einer Ehefrau nicht unbedingt Glauben zu schenken war. Thorben würde also garantiert an Daniel dranbleiben.

«Ich muss morgen noch mal zu Daniel», sagte Bette.

«Ich muss ihm zumindest erklären, wieso ich mit Thorben gesprochen habe. Und dass ich ihn nicht hintergehen wollte.»

«Hast du mal in Betracht gezogen, dass Daniel das Mädchen getötet hat?», fragte Mats.

Bette rieb sich unruhig die Hände. «Ich kann nicht glauben, dass er Yasmin umgebracht hat.»

«Du willst es nur nicht glauben.»

Bette seufzte leise in sich hinein. *Nein, will ich nicht.* «Das mit den Sprengsätzen ergibt doch auch keinen Sinn», schob sie hinterher, wie um ihre Gedanken vor sich selbst zu rechtfertigen.

«Warum nicht? Daniel fühlt sich bedrängt und ...»

«Nein», unterbrach Bette Mats. «Wir hatten zwar ewig keinen Kontakt, aber Daniel kennt mich, er wüsste, dass mich so eine Drohung nur anstacheln würde.»

«Ja. Stur warst du schon immer», sagte Mats und stand auf, um Holz nachzulegen. Die Flammen züngelten und knisterten. Als er sich wieder neben Bette setzte, legte er einen Arm um sie und zog sie leicht an sich. «Versuch mal, ein bisschen abzuschalten. Morgen ist auch noch ein Tag.»

Ja, dachte Bette. Für heute reichte es wirklich. Sie sah ins Feuer, schmiegte den Kopf an Mats' Schulter, und ein wohliges Gefühl breitete sich in ihr aus.

54. YVONNE

Es war fast 22 Uhr, als Yvonne ihren Wagen am Deich oberhalb des Stegs parkte, der zu ihrem Hausboot führte. Sie war bis eben am Holzhafen gewesen, hatte dagesessen und zugesehen, wie sich die Dunkelheit über das Hafenbecken senkte, und dann lange in die Nacht geschaut. Ihr hatte schlichtweg der Mut gefehlt, nach Hause zu fahren. Sosehr sie sich auch einredete, dass sich alles aufklären würde, wenn sie nur mit Daniel sprach, war da dieser schreckliche Zweifel. Was, wenn Daniel den Mord an Yasmin zugab? Was dann? Fast hoffte sie, die Polizei hätte ihn einfach dabehalten. Aber hinter den Fenstern der Yoda brannte Licht.

Ob sie ihn wegen ihrem Alibi hatten gehen lassen? Gegen halb fünf hatte jemand vom Morddezernat bei ihr angerufen, und sie hatte wiederholt, was sie am Morgen schon Bette gesagt hatte. Dass Daniel in der besagten Nacht mit ihr zusammen zu Hause gewesen war. Die Lüge war ihr nur schwer über die Lippen gekommen, sie verstrickte sich dadurch nur immer mehr, aber sie hatte es auch für unklug gehalten, sich selbst zu widersprechen. Sie durfte sich nicht verdächtig machen. Sie musste auch an Leni denken. Und Bette tauschte sich sicherlich mit der Polizei aus, sie war ja letztlich selbst eine von denen.

Als Yvonne die Deckstür zur Yoda öffnete, schlug ihr bullige Wärme entgegen. Der Kamin feuerte, und der Fernseher lief auf voller Lautstärke. Daniel saß mit dem Rücken zu ihr auf dem Sofa und schaute *Kill Bill II*, einen der wenigen Filme, den sie auf DVD hatten. Sonst streamten sie nur noch.

«Hey», sagte Yvonne und zog ihre Jacke aus, langsam, um ihr Gespräch noch einen Moment hinauszuzögern. Aber Daniel schien sie sowieso nicht gehört zu haben. Er lachte auf, als Uma Thurman einer Widersacherin mit den bloßen Fingern ein Auge ausriss. Blut, Geschrei, ein einziges Gemetzel. Wie konnte Daniel sich das nur ansehen, nach dem, was passiert war? Und dann auch noch darüber lachen, dass die Brutalität so überzogen dargestellt war. Aber war sie das überhaupt? Wie viel Brutalität hatte Yasmin ertragen müssen, bevor sie gestorben war?

Yvonne versuchte, den Gedanken beiseitezuschieben, und ging zu Daniel rüber. Ein Nerv an ihrer Schläfe pochte nervös. Neben dem Sofa blieb sie stehen. «Hey», sagte sie noch einmal.

«Hallo», sagte er, ohne den Blick vom Fernseher abzuwenden.

Er trug nur T-Shirt und Boxershorts, die nackten Füße hatte er auf dem Sofatisch liegen, auf dem leere Bierflaschen und eine angebrochene Flasche Wodka standen. Yvonne war erschrocken über den Anblick. Seit wann ließ er sich so gehen? Was, wenn sie mit Leni nach Hause gekommen wäre?

«Kannst du das mal ausmachen?», bat Yvonne, wobei sie sich zwang, ruhig zu bleiben.

Daniel stellte den Ton leiser, das Bild lief weiter, aber immerhin sah er sie jetzt an. Seine Augen waren gerötet. Er musste ziemlich angetrunken sein. Fast hätte sie etwas gesagt, dachte dann aber, dass es vielleicht gar nicht so schlecht war. Angetrunken war er redseliger. Und das war es doch, was sie wollte, reden. Sie setzte sich zu ihm aufs Sofa, etwas seitlich, sodass sie den Fernseher nicht sehen musste. Sie ertrug diese brutalen Bilder nicht. Da konnten sie noch so überzogen daherkommen.

«Da ist noch Currywurst mit Pommes», sagte Daniel mit schleppender Stimme, die ihr verriet, wie betrunken er wirklich war. Vielleicht war jetzt doch nicht der richtige Zeitpunkt, um zu reden. Aber nein, keine Ausreden mehr.

«Ich hab gar keinen Hunger», sagte sie.

«Wo ist Leni?», fragte Daniel.

«Bei meiner Mutter.»

«Du hast sie weggeschafft?»

«Ich hab sie nicht weggeschafft.» Yvonne war selbst überrascht über den Nachdruck in ihrer Stimme. «Leni wollte einfach gerne bei ihrer Oma übernachten.»

«Mitten in der Woche?»

«Ich melde sie morgen krank. Das geht ja wohl auch mal.» Ihr Ton rutschte ins Zickige, sie atmete durch, fing sich wieder und sagte versöhnlich: «Müssen wir uns darüber jetzt streiten?» Es gab gerade wirklich Wichtigeres. Nur wie anfangen? Sollte sie Daniel nach dem Verhör fragen oder so tun, als wisse sie von nichts?

«Daniel, ich ... Die letzten Tage haben mich ziemlich fertiggemacht», setzte sie an, aber Daniels Augen waren schon wieder bei seinem Film. Uma Thurman lief blutverschmiert durchs Bild. Ärger stieg in Yvonne auf. Sie griff nach der Fernbedienung, drückte auf Aus. Daniel murrte unwirsch, sah sie dann aber an, mit einer Offenheit, die sie aufatmen ließ.

«Yasmins Tod», versuchte sie erneut anzusetzen. «Ich kann es immer noch nicht fassen. Es ist ...»

«Was denkst du, wie es mir geht? Die Polizei hat mich deswegen heute verhört.» In seiner Stimme schwang Trauer mit, die ein schlechtes Gewissen in ihr hervorrief. Was war sie nur für eine Partnerin, dass sie sich am Holzhafen verkrochen hatte, als Daniel vom Verhör nach Hause kam. Sie hätte für ihn da sein müssen.

«Hast du denen von dem Überfall erzählt?», fragte sie vorsichtig.

Daniels Gesichtsausdruck verhärtete sich. «Die würden mir nicht glauben.» Sein aggressiver Ton ließ Yvonne zusammenfahren. «Wie sollen die mir glauben, wenn nicht mal du mir glaubst. Du denkst doch auch, ich habe das Mädchen umgebracht.»

«Was? Nein.» Yvonne fühlte sich von Daniels Vorwurf überrumpelt. Sie wollte fragen: *Und, warst du es?* Aber sie tat es nicht. Sie konnte nicht. Dabei war es doch genau das, was sie wissen wollte. Wissen musste. «Wieso sollte ich das denken?», fragte sie stattdessen, und ihr wurde von ihrer eigenen Scheinheiligkeit ganz übel. *Ja, ja!*, schrie es in ihr. *Ich habe schreckliche Angst, dass du es warst!*

«Yasmin stirbt, und ich komme in derselben Nacht blutend nach Hause», sagte Daniel jetzt auf einmal mit einer Ruhe, die etwas Bedrohliches hatte. «Du stellst dir doch die ganze Zeit vor, was ich mit Yasmin gemacht habe.»

«Das stimmt nicht ...» Yvonne streckte ihre Hand aus, wollte sie auf seinen Arm legen, ein letzter Versuch.

Daniel stieß sie weg. «Ich habe den Müllsack mit den Klamotten gefunden.»

Oh nein. Yvonne wurde heiß und kalt gleichzeitig. Die Bierflaschen. Daniel war an der Wassertonne gewesen. «Ich ... ich ... wusste nicht, wohin damit.»

«Du hast die Sachen absichtlich aufgehoben. Ohne mir was

zu sagen.» Er wurde laut, die Stimme eisig. «Du denkst, du kannst sie als Beweis gegen mich verwenden. Hast die Sachen auf die Yoda gebracht, damit die Bullen sie finden.»

Yvonne zuckte bei jedem Wort zusammen. Sie war es nicht gewohnt, dass Daniel so mit ihr sprach. «Nein. Ich ... ich bin einfach nur total durcheinander ...»

«Wieso durcheinander?»

«Die Polizei, sie haben dich zum Verhör geholt. Und der Mann im Pinkertweg, er wurde nicht gefunden», versuchte sie, sich zu erklären.

«Und deshalb denkst du, ich habe nicht ihn umgebracht, sondern Yasmin?» Jetzt war noch mehr dieser klirrenden Kälte in seiner Stimme.

Yvonne rückte unwillkürlich ein Stück von ihm ab, Tränen schossen ihr in die Augen. *Sag mir doch einfach, dass du es nicht getan hast*, flehte sie innerlich.

«Damals. Die Entführung», sagte Daniel mit so viel Zorn, als wäre alles, was passiert war, ihre Schuld. «Du weißt nicht, wie das war.»

«Dann erzähl es mir.» *Erzähl es mir verdammt noch mal endlich, auch wenn ich keine Ahnung habe, was das mit Yasmins Tod und dem Mann im Pinkertweg zu tun haben soll.*

«Du willst es doch gar nicht wissen», sagte Daniel, biss die Zähne aufeinander, und seine Kiefer mahlten.

«Doch!»

«Nein, willst du nicht!» Daniel schrie jetzt. Schrie ihr ins Gesicht. «Das ist nicht wie im Film. Das ist nicht Anschalten – Ausschalten – Vergessen. Vergessen geht da nicht. Niemals.»

«Erzähl es mir, gerade deshalb», brachte Yvonne mit tränenerstickter Stimme hervor.

«Von dem Rohr, in das sie uns eingesperrt haben? Den Ratten? Diesem widerlichen Gestank. Dem Wasser? Den Männern?»

Yvonne nickte zaghaft und fragte sich im selben Moment, ob sie es wirklich noch hören wollte. Aber ihre Zweifel waren überflüssig, Daniel redete sowieso nicht weiter, schnaubte nur abfällig. Mit der Wodkaflasche in der Hand stand er auf, ging im Raum auf und ab, trank, bis die Flasche leer war. So hatte sie Daniel noch nie erlebt.

Plötzlich lachte er auf, bissig, fast böse. «Du hältst mich für einen Mädchenmörder. Scheiße», schrie er. «Ich muss dich überzeugen? Die Polizei, ja, von mir aus. Aber dich?»

«Ich glaube dir doch», sagte Yvonne und merkte selbst, wie wenig überzeugend sie klang.

«Du hast keine Ahnung. Du weißt nichts. Nichts!» Er holte aus und schleuderte die Flasche nach ihr. Yvonne war zu erschrocken, um sich wegzuducken. Nur um Haaresbreite flog die Flasche an ihrem Kopf vorbei, schlug hinter ihr gegen die Wand, zerschmetterte. Yvonne war wie erstarrt, und erst, als Daniel nach der schweren blauen Blumenvase griff, die sie von ihrer Mutter geschenkt bekommen hatte, sprang sie auf. Sie rannte in Lenis Zimmer, schlug die Tür hinter sich zu, drehte mit zittrigen Fingen den Schlüssel. Die Vase donnerte von außen gegen die Tür.

Yvonne konnte nicht glauben, was da gerade passierte. Den Rücken gegen die Tür gepresst, ließ sie sich auf den Boden sinken und lauschte mit rasendem Atem auf die Geräusche aus der Wohnküche. Klirren, Scheppern, dann trat Daniel gegen die Tür, brüllte aneinandergereihte Vokale, die keinen Sinn ergaben. Das wilde Klopfen ihres Herzens schmerzte in ihrer

Brust, sie schwitzte, ihr ganzer Körper zitterte. Ohne sich auch nur einen Millimeter von der Tür wegzubewegen, streckte sie ihren Arm nach Donkey aus, Lenis Eselkuscheltier, das auf dem Teppich lag, drückte ihr Gesicht in das flauschige Fell und sog den Geruch ihrer Tochter ein. «Alles wird gut, alles wird gut», flüsterte sie sich selbst wie ein Mantra zu, wusste aber, dass das nicht stimmte.

55. LARA

Leo schlief in Laras Bett. Lara selbst konnte nicht schlafen. Sie hatte sich mit ihrer dicken Bettdecke ans offene Fenster gesetzt und schaute in die Nacht. Der Wind blies ihr sacht ins Gesicht. Es war dunkel, und sie sah nicht viel, aber sie hörte den Fluss, der in hundert Metern Luftlinie gegen den Anleger drückte und das Metallgerüst zum Quietschen brachte. Ab und an erklang der Ruf einer Eule, vielleicht der Uhu, der hier manchmal nachts jagte. Sie hatte ihn schon ein paarmal gesehen – und ihn immer Yasmin zeigen wollen, die sich für Tiere aller Art hatte begeistern können. Sie hatte sich sowieso für alles begeistern können, aber der Uhu war nie zur rechten Zeit aufgetaucht. Und jetzt war es zu spät. Wieder zog sich alles in Lara zusammen, wieder stiegen Tränen ihr auf, von ganz tief drinnen. Sie wollte einfach nicht wahrhaben, dass Yasmin wirklich weg war. Für immer. Am liebsten wäre sie jetzt rüber zum Pfahlhaus, hätte sich unter der roten Decke verkrochen und sich vorgestellt, zumindest für einen Moment, Yasmin wäre gar nicht tot. Sie sei nur kurz spazieren, würde gleich die steile Stiege raufkommen und die Tür aufstoßen.

Aber ins Pfahlhaus konnte sie heute nicht. Sie konnte Leo nicht alleine lassen. Zum Arzt hatte sie ihn nicht gebracht. Die Tabletten, die er vorhin dann doch endlich geschluckt hatte, hatten das Fieber etwas gesenkt. Dennoch schwitzte er stark, wimmerte im Schlaf, schlug mit den Armen um sich, schrie hin und wieder auf. Lara fragte sich, was er wohl träumte. Auf jeden Fall nichts Gutes. Aber sie war froh, dass er überhaupt schlief, also weckte sie ihn nicht. Wozu auch. Das ganze Wachsein war genauso ein Albtraum. Lara drehte die Patronenhülse zwischen ihren Fingern. Was sollte sie nur damit machen? Sie war sich fast sicher, dass sie geöffnet worden war, um mit dem Nitropulver die Sprengkraft dieser Bomben zu verstärken. Wieso sonst hatte sie jemand aufgesägt? Und wieso sonst hätte sie die Hülse ausgerechnet jetzt in der Werkstatt finden sollen? Wer auch immer da am Werk gewesen war, hatte sie vermutlich zwischen den Bodendielen nicht wiedergefunden. Oder gar nicht bemerkt, dass sie runtergefallen war.

Die Polizei glaubte, der Bombenbauer und Yasmins Mörder wären ein und dieselbe Person. Und sie verdächtigten Daniel. Sie hatten ihn auf der Werft abgefangen und weggeführt wie einen Kriminellen, die Hände hinter den Rücken gedreht, seinen Kopf nach unten gedrückt, um ihn in den Wagen zu schieben. Wie in einem schlechten Fernsehkrimi.

Aber Daniel und ein Mörder, das passte für Lara nicht zusammen. Er war doch der einzig normale Mensch hier auf der Werft, der Einzige, der ihre Arbeit einigermaßen erträglich machte. Ohne ihn hatte sie hier gar keinen Verbündeten mehr. Er konnte Yasmin nicht umgebracht haben. So was würde er doch nicht tun. Nicht Daniel. Ihr Vater dagegen ... Ihm traute sie das zu. Ihm traute sie sowieso alles zu. Allerdings schaffte sie es beim besten Willen nicht, sich vorzustellen, dass Yasmin zu ihrem Vater auf ein Boot gestiegen wäre. Nicht freiwillig, wie dieser Kommissar gesagt hatte.

Lara hielt sich die Hülse vor die Augen. Sie würde gar nichts damit machen. Sie würde sie festhalten, abwarten, hoffen, dass sie doch noch aus diesem schrecklichen Traum erwachte.

56. YVONNE

Es war halb neun am Freitagmorgen. Yvonne lief die Markusstraße zum Großneumarkt runter. Die Sonne schien. Laub raschelte unter ihren Füßen. Ein herrlicher Herbsttag, wäre nicht alles so furchtbar. Yvonne hatte sich noch nie so elend gefühlt: verzweifelt, verängstigt und traurig zugleich. Zudem schmerzte ihr Kopf, als hätte nicht Daniel zu viel getrunken, sondern sie. Die Nacht war einfach zu viel gewesen.

Sie hatte in Lenis Zimmer ausgeharrt, bis sie Daniels Schnarchen gehört hatte. Erst dann hatte sie ganz leise die Tür geöffnet. Daniel hatte auf dem Sofa gelegen, die Beine über der Lehne. Er hatte ausgesehen wie immer, wie *ihr* Daniel, und für einen kurzen Moment hatte sie das Bedürfnis gehabt, sich zu ihm zu setzen und ihm über die Wange zu streicheln. Aber dann hatte sie ihn wieder vor sich gesehen, wie er in der Nacht gewesen war, sein irrer Blick, und wie er die Flasche nach ihr geworfen hatte. Und ihr war klar geworden: Sie musste weg.

Also war sie ins Schlafzimmer geschlichen, hatte hastig ihre verschwitzte Kleidung gewechselt, das Nötigste zusammengepackt und mit nichts als einer kleinen Reisetasche und Donkey, Lenis Kuscheltier, die Yoda verlassen. Dann war sie zu ihrer Mutter gefahren, um Leni abzuholen und im Morgengrauen direkt wieder aufzubrechen. Falls Daniel nach ihnen suchte, wäre das der erste Ort, wo er hinkommen würde. Und sie wollte auf keinen Fall, dass er sie fand. Als sie die schlafende Leni zum Wagen getragen hatte, hatte sie sich immer wieder nervös umgesehen, erschrocken über sich selbst. Misstraute sie Daniel wirklich so sehr, dass sie befürchtete, er würde ihr oder seiner eigenen Tochter ernstlich etwas zuleide tun? Sie wusste es nicht. Sie wusste gar nichts mehr. Nur dass er sich gestern von einer Seite gezeigt hatte, die ihr schreckliche Angst machte.

Eine Weile war sie mit der schlafenden Leni neben sich ziellos durch die Gegend gefahren. Ihr Verstand sagte ihr, dass es das Richtige wäre, bei der Polizei gegen Daniel auszusagen. Aber sie konnte doch nicht ihren eigenen Mann bei der Polizei anschwärzen. Und selbst wenn sie das täte, die würden sie löchern wegen der Kleidung, die sie ausgewaschen hatte, wegen des falschen Alibis ... und was dann? Sie hatte ewig abgewogen und nicht weitergewusst. Und schließlich hatte sie einen Entschluss gefasst. Sie würde mit Helen sprechen. Irgendjemandem musste sie sich anvertrauen, und wenn jemand das Recht hatte, alles zu erfahren, dann doch Yasmins Mutter. Yvonne würde ihr erzählen, wie Daniel blutend nach Hause gekommen war und wie seltsam er sich seitdem verhielt. Und dann sollte Helen ihre Schlüsse ziehen. Sollte Helen entscheiden, was zu tun war.

Da Leni nichts von dem Gespräch mitbekommen sollte, hatte sie sie zu ihrer Klientin Gertrude Mertens gebracht. Die alte Dame wohnte ja gleich bei Helen um die Ecke, und bei ihr war Leni gut aufgehoben. Zu Yvonnes Erleichterung fragte Frau Mertens, als sie unangekündigt vor ihrer Tür standen, nicht nach dem Wieso oder Warum. Sie nahm Leni einfach bei der Hand, versprach ihr heiße Schokolade und mindestens drei Runden Mensch ärgere dich nicht. Ein Blick auf Yvonne – übernächtigt und mit vom Weinen verquollenen

Augen – genügte wohl, um ihr die Dringlichkeit vor Augen zu führen.

Während Yvonne nun zum Großneumarkt lief, kamen ihr allerdings schon wieder Zweifel, und als sie auf dem Marktplatz ankam, brachte sie es nicht über sich, bei Helen zu klingeln. War es nicht doch zu eigennützig, mit ihren Sorgen und Verdächtigungen ausgerechnet zu Helen zu gehen? Ihr die ganze Verantwortung zu übergeben, was weiter geschehen sollte? Sie setzte sich auf die steinerne Bank unter der gusseisernen Laterne in der Platzmitte, von wo aus sie die Tür zu Helens Wohnhaus im Blick hatte. Sie würde warten. Wenn Helen kam, dann würde sie mit ihr reden, und wenn nicht, dann sollte es nicht sein.

Um kurz nach zehn, der Turmbläser vom Michel hatte gerade gespielt, trat Helen aus dem Haus. Sie trug einen grünen Mantel und eine dazu passende Mütze. Obwohl ihr eben noch kalt gewesen war, brach Yvonne schlagartig der Schweiß aus, und als sie aufstand, war ihr schwindelig. Kurz stützte sie sich an der Steinbank ab, sammelte sich, dann ging sie über den Platz auf sie zu.

«Helen», rief sie. «Helen!»

Helen wandte den Kopf, sah sie an. Sie war blass, aber in ihrem Gesicht lag ein offener und zugleich aufmerksamer Blick.

«Hallo, Yvonne», sagte Helen, als sie vor ihr stand.

«Hast du Zeit, können wir kurz reden?», bat Yvonne.

Helen sah auf die Uhr, nickte.

«Laufen wir ein Stück?», fragte Yvonne.

«Ja, gerne», sagte Helen.

Sie überquerten den Platz, hielten sich rechts, gingen schweigend nebeneinanderher. Yvonne fühlte sich wie gelähmt, unfähig, das zu sagen, was sie sich in ihrem Kopf zurechtgelegt hatte.

Helen bog in den von Fachwerkhäusern gerahmten Hof hinter dem Beyling-Stift ein, in dem noch jetzt im November gelborangene Dahlien blühten. Yvonne kannte diesen kleinen versteckten Garten von ihren Mittagspausen. Sie kam öfter her. Ein angenehm ruhiger Ort. Sie setzten sich auf eine Bank neben dem Brunnen.

«Du siehst nicht gut aus», sagte Helen. «Was ist los?»

Yvonne knetete ihre Hände, räusperte sich. «Ich ... ich bin zu Hause ausgezogen ...»

«Du hast Daniel verlassen?» Helen sah sie mitfühlend an, und es rührte Yvonne, dass sie sich um sie sorgte, bei allem, was sie selbst gerade durchmachte.

«Willst du mir erzählen, warum?», fragte Helen vorsichtig.

Yvonne senkte den Blick. «Er macht mir Angst.»

«Wer? Daniel?» Helen schien ernsthaft überrascht.

«Er benimmt sich so seltsam. Ich erkenne ihn nicht wieder.»

«Was meinst du mit seltsam?»

«Er ... weißt du, er geht nachts immer spazieren ... ständig tut er das.» Yvonne schüttelte den Kopf. Wie sollte sie es ihr nur sagen?

Helen legte ihr sacht eine Hand auf den Arm. «Ich gehe auch oft nachts spazieren. Daran ist doch nichts seltsam.»

«Nein. Oder doch.» Was stammelte sie hier nur herum? «Die Polizei hat Daniel gestern zum Verhör abgeholt.»

Helen lachte bitter auf, ohne dass Yvonne verstand, weshalb. Dann sagte sie leicht spöttisch: «Ihn also auch.»

«Was meinst du damit, *ihn auch*?», fragte Yvonne verwirrt.

«Meinen Mann haben sie stundenlang vernommen wie einen Verdächtigen. Und meinen Neffen haben sie gleich zwei Tage in U-Haft genommen.»

«Ja, aber ...» Wie konnte Helen so lapidar daherreden? Es ging doch um den Mord an ihrer Tochter. War sie gar nicht misstrauisch?

«Ein Verhör bedeutet erst mal gar nichts», schob Helen hinterher und tätschelte ihren Arm.

Yvonne atmete tief durch, fuhr sich mit der Zunge über die trockenen Lippen. Sie musste es ihr sagen. Jetzt oder nie. «Ich habe Daniel ein Alibi gegeben ... dass er bei mir war. Aber ... das war er nicht. In der Nacht, in der Yasmin gestorben ist, da war Daniel draußen. Und er ist erst spät nach Hause gekommen ... mitten in der Nacht ... und ... und ... er war voller Blut.»

Endlich war es raus.

Helen starrte sie an, plötzlich aschfahl.

Mit stockenden Worten redete Yvonne weiter, erzählte von dem Blut auf Daniels Kleidung, von seinen Wunden, von der Geschichte, die er ihr aufgetischt hatte, dem Überfall, dem Messer, der Flasche. Und auch, dass im Pinkertweg keine Leiche gefunden worden war.

Sie konnte Helen ansehen, wie diese kombinierte und wie es sie schmerzte. Tränen rannen Helen über das Gesicht, und Yvonne weinte mit ihr.

Nach einer Weile, die Helen einfach nur dasaß, weinend und ins Leere starrend, fragte sie: «Wieso vertraust du das ausgerechnet mir an? Wieso gehst du damit nicht zur Polizei?»

Yvonne fuhr sich mit dem Handrücken über die nassen Augen. «Ich kann nicht. Daniel ist doch ... er ist Lenis Vater.»

Helen legte den Kopf in den Nacken, sah in den Himmel. Ein Krähenschwarm flog krächzend über sie hinweg.

«Helen, ich weiß doch gar nicht wirklich, wessen Blut es war», schob Yvonne hinterher. Vielleicht stimmte Daniels Geschichte mit dem Mann, der ihn überfallen hat, ja doch. Auch wenn nichts davon in der Zeitung gestanden hatte.

Helen rührte sich nicht, sah weiter in den Himmel, und dann, als sie den Kopf wieder senkte und Yvonne ansah, schaute sie ihr fest in die Augen.

«Yvonne», sagte sie, jetzt ganz gefasst und ruhig. «Glaubst du, dass Daniel Yasmin umgebracht hat?»

«Ja», sagte Yvonne leise, und erst in diesem Moment wurde ihr klar, dass es jetzt kein Zurück mehr gab. Sie hatte Daniel verraten.

57. BETTE

Normalerweise aß Bette an den Tagen, an denen sie die Biokisten packte, mit Bauer Jansen zu Mittag. Während sie in der Scheune arbeitete, kochte Jansen. Heute allerdings war er zu einer Herzuntersuchung ins Universitätskrankenhaus gefahren. Bette war also alleine auf dem Hof, wog Rosenkohl ab, packte Wirsing und Spitzkohl ein. Das war es, was im Spätherbst in die Kisten kam. Kohl, Kohl und nochmals Kohl. Nur der gute Grünkohl war noch nicht dabei. Den würde Jansen nicht vor dem ersten anständigen Bodenfrost ernten. Ohne Frost schmeckt er nicht!

Das schwere Tor zur Scheune hatte Bette weit offen stehen lassen, damit die Herbstsonne einfiel. Und auch, um einen besseren Überblick zu haben, hier auf dem allein stehenden Hof. Denn wenn sie ganz ehrlich mit sich war, hatte der Sprengstoffanschlag sie doch unruhig gemacht. Mehr als sie zuerst hatte wahrhaben wollen. Und so war sie ganz froh, dass Anton, eingeschüchtert von dem Fauchen der fetten Mastgänse, die frei draußen herumliefen, die ganze Zeit neben ihr hertrottete, während sie den Kohl in die Kisten sortierte. Sie schaffte es dann auch, zumindest mehr oder weniger, die Gedanken an den Anschlag auszublenden. Was ihr dagegen nicht aus dem Kopf ging, war der gestrige Abend. Mats und sie – was war das? Sie genoss es, in seiner Nähe zu sein. Auch körperlich. Da war diese alte Vertrautheit zwischen ihnen, die sie mit sonst niemandem teilte. Aber ob es nun ihre alte Freundschaft war, oder ob da mehr war, sie konnte es partout nicht auseinanderklamüsern. Meine Güte, jetzt war sie über fünfzig und in allem, was Liebesdinge betraf, immer noch so unfähig wie ein Teenager. Na ja, auf jeden Fall war ihr Zusammensitzen am Feuer schön gewesen. Ihr schlechtes Gewissen Daniel gegenüber hatte allerdings trotz Mats' gutem Zureden nicht sonderlich nachgelassen. Heute Morgen hatte sie versucht, Daniel zu erreichen. Sie wollte dringend mit ihm sprechen. Er sollte wissen, dass ihr nichts anderes übrig geblieben war, als vor Thorben die Punkte offenzulegen, die ihn mit Yasmin verbanden, ebenso wie die Widersprüche in seinen Aussagen. Aber Daniel hatte ihren Anruf nicht angenommen.

Bette wollte gerade noch Äpfel zu dem ganzen Kohl packen, als sie merkte, dass sie müde wurde. Es war schon fast elf. Sie schloss das Scheunentor, verriegelte es von innen und legte sich für ein Nickerchen auf die Pritsche, die immer für sie in der Scheune bereitstand.

Nach nur zwanzig Minuten weckte das Klingeln ihres Handys sie wieder. Es war Nesrin. Sie rief aus dem Präsidium an.

Bette murmelte ein verschlafenes «Moin» in den Hörer.

«Ich habe Neuigkeiten», sagte Nesrin ohne Umschweife. «Eine Rückmeldung aus den Niederlanden. Wegen deiner Personenbeschreibung.»

Bette setzte sich auf, jetzt war sie hellwach.

«Es gibt Übereinstimmungen mit einem Mann, der 1992 sechs Monate für Körperverletzung im Gefängnis saß, eine Kneipenschlägerei», sagte Nesrin in sachlichem Ton, während Bettes Herz ob der Neuigkeit wild hämmerte.

«In Rotterdam», fuhr Nesrin fort. «Es passt alles: eine Narbe am Hals, eine zweite über der Oberlippe. Tattoo an der

Außenseite seines linken Handgelenks: ein Kreuz und RSH in Großbuchstaben.»

Das war ihr Mann. Das war der Eismann.

«Er heißt Arthur Jonker», fügte Nesrin an.

«Holländer?» Der Name klang so.

«Nein, Deutscher. 1941 in Pinneberg geboren. Eltern beide aus Hamburg.»

1941. Das kam vom Alter hin. Der Mann war zum Zeitpunkt der Entführung 45 Jahre alt gewesen. Heute wäre er 78. «Lebt er noch?», fragte Bette.

«Ja. In Hamburg. Er ist im Unteren Landweg gemeldet.»

Bette meinte, ihr Herz setze einen Moment aus, danach pochte es umso heftiger. Ihre Gedanken rasten. Vom Unteren Landweg bog doch auch der Pinkertweg ab. Und im Pinkertweg waren Daniel und Anna aus der Lagerhalle entführt worden. Da draußen im Industriegebiet standen nur sehr vereinzelt Wohnhäuser. Nesrin gab ihr die exakte Adresse durch. Eine etwas seltsame Ansammlung von Zahlen und Buchstaben, aber im Industriegebiet waren die Adressangaben oft etwas unverständlich.

«Seit wann ist er da schon gemeldet?», wollte Bette wissen.

«Fast sein ganzes Leben, seit November 1944», sagte Nesrin.

Das war unglaublich. Der Mann hatte 1986 nur wenige hundert Meter vom Ort der Entführung entfernt gewohnt.

«Wir wissen außerdem, dass Arthur Jonker einen Volksschulabschluss hat, ungelernt ist und sich bis 1968 als Tagelöhner im Hafen verdingt hat», fügte Nesrin an. «Danach hat er als LKW-Fahrer gearbeitet, immer verschiedene Speditionsunternehmen.»

Bette legte sich eine Hand über die Augen, versuchte durchzuatmen. Das hier war nicht irgendein Krimineller, den Nesrin da ausfindig gemacht hatte. Das war Annas Mörder. Und vielleicht auch Yasmins Mörder. Genau genommen hoffte Bette sogar, dass er Yasmins Mörder war. Denn damit würden sich die Mordverdächtigungen gegen Daniel in Luft auflösen. Gut, die Sprengsätze hatte vielleicht wirklich er gelegt, unabhängig vom Mord an Yasmin. Einfach, weil Bette ihm zu nahe getreten war. Ohne Rücksicht zu nehmen. Sie hatte die Erinnerungen an den Tiefergrund gnadenlos ausgegraben. Aber Erinnerungen hin oder her. Am liebsten hätte Bette Daniel jetzt sofort angerufen und ihm gesagt, was Nesrin rausgefunden hatte. Dass sie wussten, wer der Eismann war. Aber damit würde sie jede weitere Untersuchung torpedieren. Sie konnte nicht ein Entführungsopfer auf seinen Peiniger loslassen. Sei die Tat noch so lange her. Sie selbst allerdings, sie konnte Arthur Jonker einen Besuch abstatten! Und sich vergewissern, dass er es ganz sicher war – dass Daniels Beschreibung auf ihn passte –, bevor sie Thorben auf den Mann ansetzte und Daniel damit indirekt zwang, mit der Polizei zusammenzuarbeiten. Etwas, das er ganz sicher nicht wollte, das er aber würde tun müssen, sobald sie den Eismann festnahmen. Daniel würde die Aussage, die er ihr gegenüber gemacht hatte, wiederholen und eine Gegenüberstellung ertragen müssen. Und, na ja, mal ganz abgesehen davon wollte Bette dem Mann gegenübertreten. Annas Mörder. Und das nicht vor Gericht, sondern vorher. Sie wollte sehen, wer er war, wie er lebte.

«Nesrin, tust du mir einen Gefallen», bat sie. «Kannst du bitte Thorben noch nichts sagen. Das möchte ich gerne selbst machen.»

«Ja, sicher. Er ist im Haus, ich stell dich gleich durch.»

«Nein, nein», stoppte Bette sie. «Ich rufe ihn nachher an.»

«Wieso erst nachher?»

«Nesrin, bitte.» Bette verzichtete darauf, sich zu erklären. Nesrin würde nur versuchen, sie von ihrem Vorhaben abzubringen.

Nesrin seufzte und sagte in einem Tonfall, der Bette an ihre strenge Mathelehrerin aus der Mittelstufe erinnerte: «Zögere es nicht zu lange raus. Vielleicht ist der Mann immer noch gefährlich.»

Eine Viertelstunde später saß Bette im Taxi und fuhr mit Anton im Kofferraum den Hofschläger Deich nach Norden. Sie musste sich Arthur Jonker gegenüber ja nicht als Ermittlerin vorstellen. Sie würde einfach sagen, sie sei eine Versicherungsvertreterin. Das funktionierte immer.

Bis zum Unteren Landweg waren es nur etwa vier Kilometer, und es ging immer geradeaus, vorbei an Äckern und Feldern der Vier- und Marschlande, dann hinein ins Industriegebiet. Bette war so aufgewühlt, ihr Adrenalinpegel so hoch, dass sie nicht im Wagen einschlief. Die ganze Zeit starrte sie auf das Polizeifoto, das Nesrin ihr eben noch auf ihr Handy geschickt hatte. Arthur Jonker im Jahr 1992. Ein schmales scharfkantiges Gesicht, unrasiert, blaue Augen, die Haut gebräunt, und obwohl er in die Kamera eines Polizeifotografen schaute, lag ein Schmunzeln um seinen Mund, und da war etwas an seinem Blick, das Bette eine Ahnung davon gab, wer er war. Selbstsicher, von sich eingenommen, sich einer gewissen Ausstrahlung bewusst. Er sah aus wie einer, der es immer schaffte, abends noch schnell eine Frau in der Kneipe abzuschleppen. Nur für eine Nacht, weil sie spätestens dann bemerkte, dass er ein Arschloch war. Aber ihm reichte das. Er hatte bekommen, was er wollte. Oder interpretierte sie da nur etwas in dieses alte Foto hinein?

«Hier kann ich jetzt nicht weiter», holte der Taxifahrer, ein älterer Mann, dessen Jackett über seinem Bauch spannte, sie aus ihren Gedanken. Er hatte im Kreisel am Ende einer Sackgasse gehalten, und Bette registrierte etwas verwundert, dass sie in einer Gartenkolonie waren.

«Sind Sie sicher, dass wir hier richtig sind?», fragte sie. In einer Schrebergartenlaube konnte man nicht gemeldet sein.

«Ganz sicher», sagte er und zeigte auf einen Fußweg, der beidseitig von Hecken gesäumt war. Na gut, wenn er meinte. Deshalb vielleicht diese ungewöhnliche Ansammlung von Zahlen und Buchstaben. Manchmal gab es zwischen den Gartenlauben auch noch das ein oder andere Behelfsheim. Diese Häuser waren kaum größer als die Lauben, allerdings ganzjährig bewohnbar und als Meldeadresse gültig. Bette wusste das, weil sie schon früher mit Menschen zu tun gehabt hatte, die noch in diesen Häusern wohnten. Die Behelfsheime waren im Zweiten Weltkrieg als Notunterkünfte errichtet worden, in dieser Gegend vor allem für Ausgebombte des Feuersturms 1943. Wenn Arthur Jonker 1944 als Dreijähriger hierhergezogen war, kam das zeitlich hin. Vielleicht hatte seine Familie im hart getroffenen Osten der Stadt gelebt.

Bette stieg aus und holte Anton aus dem Kofferraum. Da sie von diesem abgelegenen Ort sonst nicht wieder wegkommen würde, ließ sie das Taxi warten. Sie sah noch einmal auf ihre Uhr, vergewisserte sich, dass sie gut in der Zeit lag, was ihren nächsten Schlafschub anging. Nicht dass sie hier noch zusammenbrach. Um eine Kataplexie dagegen machte sie sich weniger Sorgen, ihre Hände würde sie nicht brauchen. Sie trug ja keine Waffe, und sie hatte auch nicht vor, sich anderweitig zu verteidigen. So weit würde sie es nicht kommen lassen. Sie folgte dem Weg, den der Fahrer ihr gewiesen hatte. Durch blattlose Hecken hindurch sah sie auf feuchte Rasenflächen, kahle Obstbäume und viel Nadelgehölz. Die Lauben waren alle winterfest gemacht: die Fenster mit Holzplatten vernagelt, die Schuppen ebenfalls verbarrikadiert. Anton lief brav neben ihr her. Bette konnte sich nicht vorstellen, dass jemand hier das ganze Jahr über wohnte. Im Sommer mochte es idyllisch sein und gut besucht, jetzt war es vor allem eines: einsam. Aber vielleicht war es genau das, was der Eismann wollte. Niemand, der ihn beobachtete. Niemand, der wusste, was er tat, wann er kam und ging. Auch das passte doch zu diesem Menschen, oder etwa nicht?

An den Holzpforten hingen Nummern: 98, 99, 101, 102 ... Ein Stück musste es noch sein. Nesrin hatte ihr als Hausnummer die 124 genannt. Sollte sie wirklich nach all den Jahren gleich Annas Mörder gegenüberstehen? Konnte es so einfach gewesen sein, ihn zu finden? In Bettes Tasche klingelte ihr Handy. Der Anruf kam von einem Hamburger Festnetzanschluss, den sie nicht zuordnen konnte.

«Hallo?», fragte sie, ohne ihren Namen zu nennen, was sie nie tat, wenn sie nicht wusste, wer in der Leitung war.

«Bette? Bist du das?» Es war Helen.

«Was ist los?», fragte Bette.

«Daniel. Sie haben ihn verhört! Wusstest du das?»

«Gestern, ja, aber er ist wieder zu Hause», sagte Bette ausweichend. Mal abgesehen davon, dass sie das nicht durfte, wollte sie jetzt nicht mit Helen über die Hintergründe der Vernehmung sprechen. Langsam ging sie weiter. Parzelle 105, 106, 107, 109 … Die 108 fehlte.

«Sie haben ihn doch nur wegen Yvonnes Alibi gehen lassen!» Helen schrie jetzt, und kurz war Bette irritiert von ihrem hysterischen Tonfall. Aber ihr fehlte gerade der Kopf, um sich darüber Gedanken zu machen. 115, 116, 117 … Sie war fast da.

«Bette, bitte», flehte Helen. «Ich muss wissen …»

«Helen, ich ruf dich später zurück», würgte Bette sie ab, drückte den Anruf weg und schaltete auf stumm. 122, 123, 124. Sie war da.

Die Pforte stand offen. Bette blieb davor stehen, Anton still neben ihr, als wüsste er, was vor sich ging. Das Haus auf der Parzelle war wirklich ein Behelfsheim. Es war aus Stein gebaut, nicht aus Holz wie die Lauben. Der angegraute Putz bröckelte, das Dach sah marode aus, die Fenster waren blind. Der kurze Weg, der zur Haustür führte, war von einem von Gras überwucherten Beet gesäumt.

Bette meinte plötzlich, alles um sich herum wie in Zeitlupe wahrzunehmen: die Blätter, die durch die Luft segelten, das Eichhörnchen, das über die Wiese rannte. Sie brauchte dringend eine Zigarette, aber kaum hatte sie das gedacht, ging die Haustür auf, und eine kleine untersetzte Frau schaute zu ihr heraus. Der Aufnäher am Ärmel ihres blauen Pullis verriet ihr, dass sie vom Malteser Hilfsdienst war.

Bette streckte die Hand nach Anton aus, schob ihre Finger in sein weiches warmes Fell. Sie hätte nicht herkommen sollen. Sie war viel zu nah an diesem Fall dran, um auch nur die geringste Form der nötigen Distanz zu wahren.

«Kann ich Ihnen helfen?», fragte die Frau.

Bette räusperte sich. «Ähm, ja. Wohnt hier Herr Jonker?»

Die Frau nickte. «Wenn Sie kurz warten würden. Wir wollten grade auf einen kleinen Spaziergang rauskommen.»

Die Frau verschwand im Haus. Sie hatte nicht einmal gefragt, wer Bette war oder was sie wollte. Von wegen Versicherungsvertreterin.

«Anton», flüsterte Bette. «Sollen wir rennen? Weg von hier?» Sie hatte Angst. Angst, diesem Mann, der das Leben ihrer Jugendfreunde zerstört hatte, gegenüberzutreten. Aber sie rannte nicht, sie blieb stehen, und dann kam die Frau auch schon zurück. Der Mann bei ihr hatte schütteres mausgraues Haar und wässrige helle Augen, die fast blind wirkten. Wie die Fenster seines Hauses. Zumindest schien er Bette auf die vier bis fünf Meter Entfernung nicht zu sehen, es war, als schaute er ins Leere. Völlig teilnahmslos. Und als er jetzt seine linke Hand hob und sich an der Nase kratzte, sah Bette das Tattoo vom Rasensport Harburg. RSH. Alle Kraft wich aus ihren Händen.

Annas Mörder. Das war Annas Mörder. Der Eismann.

Jetzt sollte sich Erleichterung in ihr breitmachen, dachte sie, aber es war vor allem Verzweiflung, die sie verspürte. Denn ihre Hoffnung, der Mann würde den Mordverdacht gegen Daniel zunichtemachen, war dahin.

Der Eismann konnte Yasmin unmöglich umgebracht haben.

Arthur Jonker saß im Rollstuhl, und ihm fehlte der rechte Arm. Trotz der Kälte trug er nur ein Hemd und eine kurze Hose, die den Blick auf die blauen Windungen seiner Krampfadern freigab. Die Frau legte ihm gerade eine Decke über die nackten Beine.

Bette drehte sich wortlos um und eilte mit Anton davon. Sie hörte die Frau nach ihr rufen, aber sie sah sich nicht um. Als sie sicher war, sich weit genug entfernt zu haben, bog sie rechts in einen Stichweg ein und zog ihr Telefon aus der Jackentasche. Ihre Hände waren mittlerweile wieder funktionstüchtig. Sie rief Thorben an. Ab hier musste er übernehmen. Mit stockenden Worten fasste sie für ihn zusammen, was sie über Arthur Jonker alias den Eismann herausgefunden hatte, wobei sie nervös zwischen den Hecken auf und ab lief. Als sie fertig war, herrschte erst einmal Schweigen. Sie hatte damit gerechnet, dass Thorben ihr Vorwürfe machen würde. *Sie machen einen vermeintlichen Mörder und Entführer ausfindig und haben nichts Besseres zu tun, als selbst bei dem Mann vorbeizuschauen?* Aber er sagte nichts dergleichen. Nachdem er einen Moment einfach nur sprachlos war, bat er sie schließlich, zu Daniel zu fahren, und ihm schonend beizubringen, dass es eine Gegenüberstellung geben würde. Und ihn zu bitten, seine Aussage zum Eismann der Polizei gegenüber zu wiederholen. In der Zeit würde man Jonker festnehmen und von der Gartenkolonie ins Präsidium fahren.

«Ich versuche mein Bestes», versprach Bette und hoffte, dass sie Erfolg haben würde. So stur und bockig, wie sie Daniel in den letzten Tagen erlebt hatte, war sie sich nicht sicher, wie er reagieren würde.

Bevor sie zum Wagen zurückging, rief sie kurz bei der Paulsenwerft an, um zu hören, ob Daniel dort war. Das war er nicht. Als sie zurück zum Kreisel kam, lehnte der Taxifahrer an der Beifahrertür und rauchte. Er schnippte die Zigarette weg und öffnete ihr die Tür, wobei er sie mit gerunzelter Stirn ansah.

«Ist alles in Ordnung bei Ihnen?», fragte er.

Wieso ließ sie sich ihre innere Verfassung gleich von jedem dahergelaufenen Taxifahrer anmerken? Aber vielleicht war er auch einfach nur besonders aufmerksam.

«Jaja, alles gut», sagte sie, bat ihn, sie zum Moorfleeter Deich zu fahren, und beschrieb ihm, wie er den Steg zur Yoda fand. «Und könnten Sie mich vorher einfach eine halbe Stunde durch die Gegend fahren? Ich brauche erst mal eine Runde Schlaf.» Auch wenn es noch keine zwei Stunden her war, dass sie geschlafen hatte, sie konnte nicht mehr. Und der Preis, der da nachher auf dem Tacho erscheinen würde, war ihr gerade schnurzpiepegal.

Der Taxifahrer zuckte mit den Schultern. «Von mir aus, hab schon Komischeres erlebt. Wenn mir nur der Hund nicht in den Kofferraum pisst.»

«Macht er schon nicht», sagte Bette. «Und sonst gehen Sie eben mit ihm spazieren. Wenn Sie mich nur schlafen lassen.» Damit setzte sie sich in den Wagen und schloss die Augen.

58. DANIEL

Daniel hatte einen widerlichen Geschmack im Mund, sein Schädel dröhnte. Er wälzte sich auf dem Sofa herum, blinzelte, griff nach seinem Smartphone, das neben einer Bierflasche unter dem Couchtisch lag. 12.23 Uhr, ein Anruf am frühen Morgen von Bette und fünf Anrufe von Eike Paulsen. Oh verdammt. Das würde Stress geben. Er müsste seit Stunden auf der Werft sein. Mühsam stemmte er sich hoch, vor seinen Augen drehte sich alles, und er wankte, als er ins Bad tappte. Nüchtern war er immer noch nicht. Er pinkelte und trank kaltes Wasser aus dem Hahn. Als er sich wieder aufrichtete, schlug er sich die Stirn an der Armatur blutig. *Scheiße auch.* Er schaute in den Spiegel, wischte sich einen Blutstropfen von der Stirn. Und da sah er den leeren Zahnputzbecher und dass Yvonnes Kosmetiktasche nicht am Waschbecken stand. Die Erinnerung an letzte Nacht kroch in ihm hoch. Tauchte auf wie aus einem Nebel. Er stöhnte auf, ließ sich auf den Rand der Badewanne sinken und krümmte sich. Sein ganzer Körper schmerzte plötzlich. Es war, als würden sich Messer in seine Eingeweide bohren. Mageninhalt hing ihm in der Kehle. Yvonne war weg. Abgehauen. Vor ihm. Was hatte er nur angerichtet! Aber er war so wütend gewesen, so enttäuscht. Abgrundtief enttäuscht. Er hatte sich so fest vorgenommen, mit Yvonne zu reden, ihr zu erzählen, welches Chaos in seinem Inneren herrschte. Er hatte wirklich geglaubt, sie würde ihm zuhören. Und dann war er nach Hause gekommen, und niemand war da gewesen, und er hatte den Müllsack in der

Wassertonne gefunden und erkannt, dass Yvonne ihn hintergangen hatte. Dass sie gar nicht auf seiner Seite stand. Natürlich hatte er sich da die Kante gegeben. Sie glaubte wirklich, er wäre Yasmins Mörder. Ihm war schon vorher klar gewesen, dass sie ihm die Geschichte mit dem Überfall nicht abnahm. Aber dass sie ihm das zutraute! Er – ein Mädchenmörder! Selbstmitleid kroch in ihm hoch. «Scheiße!» Er trat gegen den metallenen Putzeimer, der neben der Wanne stand und mit einem Scheppern umkippte. Dreckwasser ergoss sich über den Boden.

Daniel ging in die Küche, suchte was zu trinken, und als er nichts mehr fand, holte er den Rum, den Yvonne zum Backen benutzte, hinter der Mehldose hervor. Der war zumindest stark. Er wollte sich nur noch wegbeamen. Nach dem ersten großen Schluck aus der Flasche nahm er noch einen und noch einen und spürte, wie der scharfe Rum, der ihm die Kehle runterrann, ihn beruhigte. Unter seinen Füßen schwankte es leicht. Er schob es auf den Alkohol, bis ihm aufging, dass da jemand über den Steg kam. Yvonne! Kam sie zurück? Gab sie ihm noch eine Chance? Hastig schob er die Flasche zurück hinter das Mehl und eilte zur Tür. Als er sie aufriss, löste seine Hoffnung sich in nichts auf. Es war Helen, die da zur Yoda rüberkam.

Daniel ging nach draußen. Der Himmel war klar, aber das war trügerisch. Bald würde es regnen. Diese feuchte Kälte, die der Wind mit sich trug, war unverkennbar. Für die kommende Nacht war sogar eine Sturmflut vorausgesagt. Das hatte Daniel immer im Kopf, egal, wie blau er war. Er trat an die Reling, eine Hand fest auf dem Geländer. Er war wirklich ziemlich wackelig auf den Beinen.

Helen kletterte an Deck, blieb zwei Meter vor ihm stehen, taxierte ihn. Es war derselbe Blick, den er von der jugendlichen Helen kannte, wenn sie etwas im Schilde führte. Ein Blick, der ihm so vertraut war und ihm gerade deshalb nicht gefiel. Was wollte sie?

«Hast du sie umgebracht?», fragte Helen unverwandt. Ihre Stimme zitterte.

Daniel öffnete den Mund, brachte aber keinen Laut heraus. Sie glaubte also auch, er hätte Yasmin getötet.

«Yvonne sagt, du warst voller Blut, als du in der Nacht nach Hause gekommen bist», schob sie hinterher.

Wieder fühlte es sich an wie Messerstiche in seinen Eingeweiden. So weit war Yvonne also gegangen, zu Helen zu rennen, ihr von der Nacht zu erzählen.

«Nein», stieß Daniel hervor. «Nein!»

«Du lügst! Du warst voller Blut.» Helens Stimme war bestimmt, kalt und wütend.

«Weil ich jemanden verprügelt habe. Jemanden, der es verdient hat.»

Helen sah ihn herausfordernd an. «Ach ja? Und wer soll das gewesen sein? Etwa irgend so ein Typ, der dich überfallen hat?»

«Nein, er hat nicht mich überfallen. Er hat ein Mädchen in seinen Wagen gezogen. Er hat sie ... Er hat versucht, sie zu vergewaltigen.»

Im Zeitraffer spulten sich die Bilder der Nacht vor Daniel ab: das Mädchen, das auf den Bus wartet, nicht auf dem Parkplatz, den er Yvonne genannt hat, aber gleich daneben an der Straße. Da, wo manchmal die Nutten stehen. Aber das Mädchen ist keine Nutte. Und selbst wenn sie da draußen wäre, um sich zu prostituieren, dürfte der Kerl sie noch lange nicht anfassen und schon gar nicht in seinen Wagen ziehen. Sie ist höchstens sechzehn, fast noch ein Kind. Daniel reißt die Fahrertür auf, packt den Mann, zieht ihn aus dem Wagen und schlägt zu, wieder und wieder. All der Hass auf den Eismann und auf sich selbst bricht aus ihm heraus.

Der Mann zückt ein Messer, ganz so wehrlos ist er nicht, aber Daniel schlägt es ihm aus der Hand. Dann stößt er den Mann auf den Asphalt, drückt ihn auf den Boden. Der Mann bekommt Glas zu fassen, schlitzt ihm damit die Hand auf und den Unterarm. Aber er, Daniel, gibt nicht auf. Diesmal nicht. Er ist stärker. Er greift den Kopf des Mannes, haut ihn auf den Boden. Wieder und wieder und wieder.

Das Mädchen ist längst abgehauen.

«Ich habe den Mann umgebracht», sagte er. Endlich hatte er etwas getan, nicht nur zugesehen. Er hatte das Mädchen gerettet. So wie er Anna hätte retten sollen.

«Du hast meine Tochter umgebracht!» Helen betonte jedes Wort einzeln, spuckte sie ihm entgegen, als wolle sie ihn damit schlagen. «Du warst das!»

«Nein. Habe ich nicht», brachte er mit zunehmender Verzweiflung raus. «Es stimmt, ich bin ein Mörder. Aber doch nicht von Yasmin.»

«Und wo ist er, dein Toter?» Helen machte einen weiteren Schritt auf ihn zu, stand jetzt ganz nah vor ihm, zu nah. Daniel mochte das nicht.

«Ich ... ich habe ....» Er schüttelte den Kopf. Der Alkohol, alles drehte sich, ihm war schlecht.

«Wo ist er?», fragte Helen noch mal, jetzt lauter.

«Ich habe ihn in den Kofferraum verfrachtet.»

«Blödsinn», schrie sie. «Yvonne meinte, du warst zu Fuß unterwegs.»

«In den Kofferraum von *seinem* BMW. Und dann habe ich ihn zum Kanal gefahren. Und in einem Regenauslass versteckt.» Genauso, wie die Männer Anna und ihn zur Elbe gefahren und in das Regenrohr gesperrt hatten. Nur dass der Mann schon tot gewesen und Anna erst im Rohr gestorben war.

«Du bist ja irre.» Helen lachte bitter auf. «Weißt du, wie sich das für mich anhört? Du willst dich rausreden.»

«Nein, so ist das nicht.» Er redete sich nicht raus, er sagte endlich einmal die Wahrheit! Und sie glaubte ihm nicht.

«Wieso hast du es dann niemandem erzählt? Nicht mal deiner Frau. Ein Vergewaltiger, das ist doch jedem egal. Aber Yasmin ... findest du es schlimmer, einen Vergewaltiger zu ermorden als Yasmin?»

«Nein. Ich ...» Daniel würgte, konnte sich gerade noch von Helen wegbeugen und übergab sich.

Helen hielt das nicht davon ab, ihn weiter zu bedrängen. Er spürte sie in seinem Rücken. «Gib es einfach zu!», schrie sie. «Yasmin war neunzehn! Sie hat dir nie etwas getan. Und du hast sie umgebracht. Warum? Weil ich damals entkommen bin? Weil es meine Idee war mit der Lagerhalle? Sag es mir!»

Daniel richtete sich auf, drehte sich wieder zu ihr um, wischte sich mit dem Ärmel über den Mund. «Ich habe nichts mit dem Tod deiner Tochter zu tun.»

«Du lügst!» Helen hämmerte mit den Fäusten auf seine Brust ein. «Du lügst!» Ihr Gesicht war so nah an seinem, dass er ihren Atem spürte.

«Ich war es nicht.» Er versuchte, ihre Hände zu fassen, aber sie entriss sie ihm, schlug weiter mit den Fäusten auf ihn ein, stieß ihm gegen die Brust. Er taumelte, stolperte rückwärts, vor seinen Augen drehte sich alles. Verfluchter Alkohol. Und dann stürzte er. Etwas Spitzes traf seinen Rücken, Schmerz schoss ihm durch den Körper, und sein Kopf schlug auf den Boden.

59. BETTE

Eine Vollbremsung riss Bette jäh aus dem Schlaf. Anton jaulte. Der Taxifahrer schimpfte. «Mit Hundert durch die enge Kurve. Völlig irre. Die hätte uns fast vom Deich gedrängt.»

Das Taxi hing schon scharf an der Kante zum Abgrund. Auch wenn der Deich nicht wirklich hoch war, es würde reichen, um sich zu überschlagen. Im Seitenspiegel sah Bette noch einen roten Kleinwagen hinter ihnen davonschießen.

«Frau am Steuer, echt», schimpfte der Fahrer weiter. Das letzte Stück zur Yoda legte er im Schritttempo zurück. Der Schweiß stand ihm auf der Stirn. Zu den gut hundert Euro, die der Tacho anzeigte, gab Bette ihm noch ein deftiges Trinkgeld. Das hatte der arme Kerl sich verdient.

Oberhalb des Stegs stieg sie aus. Es war jetzt kurz vor halb zwei. Anton tänzelte herum, bellte. Die Fahrt in dem fremden Wagen war wohl doch etwas lang für ihn gewesen. Sie leinte ihn an, damit er ihr nicht noch wegrannte, und zündete sich eine Zigarette an, sog den Rauch tief ein. Sie spürte, wie sich das Nikotin langsam in ihrem Körper ausbreitete. Sooft sie sich schon vorgenommen hatte, mit dem Rauchen aufzuhören, dieses Gefühl wollte sie nicht missen.

Anton zerrte jetzt an der Leine. Bette versuchte, ihn zu ignorieren und sich zu sammeln. Sie würde mit Daniel nicht nur über den Eismann sprechen und die weitere polizeiliche Vorgehensweise, sie würde ihn auch fragen, ob er etwas mit Yasmins Tod zu tun hatte. Sie wollte die Antwort aus seinem Mund hören, und sie wollte ihm dabei in die Augen schauen.

«Jetzt hör schon auf», sagte sie zu Anton, der sich gar nicht mehr beruhigen wollte. Sie drückte die Zigarette aus, schob den Stummel in die Hosentasche, um ihn später zu entsorgen, und ging die letzten Meter zum Steg. Anton band sie am Geländer fest. Es tat ihr etwas leid für ihn, aber so unruhig, wie er war, wollte sie ihn jetzt nicht dabeihaben. Dann ging sie zur Yoda rüber. Auf der Wasseroberfläche der Dove-Elbe spiegelten sich die dunklen Wolken, die sich über ihr zusammenbrauten. Sie hoffte nur, dass Daniel überhaupt zu Hause war.

«Daniel», rief sie. «Daniel?»

Keine Antwort.

Bette kletterte an Deck. «Daniel», rief sie noch einmal und wollte schon die Deckstür aufdrücken, als sie ihn sah. Er lag seitlich neben dem Decksaufbau, mit dem Rücken auf dem Boden. Seine Augen waren aufgerissen. Unter seinem Kopf hatte sich eine Blutlache gebildet. Bette musste seinen Puls nicht fühlen, um zu wissen, dass jede Hilfe zu spät kam. Daniel war tot.

Der Notarzt war der Erste, der eintraf. Danach folgten der Rechtsmediziner Dr. Haller und die Leute vom technischen Erkennungsdienst, die sofort alles absperrten und Planen über das Bootsdeck spannten. Es würde bald regnen, und solange nicht klar war, ob es sich hier um Tod durch Fremdeinwirkung, Selbstmord oder einen Unfall handelte, durften keine Spuren verloren gehen.

Bette wartete und ließ Dr. Haller Zeit für erste Untersuchungen. Und auch sie selbst brauchte Zeit. Daniels Tod traf sie mehr, als sie vermutet hätte. Bilder aus ihrer Jugendzeit gingen ihr durch den Kopf, der Spaß, den sie gemeinsam gehabt hatten, und dann alles, was sie bereute. Was sie hätte besser machen müssen. Aber dafür war es jetzt zu spät, war es schon lange gewesen.

Schließlich ging sie zu Haller rüber. Der Rechtsmediziner kniete am Boden. Er hatte Daniels Kopf zur Seite gedreht, sodass Bette die Verletzung am Hinterkopf sehen konnte. Sie musste ihre Übelkeit unterdrücken. Er sah absolut nicht so aus, als schliefe Daniel friedlich. Nicht einmal im Tod war ihm das vergönnt, dabei hätte sie es ihm gewünscht, auch wenn er vielleicht Yasmin getötet hatte.

«Er war ein Freund von Ihnen?», fragte Haller.

«Wir kannten uns von früher», sagte Bette ausweichend. «Können Sie schon was sagen?»

Haller gab ein nachdenkliches Brummen von sich. «Er ist nach hinten gestürzt und mit dem Kopf auf den Boden geschlagen. Ich tippe auf Schädelbasisbruch. Außerdem hat sich bei dem Sturz ein Eisendraht zwischen seine Rippen gebohrt.» Haller zeigte auf eine Winde, die seitlich von Daniel lag. Der Draht war dicht und unflexibel.

«Vermutlich hat er die Lunge erwischt», sagte Haller weiter. «Was die Todesursache war, der Draht oder die Kopfverletzung, kann ich erst nach der Obduktion sagen. Beides ist potenziell tödlich.»

Bette schluckte. «Könnte es Selbstmord gewesen sein?» Das wäre möglicherweise ein Schuldeingeständnis.

Haller lachte trocken auf. «Nein, bestimmt nicht. So einen Scheiß sucht man sich da ganz sicher nicht aus. Ich würde sagen, es war ein Unfall. Riechen Sie das nicht? Den Alkohol.»

Bette beugte sich weiter runter und roch es nun auch.

«Ich denke, er war betrunken», sagte Haller. «Das würde auch diesen ungeschickten Sturz erklären.»

«Und wenn ihn jemand gestoßen hat?»

«Dann nicht unbedingt mit einem Tötungsgedanken», sagte Haller. «Vermutlich hätte ein kleiner Stups genügt, um den Mann umzuhauen. Das wäre zumindest meine vorläufige Einschätzung. Ein Unfall, so oder so.»

«Wann ist er gestorben?», fragte Bette.

Haller sah auf seine Uhr. «Es ist jetzt 14.44 Uhr. Und ...» Er kontrollierte den Zettel, auf dem er sich Notizen zur Körpertemperatur gemacht hatte, und murmelte leise etwas vor sich hin, bevor er sagte: «Ich denke, vor etwa eineinhalb Stunden.»

Also kurz bevor Bette hier angekommen war. Wäre sie nur früher da gewesen, statt sich schlafend durch die Gegend fahren zu lassen. Aber nein, so durfte sie nicht denken! Sie hatte nun einmal diese Scheißkrankheit, daran konnte sie auch beim allerbesten Willen nichts ändern. Mit den Daumen rieb sie sich über die Schläfen. Sie bedauerte zutiefst, dass Daniel nicht mehr erfahren würde, dass sie den Eismann gefunden hatten.

60. YVONNE

Yvonne saß in ihrem Wagen und fuhr den Hofschläger Weg Richtung Tatenberger Schleuse hinunter. Die Drei-Uhr-Nachrichten liefen, aber Yvonne hörte nicht zu. Es hatte angefangen zu regnen, ein wahrer Wolkenbruch. Die Scheibenwischer quietschten und kamen nicht im Mindesten gegen das Wasser an. Leni war noch bei Gertrude Mertens. Yvonne hatte zwar ein schlechtes Gewissen, dass sie die Gastfreundschaft der alten Frau so lange ausnutzte, aber die beiden würden schon klarkommen.

Sie strich sich die Haare aus dem Gesicht. Ihre Augen waren vom Weinen so geschwollen, dass sie ihre eigenen Lider sah.

Nach ihrem Treffen mit Helen vorhin war sie wie in Trance durch Planten un Blomen gelaufen, hatte sich einfach ihren Tränen und ihren konfusen Gedanken hingegeben, die in ihrem Hirn herumwirbelten wie in einem zu schnell fahrenden Karussell. Sie fühlte sich so erbärmlich. Warum hatte sie nicht abgewartet, sich alles noch einmal überlegt, nach einer anderen Möglichkeit gesucht? Aber nein, sie war zu Helen gerannt, hatte Daniel verraten und ihn nun endgültig verloren. Aber hatte sie das nicht sowieso schon? Ihn verloren? Die Bilder der letzten Nacht, sie würden niemals mehr aus ihrem Kopf verschwinden. Und das war Daniels Schuld, nicht ihre.

Dann hatte ihr Telefon geklingelt, sie aus ihrer Betäubung gerissen. Sie stand gerade im Japanischen Garten des Parks, starrte in das Koi-Becken und sah zu, wie die Mäuler der fetten Fische auf und zu schnappten, auf und zu, auf und zu.

Wer auch immer da anrief, sie wollte mit niemandem sprechen. Aber es klingelte wieder und wieder und wieder, und schließlich war sie rangegangen. Die Frau am anderen Ende der Leitung war von der Polizei. Es habe einen Unfall gegeben. Yvonne müsse umgehend nach Hause kommen. Was genau passiert war, hatte die Frau nicht gesagt, und Yvonne hatte auch nicht schnell genug reagiert, um nachzufragen.

Jetzt bog sie vor der Tatenberger Schleuse links auf den Deich ein und fuhr noch langsamer als sowieso schon. Sie konnte sich nur schwer auf die Straße konzentrieren.

Daniel, was hast du jetzt wieder getan?

Sie wollte ihn nicht sehen. Sie wollte ihn nie wiedersehen. Aber die Polizistin hatte gesagt, ihre Kollegen seien vor Ort. Da würde Daniel ja wohl kaum auf sie losgehen.

Als sie um die nächste Kurve fuhr, sah sie die Einsatzfahrzeuge, und Panik ergriff sie. Polizeiwagen, Krankenwagen, Notarzt. Mein Gott, was war nur geschehen? Sie hielt, stieg mit zittrigen Knien aus dem Wagen. Der Regen prasselte kalt auf sie ein. Auf dem Steg kam ihr Bette entgegen, ausgerechnet die.

Und dann sah Bette sie an, mit einem Blick, der keine Worte brauchte. Sie begriff auch so. Alles um sie herum und in ihr drinnen schien sich aufzulösen. «Nein! Nein!», schrie sie.

«Es tut mir so leid», hörte sie Bette sagen.

«Nein!» Yvonne wollte an Bette vorbeistürmen, wollte zu Daniel. Aber Bette stellte sich ihr in den Weg, hielt sie fest.

Yvonne versuchte, sie von sich zu schieben. «Lass mich durch!»

Bette hielt sie weiter fest. «Yvonne ... nicht jetzt ... später.»

Die Worte kamen nur noch verschwommen bei Yvonne an.

Alles war verschwommen, Töne, Bilder, Gedanken, Gefühle. Einfach alles. Sie sah nur diesen Mann, der auf der Yoda stand und eine Decke auf dem Boden ausbreitete.

«Helen. Das war Helen», stieß sie hervor und sackte auf die Knie. Es war alles ihre Schuld.

61. BETTE

Am späten Nachmittag betrat Bette den Altbau an der Stirnseite des Großneumarkts, in dem Helen wohnte. Die Tür zur Arztpraxis im Erdgeschoss stand offen, und Bette erhaschte einen Blick auf Amar Hallak im weißen Kittel, wie er hinter einem Patienten in einem Behandlungszimmer verschwand. Er sah immer noch schlecht aus, aber immerhin arbeitete er wieder. Mit Gewalt klappte Bette den vom Wind verbogenen Regenschirm zusammen und stieg die Treppe hinauf, langsam, damit sie nicht völlig außer Atem oben ankam.

Yvonnes Erwähnung von Helen auf dem Steg hatte sie aufhorchen lassen. Bette hatte noch versucht herauszufinden, wieso sie Helen unterstellte, an Daniels Tod schuld zu sein. Aber Yvonne war nicht mehr in der Lage gewesen weiterzureden. Das psychologische Krisenteam kümmerte sich jetzt um sie.

Bette war Helens Anruf von vorhin wieder eingefallen, als sie selbst auf dem Weg zum Eismann gewesen war. Wie hysterisch Helen geklungen hatte. Absolut untypisch für sie. Und dann der Fast-Unfall auf dem Deich. Der Wagen, der das Taxi beinahe gerammt hätte, war ein roter Kleinwagen gewesen, und der Taxifahrer hatte von einer Frau am Steuer gesprochen. Helen fuhr einen roten Mini. War sie auf der Yoda gewesen?

Als Bette jetzt oben vor Helens Wohnungstür ankam, schnaufte sie doch ganz schön und wartete einen Moment, bis sie wieder ruhiger atmete. Sie sollte das Rauchen wirklich einschränken. Auf ihr Klingeln hin öffnete Johanna, Yasmins kleine Schwester. Hinter ihr erschien Helen, ein Keksförmchen in der Hand und Mehl auf der Bluse. Sie sah Bette schweigend an, in ihrem Blick lag eine Mischung aus Trotz und Misstrauen. Vielleicht auch Angst.

«Schätzchen, geh doch mal zu Maxi runter, ein bisschen spielen», sagte sie zu ihrer Tochter. «Wir backen später weiter.» Sie ging in die Hocke, umarmte Johanna und drückte sie, als wollte sie sie niemals mehr loslassen. Bette hätte heulen können. Sie wollte nicht, dass Helen an Daniels Tod schuld war. Doch selbst wenn Helen bei Daniel gewesen war und ihn geschubst hatte, sodass er stürzte, Dr. Haller hatte doch gesagt, es müsse nicht unbedingt mit einem Tötungsgedanken gewesen sein. Daniel war so betrunken gewesen, dass der unbedarfteste Schubser ihn umgehauen hätte. Das sagte Bette sich wieder und wieder, als sie Helen nun in die Küche folgte.

Sie setzten sich an den großen Tisch, der mit Mehl bestäubt war. Helens Bewegungen wirkten seltsam zeitverzögert, und sie wich Bettes Blick aus. Dennoch oder gerade deshalb redete Bette nicht lange drum herum, sondern sagte: «Daniel ist tot.»

Helen stützte die Ellenbogen auf, legte den Kopf in die Hände, nickte.

«Wieso warst du bei ihm?», fragte Bette. Dass Helen dort gewesen war, zweifelte sie schon gar nicht mehr an, so, wie sie sich verhielt.

Es dauerte, bis Helen antwortete, den Kopf immer noch in den Händen. «Yvonne ist heute Morgen zu mir gekommen.» Ihre Stimme war kaum mehr als ein Hauchen.

«Yvonne war bei dir?», fragte Bette erstaunt.

Wieder nickte Helen.

«Wieso?», fragte Bette.

Jetzt hob Helen den Kopf, sah Bette an. «Sie hat gesagt, sie hat Daniel ein falsches Alibi gegeben. Er war in der Nacht gar nicht zu Hause. Und als er kam, war er voller Blut.» Ihr Kinn bebte. Sie wirkte mit einem Mal so unglaublich zerbrechlich. «Yvonne glaubt, Daniel hat Yasmin umgebracht.»

Bettes erster Gedanke war: Wie feige von Yvonne, damit zu Helen zu gehen und nicht zur Polizei.

«Ich wollte Daniel doch nur fragen, ob es stimmt», sagte Helen mit zitternder Stimme. «Ob er meine Tochter umgebracht hat. Warum?»

Genau das hatte Bette heute auch tun wollen. Aber sie war zu spät gekommen.

Helen stand die Verzweiflung ins Gesicht geschrieben, ihre Stirn war in Falten gelegt und so angespannt, dass die Adern an den Schläfen hervortraten. «Bette, ich wollte das nicht. Ich habe ...»

«Helen, stopp!» Bette fasste nach ihrem Arm. Es reichte. Es hatte genug Leid gegeben. Sie würde hier und jetzt einen Schlussstrich ziehen. Niemand außer ihr wusste, dass Helen bei Daniel gewesen war. Außer vielleicht Yvonne, aber die ahnte es auch nur und würde es nicht beweisen können. «Stopp! Ich will das nicht wissen!»

Helen sah sie irritiert an.

«Helen, du musst mir jetzt gut zuhören», sagte Bette eindringlich. «Daniels Tod wird als Unfall durchgehen. Daniel war betrunken. Er ist gestürzt.»

«Aber ...»

«Nichts aber», sagte Bette.

Helen sah sie einen Moment ungläubig an, dann atmete sie mehrmals hörbar ein und aus.

Bette gab ihr Zeit, dann fragte sie: «Was hat Daniel gesagt? War er es?»

Helens senkte den Blick, zog mit einem Zeigefinger Linien in das Mehl auf der Tischplatte. Konzentrische Wirbel. «Er hat es abgestritten. Er hat versucht, sich rauszureden. Lauter wirres Zeugs.»

«Was für wirres Zeugs?», fragte Bette nach.

«Dass er jemanden getötet hat, aber nicht meine Tochter.»

«Dass er jemanden getötet hat?», wiederholte Bette Helens Worte. «Wen?»

«Einen Vergewaltiger. Irgendwas mit einem BMW und einem Mädchen. Im Pinkertweg. Ausgerechnet im Pinkertweg.» Helen schüttelte fassungslos den Kopf.

Ein Gedanke schoss Bette durch den Kopf, der sie regelrecht zusammenfahren ließ. Konnte das Chrischens Vermisster sein, von dem sie da sprach? War Daniel etwa der mysteriöse Unbekannte, der das Mädchen gerettet hatte? «Hat Daniel dir gesagt, wo er die Leiche des Mannes hingebracht hat?»

Helen riss den Kopf hoch, Tränen liefen ihr über das Gesicht. «Du glaubst die Geschichte doch nicht etwa?» Sie klang entsetzt, erschrocken, enttäuscht.

Aber darauf konnte Bette jetzt keine Rücksicht nehmen. «Helen! Hat er es gesagt?», fragte sie noch einmal.

«Am Kanal. In einem Regenauslass.»

Wie Bette es sich gedacht hatte, fand sie Chrischen in seiner Stammkneipe. Sie wollte nicht am Telefon mit ihm über Daniel und den Toten in dem Regenauslass sprechen. Warum, konnte sie gar nicht genau benennen, aber sie wollte Chrischen neben sich wissen, wenn sie es ihm erzählte. Sie wollte überhaupt jetzt gerade nicht alleine sein.

Die Kneipe lag am Vierländer Damm, einer viel befahrenen Durchfahrtsstraße in Rothenburgsort, an der Chrischen auch wohnte, und war Sportsbar und Wettbüro in einem. Zutritt ab achtzehn. Rauchen erlaubt. Meist war Chrischen fast der einzige Gast hier, aber heute, am Freitagabend, waren alle Tische besetzt, durchweg mit Männern. Ringsum an den Wänden standen Daddelautomaten, und auf einem überdimensionalen Bildschirm lief Fußball. Chrischen stand am Tresen, eine Flasche Astra vor sich. Er war unrasiert und sah aus, als habe er viel zu wenig geschlafen. Bette ging zu ihm rüber.

«Hey, Bette», sagte er, und sie hörte an seiner Stimme, dass er nicht nur müde war, sondern auch deprimiert, und sie ahnte, dass es mit seinem Vermisstenfall zu tun hatte, mit dem er nicht weiterkam. Aber das würde sich gleich ändern.

«Tut mir leid mit Daniel», sagte Chrischen, nahm Blickkontakt mit dem Kellner auf und rief: «Ein Astra noch, und ein Alkoholfreies für die Dame.»

«Nein», rief Bette und änderte die Bestellung in: «Zwei Cola.»

«Was soll das? Ich hasse Cola», beschwerte Chrischen sich.

«Du wirst sie brauchen. Das könnte eine lange Nacht werden.»

«Aha?» Er sah Bette prüfend an. «Erzähl.»

«Es geht um deinen Vermissten. Wie heißt er eigentlich?» Sie wollte nicht über einen Namenlosen sprechen.

«Matthias Müller, Jahrgang 1960, Wohnhaft im guten Hamburger Westen», leierte Chrischen herunter.

«War es sein Blut im Kofferraum?»

«Die Blutgruppe zumindest stimmt überein. Wir haben aber auch noch Blutspuren von einer zweiten Person gefunden.»

Daniels Blut, dachte Bette. Die Handverletzung. «Und die Bushaltestelle, an der das Mädchen gewartet hat?», fragte Bette. Sie wollte ganz sichergehen, dass sie mit ihrer Vermutung richtiglag, bevor sie Chrischen von Daniels vermeintlicher Tat erzählte.

«Pinkertweg Mitte», sagte Chrischen.

Ja. Auch das passte. Es passte alles. Daniel hatte nicht gelogen.

«Warum interessiert dich das?», fragte Chrischen.

Bette rieb die Lippen übereinander und versuchte, sich zu entscheiden, ob sie Chrischen gegenüber Helen erwähnen sollte. Nein, das würde sie schön bleiben lassen! Nicht dass sie ihm nicht traute, aber sie wollte ihn nicht in die Verlegenheit bringen, später eine Falschaussage machen zu müssen. Es reichte, wenn sie für Helen log.

«Bette, komm schon, drucks nicht rum», drängelte er ungeduldig.

«Matthias Müller ist tot», sagte sie. «Daniel hat ihn erschlagen.»

«Was?» Chrischen sah sie ungläubig an. «Welcher Daniel? Daniel Tjaben?»

Bette drehte ihre Colaflasche zwischen den Händen, nickte. «Er scheint gesehen zu haben, wie Matthias Müller das Mädchen in seinen BMW gezogen hat. Und da ist er wohl dazwischengegangen.»

«Das hat Daniel dir erzählt?»

«Chrischen, bitte, frag nicht.» Bette verzog ihren Mund zu einem entschuldigenden Lächeln.

Chrischen hob die Hände in einer Geste, dass er verstanden hatte, sah Bette aber gleichzeitig skeptisch an. «Und wo ist die Leiche?»

«Er hat den Toten in einem Regenauslass versteckt. An einem Kanal.»

«In so einem Teil, wo Daniel bei seiner eigenen Entführung gefangen gehalten wurde?» Chrischen sah Bette mit einer Mischung aus Erstaunen und Abscheu an.

«Sieht ganz danach aus», sagte Bette. Hier schloss sich der Kreis. Daniels Trauma. Annas Vergewaltigung und – wie Bette vermutete – Daniels Vorwurf an sich selbst, dem nichts entgegengesetzt zu haben, weshalb er es nie über sich gebracht hatte, überhaupt über die Vergewaltigung zu sprechen. Dann wird Daniel wieder Zeuge eines Übergriffs. Und diesmal greift er ein, rastet aus und schlägt den Mann tot.

«Scheiße auch», entfuhr es Chrischen. Er legte Geld auf den Tresen und nahm seine Jacke. «Dann suchen wir jetzt die Rohre ab. Willst du mitkommen?»

«Auf die Kanäle?» Schon der Gedanke erschreckte Bette. Es wäre wie damals, bei ihrem ersten großen Einsatz, als sie mit der Wasserwacht die Regenauslässe abgefahren ist. Sogar das Wetter war wieder dasselbe: Starkregen und Sturm, und für die Nacht war eine Sturmflut vorhergesagt. Als wollte die Geschichte sie verhöhnen. Bette schüttelte den Kopf. Nein, das würde sie sich nicht antun.

62. LARA

Draußen war es stockdunkel, der Wind toste, und der Regen prasselte gegen die Scheiben. Lara hatte sich zu Leo gekuschelt und spielte mit ihm Uno. Er hatte den ganzen Tag im Bett verbracht und würde jetzt nicht so schnell schlafen, egal wie spät es war.

«Ha, du musst vier nehmen!», sagte sie. «Und ich wünsche mir Rot.»

Leo nahm sich Karten vom Stapel.

«Ey, du schummelst», rief Lara. «Das waren nur drei Karten.»

Leo grinste, nahm noch eine Karte, legte Lara eine rote Aussetzen-Karte hin.

«Och nöö», maulte Lara gespielt beleidigt und betrachtete Leo, während er eine rote Nimm-2-Karte legte. Er war immer noch käsig, und sein Fieber war auch noch nicht weg, aber es ging ihm auf jeden Fall besser. Er hatte sogar etwas von der Hühnersuppe gegessen, die Lara ihm ans Bett gebracht hatte. Und ihr Vater war, als er dann doch mal realisiert hatte, dass Leo krank war, tatsächlich zur Apotheke gefahren und hatte Vitaminpulver und Nachschub an Fiebertabletten besorgt.

Manchmal war er ja doch zu was nutze, dachte Lara. Und das gerade heute, wo sie alle für Daniel hatten mitschuften müssen. Nachdem die Polizei ihn gestern zum Verhör geholt hatte, war er morgens nicht zur Arbeit erschienen, und keiner wusste, was los war. Sie hatten versucht, ihn anzurufen, aber er war nicht rangegangen.

Lara warf eine weitere Nimm-2-Karte auf den Stapel, dachte an die Patronenhülse in ihrer Hosentasche. Ob sie Daniel verhaftet hatten? Für die Sprengsätze. Für den Mord an Yasmin. Aber er konnte es nicht getan haben, das durfte nicht sein!

«Du bist dran», unterbrach Leo ihre Gedanken.

Sie sah auf die Karte, die er gelegt hatte. «Sag mal, hast du schon wieder geschummelt?» Sie kniff ihm neckisch in die Seite und zwang sich, zu lachen. Leo sollte nicht merken, was in ihr vorging und wie mies sie sich fühlte.

Er wand sich und kicherte. Sie legte ihre Karten aus der Hand, umarmte ihn, kitzelte ihn, bis er anfing heftig zu husten. Nicht auch das noch. Sie hörte sofort auf und reichte ihm das Wasserglas, das neben dem Bett stand. Während er trank, streichelte sie ihm zärtlich über den Rücken.

Als er sich wieder beruhigt hatte, fragte er matt: «Kann ich Minecraft spielen?»

«Ja, klar.» Sie gab ihm ihr Smartphone, auf dem die App installiert war. Er schaltete den Code frei. Jetzt war er erst mal beschäftigt. Er konnte stundenlang an seiner Minecraft-Welt bauen, die mittlerweile den halben Speicherplatz ihres Telefons einnahm. Lara rutschte unter die Decke, nah an Leo, und schloss die Augen. Sie war so hundsmüde. Sie dachte noch, dass die Patrone vielleicht nichts mit den Sprengsätzen zu tun hatte ... vielleicht war alles nur ein dummer Zufall ... vielleicht, vielleicht ... Dann schlief sie ein.

63. BETTE

Es war dunkel. Die Flut stieg und stieg. Böen peitschten, Wellen donnerten gegen den Rumpf, schüttelten das Boot, Regen schlug ihr ins Gesicht. Bettes Hände umklammerten die Reling. Sie jagten den Kanal entlang, suchten nach Regenauslässen. Suchscheinwerfer tasteten das Ufer ab, nach diesen stinkenden Schlunden, aus denen das Regenwasser schoss. *Nein!* Sie wollte da nicht wieder rein, den Bauch im Wasser, der Gestank, die Ratten ...

Mit einem Schrei fuhr Bette hoch. Sie war klatschnass geschwitzt. Ihr Atem raste wie nach einem Marathonlauf. Was für ein Albtraum.

Sie tastete nach ihrem Smartphone. 4.34 Uhr. Noch kein Anruf von Chrischen. Bette ließ sich zurück in die Kissen sinken, zog sich die Decke über den Kopf und schaffte es tatsächlich, noch mal einzuschlafen. Als sie das nächste Mal aufwachte, war es immerhin halb sieben.

Sie stand auf, ließ Anton in den Garten, machte sich fertig, trank eine ganze Kanne Kaffee, staubsaugte, putzte das Bad ... erledigte den ganzen Blödsinn, den sie sonst immer aufschob. Einfach, um irgendwas zu tun, damit die Zeit schneller verging. Sie wartete immer noch auf Chrischens Anruf. Langsam mussten sie den Mann in dem Rohr doch gefunden haben.

Aus Tylers Zimmer drang in regelmäßigen Abständen lautes Gelächter. Er war also auch schon wach und schaute mal wieder einen dieser Filme mit den eingeblendeten Lachern, die Bette nicht leiden konnte.

Gegen zehn legte sie sich noch einmal eine Runde aufs Sofa. Sie brauchte wieder einen regelmäßigen Schlafrhythmus. Es tat ihr nicht gut, wenn er so durcheinander war. Dann konnte sie gar nicht mehr einschätzen, wann der nächste Schlafschub sie übermannen würde.

Sie stellte sich den Wecker und schlief eine gute halbe Stunde. Kaum war sie wieder wach, rief Chrischen endlich an.

«Wir haben ihn!», sagte er sofort. «Meine Fresse, war das eine Suche. Bei dem Wetter heute Nacht sind wir an die meisten Rohre gar nicht rangekommen.»

Bette konnte es sich lebhaft vorstellen, sie hatte ja gerade erst davon geträumt. Zwar hatte eine Sturmflut im Normalfall keine direkte Auswirkung auf die tideunabhängigen Kanäle, aber es reichte schon, wenn der Regen über die Rohre abfloss.

«Wo habt ihr ihn gefunden?», wollte sie wissen.

«Ein Regenauslass am Billekanal, in Höhe der Zuckerraffinerie. Wir konnten ihn anhand einer Narbe über dem Schlüsselbein identifizieren. Und mittels eines Zahnabgleichs. Er wurde echt übel zugerichtet. Daniel muss vollkommen ausgetickt sein. Das Gesicht war regelrecht zu Brei geschlagen.»

«Chrischen, hör auf», fuhr Bette dazwischen. «Ich will das nicht hören.» Sie hatte viel in ihrem Arbeitsleben gesehen, aber es war doch etwas anderes, wenn man eine persönliche Beziehung zum Täter hatte. «Mich interessiert was ganz anderes», schob sie schnell hinterher. «Könnte Daniel einen Doppelmord begangen haben?» Ausschließen durften sie diese Möglichkeit nicht.

«Du meinst, ob er auch noch Yasmin getötet hat?» Chrischen atmete laut aus. «Hm. Wann genau ist sie noch mal im Tiefergrund in das Boot gestiegen?»

«Den Trackingdaten ihres Handys zufolge war es kurz vor Mitternacht», sagte Bette.

«Und das Mädchen hat ausgesagt, dass sie in der Nacht auf den 00.05-Uhr-Bus gewartet hat», sagte Chrischen. «Der dann ja ausgefallen ist, aber das hat sie nicht mehr mitbekommen. Sie ist vorher abgehauen. Während Daniel auf den Mann einschlagen hat.»

«Das heißt, Yasmin ist mehr oder weniger zur selben Zeit auf das Boot gestiegen, wie Daniel Matthias Müller im Pinkertweg zusammengeschlagen hat», schlussfolgerte Bette.

«Ja, ich denke, davon können wir ausgehen.»

Daniel hatte Yasmin nicht getötet.

Aber wer dann?

Nachdem Bette aufgelegt hatte, trat sie ans Fenster und sah in den Regen, der vom Wind getrieben schräg auf die Wiese peitschte und auch die letzten Blätter von den Obstbäumen schlug. Eine lose Metallleiste am Rahmen des Treibhauses klapperte so laut, dass sie es durch das geschlossene Fenster hörte. Sie würde Mats bitten, sie zu entfernen.

Bette ließ sich noch einmal die Details der Ermittlung durch den Kopf gehen, drehte und wendete sie. Und dann fiel ihr die Schrift auf ihrem Treibhaus ein. *Hört auf!*

In ihren Fingern kribbelte es, Aufregung ergriff sie. War das das Detail, das sie übersehen hatten? Der Satz war im Plural verfasst. *Hört auf.* Sie war die ganze Zeit davon ausgegangen, dass sie und die Polizei damit gemeint waren. Aber ergab das einen Sinn? Sprengsätze in ihrem Garten, um die Polizei abzuschrecken? Nein. Es bezog sich auf sie und Tyler. Und das wiederum hieß, dass der Sprayer wusste, dass Tyler Bette geholfen hatte.

Tyler hatte sich für sie umgehört, er hatte vermutlich halb Ochsenwerder ausgehorcht. Allerdings, das hatte er ihr noch versichert, hatte er Bette bei seinen Nachforschungen mit keinem Wort erwähnt. Wer also hatte sie beide zusammen gesehen? Wohin hatte Bette Tyler mitgenommen?

Womit sie wieder bei der Paulsenwerft war.

Und wenn Daniel es nicht gewesen war, wer blieb da übrig?

Lara, ihr Vater. Und Leo.

Entsetzt schlug Bette sich die Hand vor den Mund. *Oh mein Gott, bitte, lass das nicht wahr sein.*

Sie rannte in den Flur. «Tyler», brüllte sie nach oben. «Tyler!»

Arno von der Spurensicherung hatte zum Sprengsatzbau doch noch gesagt: *Ganz simpel. Fast ein Kinderspiel.* Und Tyler hatte erzählt, wie Leo vor dem Schützenhaus auf ihn losgegangen war. Seine Schwester verteidigen wollte. Oder hatte er sich selbst schützen wollen?

«Tyler!», rief Bette noch mal. In dem Moment klingelte es an der Tür. Draußen stand Erik.

«Moin», murmelte er, wobei er von einem Bein auf das andere trat und dabei auf seine Schuhe stierte.

«Was ist?», fragte Bette ungehalten.

«Ich habe über das nachgedacht, was du gesagt hast», brachte er mit stockenden Worten hervor.

Tyler, der in diesem Moment die Treppe runtergerannt kam, blieb wie angewurzelt stehen. Erik hob den Kopf und sah ihn an. «Hey, Junge, wir müssen reden.»

«Ja, tolle Idee, macht das», unterbrach Bette. «Wirklich, Erik. Aber nicht jetzt.» Nicht ausgerechnet in diesem Moment.

Erik sah sie mit großen Augen an, unverständig, eine steile Falte zwischen den Brauen. Also schob Bette erklärend hinterher: «Wir müssen zur Paulsenwerft.»

64. LARA

Lara saß alleine in der Küche und aß Rührei mit gebuttertem Toast. Ihre Eltern waren zum Geburtstag eines Großonkels nach Geesthacht gefahren, und Leo schlief. Vor ihr auf dem Tisch lag die Patronenhülse. Sie tippte sie mit dem Zeigefinger an, sodass sie sich, wenn auch ziemlich eiernd, um sich selbst drehte, und bei jeder Drehung zählte Lara mit: Daniel, Vater, Daniel, Vater ... Wie bei einer Blume, bei der man die Blütenblätter auszählte. Einer von beiden musste es gewesen sein. Einer von beiden hatte mit dem Nitropulver aus der Patrone Sprengsätze gebaut. Einer von beiden hatte Yasmin getötet. Die Polizei verdächtigte Daniel, sie ihren Vater. Die Patrone torkelte und blieb auf halber Drehung liegen.

Was sollte sie nur tun? Wenn sie mit ihrem Verdacht zur Polizei ging, denen die Hülse gab und die dann ihren Vater einbuchteten, säße sie hier auf ewig mit Leo und ihrer verrückten Mutter fest. Und wenn die ihn doch laufen ließen und er erfuhr, dass sie bei der Polizei gewesen war, würde er ihr das Leben zur Hölle machen. Noch mehr, als er es sowieso schon tat. Lara stand auf, ihre Glieder fühlten sich schwer an wie Blei. Das hier war einfach alles zu viel. Sie konnte nicht mehr denken. Sie musste sich ablenken, irgendwas tun. Sie räumte die Küche auf und fegte, holte dann den Staubsauger aus der Abseite und trug ihn nach oben, um durch Leos Zimmer zu saugen, solange er in ihrem Bett lag. Sie öffnete die Tür mit dem Darth-Vader-Poster und stöhnte auf. Wie sah es hier denn aus? Noch schlimmer als sonst. Der Boden war übersät mit Klamotten, Schuhen, Holzplatten, Drahtrollen, Nägeln, Schraubenziehern, einem zerlegten Radio, sogar Eieruhren ... Dass Leo auch immer alles horten musste. Kein Wunder, dass in der Werkstatt ständig irgendwas fehlte. Sie ließ den Staubsauger stehen, kniete sich hin und warf erst einmal das ganze Kleinzeugs in einen leeren Pappkarton. Als sie eine der Holzplatten hochnahm, fiel ihr Blick auf ein Dielenbrett, aus dem die Nägel, die es im Boden hielten, herausgezogen waren.

Neugierig drückte Lara die Diele so weit hoch, dass sie sie herausnehmen konnte. Darunter kam ein Hohlraum zum Vorschein. Lara erstarrte.

In dem Hohlraum lag eine geöffnete Packung von Leos geliebten Schokocookies und ein roter Rucksackbeutel.

Yasmins Rucksackbeutel.

Lara wusste nicht, wie sie in ihr Zimmer gekommen war. Reglos stand sie vor ihrem Bett und schaute auf ihren schlafenden Bruder hinab. Er fieberte noch immer, Schweißperlen auf der Haut. Aber er sah so friedlich aus. Und friedfertig, einen Daumen im Mund. Dabei war er es gewesen. Nicht Daniel. Nicht ihr Vater. Nein. Ihr elfjähriger Bruder, den sie sein Leben lang beschützt hatte, der Einzige, der ihr in dieser Familie etwas bedeutet hatte. Er hatte den Rucksack doch nicht einfach nur irgendwo gefunden, er hatte ihn von Yasmin. Er hatte auch die Sprengsätze gebaut, so was konnte er. Und er konnte ein Boot steuern. Ein Boot, auf das Yasmin ohne zu zögern gestiegen wäre. Nicht zu Daniel, nicht zu ihrem Vater, aber zu Leo. Warum auch nicht? Er war ein Kind.

«Leo!», stieß sie hervor. «Leo!»

Er blinzelte und riss dann die Augen auf, als sie den Rucksackbeutel hochhielt. Sie wollte ihn fragen, was er getan hatte, sie wollte es von ihm hören, aber sie brachte es nicht heraus, und Leo schüttelte nur krampfhaft den Kopf.

«Wieso?», brachte Lara mühsam heraus. Sie sah Leo an, entsetzt und verzweifelt und panisch. Alles auf einmal. «Sag es mir!»

Leo zog nur die Schultern hoch, als wolle er sagen: *Weiß ich doch nicht*, und schüttelte weiter den Kopf.

Da holte Lara aus, schlug ihm mit dem Rucksack ins Gesicht, Leo hob schützend die Arme vor sich, und Lara schlug wieder und wieder und wieder zu. «Sag es mir. Sag es mir!» Sie schrie. «Hasst du mich so sehr, dass du meine Freundin umbringst?»

Leo blieb stumm.

Lara ertrug es nicht. Sie ließ den Rucksack fallen, packte Leo, zerrte ihn aus dem Bett. Sie schüttelte ihn. Er hielt immer noch die Arme erhoben, ließ sich aber widerstandslos von ihr schütteln, ließ es einfach über sich ergehen, als müsste er nur abwarten, dass sie sich wieder beruhigte. Als ob sie sich je wieder beruhigen würde.

«Du hast Yasmin umgebracht!», schrie sie. Sie hätte ihn am liebsten zu Tode geschüttelt. «Wieso?»

«Ihr wolltet weg», sagte Leo in einem jammernden, Mitleid heischenden Tonfall. Und gleichzeitig wütend. «Du wolltest mich alleinelassen!»

Er hatte von Amsterdam gewusst, natürlich. Er hatte alles gewusst, er wieselte ja ständig um sie herum. Und er kannte den Code für ihr Smartphone. Er hatte ihre Nachrichten gelesen. Und sie hatte gedacht, sein einziges Interesse wäre die Minecraft-App. Sie hatte ihm vertraut.

«Und da bringst du Yasmin um, damit ich bleibe?»

Leo heulte jetzt, Rotzfäden hingen aus seiner Nase. «Du kannst mich nicht alleinelassen!» Als er das sagte, schwang eine Selbstverständlichkeit mit, die Lara rot sehen ließ. Sie atmete schnell und tief, ohne dass Sauerstoff in ihre Lunge gelangte. Sie stieß Leo von sich, er fiel, schlug mit dem Kopf gegen die Bettkante, Blut rann über seine Schläfe. Sie schnappte nach Luft.

«Lara», jammerte Leo.

«Hau ab», sagte sie kalt und wutentbrannt zugleich. Sie zog ihn wieder auf die Beine, zerrte ihn aus ihrem Zimmer. Er ließ sich hängen, machte sich schwer, aber sie schleifte ihn über den Boden und die Treppe runter, hörte, wie seine Knie auf die Stufen schlugen. Sie zog ihn weiter durch den Flur, riss die Haustür auf. Es regnete nicht mehr, aber der Wind fegte kalt. Lara schubste Leo nach draußen. Nur im Schlafanzug, barfuß. Aber das war ihr egal.

Er fiel rücklings in eine Pfütze, starrte sie an, angsterfüllt.

«Hau ab», schrie sie gegen den Wind an. «Hau ab! Ich will dich nie wiedersehen!»

«Aber ... aber ...», stammelte Leo, verstummte dann. Er erkannte wohl, dass sie es ernst meinte. So ernst, wie sie noch nie in ihrem Leben etwas gemeint hatte. So ernst, dass sie sich nicht einfach wieder beruhigen würde. Einen Moment noch sah er sie einfach nur an, erschrocken, ungläubig, dann rappelte er sich auf, drehte sich um und stolperte über den Hof. Er hatte kaum Kraft, sich aufrecht zu halten.

Auch das war ihr egal, alles war egal.

«Ich hasse dich», schrie sie ihm hinterher. «Ich hasse dich.»

65. BETTE

Sturm zog auf, der Wind fegte von der Elbe her aufs Land, der Himmel verdunkelte sich mehr und mehr. Da die Zufahrtsschranke zur Werft heruntergelassen war, musste Erik auf dem Deich parken. Kaum waren sie ausgestiegen, hörten sie Geschrei. Sie rannten los, alle drei, Erik, Tyler und Bette, den Weg hinunter, an einer aufgebockten Yacht vorbei zum Hof.

Bette hatten den beiden im Wagen von ihrem Verdacht erzählt.

Und dann sahen sie, dass es Lara war, die schrie. Nur im kurzärmeligen Schlafanzug und auf Socken stand sie vor dem Wohnhaus, alleine, niemand sonst war zu sehen, und sie brüllte in Richtung Fluss. «Ich hasse dich!»

Wen meinte sie, fragte Bette sich. Den Fluss oder war da jemand unten am Wasser? Konnte es sein, dass Leo da unten war? Wusste Lara, was er getan hatte?

Bette machte Erik und Tyler ein Zeichen, dass sie sich zurückhalten sollten, und näherte sich alleine dem Mädchen. Sie war jetzt fast bei ihr. Zwei Meter noch, eineinhalb, ohne dass Lara auf sie reagierte.

«Lara», sagte Bette vorsichtig, um sie nicht zu erschrecken.

«Ich hasse dich», schrie Lara wieder.

Bette trat vor sie, sah sie an, fasste sie an den Schultern. Das Mädchen schien sie gar nicht wahrzunehmen. Sie schrie einfach weiter, immer wieder denselben Satz. Ihr Körper war steif wie ein Brett, ihre Haut glühte, ihre Augen funkelten wild. Es zerriss Bette schier, sie so zu sehen.

Sie drückte Laras Schultern ein wenig. «Wen hasst du?», fragte sie, wobei sie es vermied, direkt nach Leo zu fragen. Lara antwortete nicht, aber in diesem Moment heulte am Anleger ein Motor auf, und nur Sekunden später rief Erik, der so weit über den Hof gerannt war, dass er zum Wasser hinuntersehen konnte: «Der Junge. Es ist der Junge!»

Es stimmte also, Lara hatte herausgefunden, wer für Yasmins Tod verantwortlich war. Und sie war zu demselben Schluss gekommen wie Bette. Laras Worte, ihr Hass, galten ihrem Bruder. Bette wünschte, sich nie eingemischt zu haben. Und sie wünschte, dass Lara nie erfahren hätte, wer ihre Freundin umgebracht hatte. Manchmal war es besser, die Wahrheit nicht ans Licht zu bringen.

Noch während sie das dachte, brüllte Erik: «Er fährt auf die Elbe raus.»

Ein Anflug von Panik durchzuckte Bette. Was hatte Leo vor? Jetzt, wo seine Schwester wusste, dass er Yasmin getötet hatte. Sie mussten ihn zurückholen. Sofort, bevor das Wetter noch schlimmer wurde.

«Ich mach ein Boot fertig», rief Erik, der denselben Gedanken gehabt haben musste, und verschwand Richtung Anleger.

Bette wandte sich wieder Lara zu, die sie immer noch an den Schultern gefasst hielt. «Wo ist dein Vater?», fragte sie und hoffte inständig, dass Eike Paulsen da war, um ihnen zu helfen, ahnte aber, dass dem nicht so war. Er wäre doch sonst längst hier, bei dem Geschrei.

Lara antwortete auch diesmal nicht.

«Lara! Sieh mich an!», versuchte Bette es erneut, und als das Mädchen immer noch nicht auf sie reagierte, rüttelte Bette sie leicht. «Lara! Bitte! Leo ist auf die Elbe raus. Wo kann er hin sein?», fragte sie in eindringlichem Tonfall, in der Hoffnung, dass endlich etwas bei ihr ankam. Wenn jemand ihnen sagen konnte, wo Leos Orte und Verstecke waren, dann war das seine Schwester.

Tyler, der ins Haus gerannt war, kam mit einem langen Regenmantel und Boots, die der Größe nach Laras sein könnten, zurück. Ihm war auch klar, dass sie Lara mit auf das Boot nehmen mussten. Nur sie konnte ihnen den Weg weisen.

«Lara, hör mir zu», sagte Bette weiter. «Ich weiß, was passiert ist. Ich weiß, was Leo getan hat. Aber trotzdem müssen wir ihn vom Fluss holen.» Bette rüttelte Lara jetzt noch etwas fester, um sie irgendwie aus ihrer Starre zu holen, und endlich fokussierte sich ihr Blick. Aber obwohl Lara sie jetzt ansah, gab sie keinen Ton von sich, stand nur reglos da. Und dann sackte sie in sich zusammen, verlor einfach jegliche Körperspannung. Bette fasste sie schnell unter dem Arm, um sie zu halten. Tyler nahm den anderen Arm, und gemeinsam schafften sie sie zum Anleger runter, wo Erik ein Motorboot startklar gemacht hatte. Ein Sechssitzer mit Metallrumpf. Lara hing kraftlos zwischen ihnen, und Erik musste helfen, sie an Bord zu hieven.

Sie verfrachteten sie auf die Bank hinter dem Steuer, Tyler legte ihr den langen Regenmantel um, die Schuhe stellte er erst mal nur auf den Boden. Bette setzte sich neben Lara, nahm ihre Hand, hielt sie einfach einen Moment fest, während Tyler die Tampen löste und Erik Gas gab. Er musste wenden, dann steuerte er aus dem Werftkanal raus auf die Elbe. Kaum waren sie auf dem Fluss, riss eine Welle das Boot herum, und Erik konnte gerade noch gegensteuern. Heute sollte es nicht noch mal eine Sturmflut geben, aber der Wasserstand war dennoch höher als normal, und es stürmte extrem. Leo war mit seinem Boot nirgends mehr zu sehen.

«Er ist auf jeden Fall stromabwärts aus dem Kanal rausgefahren», sagte Erik, ohne den Blick vom Fluss zu nehmen, und schlug ebenfalls diese Richtung ein.

Bette beugte sich näher an Lara heran, die mit hängenden Schultern und gesenktem Kopf dasaß. «Bitte, du musst mit mir reden, du musst uns helfen», sagte Bette so ruhig wie möglich, obwohl ihr klar war, dass ihnen die Zeit davonrannte. Vielleicht wollte Leo sich etwas antun. Schon das Risiko, bei dem Wetter überhaupt rauszufahren, war groß. Und der Sturm wurde stetig stärker.

«Ohne dich finden wir ihn nicht», setzte Bette nach.

Und dann, als Bette es kaum noch erwartete, sagte Lara leise: «Er ist krank. Mit Fieber.»

Tyler, der neben Bette stand, warf ihr einen entsetzten Blick zu. Zu Recht. Ein krankes Kind alleine auf einem Boot auf der Elbe, und das bei dem Wetter. Hoffentlich war er zumindest warm angezogen, aber auch das bezweifelte Bette. Für sie sah es eher so aus, als hätte Lara Leo enttarnt und dann wutentbrannt aus dem Haus gejagt. Direkt aus dem Krankenbett nach draußen.

«Wo sollen wir nach ihm suchen?», fragte Bette zum wiederholten Male.

«Er hat keine Kraft, das zu schaffen», sagte Lara fast tonlos. «So hoch, wie das Wasser ist.»

«Was zu schaffen?», fragte Bette mit wachsender Anspannung, wenn nicht zu sagen Panik. «Was glaubst du, was er vorhat?»

«Durch den Priel», murmelte Lara.

«Einen Priel?», entfuhr es Tyler entsetzt. «Bei dem Wasserstand und auflaufender Tide? Das ist Selbstmord.»

«Welcher Priel?», fragte Bette ebenso entsetzt wie Tyler.

«Zur Ulme. Er ist bestimmt zur Ulme ... die große ... da ...» Das Mädchen stockte, schluckte laut, schüttelte den Kopf.

«Meinst du die Ulme im Heuckenlock, drüben an der Süderelbe?», fragte Tyler.

Lara zuckte mit den Schultern und nickte gleichzeitig.

«Du kennst den Baum?», fragte Bette an Tyler gewandt. Das Heuckenlock war ein Naturschutzgebiet, sie war jedoch nie dort gewesen.

«Es gibt ja nicht viele Ulmen hier in der Gegend», sagte er. «Und die steht an einem Priel. Ein riesiges Teil.»

«Tyler, zeig mir, wo wir hinmüssen», brüllte Erik gegen den Wind an, der immer heftiger toste.

Tyler stellte sich zu seinem Vater und sagte etwas, das Bette nicht hören konnte. Erik gab Gas, der Bug hob sich aus dem Wasser, und so fuhren sie die Elbe runter, quer durch den Strom. Wie die beiden, Vater und Sohn, da nebeneinanderstanden, wirkten sie wie ein Team, das miteinander auskam. Zumindest etwas Positives, dachte Bette und zog Lara den Regenmantel so zurecht, dass er auch über ihren Beinen lag. Das Mädchen war eiskalt. Dann rief sie den Notruf an. In knappen Worten erklärte sie die Situation, und dass sie Verstärkung von der Wasserwacht bräuchten. Sie sollten mit einem Boot zu dem Priel kommen. Heuckenlock, Süderelbe. Hoffentlich fanden sie das, wer wusste, wie viele Priele es dort gab. Außerdem sollten sie mit weiteren Booten den Flusslauf absuchen. Das mit der Ulme war ja nur eine Vermutung, Leo könnte überall sein. Als sie aufgelegt hatte, schaute sie auf die

Uhr. Seit gut zwei Stunden war sie jetzt wach. Es konnte sein, dass sie noch durchhielt, es konnte aber auch sein, dass sie jeden Moment wegsackte – so durcheinander, wie ihr Rhythmus war. Sie konnte es einfach nicht einschätzen. Mit in den Priel hinaus konnte sie nicht gehen, sie würde Tyler und Erik alleine der Gefahr aussetzen müssen. Ein Gedanke, der ihr gar nicht gefiel.

Sie waren fast an der Bunthäuser Spitze, der Landzunge, an der sich Norder- und Süderelbe teilten, als Tyler nach vorne zeigte. «Da, da ist ein Boot», brüllte er.

Jetzt sah Bette es auch, es war ein kleines Boot, vielleicht das von Leo. Aber die Sicht war schlecht, und sie verloren das Boot wieder aus den Augen, bevor sie sich ihm nähern konnten. Erik drehte bei, Wellen schlugen seitlich gegen den Rumpf, Gischt spritzte, und dann fuhren sie links der Landzunge vorbei in die Süderelbe ein. Erik hielt sich nah am Ufer. Tyler zeigte geradeaus, dann ins Inland. Erik drosselte das Tempo, sofort senkte sich der Bug, und sie bogen rechts in einen Priel ein. Die Flut war mittlerweile so hoch aufgelaufen, dass die umliegenden Schilffelder alle unter Wasser standen.

«Ist das der Priel?», fragte Bette an Lara gerichtet. Das Mädchen hob kurz den Kopf, schielte über die Bordwand, nickte.

Das Boot schaukelte, als es in die Wellen seines eigenen Kielwassers geriet. Erik folgte dem geschlungenen Lauf des Priels bis in eine Kurve, in der ein kleines Motorboot dümpelte.

«Das ist das Boot, mit dem der Junge eben los ist», rief er Bette zu, gab noch einmal Vollgas und fuhr seitlich ins Schilf, bis ein Ruck durch den Rumpf ging und dieser aufsetzte.

Bette ließ den Blick über die Landschaft gleiten. Den Jungen sah sie nirgends. Allerdings entdeckte sie in etwa 400 Metern Entfernung die Krone der Ulme, zumindest vermutete sie, dass es die Ulme war, der Baum war wirklich riesig.

Erik warf den Anker und bückte sich dann, um die Bootskiste vorne im Bug zu durchsuchen. Und er fand, was er brauchte: zwei Metallstangen, mit denen man vor jedem Schritt die Festigkeit des Bodens abchecken und sich notfalls abstützen konnte. Eine Stange reichte er Tyler. Zu Bette sagte er: «Du bleibst hier. Wenn du mir da draußen wegsackst, war's das.» Eriks Ton duldete keinen Widerspruch. Aber Bette wollte auch gar nicht widersprechen. Einer ihrer Schlafschübe würde alles nur noch schlimmer machen und die Chance, Leo zu retten, verspielen. Außerdem musste jemand bei Lara bleiben. Das Mädchen konnte in seinem Zustand auch auf keinen Fall da raus.

Erik und Tyler sprangen von Bord und standen sofort bis zu den Knien im Wasser. Hoffentlich schafften sie das, hoffentlich ging alles gut. Bette sah ihnen hinterher, wie sie sich seitlich am Priel entlangkämpften. Schnell kamen sie nicht vorwärts. Wenn Leo bloß nicht im Schlick einsank und von der Flut erwischt wurde, bevor sie ihn fanden! Mit Fieber hätte er nicht genug Kraft, sich zu befreien.

Lara sah jetzt auch auf, und ihr Blick huschte unruhig hin und her, als wolle sie jeden Fleck der Landschaft gleichzeitig absuchen. Bette mochte sich gar nicht vorstellen, was in ihr vorging, wie zerrissen sie war. Leo hatte ihre Freundin umgebracht, aber Leo war auch ihr kleiner Bruder. Bette fiel beim besten Willen kein tröstendes Wort ein, also nahm sie Lara einfach nur in die Arme und drückte sie. Und Lara ließ es zu. Ein Zittern durchlief ihren Körper, und dann hoben und senkten sich ihre Schultern in Weinkrämpfen.

So saßen sie da. Zehn Minuten, fünfzehn Minuten. Immer wieder sah Bette über Laras Schulter hinweg in Richtung der Ulme, sah das stetig steigende Wasser. Aber Erik und Tyler tauchten nicht auf. Und auch die Wasserwacht war immer noch nicht da. Einmal hörte Bette eine Sirene, doch kein Boot kam. Sie streichelte Lara mit einer Hand den Rücken, um sie zu trösten und um sich selbst zu beruhigen. Und endlich sah sie Tyler und dann Erik, der ihm durch das Schilf folgte. Das Wasser reichte den beiden schon bis zur Hüfte. Tyler stocherte mit der Stange den Boden ab, tastete sich langsam vorwärts. Erik trug den Jungen im Arm. Bettes Atem setzte aus. Arme und Beine des Jungen hingen schlaff nach unten, der Kopf war nach hinten gesackt. Bette drückte Laras Kopf fester an sich. Das Mädchen sollte jetzt bloß nicht aufsehen.

Und nun kam endlich die Wasserwacht. Zu spät, dachte Bette, zu spät. Aber dann machte Tyler ihr ein Zeichen. Der Junge lebte.

Wenig später erfuhr sie von Tyler, dass Leo es nicht bis zur Ulme geschafft hatte. Sie hatten ihn auf halber Strecke zwischen Boot und Baum gefunden, wo er im Schlick feststeckte, unterkühlt, fiebrig und nicht ansprechbar. Die Flut hätte nicht mehr viel steigen müssen, und er wäre ertrunken.

Erik brachte Leo sofort auf das Polizeiboot. Er musste versorgt werden. Und Lara sollte es erspart bleiben, ihrem Bruder zu begegnen. Zumindest vorerst.

EPILOG

Der Himmel war strahlend blau, und das gleißende Licht der Herbstsonne fiel durch die großen Fenster der Yoda. Bette stand in der Wohnküche des Hausbootes und sah zu, wie Yvonne Teig für Pfannkuchen anrührte. Yvonnes Hände zitterten, ihre Lippen bebten. Sie rührte, als könnte sie damit alles ungeschehen machen. Acht Tage war es her, dass Bette Daniel tot auf dem Bootsdeck gefunden hatte.

«Es war Helen», sagte Yvonne, verzweifelt und wütend zugleich. «Sie hat Daniel getötet!»

Bette deutete ein Kopfschütteln an, sah sich noch einmal um, wollte sichergehen, dass Leni sie nicht hörte. «Es war ein Unfall», sagte sie dann. «Daniel war betrunken. Er ist gestürzt.» Dr. Hallers erste Einschätzung, dass Daniel zum Zeitpunkt seines Todes unter starkem Alkoholeinfluss stand, hatte sich bestätigt.

«Nein, nein!», widersprach Yvonne, ihr Tonfall unangenehm schrill. «Helen war hier!»

Ja, war sie, dachte Bette. Aber selbst wenn Helen Daniel gestoßen hätte, würde sie freigesprochen werden. Da war Bette sich sicher. Einen Prozess allerdings wollte sie Helen ersparen.

«Sie war es! Ich weiß das!» Yvonne schrie jetzt.

Bette hielt einen Moment die Luft an. Auch wenn sie es nicht wollte, sie ärgerte sich maßlos über Yvonne. Sie war in Trauer, verständlich, dass sie nach Schuldigen suchte, aber wenn man bedachte, wie sie sich verhalten hatte, warf das ein ganz besonderes Licht auf sie – eines, das sie Bette nicht sympathisch machte.

«Sie wollte sich rächen,» fuhr Yvonne fort.

«Rächen? Wofür?», fragte Bette, die langsam die Geduld verlor.

Daniel war nicht Yasmins Mörder.

«Für ... weil ...» Yvonne stockte, rührte jetzt so heftig, dass der Teig über den Schüsselrand schwappte. Sie schien es nicht zu bemerken.

Bette wandte sich ab, ließ Yvonne einfach stehen. Sie hatte genug. Wenn sie noch länger blieb, würde sie nur etwas sagen, das sie später bereute. Ja, es stimmte, auch sie hatte Daniel misstraut, sich allerdings bis zuletzt dagegen gewehrt zu glauben, dass er Yasmin getötet hatte. Yvonne dagegen, seine Ehefrau, hatte ihrem Mann den Mord an Yasmin zugetraut. Und sie hatte nichts Besseres zu tun gehabt, als mit ihrem Verdacht zu Helen zu rennen. Ausgerechnet zu Helen.

Draußen atmete Bette erleichtert auf. Sie hätte Yvonne keinen Moment länger ertragen. Dann jedoch entdeckte sie Leni, die auf einer großen Bootskiste saß, baumelnde Beine, zu kurz, als dass sie mit den Füßen den Boden berühren konnte. Sie sah Bette ernst und mit großen Augen an, abwartend, als würde sie sich eine Antwort von ihr erhoffen. Eine Lösung. Als könnte sie ihr ihren Vater zurückbringen. Bette schluckte, kämpfte gegen die Traurigkeit an, die sich in ihrem Inneren ausbreitete.

«Darf ich?», fragte sie und zeigte auf die Kiste.

Leni nickte, und Bette setzte sich neben sie. Eine Weile saßen sie einfach nur so da, sahen über das Wasser, das golden glitzerte, sahen, wie die Gänse sich mit der leichten Strömung langsam an ihnen vorbeitreiben ließen. Hin und wieder sprangen kleine silbrige Fische aus dem Wasser.

«Wer geht denn jetzt mit mir angeln?», brach Leni die Stille.

Bette zuckte mit den Schultern. Sie wusste es doch auch nicht. «Wenn du möchtest, bringe ich dir Anton mal vorbei, und du gehst mit ihm spazieren», schlug Bette vor. Ein schwacher Trost, aber immerhin huschte der Anflug eines Lächelns über Lenis Gesicht.

«Und Leni», sagte Bette und schaute sie dabei nun ihrerseits ernst an, «versprichst du mir etwas?»

Leni nickte zögernd.

«Egal, was die anderen reden. Dein Vater hat eine junge Frau gerettet. Er war ein Held. Vergiss das nie!»

An diesem Abend fuhr Bette mit Mats und Tyler in die Stadt. Sie wollten in dem vietnamesischen Bistro von Frau Vu hinter den Deichtorhallen essen, das Bette sehr mochte, und danach noch irgendwo etwas trinken gehen. Bette hatte das dringende Bedürfnis, Ochsenwerder zumindest für ein paar Stunden den Rücken zu kehren und sich abzulenken. Der Fall war ihr eindeutig zu nahe gegangen, und sie nahm sich fest vor, sich nie wieder dazu hinreißen zu lassen, sich in eine Ermittlung einzumischen, nur weil eine Freundin oder ein Freund oder auch nur ein Bekannter sie darum bat. In Zukunft würde sie sich raushalten.

Bette wünschte sich, man könnte Eike Paulsen für alles, was geschehen war, zur Rechenschaft ziehen. Wäre er nicht, wie er war, wäre das alles nicht passiert. Stattdessen machte er weiter wie bisher: restaurierte Boote, ignorierte seine Kinder. Wie es mit Leo weitergehen würde, war noch offen. Vorerst war er in einer psychiatrischen Einrichtung untergebracht. Er und Lara würden sich erst einmal nicht sehen. Lara würde auf die Azoren fliegen und dort auf ein internationales Schulschiff steigen. Ein Großsegler, mit Kurs auf Südamerika. Sie würde das Segeln von der Pike auf lernen und könnte im Anschluss ihre Ausbildung als Bootsbauerin beenden. Meyra hatte das organisiert, damit das Mädchen erst einmal Abstand gewann. Manchmal war das das Einzige, was half. Rauszukommen, so weit weg wie nur möglich.

Und als Bette nun an diesem Abend die Tür zu dem vietnamesischen Bistro aufdrückte und ihr der Geruch von Sternanis, Zimt und Koriander in die Nase stieg, wähnte sie sich auch für einen Moment weit weg. Sie setzten sich, bestellten *lau thap cam*, vietnamesisches Fondue, und wenig später stand ein Topf mit scharf gewürztem Rinderfond zwischen ihnen. Dazu gab es hauchdünn geschnittenes Rindfleisch und Tigergarnelen, Wasserspinat, Austernpilze und verschiedene Dips. Es schmeckte köstlich, wie immer bei Frau Vu, und Bette dachte, dass sie zwar manchmal von der Ferne träumen mochte, sie aber genau genommen nicht brauchte. Sie fühlte sich wohl, da, wo sie war, und vor allem mit den Menschen, die ihr wichtig waren.

NACHWORT UND DANK

Tiefergrund spielt im Südosten Hamburgs, einer Gegend, wo Naturschutzgebiete, Wiesen, Äcker und Auwälder auf Hafenkräne und Industriegebiet stoßen und die geprägt ist von Wasser. Elbe, Dove-Elbe und Gose-Elbe, Bracks und Wassergräben, Kanäle, brachliegende Hafenbecken ...

In den Vier- und Marschlanden, wo meine Kommissarin Bette Hansen wohnt, waren Wasserwege noch bis ins 20. Jahrhundert die wichtigsten Verkehrsverbindungen. Und auch wenn es von der Innenstadt bis zu Bette raus sogar mit dem Rad nicht weit ist, habe ich bei meinen Recherchen doch immer wieder das Gefühl, es sei eine andere Welt – mit einer Vielfältigkeit, die zum Schreiben inspiriert.

Natürlich ist *Tiefergrund* dennoch fiktiv, alle Figuren und Geschehnisse sind frei erfunden, und alle Ähnlichkeiten mit Ereignissen und Personen sind zufällig. Lediglich Otto Garbs, Musiker aus Leidenschaft und Wirt des *Gasthof Neudorf*, habe ich mit seiner Erlaubnis eingeschmuggelt. Zu sehr gehören er und sein Gasthof zu Ochsenwerder, als dass ich hier das Reale durch etwas Fiktives ersetzen könnte oder wollte. Das wäre ein Frevel.

Danken möchte ich außerdem Inga Behncken, die mir Ochsenwerder nähergebracht hat, sowie der Bäckerei Bahn, deren köstliche Salzkringel und Mohnzöpfe mich während des Schreibens bei Laune und Kräften hielten.

Wohin fließt das Regenwasser? Was genau passiert bei einer Sturmflut? Wie baut man Sprengsätze?

All jenen, die mir meine unzähligen Fragen beantwortet haben, möchte ich hier ebenfalls danken: Achim Hoch von Hamburg Wasser, der mir einen Einblick in das Hamburger Sielsystem gegeben hat, Björn-Michael Schüning von der Wasserschutzpolizei Hamburg, André Lützen, Petra und Gerhard Luttmer, Birgit Wulf, Kai Wulf, Rebecca Pothast Clarke, Thomas Geyer, Sibylle Radtke, Sabine Gröger und vielen mehr. Spannungsaufbau und Dramaturgie erfordern hin und wieder ein Abweichen von der Realität und auch ein Dazuerfinden. Das ist Absicht und nicht auf die Auskünfte meiner Berater zurückzuführen.

Ein extrem großer Dank gilt außerdem meiner Familie, die es ertragen musste, dass meine Gedanken oft in Ochsenwerder und nicht zu Hause waren, meiner Agentin Petra Hermanns ebenso wie meinen Lektorinnen Anne Tente und Carla Felgentreff und dem gesamten Team im Rowohlt Verlag.

Nora Luttmer
Hinterland

Kriminalroman

416 Seiten

Eine Muschel mit einem Kreuz. Eingeritzt in ein Holzscheit in ihrem Garten im idyllischen Hamburger Stadtteil Ochsenwerder an der Elbe. Die ehemalige Kommissarin Bette Hansen, 53, ist alarmiert. Das Zeichen hat sie schon einmal gesehen. Vor ungefähr einem Jahr auf einem Hochstand, von dem aus ein Unternehmensberater und seine Trainerin beim Bogenschießen regelrecht hingerichtet wurden. Die Wut, mit der der Täter vorgegangen sein musste, erschreckte sogar die erfahrene Ermittlerin. Der Muschelmörder war Bettes letzter Fall, bis heute ist er ungelöst. Sie musste damals den Job aufgeben, da sie an unkontrollierbaren Schlafattacken leidet, die sie auch im Dienst überfielen. Von ihrer Krankheit weiß auch der Täter, der nun immer engere Kreise um sie zieht.

Weitere Informationen finden Sie unter **rowohlt.de**